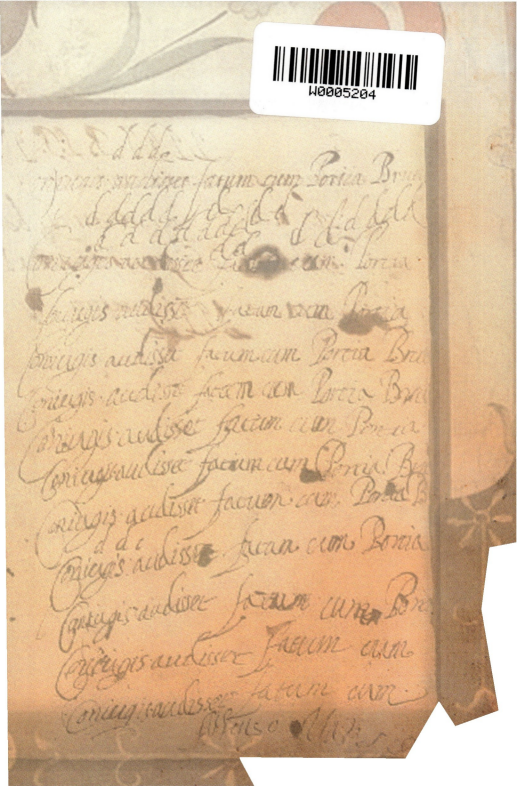

Die Legenden von Phantásien

Ulrike Schweikert
Die Seele der Nacht

Die Legenden von Phantásien

Ulrike Schweikert

Die Seele der Nacht

Roman

DROEMER

Besuchen Sie uns im Internet:
www.knaur.de

Sagen Sie uns Ihre Meinung zu diesem Buch:
phantasien@droemer-knaur.de

Copyright © 2003 Ulrike Schweikert, Mönshein und AVA international
GmbH Autoren- und Verlagsagentur, Herrsching/Breitbrunn (Germany)
Copyright für die deutsche Erstausgabe © 2003 Droemer Verlag.
Ein Unternehmen der Droemerschen Verlagsanstalt
Th. Knaur Nachf. GmbH & Co. KG, München
Unter Verwendung von Motiven aus der Fernsehserie
»Tales from the Neverending Story« © 2002 The Movie Factory
Film GmbH/Muse Entertainment Enterprises, Inc./Medien Capital
Treuhand GmbH & Co.1. KG/MGI Film GmbH & Co. KG 2
Alle Rechte vorbehalten. Das Werk darf – auch teilweise –
nur mit Genehmigung des Verlages wiedergegeben werden.
Redaktion: Dr. Andreas Gößling, München
Umschlaggestaltung: ZERO Werbeagentur, München
Satz: Ventura Publisher im Verlag
Druck und Bindung: Clausen & Bosse, Leck
Printed in Germany
ISBN 3-426-19643-3

2 4 5 3 1

Die Legenden von Phantásien

PROLOG
Ein neues Kapitel

Das Buch schwebte in der Finsternis. Es strahlte in sanftem rötlichen Licht. Aufgeschlagen hing es da im düsteren Raum. Der Einband war aus kupferfarbener Seide. Zwei Schlangen ringelten sich über den Stoff. Sie bissen sich gegenseitig in die Schwänze und bildeten so ein Oval, in dem die Worte DIE UNENDLICHE GESCHICHTE zu lesen waren.

Ein Mann mit zerfurchtem Gesicht und hageren, faltigen Händen stand dort in der Dunkelheit und ließ einen Stift langsam und stetig über die Seiten wandern. Blaugrüne Tinte formte sich zu Buchstaben und Wörtern, die Wörter bildeten Sätze und die Sätze Geschichten. Der Schimmer der feuchten Tinte beleuchtete sein Gesicht. Die klaren Augen waren auf die Spitze des Stifts gerichtet, die Stirn in konzentrierte Falten gelegt. In dem düsteren Raum war es ganz still, obwohl um die Behausung des Alten der heulende Sturmwind strich. Die Wände des riesenhaften Eis, in dem der Mann stand und schrieb, schluckten jedes Geräusch aus der Welt dort draußen.

Die seltsame Behausung des Alten ruhte auf drei bläulichen Spitzen hoch oben auf dem eisig umwehten Plateau des Wandernden Berges. Niemals legte der Alte den Stift nieder, um etwa hinauszusehen, und noch niemals hatte er seinen Platz verlassen. Er schrieb und schrieb, ohne inne-zuhalten und ohne zu ermüden. Alles, was in Phantásien geschah, schrieb er auf, und was er aufschrieb, das geschah, denn das Buch, das er mit Worten füllte, war Phantásien, und Phantásien war das Buch, und selbst der Alte und das Buch waren in ihm aufgezeichnet.

Wenn er das Ende einer Seite erreichte, hob der Alte lang-sam den Stift. Er wartete einen Augenblick, bis die Schrift getrocknet war, dann griff er mit der Linken nach der Ecke des Blatts. Ganz leicht schlossen sich Zeigefinger und Dau-men, gerade nur so fest, dass er die Seite umschlagen konnte und ein neues, unbeschriebenes Blatt vor ihm lag. Er zögerte nicht, setzte den Stift wieder auf und fuhr mit seinen Auf-zeichnungen fort.

Die Worte erzählten von einem Mädchen mit langem, blauem Haar. Sorglos lebte es mit seiner Sippe in einem fruchtbaren Tal am Fuß der Nanuckberge, denn sie wusste noch nicht, was das Schicksal mit ihr vorhatte. Sie ahnte nicht, wie bald schon ihr gewohntes Leben voller Musik und Poesie zu Ende sein würde. Dann beschwor die Schrift die Gestalt eines jungen Jägers herauf, stolz und kraftvoll, mit der Zuversicht der Jugend, dass es ihm vergönnt sein werde, große Taten für sein Volk aus dem schwarzen Felsen-gebirge zu vollbringen. Voller Hoffnung machte er sich auf, die Mission zu erfüllen, zu der ihn der Rat seines Stammes ausgesandt hatte. Zum ersten Mal in seinem Leben verließ er die Hochtäler zwischen den schroff aufragenden schwarzen Gebirgsspitzen.

Wieder blätterte der Alte um. Seine Gedanken verließen den Jäger und wanderten in ein grünes Land im Norden Phantásiens. Zwischen toten Kiefern stand eine trutzige Burg auf einem kahlen Hügel. Es dämmerte bereits. Düster schob sich der wehrhafte Bergfried aus alter Zeit in den Abendhimmel. Ein roter Mond erhob sich über dem Horizont. Bald folgte die silberne Sichel eines zweiten Mondes. Noch lag die Burg wie ausgestorben da, doch als Mitternacht nahte, regten sich Schatten. Sie krochen und flossen, schlichen und liefen auf das Burgtor zu. Es waren zottige Monster mit geifernden Rachen unter ihnen, andere Wesen erinnerten an große Spinnen mit langen, haarigen Beinen. Wieder andere krochen über den Boden wie Schlangen oder glitten auf zahllosen kurzen Beinchen dahin. Es gab große Wölfe und hyänengleiche Bestien mit säbelartigen Zähnen, doch auch Männer und Frauen waren dabei, so schien es im trüben Nachtlicht. Bei näherer Betrachtung glichen sie verwesten Leichen, die sich aus ihren Gräbern erhoben hatten. Boshaft funkelten gelbe und grüne Augen in der Nacht. Schweigend verharrten sie schließlich im Burghof. In den Städten und Dörfern des Landes hatte es gerade zur Mitternacht geläutet, da öffneten sich die Türflügel, die zur großen Halle des Palas führten, und der Herr von Tarî-Grôth trat auf die Treppe hinaus.

Fast sieben Fuß groß ragte seine Gestalt auf. Schweigend stand er da, der dünne Körper von einem weiten, schwarzen Umhang verhüllt. Selbst die klauenartigen Hände blieben in den Ärmeln verborgen. Die Kapuze jedoch hatte er zurückgeworfen, so dass das Mondlicht sich in seinem silberweißen Haar verfing, das ihm bis auf den Rücken hinabhing. Die Wangen waren eingefallen, seine Haut war totenblass und spannte sich eng um den Schädel, die schwärzlichen Lippen waren nur schmale, dunkle Striche. Es schien kein Leben in diesem Antlitz, nur die Augen, die tief in ihren Höhlen eingesunken lagen, glühten rot. Der Wind erfasste sein Gewand und blähte es wie Schwingen, das silberne Haar flatterte um sein Haupt. Langsam kam er die Treppe herunter. Man sah keinen Fuß unter dem Gewand hervorlugen, und seine Bewegungen waren seltsam fließend. Als er den Hof erreichte, knirschte kein Stein unter seinem Schritt. Die Schar seiner Schattenwesen sah ihn abwartend an. Eine zitternde Unruhe breitete sich aus. Endlich teilten sich die geschwärzten Lippen einen Spalt.

»Auf nach Gwonlâ!«, hallten seine Worte bis zum Tor hinunter. »Heute Nacht werden wir im Tal des Wínolds unsere Gier stillen!«

KAPITEL 1
Die Tashan Gonar

Tahâma hob den Kopf und lauschte. Sie kamen näher. Das schauderhafte Heulen war lauter geworden. Das Mädchen erkannte die Stimmen der großen grauen Wölfe aus den Nanuckbergen. Ob sie das Dorf schon erreicht hatten? Strichen sie nun hungrig durch die Gassen? Wieder erklang ein vielstimmiges Heulen und dann noch ein anderes Geräusch, das Tahâma zurücktaumeln ließ. Mordolocs! Einmal hatte sie einen gesehen und seinen Schrei gehört, als sie mit dem Oheim vor vielen Monden durch die Berge gezogen war. Tahâma presste sich die Hände an ihre schmalen, spitz zulaufenden Ohren, doch die Schreie klangen in ihr weiter und schmerzten sie am ganzen Körper. Mordolocs, die gefährlichen pelzigen Räuber mit einem schlanken Leib von fast zehn Fuß Länge, sechs flinken Beinen und einem Rachen voll giftiger Zähne, gehörten nicht in Tahâmas friedliche Welt. Das Blauschopfmädchen wusste, dass diese Raubtiere früher fern des Tales in den roten Felsen gelebt hatten, die die Wüste Vastererg umgaben. Doch nun waren sie über den Kamm der Nanuckberge gestiegen und strömten hinter den Wölfen und anderen Bergwesen zum Talgrund herab, wo das Dorf der Tashan Gonar inmitten eines frischgrünen Hains lag.

Wann hatte dieser Alptraum begonnen? Wann waren Furcht und Schrecken in das friedliche Land der Blauschöpfe eingedrungen? Vater sagte, der rote Mond hätte das Unglück angekündigt. Tahâma schloss die Augen und begann eine Melodie zu summen. Die Angst lockerte ihren Griff. Die schrecklichen Bilder verschwammen. Ganz deutlich konnte sie ihren Vater sehen, seine schlanke Gestalt in dem blauen, fließenden Gewand, sein geliebtes Gesicht. Sie hörte seine Lieder, mit denen er den Verzagten Mut machte und die Ängstlichen beruhigte. Früher hatte er nur Melodien der Liebe und der Harmonie, des Glücks und der Geborgenheit gespielt, doch heute mussten die Tashan Gonar andere Lieder anstimmen, um dem Schrecken zu begegnen.

Draußen, auf dem Platz vor dem Haus, erscholl ein Knurren, dann folgten ein Schrei und die Geräusche eines Kampfes. Tahâma öffnete die Augen, das Lied brach ab. Zögernd schob sie sich hinter der alten Truhe hervor, hinter die sie geflüchtet war, und kroch über den dunklen Dachboden zu dem winzigen Giebelfenster hinüber, das zum Marktplatz hinauszeigte. Im Garten unter ihr war nun der Lärm von zerbrechendem Glas und berstendem Holz zu hören. Offensichtlich waren die Kämpfenden dabei, ihre wertvollen Windinstrumente zu zerstören. Einige Saiten rissen mit einem schmerzhaften Ton. Tahâma richtete sich auf und spähte durch die Öffnung. Zwei schattenhafte Gestalten wälzten sich ineinander verkrallt über eine flache Schale mit duftenden Flamingoblüten und krachten dann gegen ein Gestell, an dem tropfen- und rosettenförmige Glasplättchen hingen. Klirrend regneten die kleinen farbigen Kunstwerke herab. Tahâma unterdrückte einen Seufzer.

Trotz ihrer jungen Jahre war sie eine begabte Windkünstlerin, und nun zerbrach die Arbeit vieler Monde unter den schweren Körpern der Kämpfenden dort unten. Hatten die Musik und die Schönheit der Windspiele in diesen Zeiten überhaupt noch einen Sinn? Jetzt, da das ganze Land in Gefahr war, verschlungen zu werden? Seine grünen Täler, die gewundenen klaren Bäche, die türkisfarbenen Seen, die Bäume der Wälder, deren Blätter sich zweimal im Jahr feuerrot färbten. Ja, selbst das Dorf der Blauschöpfe würde vielleicht nicht mehr lange bestehen. Es waren nicht die wilden Bergbewohner, die den Hain und das ganze Land bedrohten. Weder Wölfe noch Mordolocs hatten die Tashan Gonar aus ihren Häusern vertrieben. Die Gefahr, der sie nichts entgegensetzen konnten, kam lautlos daher, rückte heimlich und leise näher. Ein Schauder rann Tahâma über den Rücken, als sie daran dachte. Sie hatte es vom Grat oben gesehen oder, besser gesagt, nicht gesehen, denn dort, wo sich einst ein grüner Hügel mit einem fast kreisrunden See erhoben hatte, war nun nichts mehr. Auch der Kiefernhain mit der Quelle war verschwunden.

Entsetzt hatte Tahâma sich die Augen bedeckt. »Was ist das, Oheim? Wenn ich dorthin sehe, ist mir, als wäre ich plötzlich blind geworden.«

Der große Mann mit dem samtblauen Haarschopf nickte bedächtig. »Es ist das Nichts, Tahâma. Wir haben gehört, dass andere Länder Phantásiens davon betroffen sind, aber bisher waren die Nanuckberge und unser Tal davon verschont geblieben.« Seine elfenbeinweiße Stirn legte sich in Falten. »Ich wollte den wandernden Jägern keinen Glauben schenken, als sie mir davon berichteten, doch es ist wahr. Nun beginnt das Nichts auch unser Land zu vernichten. Komm schnell. Wir müssen beraten, was geschehen soll.«

Eilig machten sie sich auf den Rückweg. Die drei Häupter der Tashan Gonar trafen sich in der Turmstube und rangen viele Stunden um eine Lösung. Ihnen war klar, alleine würden sie das Nichts unmöglich bekämpfen können. So saßen sie zusammen, Thuru-gea, die Mutter der Harmonie, Granho, der Sohn des Rhythmus, und Rothâo da Senetas, der Vater der Melodien. Am Ende beschlossen sie, Rothâo solle zur Kindlichen Kaiserin reisen und sie um Rat fragen. Sofort packte er sein Bündel und rief mit einer alten Melodie einen Hippogreif zu sich. Das Wesen, halb Adler und halb Pferd, erhob sich mit Rothâo auf dem Rücken in die Luft und flog davon. Wochen vergingen, doch die Tashan Gonar warteten vergeblich auf eine Nachricht. Längst war der Hippogreif in seinen Wald zurückgekehrt, von Tahâmas Vater aber fehlte noch immer jede Spur.

Ein Jaulen riss Tahâma aus ihren Gedanken. Die beiden Kämpfenden unter dem Fenster stoben auseinander und verschwanden in der Finsternis. Das Mädchen reckte den Kopf noch ein wenig höher und spähte in die Gasse, die zu ihrer Linken auf den Platz mündete. Welche fremden Wesen waren noch in das Land der Blauschöpfe eingedrungen? Der weiße Kies schimmerte sanft im Licht des roten Mondes Rubus. Ein Schatten huschte am Haus des Glasbläsers vorbei, hinüber zur Werkstatt des Flötenschnitzers und teilte sich dann in zwei Gestalten. Ganz deutlich zeichneten sich ihre Silhouetten gegen den hellen Grund ab, als sie ins Mondlicht traten. Es waren große, kräftige Wesen mit behaarten Körpern, die sich auf zwei Beinen fortbewegten. Ihre Köpfe glichen denen von Hyänen, und wie Hyänen lebten sie in großen Rudeln zusammen. Sie jagten alles, was ihre Reißzähne bewältigen konnten, verschmähten jedoch auch Aas nicht. Tahâma kannte diese Wesen nur aus Erzählungen wandernder Jäger, aber diese Geschichten ließen sie vermuten, dass die beiden Gnolle nicht alleine ins Dorf gekommen waren.

Das Mädchen wich vom Fenster zurück. Sie wusste, dass weder die Wölfe noch die Mordolocs die steile Treppe zum Boden hochsteigen konnten, den Gnollen aber traute sie durchaus zu, die Häuser vom Keller bis zum Dach hinauf zu durchwühlen. Sie musste sich verstecken! Suchend sah sie sich auf dem Dachboden um. Kisten, Truhen und Schränke waren in der Dunkelheit kaum zu erahnen, doch sie wagte nicht, ihren Kristall zu benutzen. Sicher würde der Lichtschein von unten bemerkt werden. Sollte sie sich in einer der Truhen verstecken? Nein, wenn die Gnolle in das Haus eindrangen, würden sie Kästen und Truhen durchstöbern. Ihnen war sicher nicht entgangen, dass die Bewohner das Dorf verlassen hatten. Sie konnten also in Ruhe alles nach brauchbarer Beute durchsuchen.

Tahâma tastete sich zu einem Schrank hinüber, der an den Rändern und über den Türen mit prächtigen Schnitzereien versehen war. Auch in diesem Schrank würde sie nicht sicher sein, aber vielleicht darauf? Sie schob eine Kiste heran, kletterte auf einen Korb, dann auf die Kiste und schwang sich auf den Schrank. Seine Decke war groß genug, dass sie sich darauf ausstrecken konnte, und die Schnitzereien an der Front und an den Seiten verbargen sie von unten, zumindest wenn sie flach dalag. Staub drang ihr in die Nase. Sie unterdrückte das aufsteigende Niesen und lauschte mit weit geöffneten Augen den Geräuschen, die aus den Gassen und vom Marktplatz heraufdrangen. Wieder formte sich eine Melodie in ihr, deren Töne kaum hörbar zwischen ihren Lippen hervorperlten. Ihr Atem wurde ruhig.

Plötzlich schreckte Tahâma hoch. Sie musste eingeschlafen sein, denn nun drang bleiches Morgenlicht durch das Giebelfenster. Das Mädchen rieb sich die Augen. Was hatte sie geweckt? Waren die Gnolle noch immer unterwegs? Sie mieden das Sonnenlicht und hatten sich bestimmt an einen dunklen Ort zurückgezogen. Langsam richtete sich Tahâma auf und reckte die steifen Glieder. Da! War das nicht das Knarren der Treppe im unteren Stock? Das Mädchen lauschte. Sie konnte Schritte auf dem Holzboden unter ihr hören. Wollten sich die Gnolle während des Tages ausgerechnet in diesem Haus niederlassen? Die Schritte kamen näher, hielten immer wieder inne, strebten aber unaufhaltsam auf die schmale Stiege zu, die zum Dachboden hinaufführte. Tahâma zog einen kurzen Stab mit einem kleinen, wasserklaren Kristall an der Spitze aus der Schärpe ihrer Tunika. Dolche, Schwerter und Degen gab es nicht im Tal der Blauschöpfe. Kyrôl war ihre einzige Waffe, doch würde er genügen, sie vor einer Horde wilder Gnolle zu beschützen?

Die Holzstufen knarrten, eine Hand legte sich auf den Türgriff. Tahâma hob den Stab, bereit, die scharfe Tonfolge auszustoßen, die den Stein zum Glühen brachte. Quietschend schwang die Tür auf und gab den Blick auf eine schlanke Gestalt mit langem, fliederfarbenem Haar frei. In der Rechten hielt sie einen langen Stab, dessen Spitze bläulich flackerte. Ihr glattes Gesicht mit der fast durchscheinenden weißen Haut war in sorgenvolle Falten gelegt, die türkisfarbenen Augen tasteten über die Schatten des Dachbodens.

»Vater!«, rief Tahâma und ließ sich vom Schrank herabgleiten. Sie eilte zu ihm und schlang ihre Arme um die Gestalt mit dem alterslosen Antlitz.

Rothâo erwiderte die Umarmung und schob Tahâma dann eine Armeslänge von sich. Sie spürte die Zärtlichkeit in seinen türkisblauen Augen, als sein Blick aufmerksam über ihr schmales, blasses Gesicht strich, das tiefblaue Haar, das ihr bis zur Hüfte fiel, den zierlichen Körper, der von einer eng anliegenden Hose und einer geschlitzten, knielangen Tunika

bedeckt wurde, bis zu den Füßen, die in weichen Schlupf-
schuhen steckten.

»Geht es dir gut, mein Kind?«, fragte Rothâo besorgt. »Bist
du unverletzt?«

Tahâma nickte und umarmte ihn noch einmal. Sie presste
ihre Wange an seine Brust, und es war ihr, als könne sie die
Melodie hören, die er ihr als Kind vor dem Schlafengehen
immer vorgesungen hatte. Er war ihr Mutter und Vater
zugleich, denn ihre Mutter hatte sie nicht einmal kennen
gelernt, so früh war sie gestorben.

»Was ist geschehen? Warum ist das Dorf verlassen und du
bist alleine zurückgeblieben?«, fragte Rothâo und schob die
blassblauen Augenbrauen zusammen.

»Weil, weil ...« Tahâma trat zwei Schritte zurück und hob
die Hände. Wo sollte sie nur anfangen? »Lieber Vater, Ihr seid
so lange weggeblieben, dass die Hoffnung zu schwinden begann, Ihr könntet Rettung für uns alle bringen«, begann sie,
doch dann brach sie ab. Ein trüber Schleier hatte sich über
Rothâos Augen gelegt, und plötzlich taumelte er einen Schritt
zur Seite. Der Stab mit dem blauen Kristall an der Spitze fiel
zu Boden. Schwer atmend stützte sich Rothâo am Türrahmen
ab.

Tahâma stürzte zu ihm. »Was ist mit Euch? Seid Ihr krank?
Habt Ihr Hunger oder Durst?«

Rothâo richtete sich wieder auf. »Ich fürchte, einer der
Mordolocs hat seine Zähne in mein Fleisch gegraben, bevor
ich ihn vertreiben konnte«, antwortete der Tashan Gonar mit
einem von Schmerzen verzerrten Lächeln. Er deutete auf den
Saum seines silbernen Gewandes, das sich über dem linken
Knöchel rot verfärbt hatte. »Ohne die Kraft der Harmonie
und die Stärke des Rhythmus war selbst der mächtige Kristall
Krísodul zu schwach.«

Aus Tahâmas Gesicht wich auch noch der Rest an Farbe. »Die Mordolocs haben Giftzähne«, hauchte sie. »Der Oheim hat es mir gesagt.« Sie zog des Vaters Arm über ihre Schulter, um ihn zu stützen, denn er wankte schon wieder. Langsam führte sie ihn in die prächtig bemalte Stube hinunter, deren Glasmosaikfenster zum Marktplatz hinauszeigten. Zwischen einer perlmuttschimmernden Harfe und einigen anderen großen Saiteninstrumenten lagen weiche Polster auf dem Boden. Früher standen stets Schalen mit kandierten Früchten und Nüssen auf den niedrigen Tischen, nun sammelte sich seit Wochen Staub auf allen Flächen.

Rothâo sank auf die Ruhebank vor dem Kamin und schloss die Lider. Sein Gesicht wirkte nun eingefallen, um die Augen bildeten sich dunkle Ringe, seine Haut war eiskalt. Tahâma eilte zum Kamin, schob eine Hand voll Laub zwischen die sauber gestapelten Scheite und setzte es mit ihrem Kristallstab in Brand.

»Wo sind Granho und Thuru-gea?«, fragte Rothâo, ohne die Augen zu öffnen.

»Sie sind mit den anderen davongezogen«, antwortete Tahâma leise. »Das Volk der Blauschöpfe ist schon viele Wochen unterwegs.«

Rothâo da Senetas nickte.

»Lasst mich Euer Bein ansehen«, sagte Tahâma. »Ich bin keine Heilkundige, wie Ihr wisst, doch vielleicht wird das Kristallwasser Linderung bringen.«

Der Vater lag bewegungslos auf der Ruhebank. Mit zitternden Händen schob Tahâma den kühlen, silbrigen Stoff hoch, bis die Wade sichtbar wurde, in der sich die blutigen Abdrücke zweier Zähne abzeichneten. Käme die Wunde von einem anderen Wesen, hätte Tahâma sie mit Kristallwasser gesäubert, eine beruhigende Weise auf der Harfe gespielt und sich weiter keine Gedanken um die Heilung gemacht, doch die schwärzlichen Ränder um die roten Kerben, von denen sich nun ein Netzwerk feiner Linien ausbreitete, trieben ihr Tränen in die Augen. Sie konnte nichts für ihn tun.

Trotzdem eilte sie ein Stockwerk tiefer in die Bibliothek der Melodien, in deren Mitte ein kleiner Brunnen sprudelte. Tahâma vermied es, die leeren Regale anzusehen. Sie schöpfte einen Krug Wasser und eilte damit zurück in die Stube, betupfte die Wunde und verband sie, doch der Vater reagierte nicht. Schlief er oder dämmerte er schon dem Tod entgegen? Das Mädchen verbot sich solche Gedanken. Sie lief in die Küche hinunter, holte einen Krug mit starkem Kräuterwein und das frische Nussbrot, das sie sich gestern gebacken hatte. Sie packte auch noch einige süße Früchte und eine Schale Honig in ihren Korb, dann kehrte sie zurück an das Lager des Verletzten.

»Vater?«, fragte sie, und die Angst schwang in ihrer Stimme.

Rothâo öffnete die Augen, stemmte sich hoch und versuchte sich an einem Lächeln. »Rieche ich dein wundervolles Nussbrot? Wie lange musste ich es entbehren. Komm, setz dich zu mir. Spiele mir eine schöne Melodie.«

Das Mädchen zog eine schlanke weiße Flöte aus ihrer Tunika und setzte sie an die Lippen. Zarte Töne umwebten den Leidenden und glätteten sein vor Schmerz verzerrtes Gesicht. Schweigend aß er Brot und Früchte und trank vom gewürzten Wein. Das Mahl schien ihn zu stärken und seinen Geist zu klären.

Tahâma ließ die Flöte sinken. »Habt Ihr die Kindliche Kaiserin gesehen?«, fragte sie.

Rothâo schüttelte den Kopf. »Nein, sie hat keinen der zahlreichen Boten empfangen.«

Ihre Augenlider flatterten. »Andere Boten?«

»Ja, von überall aus Phantásien kamen sie, und alle erzählten das Gleiche. Sie sprachen voller Angst von dem unheimlichen Nichts, das ihre Länder zerstört. Leise und kaum merklich, doch unaufhaltsam.«

»Aber sie muss doch irgendetwas dazu gesagt haben?«, wandte Tahâma ein. »Sie kann doch nicht einfach zusehen, wie ihr Reich verschwindet!«

»Die Kindliche Kaiserin ist krank, sehr krank, und im ganzen Elfenbeinturm wurde hinter vorgehaltener Hand davon gesprochen, dass selbst die klügsten Ärzte keinen Rat mehr wüssten.«

»Sie wird doch nicht ...«, hauchte Tahâma, wagte aber nicht, den Satz zu beenden.

»Sterben?«, ergänzte Rothâo und seufzte. »Vielleicht, ja, davon haben sie gesprochen, doch eine Hoffnung gibt es noch. Der Heiler Caíron, der Schwarz-Zentaur, ist mit AURYN unterwegs, um einen Krieger namens Atréju zu suchen. Die Gebieterin der Wünsche vertraut ihm, dass er Phantásien retten wird, also sollten wir es auch tun.« Erschöpft schloss Rothâo für eine Weile die Augen. Zitternd tastete seine Hand nach dem Becher mit dem Kräuterwein, doch er war schon zu schwach, um ihn an die Lippen zu heben. Tahâma stützte ihn und gab ihm zu trinken.

»Erzähle mir, was hier geschehen ist«, forderte er sie auf.

Tahâma rückte ein Stück näher und nahm seine eisigen Hände in die ihren. »Als Ihr auf dem Rücken des Hippogreifs abgereist seid, waren alle guter Hoffnung. Obwohl die Beobachter, die Granho in alle Teile unseres Landes geschickt hatte, berichteten, dass das Nichts sich ausbreitet und immer näher kommt, gingen die Männer und Frauen mit leichtem Sinn ihrem Tagewerk nach. Sie sangen, sie brachten die Saiten zum Klingen und pflegten weiterhin die Musik aller Zeitalter, denn sie vertrauten darauf, dass Eure Mission Erfolg haben würde und die Kindliche Kaiserin einen Rat wüsste.« Tahâma unterdrückte einen Seufzer. Rothâo sah sie traurig an.

»Nach einer Woche kam der Hippogreif zurück. Wir warteten voller Zuversicht, aber als Ihr dann ausbliebt, wuchs die Ungeduld. Der rote Mond nahm ab, der silberne Arawin wurde rund und verblasste wieder, doch von Euch fehlte jede Spur. Als Rubus wieder voller wurde, begannen die Tashan Gonar zu verzagen. Sie wollten nicht mehr spielen und singen, und Schwermut senkte sich auf uns herab. An dem Tag, als Rubus wieder voll und rund am Himmel stand, kamen zwei Fremde ins Dorf, ein Mann und eine Frau aus dem Land Nazagur.«

Rothâo zuckte zusammen und stöhnte auf.

»Vater, kann ich irgendetwas tun, um Eure Schmerzen zu lindern?«, fragte Tahâma erschrocken.

Er hob zitternd eine Hand und strich ihr über den üppigen blauen Haarschopf. »Fahre fort, mein Kind«, krächzte er.

Sie warf ihm noch einen beunruhigten Blick zu, dann sprach sie weiter. »Thuru-gea lud die Fremden ein, bei ihr zu wohnen. Am Abend, als alle im runden Haus beim Klang der Windharfen beisammensaßen, um mit den Gästen zu speisen, erhob sich der Vater des Rhythmus, um eine wichtige Entscheidung zu verkünden.«

Tahâma machte eine Pause und beobachtete voll Sorge, wie es um den Mund des Vaters schmerzlich zuckte. Sie stand auf, um im Kamin ein paar Scheite nachzulegen, und flößte ihm dann noch einige Schlucke Kräuterwein vermischt mit Kristallwasser ein.

»Sprich weiter!«, sagte er und umklammerte ihre Hand, als wolle er sie zerbrechen.

21

»Granho erklärte, die Gäste hätten ihm und Thuru-gea von ihrer Heimat berichtet. Nazagur sei ein großes, blühendes Land mit saftigen Wiesen und unendlichen Wäldern, mit Flüssen und Bächen und sanften Hügeln. Es gebe dort Felder mit Korn und Weiher voll von Fischen, und in den Wäldern tummle sich das Wild.«

Rothâo stieß einen dumpfen Laut aus, doch Tahâma sprach weiter.

»All das ist gut, sagte Granho, doch das unbegreifliche Wunder ist, Nazagur wird nicht vom Nichts bedroht! Nirgendwo gibt es Löcher oder Gräben, die sich weiten und heimlich vorwärts fressen. Nein, Nazagur wächst sogar! Es dehnt sich aus und bietet Platz für neue Völker, die sich in diesem lieblichen Land niederlassen wollen.«

»Nein!«, schrie Rothâo plötzlich. Er bäumte sich auf, sein Blick huschte wie irr im Zimmer umher. »Das darf nicht sein! Bitte sag, dass es nicht wahr ist!«

Tahâma drückte ihn sanft auf das Lager zurück. »Alle waren damit einverstanden, in das verheißungsvolle Land zu ziehen, denn sie fürchteten, Ihr wärt auf Eurer Mission verunglückt und würdet nie zurückkehren. Bereits am nächsten Tag packten alle Tashan Gonar ihre Bündel, beluden die Karren mit Instrumenten und der gesammelten Musik und machten sich auf den Weg nach Nazagur. Ich blieb zurück, um auf Euch zu warten.« Ihre Stimme war nur noch ein Flüstern. »Ich konnte einfach nicht glauben, dass Ihr nicht wiederkommen würdet, dass Eure Mission scheitern könnte.« Sie tupfte ihm den kalten Schweiß von der Stirn. »Und wenn Ihr wieder gesund seid, dann werden wir gemeinsam den anderen folgen!«, fügte sie trotzig hinzu.

Der Vater stöhnte und schlug wild um sich. »Nein!«, schrie er. »Nein, du darfst nicht nach Nazagur gehen!«

Tahâma versuchte ihn zu beruhigen. »Es ist das Fieber und das Gift, das in Euren Adern kreist. Ihr müsst Euch keine Sorgen machen, unser Volk ist in Sicherheit. In Nazagur kann das Nichts ihnen nichts anhaben. Sie werden ein neues Dorf aufbauen, Melodien und Lieder pflegen und auf uns warten.«

Wieder schüttelte Rothâo wild den Kopf. »Nicht in Sicherheit«, stöhnte er, »in tödliche Gefahr reisen sie. Versprich mir, dass du keinen Schritt in dieses Land setzen wirst!«

»Aber Vater, welche Gefahren sollten dort auf uns warten? Wie kommt Ihr auf diesen Einfall?«

»Ich war dort«, keuchte er, und seine Augen verdunkelten sich, »der Schrecken, der dunkle Lord ...« Seine Stimme versagte. Krampfhaft hob und senkte sich seine Brust.

»Ein schrecklicher Lord? Der Herrscher des Landes? Was habt Ihr dort erlebt, das Euch so entsetzt?«, fragte Tahâma erstaunt. In ihrer Vorstellung war Nazagur eine liebliche Landschaft. Wie konnten dort Angst und Schrecken herrschen?

»Ich habe ihn gesehen, ihn und seine Kreaturen.« Er schnappte nach Luft, sein Gesicht verfärbte sich bläulich. »Versprich es mir ... dein Großvater ...« Er brach ab. Noch einmal holte er Luft. »Sing«, krächzte er, »sing mir mein Totenlied!«

Mit tränenerstickter Stimme begann Tahâma zu singen. Es waren keine Worte, nur tröstliche Töne, die sich zu einer Melodie fügten. Ihre Stimme wurde kräftiger, die Tränen auf ihren Wangen trockneten. Noch immer streichelte sie die Hand des Vaters, die schlaff in der ihren lag.

Auf einmal erklang seine Stimme, kräftiger als zuvor. »Bring mir Krísodul!«

Das Mädchen beeilte sich, seinen Wunsch zu erfüllen. Rothâo löste den blauen Stein von der Spitze des Stabes und legte ihn Tahâma in die Hände.

»Er ist dein. Wer sonst wäre dazu ausersehen, ihn nun zu besitzen.«

»Aber Vater, wer bin ich, dass ich diesen Schatz annehmen könnte?«, rief Tahâma aus. »Ein unwissendes Kind, kaum ein paar Dutzend Jahre auf dieser Welt. Nur wer stark ist, vermag den Kristall einzusetzen. Seine Macht entfesseln können nur die drei Kräfte der Musik zusammen – habt nicht Ihr selbst mir das immer wieder erklärt?«

»Ja, du hast Recht«, stimmte ihr Rothâo zu, »dennoch wird er dir helfen. Du bist stark im Willen und voll Zuversicht im Herzen. Tahâma, meine Tochter und Centhâns Enkelin, du bist begabt, die Vorsehung hat dich auserwählt. Glaube an dich, so wie ich es tue. Verwende Krísodul klug und erinnere dich stets an die Melodien, die ich dich gelehrt habe. In Melodie, Harmonie und Rhythmus liegt die Kraft, das darfst du nie vergessen. Der Stein wird dir helfen, deinen Weg zu finden.«

Er zog ihre Hand an seine Lippen und küsste sie. »Ich bin immer bei dir«, hauchte er. Ein Krampf schüttelte seinen Leib, sein Blick wurde trüb. Dann erschlaffte der Körper, seine Arme sanken herab, die Hände fielen zu beiden Seiten des Ruhebetts zu Boden.

Tahâma sah starr auf den leblosen Körper hinab. Sie konnte nicht singen, und es war ihr auch nicht möglich, ihrer Flöte nur einen einzigen Ton zu entlocken. Den Kristall in der Hand, saß sie nur stumm neben dem Toten. Ihr Verstand weigerte sich zu glauben, dass seine Geschichte nun zu Ende war. Der kluge Rothâo da Senetas, der mehr als einhundert Jahre im Rat der Drei die Geschicke der Tashan Gonar in Händen gehalten hatte. Zögernd küsste sie seine Stirn und schloss die türkisfarbenen Augen, deren Glanz für immer erloschen war.

Der Tag verrann. Bewegungslos verharrte Tahâma neben dem Leichnam ihres Vaters und ließ ihre Gedanken wandern.

24

Fröhliche Erinnerungen schweiften durch ihren Sinn, wundervolle Melodien, die sie zusammen gesammelt und in fein verzierte Kästchen verpackt hatten, um sie für die Ewigkeit zu bewahren. Es war ihr, als schreite sie wieder staunend neben dem Vater an den Regalreihen voller Musikschachteln entlang, die nun verwaist waren. Eine Stimme hallte durch ihren Sinn: Er ist tot, er hat dich verlassen, für immer. Nun bist du ganz auf dich allein gestellt.

Es wurde Abend, die Sonne sank und tauchte den lieblichen Hain, in dessen Mitte das Dorf lag, in warmes Licht. Die spitzen blauen Dächer flammten in Purpur, die mit Blütenranken bemalten Wände schimmerten. Die letzten Strahlen drangen durch die vielfarbigen Fensterscheiben und brachen sich in den Kristallen der Windspiele, die vor jedem Haus standen und leise Melodien murmelten. Die Schatten krochen über das Dorf hinweg. Bald glühten nur noch Wolkenschleier am verblassenden Himmel.

In der Stube wurde es dunkel. Das Feuer war längst heruntergebrannt, aber noch immer rührte sich Tahâma nicht. Erst als die Nacht hereinbrach und von den Berghängen wieder das Heulen der Wölfe erklang, schreckte sie aus ihren Gedanken. Nervös sah sie sich um. Wo sollte sie die Nacht verbringen? Wieder auf dem Schrank oben auf dem Dachboden? Noch hatten die Gnolle dieses Haus nicht durchsucht, aber sie gab sich nicht der Illusion hin, dass sie sich das prächtigste Haus des Dorfes entgehen ließen. Sie erhob sich. Ihr Blick strich über den Toten auf dem Ruhebett. Seine Gesichtszüge waren nun friedlich, als würde er nur schlafen.

Sie konnte seinen Körper nicht einfach den Leichen fressenden Raubtieren überlassen! »Nein, ihr werdet ihn nicht bekommen!«, sagte sie. Auf den Dachboden schleppen konnte sie ihn allerdings auch nicht.

25

Tahâma stieg in die Küche hinab und packte sich ein Bündel mit Honigbrot, Trockenfrüchten und einem vollen Wasserschlauch. In der Halle der Melodien füllte sie drei kleine Flaschen mit Kristallwasser aus dem Brunnen, dessen schimmernde Schale auf einer Kugel aus gehämmertem Silber ruhte. Sorgfältig verstaute sie die Phiolen in ihrem Bündel. Sie waren ein kostbarer Besitz. Nicht nur konnte ein winziger Schluck den Durst eines ganzen Tages löschen, das Kristallwasser säuberte auch Wunden und erhellte, wenn man eine alte Weise dazu sang, einen trübsinnigen Geist. Nur gegen Gifte war es leider wirkungslos.

Aus ihrer Kammer holte sich Tahâma einen langen Umhang, der aus dem gleichen fließend weichen Stoff gemacht war wie ihre Tunika. Auch er wechselte die Farbe, von zartem Flieder über tiefes Blau bis zu dunklem Violett, je nachdem, welche Tages- oder Nachtzeit herrschte. Der wundervolle Stoff wärmte nicht nur bei Kälte und kühlte in der Tageshitze, er war immer rein wie die Töne ihrer Windharfe, er hielt Schnee und Regen ab, und er machte seinen Träger im dämmrigen Licht des Morgens und des Abends nahezu unsichtbar. Tahâma wusste nicht, welches Lied die Frauen, die den Stoff einst webten, bei ihrer Arbeit gesungen hatten, aber bei jedem Schritt schienen leise Töne aus ihrem Gewand zu perlen.

Noch einmal trat sie zu dem Toten, um von ihm Abschied zu nehmen. Sie bedeckte den Leichnam mit einem Seidentuch in tiefem Blau, der Farbe der Harmonie, die für die Tashan Gonar so wichtig war. Zu seinem Haupt und zu seinen Füßen zündete sie eine Totenkerze an, dann häufte sie Holz um seine Ruhestätte. Seinen knorrigen Stab, der den mächtigen blauen Kristall getragen hatte, legte sie auf seine Brust. Dann verbeugte sie sich vor dem Toten und stimmte sein Requiem an.

Ihre Finger strichen über die Saiten der großen Harfe, die Flammen der Kerzen tanzten im Takt, sanftes Licht hüllte den Toten ein. Nachdem die letzten Töne längst verklungen waren, wogten die Harmonien noch lange durch den Raum. Der Abschied nahte. Noch einmal blieb Tahâma am Totenbett stehen. Wenn sie jetzt gehen würde, dann wäre es für immer. Das Brüllen eines Mordolocs ganz in der Nähe schreckte sie auf. Waren sie von der Musik oder vom Kerzenlicht angelockt worden? Nun konnte sie auch das Jaulen der Gnolle hören.

»Ihr werdet immer bei mir sein, Vater«, sagte sie leise. »Eure Geschichte ist zu Ende, aber Ihr werdet wiederkehren. Als ein neues Wesen, in fremder Gestalt zwar, doch es wird Euer Lebensfunke sein, der in diesem Wesen weiterbrennen und eine neue Geschichte erzählen wird.«

Sie hob ihren kaum armlangen Stab, löste den kleinen, klaren Kristall und befestigte stattdessen Krísodul an seiner Spitze. Mit dem blauen Kristall berührte sie einen der Holzscheite und sang eine scharfe Tonfolge. Sofort züngelten Flammen am trockenen Holz empor. Sie entzündete den Holzring an drei weiteren Stellen, dann eilte sie hinunter in die Küche und schlüpfte durch die Hintertür in den Blumengarten.

Tahâma duckte sich hinter einen dichten Schmetterlingsblütenbusch, der im Hauch des Nachtwindes eine leise Melodie zirpte. Hier hinter dem Haus schien alles ruhig zu sein, doch vorn hörte sie die Schläge einer Axt, die in die mit Schnitzereien verzierte Eingangstür fuhr. Ihr Blick wanderte zum ersten Stock hinauf, wo hinter den Scheiben die Flammen emporschlugen. Es wurde Zeit zu gehen.

Geduckt eilte Tahâma im Schatten der Häuser entlang. Ohne einem der durch die Nacht streifenden Räuber zu begegnen, erreichte sie den Wald, der den Ort in Form eines Sterns umgab. Leichtfüßig lief sie zwischen den in der Dunkelheit grünlich schimmernden Stämmen nach Norden, bis sie den jenseitigen Waldrand erreichte. Nun erst gestattete sie sich, für ein paar Atemzüge stehen zu bleiben und zu lauschen. Sie hörte den Wind in den Wipfeln rauschen und den Gesang eines Nachtvogels, aber nichts, was eine Bedrohung erahnen ließ.

Dennoch war es zu gefährlich, hier am Boden auf den Morgen zu warten. Tahâma zog sich an einem der Stämme hoch und verschwand im dichten roten Blattwerk. Die Arme um den seidenglatten Baumstamm geschlungen, schlief sie, bis das Licht der Sonne sie wieder weckte.

KAPITEL 2
Céredas

In derselben Nacht, in der Tahâma ihr Dorf verließ, wanderte eine Gestalt etwa zwanzig Meilen nordostwärts durch den Wald. Am Abend war sie noch unter dem lichten Laub vereinzelt stehender Eichen dahingeeilt, doch nun, da es auf Mitternacht zuging, rückten die Stämme immer dichter zusammen, und die belaubten Kronen waren längst zu einem undurchdringlichen Blätterdach verschmolzen.

Mittlerweile war es so dunkel, dass der junge Mann die Hindernisse auf seinem Weg eher ahnte als sah und daher gezwungen war, seine Schritte zu zügeln. Dennoch war er nicht bereit, seine Reise für einige Stunden zu unterbrechen. Er fühlte sich noch frisch, war er doch erst drei Tage unterwegs und hatte die letzte Nacht auf einem Mooslager geruht. Außerdem war sein Auftrag so wichtig, dass er keinen Aufschub duldete. Céredas kin Lahim war stolz darauf, dass sein Volk ihn auserwählt hatte, diese Reise zu unternehmen. Er sollte zum Elfenbeinturm eilen, die Kindliche Kaiserin um Rat zu bitten. Sie musste den Jägern aus dem schwarzen Gebirge jenseits der gelben Steppe gegen das Nichts helfen, denn sonst würde es bald keine Felsen mehr geben, durch deren Täler und über deren Höhen die Co-Lahims ziehen konnten, um Bären und Riesenfelsböcke zu jagen.

Trotz seiner jungen Jahre war Céredas schon ein erfolgreicher Jäger, davon zeugten die Zähne des Manticores, die er an einem Lederband um den Hals trug. Auch die giftige Rubinotter, mit deren rot-schwarz gestreifter Haut er sein langes Haar zurückzubinden pflegte, hatte er selbst erlegt. Fast zehn Fuß war die Schlange lang gewesen, die sich auf ihrem kräftigen Schwanz aufrichten konnte, um dem Gegner ihr tödliches Gift in die Augen zu spucken.

Der Rat der Co-Lahims bestand aus zehn Männern und Frauen, je zur Hälfte von den Ältesten und von jungen, kräftigen Jägern und Jägerinnen besetzt. Céredas war einer von ihnen und nun dazu auserkoren, sein Volk vor dem Nichts zu bewahren.

Wie fast alle Männer und Frauen der Felsenjäger war Céredas hochgewachsen – mehr als sechs Fuß groß – und von muskulöser Gestalt. Seine Haut glänzte im Sonnenlicht wie gebrannter Ocker, seine Haare waren von tiefem Schwarz und seine Augen dunkelbraun. Die Brust wurde von einem weiten Lederhemd verhüllt, die sehnigen Beine steckten in Wildlederhosen von einem roten Hirsch, im Gürtel hing ein Jagdmesser, und an den Füßen trug er kurze, weiche Stiefel. Ein weiter Umhang verhüllte seine kräftigen Schultern. Der Bogen und ein Köcher voller Pfeile hingen mit einem kleinen Bündel über seinem Rücken, und in der Rechten trug er eine leichte Axt mit silbernem Blatt.

Die Nacht schritt voran. Céredas blieb stehen und legte den Kopf in den Nacken. War er noch auf dem richtigen Weg? Schon lange war das Blätterdach so dicht, dass er die Sterne nicht mehr erkennen konnte, doch er hoffte wenigstens einen Schimmer des rötlichen Rubus zu entdecken, der um diese Nachtzeit im Süden stehen musste. Langsam drehte sich der junge Jäger um seine Achse, aber er konnte nicht einmal den kleinsten Schimmer des Mondes erspähen. Sollte er doch lieber hier rasten und auf die Morgendämmerung warten? In schnellem Schritt bei Tageslicht würde er den Zeitverlust rasch wieder gutmachen und riskierte nicht, von der Richtung abzukommen. Aber konnte man den Elfenbeinturm überhaupt mit Hilfe von Sonnen- und Mondenstand finden? Bewegte er sich nicht selbst, wie so vieles in Phantásien? Nicht zum ersten Mal huschte dieser Zweifel durch Céredas' Gedanken, aber er schüttelte ihn ab wie ein lästiges Insekt. Seine Mission war wichtig, und er sehnte nichts mehr herbei, als den Elfenbeinturm zu finden. Das allein musste schon genügen, um ihn auf kürzestem Wege dorthin zu führen.

Céredas nahm Bogen und Köcher von der Schulter und warf sein Bündel zu Boden. Im Schneidersitz ließ er sich ins trockene Laub sinken, wickelte seinen Umhang fester um die Schultern und lehnte sich an die glatte Rinde einer Blutbuche. Die Axt noch immer fest in den Händen, schloss er die Augen. Sein Atem wurde ruhig und gleichmäßig, und doch blieben seine Sinne geschärft.

Bewegungslos saß er eine Stunde da, als sich plötzlich seine Lider ein Stück hoben. Er hörte ein Käuzchen fast lautlos vorbeigleiten, der Wind säuselte in den Wipfeln, und irgendwo erklang das Fiepen einer Maus, aber da war noch etwas anderes. Etwas Bedrohliches, das langsam näher kam. Es bewegte sich geschmeidig und geräuschlos, dennoch spürte Céredas den vertrauten Schauder im Nacken, der ihn stets vor Gefahren warnte. Seine Hand spannte sich um den Stiel der Axt. Vielleicht hatte ihn das Wesen nicht bemerkt. Was es auch war, dachte er, vermutlich hielt es nach einer anderen Beute Ausschau.

Céredas lauschte angestrengt. Kein Geräusch verriet ihm, in welcher Gestalt die tödliche Gefahr heranschlich. Plötzlich

31

schnellte ein Schatten auf ihn zu. Mit dem Instinkt des Jägers duckte sich Céredas seitlich weg. Schon war er auf den Beinen und schwang seine Axt. Das Tier, was immer es war, landete auf dem weichen Boden, drehte sich blitzschnell um und setzte erneut zum Sprung an. Céredas sah zwei grün glimmende Augen und einen Rachen mit langen Reißzähnen auf sich zuschnellen. Wieder wich er aus und schlug mit seiner Axt zu, doch er verfehlte den Angreifer. Mit einem tiefen Knurren kauerte der sich nieder und spannte sich zum nächsten Sprung. Für einen Augenblick erkannte der Jäger einen riesigen Wolf mit zottigem Fell und einem fürchterlichen Rachen. Wieder wollte er ausweichen, nun aber hatte der Wolf seine Finte durchschaut und sprang zur selben Seite. Die Reißzähne bohrten sich in Céredas' linke Wade und brachten ihn zu Fall. Schmerz loderte in einer heißen Welle durch sein Bein, aber er ignorierte das aufsteigende Schwächegefühl. Er kniff die Augen zusammen, hob die Axt und ließ sie mit aller Kraft herabsausen. Das Gebiss an seinem Bein ruckte, dann lösten sich die Zähne aus seinem Fleisch, und das Tier stieß ein klagendes Heulen aus. Lautlos, wie er gekommen war, verschwand der Wolf wieder in der Nacht.

Der Jäger unterdrückte ein Stöhnen. Nun, da die direkte Bedrohung vorbei schien, brandete der Schmerz mit aller Macht in sein Bewusstsein. Vorsichtig tastete Céredas über seinen linken Unterschenkel. Im Dunkeln erspürte er die Wunde und fühlte das klebrige Blut, das reichlich auf den Boden floss. Die Wunde schien tief zu sein, seine Knochen jedoch waren heil geblieben. Céredas zog sein Messer aus der Scheide und schnitt das zerfetzte Hosenbein bis zum Knie auf. Er trennte einen handbreiten Streifen vom Saum seines Umhangs und wickelte ihn fest um die verletzte Wade. Wieder jagte der Schmerz in brennenden Wellen sein Bein hinauf, doch noch immer gab der junge Mann keinen Laut von sich. Eine Weile saß er reglos da und wartete, bis das Pochen in der Wunde nachließ. Dann rutschte er zu einem dünnen Baum und zog sich daran hoch, bis er auf seinem rechten Bein stand. Behutsam belastete er den linken Fuß, aber ein Schwindel erfasste ihn und ließ ihn wanken. Schwer atmend klammerte sich Céredas an einen tief hängenden Ast.

Sollte er hier auf dem Boden den Rest der Nacht zubringen? Wenn der riesige Wolf zurückkehrte, würde er eine leichte Beute abgeben. Céredas straffte den Rücken. Er würde kämpfen und sein Leben teuer verkaufen, doch hatte er gegen dieses Biest eine Chance?

»Man hat immer eine Chance!«, sagte er leise zu sich selbst. »Du hast den Manticore besiegt und die Rubinotter getötet, du bist mutig und stark, und kein noch so großer Wolf kann dich das Fürchten lehren!«

Dennoch war es gefährlich, noch länger an diesem Ort zu bleiben. War nicht der größte Feind des Jägers der Leichtsinn? Prüfend zog Céredas an dem kräftigen Ast, den er immer noch umklammert hielt. Vielleicht konnte er sich ja noch ein Stück weiter hinaufziehen, bis er vor den Klauen und Zähnen des Riesenwolfes in Sicherheit war.

Céredas schloss beide Hände um den Ast und zog sich langsam hoch. Schwitzend und leise keuchend schwang er sich hinauf und blieb auf dem Ast sitzen, bis sein Atem sich beruhigt hatte. Dann richtete er sich vorsichtig auf, um nach dem nächsten Halt zu suchen. Bald war er mehr als fünfzehn Fuß über dem Boden. Erschöpft kroch er zum Stamm hinüber, lehnte sich dagegen und schlief ein.

Die Sonne ruhte noch hinter dem Horizont, doch Tahâma hatte ihr nächtliches Baumlager bereits verlassen und wanderte über die leicht gewellte Grasebene weiter nach Norden. Ein paar olivgrüne Grasböcke kreuzten ihren Weg, und ab und zu erklang der schrille Ruf der Erdhörnchen, die ihre Sippe vor einer drohenden Gefahr warnten, um dann blitzschnell in ihren Höhlen zu verschwinden.

Tahâma eilte voran. Sie versuchte ihre Gedanken von dem zu lösen, was sie hinter sich ließ, und stattdessen an das neue, verheißungsvolle Land zu denken und an die Freunde, die dort auf sie warteten. Die Sonne schob sich blutrot über den Rand der Berge im Osten und wurde mit jeder Stunde, die sie höher stieg, blasser und heißer. Bald glühte der Staub, den Tahâmas Füße aufwirbelten. Der Durst brannte in ihrer Kehle.

Zu Mittag rastete sie einige Minuten und erfrischte sich an einem Schluck Kristallwasser und einer Hand voll getrockneter Beeren, ehe sie ihren Weg fortsetzte. Über ihr kreisten zwei Adler im flirrenden Blau. Tahâma lauschte ihrem Ruf. Ein Musikstück kam ihr in den Sinn, und so summte sie die Töne im gleichmäßigen Takt ihrer Schritte. Am Nachmittag zeichnete sich der dunkle Saum des Silberwaldes am Horizont ab, wie es die beiden Reisenden aus Nazagur beschrieben hatten. Es war schon dunkel, als Tahâma den Waldrand erreichte. Wie in der Nacht zuvor wählte sie sich einen hohen Baum mit breiten Ästen als Lager und schlief tief und traumlos, den Baumstamm fest umschlingend.

Am nächsten Morgen machte sie sich auf, den Wald zu durchqueren. An manchen Stellen sah er nicht anders aus als der Hain im Tal der Blauschöpfe, doch dann traf sie immer häufiger auf knorrige Bäume, deren Blattoberflächen mal scharlachrot, mal gelb oder orange leuchteten, während die

34

Unterseiten wie reines Silber schimmerten. Es war, als liefe sie durch Bögen und Lauben aus kunstvoll gehämmertem Silberschmuck. Der Wind strich durch die Blätter und ließ sie klingen. Wie zarte Glöckchen hörte es sich an. Später säumten wieder Eichen und Buchen ihren Weg, und der Boden war von Farnen und Moos bedeckt.

Eine Wegstunde weiter wichen die Bäume unvermittelt zurück und gaben den Blick auf eine kleine Lichtung frei. Tahâma hielt inne. Plötzlich war ihr, als würde sie beobachtet. Langsam trat sie in die Schatten der tief hängenden Zweige zurück und sah aufmerksam um sich. Sie griff nach dem Stab mit dem blauen Kristall an der Spitze, obwohl sein Lichtschein ihr bei Tag sicher keinen Schutz bieten konnte. Noch einmal tastete ihr Blick das Buschwerk zu Füßen der Bäume ab und blieb dann an einem saftig grünen Schirmblattstrauch hängen. Was war das dort zwischen den riesengroßen Blättern? Starrten sie zwei braune Augen an?

Tahâma zögerte noch einen Moment, dann trat sie auf die Lichtung, streckte den Kristallstab aus und rief: »Komm aus deinem Versteck. Ich habe dich längst gesehen!«

Nichts rührte sich. Sie rief es noch einmal, diesmal jedoch nicht in Tashan Gonar, sondern in Hochphantásisch, der Sprache, die alle Wesen in Phantásien verstanden. Die Wörter kamen ein wenig holprig heraus, aber sie war sich sicher, dass das Wesen, das sich dort im Busch verbarg, sie verstanden hatte.

»Wenn du dich nicht sofort zeigst, werde ich dich mitsamt dem Busch in einem einzigen Lichtblitz vernichten!«, drohte sie, obwohl sie wusste, dass sie viel zu schwach war, Krísoduls zerstörerische Kräfte zu wecken. Aber woher sollte das Wesen im Busch das wissen, beruhigte sich Tahâma, deren Herz vor Aufregung heftig schlug.

»Ich komme ja schon«, drang endlich eine Antwort aus der Tiefe des Buschs. Die schirmgroßen Blätter bewegten sich, dann tauchte ein schwarzhaariger junger Mann mit ockerfarbener Haut auf und musterte sie aus dunkelbraunen Augen. »Ich dachte immer, die Blauschöpfe wären ein friedliebendes Volk«, sagte er, und ein leichter Vorwurf schwang in seiner Stimme. »Du bist doch eine von ihnen?« Er deutete auf das blaue Haar, das Tahâma nun mit Schwung auf den Rücken warf.

»Ja, ich gehöre zum Volk der Tashan Gonar«, antwortete sie stolz. »Und du? Wer bist du?«

Der junge Mann senkte den Kopf und legte seine rechte Hand an die Brust. »Céredas kin Lahim, ich bin ein Jäger aus dem schwarzen Felsengebirge einige Tagesmärsche weiter im Osten.«

»Ein Jäger, so, so«, sagte sie und trat einige Schritte näher, ohne den Stab zu senken. »Was lockt einen Mann, dessen Volk das Jagen und Töten verehrt, in den Silberwald?«

»Du brauchst das nicht so verächtlich zu sagen. Die Jagd ist eine hohe Kunst!«

Tahâma verzog das Gesicht. »Unsere Verehrung gilt der Melodie, der Harmonie und dem Rhythmus. Wir lieben das Spiel des Windes in unseren Werken aus Saiten und farbigen Kristallen. Das verstehe ich unter Kunst! Wir leben in Frieden mit der Natur, ohne sie zu berauben und zu töten.«

Céredas schürzte die Lippen. »Das ist ja sehr schön, und doch zielst du noch immer mit deinem Stab auf mein Herz, um mich zu töten, obwohl ich dich nicht einmal bedroht habe.«

»In fremden Ländern ist Vorsicht geboten«, erwiderte Tahâma. »Tritt endlich aus deinem Busch heraus und zeige mir, was du unter deinem linken Arm verbirgst.«

Umständlich schob der junge Jäger mit der rechten Hand einen Zweig zur Seite und humpelte dann, die linke auf einen starken Stock gestützt, auf die Lichtung hinaus. Eine Axt baumelte an seiner Seite, Rucksack, Köcher und Bogen hingen auf seinem Rücken.

Tahâmas Blick wanderte zu dem zerfetzten Hosenbein und dem blutigen Verband. »Was ist dir zugestoßen?« Sie steckte den Stab in ihre Schärpe und trat zu Céredas hinüber.

»Vor zwei Nächten wurde ich angegriffen«, sagte er und zog eine Grimasse. Im Stehen schmerzte sein Bein fast unerträglich, und da er fürchtete, gleich würde es wieder schwarz vor seinen Augen werden, ließ er sich auf ein Moospolster sinken. Das Mädchen setzte sich ihm gegenüber. Einige Augenblicke schwiegen beide und sahen auf den schmierigen Verband hinab, durch den an zwei Stellen gelbliche Flüssigkeit sickerte.

»Das ist nicht gut«, sagte das Blauschopfmädchen nach einer Weile. »Du solltest den Verband wechseln.«

Céredas nickte. »Ich weiß, das allein wird aber nicht genügen. Kennst du dich in der Heilkunde aus?«, fragte er voller Hoffnung.

Tahâma schüttelte den Kopf, rückte aber trotzdem noch ein Stück näher und löste den verklebten Stoffstreifen. Sie sah auf die tiefe Wunde, die von Eiter verklebt war und sich an den Rändern schwärzlich verfärbte. »Ich könnte deine Verletzung mit Kristallwasser säubern«, schlug sie vor und nahm ihr Bündel vom Rücken. Die Verletzung erinnerte sie an die qualvollen letzten Stunden ihres Vaters. War auch dieser Körper vergiftet? Würde sie schon wieder an einem Sterbelager wachen müssen? »Was war es, das dich verletzt hat?« Sie benetzte ein Tuch mit dem klaren Wasser und tupfte vorsichtig den gelben Schleim von der Wunde. Leise begann sie eine Tonfolge zu summen.

»Ein Wolf«, antwortete Céredas, »ein ungewöhnlich großer und kräftiger Wolf«, fügte er hinzu, so als wäre es ihm peinlich, von einem normalen Wolf verletzt worden zu sein.

»Das ist nicht ganz korrekt«, erklang eine schnarrende Stimme aus dem Gebüsch neben ihnen. Es folgte ein knarzendes Lachen. Die beiden fuhren herum, konnten jedoch niemanden entdecken.

»Es war kein ungewöhnlich großer Wolf, es war ein gewöhnlich großer Werwolf«, fuhr die Stimme fort. »Und um noch genauer zu sein, es war der Werwolf Gmork.« Die dichten Zweige des Mondbeerenbuschs zu ihrer Linken rauschten, und eine kleine, dürre Gestalt trat auf die Lichtung. Das Wesen war etwa zwei Fuß groß, mit dünnen Ärmchen und Beinen, die eher Wurzeln ähnelten, und einem tonnenförmigen Leib, der in einen groben Kittel von grünlicher Farbe gehüllt war. Das zerfurchte Gesicht war von erdigem Braun, auf dem Kopf trug es einen topfförmigen Rindenhut, auf dem eine gebogene grüne Feder steckte. »Wurgluck«, sagte das Männchen, zog den Hut und verneigte sich. »Ich wünsche den Reisenden einen glücklichen Tag.« Er setzte den Rindenhut wieder auf und tippelte mit eiligen Schritten auf das gegenüberliegende Gebüsch zu.

»Halt, halt!« Tahâma sprang auf und stellte sich ihm in den Weg. »Wer bist du?«, fragte sie und sah das Männchen mit großen Augen an.

»Wurgluck«, wiederholte es vorwurfsvoll und wandte sich nach links, um an dem Blauschopfmädchen vorbeizukommen. »Das habe ich doch schon gesagt. Ihr müsst den Leuten zuhören!«

»Und was bist du?«, fragte Tahâma.

Das Männchen blieb stehen und wandte sich ihr zu. Es schien nach Luft zu schnappen. Dann sagte es: »Ich bin ein Erdgnom. Ist das nicht klar und deutlich zu sehen?«

Sie ließ sich auf die Knie sinken und streckte ihm ihre Hand entgegen. »Entschuldige, Wurgluck, ich habe bisher noch keinen Erdgnom getroffen. Ich heiße Tahâma und bin vom Volk der Tashan Gonar.«

»Ein Blauschopf, ja, ich weiß.« Wurgluck nickte und schüttelte feierlich ihren Mittelfinger. »Erst kürzlich ist eine ganze Schar durch unseren Wald gezogen. Und wer ist der?« Er wandte sich zu dem jungen Mann um.

»Céredas kin Lahim«, stellte dieser sich vor und verzog die Lippen zu einem schiefen Lächeln.

»Ja, das tut weh.« Wieder nickte der Erdgnom. »Wenn man da nicht mit den richtigen Kräutern Bescheid weiß, dann kann so eine Wunde zum Tod führen, ehe es dreimal Abend geworden ist. Vor allem jetzt, da Rubus wieder zunimmt.« Er tippte sich an den Hut und wollte seinen Weg fortsetzen, doch wieder stellte sich ihm Tahâma in den Weg.

»Ich bin keine Heilkundige, und auch Céredas weiß nicht, wie man eine derart tiefe Verletzung behandelt. Kennst du nicht jemanden hier in eurem Wald, der ihm helfen kann?«

Wurgluck hielt inne, sah zu Tahâma auf und runzelte die ohnehin schon zerfurchte Stirn. Ein verschmitztes Lächeln huschte über seine dünnen Lippen. »Wenn ich so richtig darüber nachdenke, dann wüsste ich schon wen, der die richtigen Kräuter kennt und weiß, wie man sie pflücken und zubereiten muss, wie man sie verabreicht und wie man die Wunde verbindet.« Gewichtig fuchtelte er mit seinem dürren Arm vor ihr herum. »Ihr beide habt das ungeheure Glück, dass der berühmte Heiler des Silberwaldes direkt vor euch steht. Und was noch viel wichtiger ist, er ist auch bereit, euch zu helfen – wenn ihr ihn darum bittet.«

Die beiden jungen Phantásier tauschten einen schnellen Blick, dann sagte Tahâma mit weicher Stimme: »Es wäre sehr freundlich von dir, wenn du unserem Freund helfen könntest.«

»Ich weiß zwar nicht, ob er mein Freund ist, aber das will ich mal gelten lassen. Wartet hier«, sagte der Erdgnom und war im nächsten Augenblick im Gebüsch verschwunden.

»Meinst du, er versteht wirklich etwas vom Heilen?«, fragte Céredas leise, als Tahâma zu ihm herantrat und mit einem Schaudern noch einmal auf seine Wunde sah.

»Ich weiß es nicht«, sagte sie und zuckte mit den Schultern, »aber was bleibt dir anderes übrig, als es zu versuchen? In einem Punkt hat er sicher Recht: Wenn die Heilung nicht schnell eingeleitet wird, wirst du den nächsten Mondwechsel nicht mehr erleben.«

Céredas nickte und unterdrückte einen Seufzer. »Der Tod ist der stetige Begleiter des Jägers. Man muss immer vorbereitet sein und ihm, wenn er vor einem steht, ohne Furcht ins Auge blicken.«

»Und dann aus Stolz sein junges Leben wegwerfen«, sagte Tahâma verächtlich.

»Nein, das nicht«, erwiderte Céredas und sah verlegen zu Boden. »Wenn der seltsame Kerl mehr als nur ein Aufschneider ist.«

Schweigend warteten die beiden auf der Lichtung. Tahâma verband die Wunde, doch das Männchen kehrte nicht zurück. Später teilte sie Trockenfrüchte und Nussbrot mit dem Jäger, dann zog sie ihre Flöte hervor und spielte eine langsame Weise. Der Jäger hörte schweigend zu, und seine Züge entspannten sich für eine Weile.

»Ich habe es geahnt. Er ist nur ein Aufschneider«, seufzte er jedoch kurz darauf.

»Wer ist ein Aufschneider?«, schnarrte die Stimme des Gnoms, der unvermittelt zwischen zwei Wurzeln auftauchte. »Du sprichst doch nicht etwa von mir? Wozu treibe ich all den Aufwand, um einen dahergelaufenen Jäger zu retten, der noch nicht einmal Höflichkeit besitzt, von Dankbarkeit ganz zu schweigen?« Er stemmte die Hände in die Hüften. »Ich sollte meine Kräuter wieder mitnehmen und dich hier elendig verrecken lassen!«, keifte er und fuchtelte mit seinen dünnen Ärmchen.

»Wurgluck, verzeih, er hat es nicht so gemeint«, mischte sich Tahâma ein. »Natürlich ist er dir sehr dankbar, wenn du ihm deine Heilkünste zur Verfügung stellst und sein Leben damit rettest.«

»So? Und warum kann er nicht selbst sprechen und sich entschuldigen?« Die moosgrünen Augen des Erdgnoms funkelten.

»Du würdest den Co-Lahims einen großen Dienst erweisen, wenn du mein Leben rettest«, sagte Céredas. »Unserem Volk und vielleicht auch ganz Phantásien, denn ich bin ein wichtiger Bote, der zur Kindlichen Kaiserin gesandt wurde. Es geht nicht nur um das Überleben meiner Rasse, es geht um Phantásien!«

»Gut gesprochen, Söhnchen«, spottete der Erdgnom, »aber ich konnte noch immer keine Entschuldigung oder gar eine Bitte unter deinen Worten vernehmen.« Er schob sich seinen Zeigefinger ins Ohr, drehte ihn ein wenig nach rechts und nach links, zog ihn wieder heraus und betrachtete ihn dann anscheinend interessiert. »Also an mir kann es nicht liegen, meine Ohren sind sauber, und ich höre noch immer gut.« Herausfordernd sah er zu dem jungen Mann auf.

Céredas blickte den Erdgnom trotzig an, dann aber sagte er: »Ich bitte dich um Verzeihung. Es lag nicht in meiner Absicht, dich zu kränken, und ich danke dir dafür, dass du mir hilfst.«

»Na also, geht doch«, schnarrte der Erdgnom und klatschte in die Hände. Auf der anderen Seite der Lichtung traten aus einem alten Baum, der im unteren Bereich hohl war, vier weitere Erdgnome hervor. An zwei überkreuzten Stangen trugen sie einen Kessel mit dampfendem Inhalt. Im Gleichschritt überquerten sie die Lichtung, setzten den Kessel vor Wurgluck ab, verbeugten sich stumm und verschwanden dann in einem Erdloch zwischen drei breitkappigen, hellblauen Pilzen.

»Ygawil!«, rief der Erdgnom gebieterisch.

»Ja, Vater, ja, ich komme schon«, antwortete eine hellere Stimme unter dem Mondbeerenbusch. Eine Gnomenfrau kam mit trippelnden Schritten heran. Auch ihr Gesicht war dunkelbraun und zerfurcht, doch ihren Kopf bedeckten moosgrüne Flechten, und der braune Kittel reichte ihr bis fast zu den Füßen. Sie trug eine grünliche Stoffrolle in den Armen, die sie kaum umfassen konnte. Behutsam legte sie ihre Last auf ein Moospolster. »So, ich bin bereit!«, sagte sie fröhlich und lächelte Céredas zu. »Es wird nicht sehr wehtun.«

»Schmerzen schrecken mich nicht«, brummte er. »Wir Felsenjäger sind von klein auf daran gewöhnt.«

»Einen stolzen Krieger haben wir hier in unserem Wald zu Gast.« Ygawil kicherte, und ihr Gesicht schimmerte plötzlich rotbraun.

»Pah!«, schimpfte Wurgluck und prüfte noch einmal das Gebräu, das die vier Gnome gebracht hatten. »Was nützt ihm sein Stolz, wenn er von den Würmern gefressen wird!«

Ygawil kicherte erneut und eilte dann zum Busch zurück. Kurz darauf kam sie mit einem Korb voller Moosschwämm-

42

chen und einem Tonbecher wieder. Dreimal schöpfte sie von dem Gebräu aus dem Kessel und gebot Céredas zu trinken. Währenddessen tauchte Wurgluck die Schwämme in den Kessel, bis sie sich voll gesogen hatten, und schob sie dann erstaunlich zart in die eiternde Wunde. Schließlich nahm er die grüne Rolle und wickelte den Stoff mit Ygawils Hilfe fest um die Wunde.

»So!«, sagte der Erdgnom, trat zurück und betrachtete mit zufriedener Miene sein Werk. »Das sollte fürs Erste genügen. »Bewege dich so wenig wie möglich, stolzer Jäger aus dem schwarzen Felsengebirge, ich werde dafür sorgen, dass du genug zu essen bekommst.« Er wandte sich zu seiner Tochter um. »Ygawil!«, rief er. »Du passt auf, dass die dummen Wichte von Schwiegersöhnen ihm nichts Unbekömmliches servieren!«

Mit geschwellter Brust und hoch erhobenem Haupt schritt Wurgluck auf den Mondbeerenbusch zu und verschwand dann im dichten Blattwerk. Ygawil winkte Céredas und Tahâma noch einmal zu und folgte ihm dann nach. Es wurde ruhig auf der Lichtung. Sacht senkte sich die Dämmerung herab und brachte Kühle nach dem heißen Tag.

»Schmerzt es sehr?«, fragte Tahâma. Obwohl es schon fast dunkel war, bemerkte sie, wie blass Céredas geworden war.

»Nicht mehr, als ich ertragen könnte.« Der Stolz blitzte in seinen braunen Augen.

»Du solltest schlafen«, sagte sie, »damit du wieder zu Kräften kommst. Ich werde in der Nacht über dich wachen.«

Céredas brummte etwas, doch es fiel ihm sichtlich schwer, die Augen offen zu halten. Bald fielen seine Lider herab. Der Jäger sank zurück ins Moos und schlief ein. Die Sichel des Rubus stieg über den Baumspitzen auf und tauchte die Lichtung in sanftes Licht. Bald darauf folgte ihm der silberne

Mond, der schon wieder ein Stück seines runden Gesichts verloren hatte. Versonnen betrachtete Tahâma die schlafende Gestalt. Was für ein seltsamer junger Mann, dachte sie. Er war so ganz anders als die Tashan Gonar, die ihre zierlichen Körper in glänzende Gewänder hüllten und am Abend beisammensaßen, um mit ihren Fingern über die Saiten zu streichen und wohlklingende Melodien zu singen. Nie würden sie Waffen wie Schwert oder Axt in die Hände nehmen!

»Was für ein Mann!«, seufzte eine helle Stimme neben Tahâma. Ygawil stand neben ihr und betrachtete den Schlafenden. »Im Schlaf sieht er sogar noch besser aus, aber wenn er wieder zu Kräften kommen will, muss er etwas essen.« Sie streckte ihren Korb vor, in dem rotbraune Kuchen, mit Blättern umhüllte Pasteten und kleine Laibe lagen, anscheinend eine Art Brot. Der Duft jedenfalls, der Tahâma in die Nase stieg, war verlockend.

»Du musst ihn wecken«, sagte Ygawil. Flink verteilte sie Blätter auf dem Moos und legte auf jedes ein Stück Kuchen oder Pastete. Die Ärmchen in die Hüften gestemmt, blieb sie noch einen Augenblick stehen und warf einen verträumten Blick auf Céredas, ehe sie zum Mondbeerenbusch zurücklief. Tahâma berührte ihn leicht an der Schulter. Bevor sie auch nur ein Wort sagen konnte, fuhr er hoch, riss die Axt vom Gürtel und sah sich wild um.

Das Mädchen wich ein Stück zurück. »Es ist alles in Ordnung!«, sagte sie schnell und hob beschwichtigend die Hände. »Die Gnome haben etwas zu essen gebracht.«

Céredas rückte ein Stück näher, nahm eine der Pasteten und schnüffelte daran. Dann erst schob er sie sich in den Mund. »Sie sind gut!«, sagte er und griff gleich nach drei weiteren.

Tahâma aß einen der kleinen Kuchen, der nach Waldbeeren schmeckte, und ein grünes Brot voll würziger Kräuter. Dann biss sie in die letzte Pastete, die Céredas übrig gelassen hatte. Sie hatten die letzten Krümel noch nicht heruntergeschluckt, als die vier Gnome noch einmal auftauchten und einen Kessel voll Suppe brachten. Mit einer stummen Verbeugung überreichten sie jedem eine Trinkschale und verschwanden dann wieder in ihrem Baum.

Céredas trank zwei Schalen Suppe. Dann gähnte er herzhaft, seine Augen verdunkelten sich. Schon halb vom Schlaf überwältigt, sank er zurück und schlief abermals ein. Im Schneidersitz saß Tahâma neben ihm und sang leise vor sich hin, während die beiden Monde über die Lichtung wanderten und dann hinter den Baumwipfeln verschwanden.

Plötzlich stand Wurgluck neben ihr. »Warum schläfst du nicht, Kind?«, fragte er streng.

Tahâma lächelte das Männchen an, das ihr, obwohl sie saß, nur bis zur Schulter reichte. »Ich bin kein Kind mehr, Wurgluck, und ich wache über Céredas' Schlaf, damit ihm in dieser Nacht nichts zustößt.«

»Pah«, erwiderte der Gnom, »kein Kind mehr? Wie viele Sommer hast du schon gesehen? Für mich bist du noch ein Wickelkind!«

Tahâma sah ein, dass es sinnlos wäre, mit ihm zu streiten, daher sagte sie nichts.

»Du willst ihn beschützen? Wovor denn?«, fuhr der Erdgnom fort.

»Vor den Gefahren der Nacht«, antwortete Tahâma. »Es könnte doch sein, dass der Werwolf zurückkehrt.«

»Ha, und du beschützt ihn dann vor dem alten Gmork?«, spottete der Gnom und lachte schnarrend. »Wie willst du das anstellen? Willst du ihn mit deinem Charme bestechen oder ihm dein Bündel auf die Nase schlagen?«

45

Tahâma zog ihren Stab mit dem schimmernden Kristall hervor und reichte ihn dem Gnom. Für Wurgluck hatte er die Größe eines soliden Wanderstabes. Aufmerksam betrachtete er den Stein an der Spitze, dann gab er ihn dem Blauschopfmädchen zurück.

»Wirklich ein schönes Spielzeug, mein Kind, doch um gegen Gmork anzutreten, müsstest du dir etwas anderes ausdenken. Daher schlage ich vor, du schläfst jetzt und vertraust mir, wenn ich dir versichere, dass euch auf dieser Lichtung heute Nacht nichts geschehen wird.« Er tätschelte ihr Knie und verschwand dann gemessenen Schrittes im Blattwerk.

Tahâma sah ihm nach. Konnte sie ihm vertrauen? Céredas war nichts anderes übrig geblieben, als sein Leben in die Hände dieses seltsamen Wesens zu legen, und bisher schien es, als wisse der Erdgnom, was er tat. So wickelte auch sie sich in ihren Umhang, der sie nahezu unsichtbar machte, und legte sich neben Céredas ins Moos – allerdings so weit entfernt, dass sie nicht aus Versehen im Schlaf gegen ihn stieß. Kaum hatte sie die Augen geschlossen, da glitt sie auch schon in die Traumwelten hinüber.

Ein süßer Duft riss Tahâma aus ihren Träumen. Sie öffnete die Augen und sah sich um. Es war bereits heller Tag, und der wohlriechende Dampf stieg aus einem Topf auf, den Ygawil neben ihr abgestellt hatte.

»Honigsuppe!«, erklärte die Gnomin und schöpfte Tahâmas Schale voll. Céredas hatte seine schon geleert und streckte sie Ygawil entgegen, damit die sie noch einmal füllte.

»Gut geschlafen?«, fragte Céredas in spöttischem Ton und löffelte die Honigsuppe in sich hinein.

46

Tahâma rappelte sich auf und strich sich ihre Tunika glatt, die im Morgenlicht die Farbe von zartem Flieder angenommen hatte. »Wurgluck sagte, wir seien hier auf der Lichtung sicher«, verteidigte sie sich. »Sonst hätte ich die ganze Nacht über gewacht!« Sie schob sich einen Löffel Suppe in den Mund. Es schmeckte herrlich. Nicht nur nach dem süßen Honig, auch würzig und dann wieder leicht scharf. »Wie geht es deinem Bein?«, fragte sie. »Wurglucks Medizin scheint dir bekommen zu sein.« Ihr Blick huschte über sein Antlitz, das heute Morgen wieder von kräftigem Ocker war. Die Blässe und die dunklen Ringe unter den Augen waren verschwunden.

»Natürlich ist ihm Wurglucks Medizin bekommen!«, erklang die Stimme des Erdgnoms. »Hast du daran etwa gezweifelt?« Er trat heran und bohrte ihr seinen spitzen Zeigefinger in die Rippen. Dann begann er flink den Verband abzuwickeln.

»Nein, natürlich nicht«, beschwichtigte sie ihn, »aber ist es nicht fast ein Wunder, wie schnell er sich erholt?« Sie deutete auf den tiefen Biss, dessen Ränder seine schwärzliche Färbung verloren hatten. Auch von Eiter war nichts mehr zu sehen, und an manchen Stellen schien sich bereits frische, rosige Haut zu bilden.

»Staunen ist erlaubt«, sagte der Gnom. Die Nasenspitze fast in der Wunde versenkt, inspizierte er seine Arbeit, dann richtete er sich wieder auf und klatschte in die Hände. Wie am Vortag kamen seine stummen Helfer und brachten die Medizin. Wurgluck schien die Vorstellung zu genießen. Während er Céredas von seinem Trank gab, kam auch Ygawil mit frischen Moosschwämmchen und einer neuen Binde herbei.

»Das sieht wirklich sehr gut aus«, lobte Tahâma. »Sicher werden deine Beschwerden in einigen Tagen verschwunden sein. So kann ich beruhigt meinen Weg fortsetzen und dich hier in der Obhut der guten Erdgnome lassen.«

»O ja, lass dich von mir nicht aufhalten«, sagte Céredas und hob die Hände. »Auch ich werde mein Bündel schnüren, sobald Wurgluck hier fertig ist. Mein Auftrag duldet keinen Aufschub.«

»Bündel schnüren? Keinen Aufschub?«, kreischte Wurgluck und funkelte den jungen Mann böse an. »Du wirst heute nirgendwo hingehen, Bürschchen, das sage ich dir! Glaubst du, ich verschwende meine Heilkünste an einen Dummkopf, der sich seine Wunde wieder aufreißt und dann jämmerlich verendet? Bis morgen rührst du dich nicht von der Stelle, sonst wirst du erleben, was es bedeutet, sich mit einem wütenden Gnom anzulegen!« Sein zerfurchtes Gesicht schimmerte nun in Violett, die dunkelgrünen Augen wölbten sich vor.

»Wenn es unbedingt sein muss«, murrte Céredas und verschränkte die Arme vor der Brust. »Ich habe es wirklich eilig!«

»Ach ja? Was kann es denn für einen Jäger aus den schwarzen Felsen Wichtiges geben, das nicht noch einen Tag warten kann?«, schimpfte Wurgluck.

»Eigentlich geht es dich nichts an«, begann Céredas. Als er jedoch sah, dass der Gnom schon wieder violett anlief, sprach er rasch weiter. »Aber hier bin ich ja unter Freunden und kann von meinem Auftrag erzählen.« Er machte eine kleine Pause, reckte sich ein wenig und holte tief Luft. »Ich bin auf dem Weg zur Kindlichen Kaiserin«, verkündete er und sah von Wurgluck zu Tahâma.

Doch statt ihn mit großen Augen anzustaunen, knurrte der Erdgnom: »Noch so einer!«, und Tahâma sagte: »Du bist spät dran.«

Céredas schnappte nach Luft. »Aber, aber«, stotterte er, »woher wisst ihr?«

»Es ist das Nichts, oder?«, fragte Tahâma. »Es ist dabei, auch die schwarzen Felsen zu zerstören.«

Der junge Mann nickte stumm. Nun berichtete sie von der Mission ihres Vaters und von dem, was er ihr nach seiner Rückkehr erzählt hatte.

»Du siehst, deine Reise hat ihren Sinn verloren. Die Kindliche Kaiserin ist sehr krank. Sie wird dich nicht empfangen. Und doch können wir Hoffnung haben, denn Atréju trägt den Glanz. Vielleicht gelingt es ihm, Phantásien zu retten.«

Céredas schwieg. »Aber was soll ich denn jetzt tun?«, fragte er dann.

»Erst einmal in Ruhe dein Bein heilen lassen«, verkündete Wurgluck und wandte sich zum Gehen. »Nun kommt es ja nicht mehr darauf an, ob du einen Tag mehr oder weniger auf unserer Lichtung zubringst.«

Schweigend sah Céredas ihm nach.

»Es ist schon spät«, sagte Tahâma nach einer Weile und erhob sich. »Ich werde meinen Weg nun fortsetzen. Meine guten Wünsche begleiten dich, Céredas.« Sie legte die rechte Hand an ihre Brust und verneigte sich.

»Halt, nein.« Seine Wangen röteten sich. »Wo gehst du hin?«

»Das Nichts ist uns schon sehr nahe gekommen«, sagte Tahâma leise. »Wir können nicht auf Rettung warten. Deshalb ist mein Volk nach Nazagur gezogen.«

»Nazagur?«

»Das ist ein Land weiter im Norden. Ein herrlich grünes Land voller Wiesen und Wälder, Seen und Flüsse, doch das wundervollste daran ist, es schrumpft nicht! Nein, im Gegenteil, es wächst sogar, und es wartet nur darauf, von den verschiedenen Völkern in Besitz genommen und bewohnt zu werden.« Begeisterung ergriff sie. Die warnenden Worte des

Vaters hatte sie aus ihren Gedanken verbannt. Es musste viele Dutzend Jahre her sein, dass der Vater durch jene Gegend gereist war. Wenn es damals einen grausamen Herrscher in Nazagur gegeben hatte, so war er sicher längst nur noch Legende. Sonst hätten die Reisenden ihn doch sicherlich erwähnt. »Und nun wandere ich zu meinem Volk«, fügte sie hinzu, »das sich dort sicher schon in einem neuen Dorf niedergelassen hat.«

Céredas stemmte sich hoch. »Und du sagst, das Land wird immer größer? Gibt es dort auch Berge und Felsen, graue Bären und Riesenfelsböcke? Dann könnten unsere Jäger ebenfalls nach Norden ziehen und sich eine neue Heimat suchen!«

Tahâma zuckte mit den Schultern. »Vielleicht. Ich weiß es nicht. Ich kann dir nur berichten, was unsere Gäste aus Nazagur erzählt haben. Warum kommst du nicht einfach mit und siehst es dir selbst an? Dann kannst du zu deinem Volk zurückkehren und ihnen berichten.«

Ein schüchternes Lächeln huschte über sein Gesicht. »Könntest du noch einen Tag warten? Dann würde ich gerne mit dir nach Norden reisen. Wenn ich heute schon davonziehe, bricht Wurglucks Zorn über mich herein.« Er grinste. »Und wer weiß, ob ich das überleben würde.«

Tahâma ließ sich wieder im Moos nieder. »Es wäre nicht Wurglucks Zorn, der dich töten würde.« Sie lächelte ihn an. »Einen Tag zu verlieren nehme ich gerne in Kauf, wenn ich dafür einen Begleiter auf meinem Weg gewinne.«

Der Tag und die Nacht vergingen, und am anderen Morgen kamen Wurgluck und Ygawil, um noch einmal den Verband zu wechseln. Die Wunde hatte sich mit einer dicken Kruste überzogen, und es sah nicht so aus, als würde sie Céredas weiter Probleme bereiten, dennoch zog der Erdgnom ein ernstes Gesicht und tastete die Haut um die Wunde mit seinen spitzen Fingern ab. Dann befahl er seinem Patienten, sich ein wenig zu ihm herabzubeugen, damit er ihm in die Augen schauen konnte. »Nichts zu sehen, gar nichts zu sehen«, brummelte er und schüttelte den Kopf.

»Die Wunde sieht doch gut aus«, mischte sich Tahâma ein. »Warum so missmutig, Wurgluck?«

Er murmelte etwas von unsichtbaren Giften, die im Körper kreisen, und stapfte davon. Die beiden sahen sich fragend an.

»Ach, nehmt ihn nicht so ernst«, beschwichtigte sie Ygawil und verknotete den Verband. »Er ist heute in keiner guten Stimmung. Ich jedenfalls wünsche euch eine gute Reise und dass ihr findet, wonach ihr sucht.« Sie deutete auf zwei Pakete, die die vier Gnome herbeigetragen hatten. »Ich habe euch noch ein paar Speisen zusammengeschnürt, damit ihr auf eurem Weg bei Kräften bleibt. – Vor allem mein Patient hier«, sagte sie, und ihre Wangen färbten sich schon wieder. Feierlich reichte sie erst Tahâma und dann Céredas die Hand. »Viel Glück!« Es schien Tahâma, als glänzten Tränen in den lichtgrünen Augen. Rasch wandte sich die Gnomin um und verschwand.

Céredas erhob sich und reckte die Glieder. Vorsichtig belastete er das verbundene Bein, dann trat er hart auf und nickte zufrieden. »Wurgluck ist wirklich ein großer Heiler. Er hat nicht übertrieben«, sagte er, während er eines der Esspakete in seinem Bündel verstaute. »Wo ist er hin? Er weiß doch, dass wir früh aufbrechen wollen!«

Tahâma rief seinen Namen, sie bog die Zweige des Mondbeerenbusches auseinander und spähte in das Erdloch zwischen den Pilzen, doch nichts regte sich. »Wir können nicht ohne Abschied und Dank einfach weiterziehen!«, sagte sie und sah sich ratlos um.

Fast eine Stunde suchten sie den Erdgnom und riefen nach ihm. Dann gaben sie es auf. Offensichtlich wollte er sich nicht verabschieden. So schulterten die beiden ihre Bündel und machten sich gemeinsam auf den Weg nach Norden, wo das Land Nazagur liegen sollte.

Hoch oben in einem mächtigen Silberblattbaum saß Wurgluck in einer verborgenen Höhle, eine vergilbte Pergamentrolle auf den Knien. Ein Gestell mit geschliffenen Kristallen auf der Nase, blickte er auf die blutroten Schriftzeichen hinab. Sein Zeigefinger wanderte langsam unter den Zeilen entlang. Er hörte Tahâma und Céredas nach ihm rufen, aber er reagierte nicht. Als er zu Ende gelesen hatte, sprang er auf, trat zu einer Truhe und zog ein verstaubtes Buch heraus. Die Seiten waren an den Rändern ausgefranst, die blaue Tinte verblichen. »Über Werwölfe« stand in verschlungenen Lettern auf der ersten Seite. Er begann darin zu lesen, doch nach einigen Abschnitten legte er das Buch zur Seite und zog ein anderes hervor, auf dessen Einband ein Pilz, eine Schlange und eine Spinne abgebildet waren. Aber bald schon warf er auch dieses Buch in die Truhe zurück, und seine Mundwinkel zogen sich missmutig nach unten.

»Ich habe darüber gelesen«, grummelte er. »Ich weiß es genau.« Er drehte sich langsam um seine Achse und ließ den Blick über ein Regal mit Schriftrollen wandern, das sich entlang der runden Wände bis zur Decke der Baumhöhle zog. »Ich frage mich, ob ich meine Studien nicht fortführen soll«, sagte er und kaute an seinem Daumen.

Endlich trat er an den Höhleneingang und spähte auf die Lichtung hinunter, die verlassen im Sonnenschein dalag. »Forschung bedeutet, zu Opfern bereit zu sein.« Er nahm die Kristallgläser von der Nase und verstaute sie in der Brusttasche seines Kittels. Dann eilte er die schmalen Stufen im Innern des Baumes hinab.

KAPITEL 3
Nazagur

Sie wanderten fünf Tage lang nach Norden. Am ersten Tag durchquerten sie den Silberwald. Hinter seinem Saum lag eine weite Ebene mit schopfartigen Pflanzen, deren fleischige Blätter voll langer Stacheln waren. Ein eisiger Wind zerrte an ihren Umhängen und trieb sie, die Köpfe eingezogen, schnell weiter. Wenn die Beine schwer wurden und die Füße zu schmerzen begannen, zog Tahâma ihre Flöte hervor und spielte, bis Müdigkeit und Erschöpfung verflogen. Immer wieder blieb Céredas stehen und sah sich aufmerksam um. Meist wanderte sein Blick dann zurück. Bewegungslos stand er da, die Augenbrauen hochgezogen, nur seine Nasenflügel blähten sich, als wittere er eine unsichtbare Gefahr. Wenn Tahâma ihn fragte, wonach er so angespannt lauschte, schüttelte er nur stumm den Kopf und ging schnellen Schrittes weiter.

Braunes Gras wechselte mit felsigen und sandigen Stellen, aber allmählich wurde es wieder grüner, bis sie am dritten Abend an einen träge dahinfließenden Fluss kamen. Im Schutz des Schilfs bereiteten sie ihr Lager, um die Nacht hier zu verbringen.

Tahâma hatte sich bereits in ihren Umhang gewickelt und zum Schlafen gelegt, als Céredas sich noch einmal erhob. »Wo gehst du hin?«

»Ich sehe mich nur ein wenig um«, antwortete er. »Schlaf jetzt. Wir haben einen langen Weg hinter uns und vielleicht einen noch längeren vor uns.« Ohne sich noch einmal umzudrehen, stapfte er davon.

Noch war es nicht völlig dunkel. Er konnte seine Fußtritte im Sand erkennen, Tahâmas Abdrücke aber waren kaum noch zu erahnen. Wie machte sie das nur, fragte er sich ein wenig ärgerlich, war er als Jäger doch stets bemüht, so wenig Spuren wie möglich zu hinterlassen. An ihrer zierlichen Gestalt allein konnte es nicht liegen. Céredas ging weiter ihren Weg zurück. Die Nacht senkte sich herab, und die Abendlieder der Vögel verstummten. Kein Windhauch strich durch das Tal. Bewegte sich nicht in den hohen Grasbüschen dort hinten etwas? Der Jäger duckte sich und huschte hinter einen Busch. Lautlos schlich er auf die schilfartigen Gräser zu, die ihn um mehr als eine Haupteslänge überragten. Sein Blick war auf den Boden gerichtet. Es war schon fast dunkel, dennoch entging ihm die Spur im lehmigen Boden nicht. Er kniete sich hin. Was für ein Wesen hatte diese Abdrücke hinterlassen? Mit dem Finger strich er über die scharfen Ränder. Die Spur war frisch. Weit vorgebeugt folgte ihr Céredas, bis er sie am Fuß eines steinigen Hügels verlor. Er lauschte noch einmal in die Nacht, ehe er zu Tahâma zurückkehrte. Beunruhigt beschloss er, bis zum Morgen Wache zu halten.

Als die Sonne das Tal in ihr warmes Licht tauchte, setzten Tahâma und Céredas ihren Weg fort. An einer breiten, flachen Stelle überquerten sie den Fluss und wanderten auf die langsam ansteigende Hügelkette zu. Sie folgten einem schmalen Bach, dessen klares Wasser sich unten im Tal mit dem braunen des Stroms vermischte, hügelan bis dorthin, wo er entsprang. Steil schlossen die nur spärlich bewachsenen Hänge die Quelle an drei Seiten ein.

Tahâma beugte sich vor, trank von dem kalten, klaren Wasser und füllte dann ihren Schlauch. Während sie ihn wieder in ihren Beutel schob, wanderte ihr Blick die steilen Wände hinauf. »Was meinst du, Céredas, sollen wir umkehren? Ein paar Wegstunden zurück, als die Hänge noch mit Bäumen bewachsen waren, schienen sie mir leichter zu erklimmen.«

Céredas zuckte mit den Schultern. »Ich sehe hier Griffe und Tritte genug. Von mir aus brauchen wir nicht zurück.« Er deutete die steile Felswand hinauf, die hinter der Quelle aufragte.

»Und die Wunde an deinem Bein?«, fragte Tahâma.

»Ist nicht einmal mehr einen Gedanken wert!«

Tahâmas Blick wanderte über die zerklüfteten Blöcke und Felsbänder, in deren Ritzen sich Grasbüschel und dunkelgrüne Ranken festkrallten. »Wenn du meinst«, sagte sie leise.

»Jetzt hab ich aber genug!«, keifte da eine Stimme hinter ihnen. Das Schilfgras zwischen den Felsblöcken teilte sich, und hervor trat ein wütend dreinschauender Erdgnom.

»Wurgluck!«, rief Tahâma. Céredas jedoch sah ihn nur düster an.

Die dürren Hände zu Fäusten geballt, kam der Gnom näher. »Ich bin durch den Wald hinter euch hergelaufen, habe die Steppe durchquert und bin durch den Fluss geschwommen, aber das«, er deutete die Felswand hinauf, »ist ja wohl eine Frechheit! Was glaubt ihr, was ich bin? Ein Vogel, der dort einfach hinauffliegen kann, oder eine Eidechse, die senkrecht die Wände hochkriecht?«

Er wollte sich überhaupt nicht beruhigen, und Tahâma schien es, als stiegen Rauchkringel aus seinen spitzen Ohren auf. Ein paarmal versuchte sie zu Wort zu kommen, aber der Erdgnom war noch nicht fertig. Endlich ging ihm die Luft aus, und er blieb schwer atmend vor Tahâma und Céredas stehen.

»Was machst du hier, Wurgluck?«, fragte das Mädchen und schüttelte ungläubig den Kopf.

Der Gnom rückte seinen Kittel zurecht und reckte die Nasenspitze. »Ich kann meinen Patienten nicht ohne einen Heiler an seiner Seite durch die Wildnis schicken«, sagte er würdevoll.

»Was?«, rief Céredas. »Mein Bein ist völlig geheilt. Da, sieh es dir an.« Er streckte dem Erdgnom seine Wade entgegen, die inzwischen nicht einmal mehr einen Verband trug.

Wurgluck würdigte ihn keines Blickes. »Eine Wunde kann einem immer böse Überraschungen bereiten.«

»Glaubst du wirklich?«, fragte Tahâma.

»Allerdings, und außerdem dachte ich, es kann nicht schaden, wenn ich mir das sagenhafte Nazagur auch einmal ansehe. Ich musste dringend wieder einmal auf Wanderschaft gehen! Könnt ihr euch vorstellen, wie es ist, mit fünf schwatzhaften Töchtern und vier dämlichen Schwiegersöhnen in einer Höhle zu leben? – Nun, gut, ich will nicht ungerecht sein, Ygawil ist ein Goldschatz und hat ganz schön Grips in ihrem kleinen Schädel. Vielleicht hat sie mir deshalb noch keinen dümmlich dreinschauenden Schwiegersohn Nummer fünf angeschleppt«, fügte er hinzu und rollte mit den Augen.

Tahâma musste sich ein Lachen verkneifen. »Das sind natürlich alles gute Gründe, aber warum bist du nicht gleich mit uns mitgegangen, statt uns heimlich zu folgen?«

Die Frage war Wurgluck offensichtlich unangenehm. »Das war nur zu unserer aller Sicherheit. Es hätte ja sein können, dass ihr in einen Hinterhalt geratet, und dann wärt ihr froh gewesen, einen Retter auf euren Spuren zu haben.« Damit war das Thema für ihn erledigt. Er trat einen Schritt vor und deutete auf die Felsen. »Und wie soll es nun weitergehen?«

»Wir klettern jetzt da hinauf«, erwiderte Céredas. »Die Felsen sehen schlimmer aus, als sie sind. Du kannst dich in mein Bündel setzen, dann trage ich dich hoch.«

Das jedoch schien nicht nach dem Geschmack des Erdgnoms zu sein. Er schimpfte aufs Neue und fuchtelte mit den Armen.

Céredas jedoch blieb unbeeindruckt. »Du hast zwei Möglichkeiten«, sagte er und nahm sein Bündel vom Rücken. »Entweder du steigst hier hinein und kommst mit uns, oder du kehrst um und suchst dir einen anderen Weg nach Nazagur. Vielleicht triffst du ja in einigen Tagen wieder auf unsere Spuren.«

Tahâma wollte sich einmischen, denn seine Worte erschienen ihr zu harsch, nachdem er Wurgluck sein Leben verdankte, aber Céredas ließ sich nicht unterbrechen.

»Nun, Wurgluck, wie entscheidest du dich?«

Die Arme vor der Brust verschränkt, kam der Erdgnom näher und kletterte dann aufreizend langsam in das Bündel. Er murmelte etwas von »unter seiner Würde« und »Undankbarkeit« und drehte den Kopf in die andere Richtung.

»Na also«, sagte Céredas, schwang das Bündel über die Schulter, hängte Köcher und Bogen dazu und erklomm dann flink das erste Felsband.

Zweifelnd sah ihm Tahâma zu. Sie verstaute ihren Umhang und den Stab in ihrem Bündel und folgte ihm zögernd, aber es war nicht so schwer, wie sie befürchtet hatte. Ihre Hände und Füße fanden in den Spalten und Vorsprüngen sicheren Halt.

Nur nicht nach unten sehen, dachte sie, als sie innehielt, um sich zu vergewissern, welche Route Céredas wählte. Wie sicher und behände er kletterte! Nun erreichte er ein breites Felsband, dreißig Schritte über ihr. Er hielt inne und sah zu ihr herunter.

»Wenn du ein Stück nach links querst, dann kannst du dich in der Spalte dort drüben festhalten«, rief er und deutete auf einen breiten Riss, der sich bis zur obersten Kante hinaufwand.

Tahâma schob sich auf dem schmalen Band einige Schritte nach links und kletterte dann an der Spalte entlang langsam höher. Sie griff nach einer Felsnase unterhalb einer saftiggrünen Schlingpflanze, deren Blätter seltsam vibrierten. Bewegte sich der gedrehte Pflanzenstrang? Tahâma erstarrte. Ein faustgroßer Kopf mit gelben Augen und geschlitzten schwarzen Pupillen löste sich aus dem Blättergrün und kam auf sie zu. Die gespaltene Zunge glitt nervös vor und zurück, und nun sah das Mädchen auch den langen Schlangenkörper, der sich um den Stamm der Kletterpflanze geschlungen hatte.

»Was ist?«, rief Céredas.

Tahâma fixierte den Schlangenkopf, der immer näher kam. Sie öffnete langsam den Mund, und sanfte Töne perlten hervor. Die Schlange hielt inne. Tahâma wusste, dass das Reptil sie nicht hören konnte, doch die Schwingungen würden sie beruhigen – wenn sie Glück hatte.

Währenddessen schob sich Céredas vorsichtig auf einen überhängenden Felsen hinaus, um nachzusehen, was dort unten mit Tahâma vor sich ging. Hinter ihm in seinem Bündel stöhnte Wurgluck. »Ich kann das nicht sehen, ich kann das nicht sehen«, jammerte er.

»Dann mach die Augen zu!«, fauchte Céredas. Angestrengt blickte er in die Tiefe, aber es dauerte eine Weile, ehe er die Schatten in der Spalte zu deuten wusste. Eine graue Felsschlange! Schon der kleinste Stich ihrer Giftzähne würde

60

genügen, um Tahâma innerhalb weniger Augenblicke zu töten. Céredas riss den Bogen von der Schulter und legte einen Pfeil an. Langsam beugte er sich über den Abgrund. »Was machst du da?«, kreischte der Erdgnom, aber der Jäger antwortete nicht. Sein Atem war nun ganz ruhig. Langsam zog er die Sehne zurück, kniff ein Auge zu und fixierte den Schlangenkopf tief unter sich, der kaum mehr eine Handbreit von Tahâmas Gesicht entfernt war. Würde die Schlange noch zubeißen können, wenn er sie tödlich traf? Der Pfeil musste so durch ihren Kopf fahren, dass sie das Maul nicht mehr öffnen konnte! Céredas hielt die Luft an, doch da bewegte sich die Schlange plötzlich wieder. Der schimmernde Leib rutschte über den Pflanzenstrang, der Kopf schoss nach vorn. Sie glitt über Tahâmas Schulter, ringelte sich an ihrem Rücken hinab und verschwand unter einem zerklüfteten Steinblock.

Céredas ließ den Bogen sinken. Zwei Schweißperlen rannen an seinen Schläfen herab und tropften auf seine Schuhe. »Tahâma, komm weiter, ganz langsam!«, rief er und musste sich zusammennehmen, damit seine Stimme nicht zitterte.

Sie sah zu ihm hinauf. Ihre Miene war verschlossen, er konnte nicht einmal erahnen, was in ihr vorging. Langsam und gleichmäßig bewegten sich ihre Hände und Füße. Als sie näher kam, wirkte sie besonnen wie immer. Bewundernd sah er sie an. Aus dem, was er an Erzählungen über die Blauschöpfe gehört hatte, waren sie ihm verwöhnt und verweichlicht erschienen, nur an wertloser Musik und Kunst interessiert, aber nicht in der Lage, einen Bogen zu spannen und gegen einen grauen Bären anzutreten. Wenn sie jedoch wie dieses Mädchen waren, dann wohnten Tugenden in ihnen, die auch die Jäger schätzten: Mut und Besonnenheit, Selbstbeherrschung und ein eiserner Wille.

Oben an der Felskante angekommen, setzte Céredas sein Bündel ab, damit Wurgluck herausklettern konnte. Der Erdgnom war äußerst schlechter Laune. Ihm war übel von der Schaukelei und dem Blick hinab in die Tiefe, und es regte ihn auf, dass er nicht zur Stelle gewesen wäre, wenn die Schlange zugebissen hätte. Vermutlich hätte er nichts ausrichten können, selbst wenn er daneben gestanden hätte, aber diesen Gedanken schob er schnell von sich fort. Er beschloss, den beiden nicht mehr von der Seite zu weichen. Man konnte ja nie wissen, in welche Gefahren sie sich durch ihren jugendlichen Leichtsinn brachten.

Nachdem auch Tahâma die Felskante erreicht und sie eine Weile gerastet hatten, zogen sie zu dritt weiter. Mit zusammengekniffenen Lippen trippelte Wurgluck hinter Tahâma und Céredas her, die dreimal so große Schritte machten wie er. Aber der Gnom war zäh, und so blieb er auf ihren Fersen, bis es zu dämmern begann und sie am Rand einer tiefen Schlucht anhielten.

»Das muss der Durunban sein«, sagte Tahâma und deutete auf das schäumende Wasser, das sich tief unter ihnen auf der Sohle der Schlucht talwärts wälzte. »Er bildet die südliche Grenze von Nazagur – so haben es jedenfalls die Reisenden berichtet.«

Céredas trat an den Felsabbruch heran und sah die senkrechten Wände hinunter. Der Stein war zerklüftet und schien brüchig. »Das wird nicht einfach«, murmelte er.

Tahâma hob die Hände. »Wir werden nicht wieder klettern müssen! Wenn wir nicht vom Weg abgekommen sind, müssten wir ein oder zwei Stunden ostwärts auf einen Pfad treffen, der uns hinunter zum Fluss führt und auf der anderen Seite wieder hinaufbringt.«

Die Nacht brach nun rasch herein. Ein kalter Wind wehte

von Norden her über die Schlucht und zerrte an ihren Umhängen. So suchten sie in einer felsigen Mulde zwischen
dichten Büschen Schutz, aßen ein wenig, tranken Wasser aus
den Schläuchen und legten sich dann zum Schlafen.

Die Nacht war noch nicht weit fortgeschritten, als Céredas
erwachte. Er drehte sich auf die andere Seite, konnte jedoch
keinen Schlaf mehr finden. Was hatte ihn geweckt? Drohte
ihnen Gefahr? Er richtete sich auf und sah sich aufmerksam
um. Die Sterne beleuchteten Tahâma, die unter ihrem Umhang friedlich schlief. Der Stoff passte sich so gut dem sandigen Grund an, dass Céredas nur ihren Kopf und das lange,
blaue Haar sehen konnte. Sein Blick wanderte weiter durch
die Senke. Wo war Wurgluck geblieben? Hatte er sich nicht
dort drüben unter dem tief hängenden Ast mit den fleischi-
gen Blättern zur Ruhe gelegt?

Leise erhob sich der Jäger und trat zu dem Busch hinüber,
doch der Gnom war nicht zu sehen. Céredas löste seine
Axt vom Gürtel. Irgendetwas stimmte hier nicht. Spielte der
Erdgnom ein doppeltes Spiel? Was hatte er vor? Oder war
ihm etwas zugestoßen? Ein merkwürdiges Knirschen und
Schaben, das von der anderen Seite der Schlucht zu kommen schien, ließ ihn herumfahren. Geduckt kletterte er aus
der Senke. Wieder erklang das seltsame Geräusch. Der Jäger schlich, zwischen Büschen und Steinblöcken Deckung
suchend, auf die Schlucht zu. Er hatte die Felskante fast
erreicht, da entdeckte er eine kleine, dürre Gestalt, die reglos
auf einem Steinblock saß. Lautlos trat Céredas heran.

»Schmerzt dich dein Bein wieder?«, fragte der Gnom, ohne
sich umzudrehen.

»Nein«, log Céredas rasch und setzte sich neben Wurgluck.
Das Pochen in seinen Adern beunruhigte ihn weniger als die
Tatsache, dass der Erdgnom ihn so einfach entdeckt hatte.

Wieder knirschte es drüben an der anderen Felskante. »Was geschieht dort?«, fragte er. »Kannst du etwas erkennen?«

Wurgluck deutete nach Westen. »Da, sieh dir die Hangkante an«, sagte der Gnom.

Céredas kniff die Augen zusammen. Sein Blick huschte über die Kante, die an dieser Stelle ein Stück vorsprang und sich als schwarze Silhouette gegen den sternenbesetzten Himmel abhob. Und da sah er es. »Es scheint, als würde der Fels wachsen«, sagte er verblüfft.

Wurgluck nickte. »Ja, so kommt es mir auch vor, und ich frage mich, was das zu bedeuten hat.«

Seine Worte gingen in einem donnernden Getöse unter. Unweit von ihrem Platz lösten sich riesige Felsbrocken aus der Wand und fielen in die Schlucht, auf deren Sohle sie donnernd zerbarsten. Nun taten sich auch weiter links Risse im Boden auf, und eine mehrere Schritt breite Scholle kippte in die Tiefe. Der Aufschlag ließ den Grund erzittern.

»Was war das?«, erklang Tahâmas Stimme unvermittelt neben ihnen. »Es fühlte sich an, als wäre die ganze Schlucht eingestürzt.«

Wurgluck wiegte den Kopf hin und her. »Sie stürzt nicht ein«, sagte er, »sie wandert!«

Tahâma sah ihn mit großen Augen an.

»Sie verschiebt sich nach Süden, Stück für Stück«, fügte der Gnom hinzu und deutete auf den gegenüberliegenden Rand, an dem sich wieder ein mächtiger Felsblock aufblähte. »Nazagur breitet sich aus. Es wächst an seinen Rändern, indem es die anderen Länder um sich herum verschlingt. Es nährt sich von anderen Teilen Phantásiens!«

Tahâma warf dem Erdgnom einen erstaunten Blick zu. Sie hatte ihn zornig und schmollend wie ein Kind erlebt, überheblich oder schrullig, aber offensichtlich gab es noch ganz

64

andere Seiten an ihm zu entdecken. Er war wohl ein klügerer Kopf, als es der erste Anschein vermuten ließ. Sie setzte sich neben den Erdgnom und beobachtete, wie immer mehr Steinblöcke und Felsen auf der anderen Schluchtseite heranwuchsen. Schweigend lauschten sie dem Getöse, das gedämpft von Osten her erklang. Sicher war wieder ein Stück der südlichen Ebene in die Schlucht hinabgestürzt.

»Wenn dies an allen Grenzen von Nazagur geschieht, dann wird Phantásien nicht größer, auch wenn Nazagur wächst«, sagte Tahâma, als die Stille zurückkehrte.

Der Erdgnom an ihrer Seite nickte.

»Aber warum? Und was ist mit dem Nichts? Wird es Nazagur auf Dauer verschonen, oder bedeutet dieses Wachstum nur einen Aufschub?«

Wurgluck hob seine dürren Hände. »Das werden wir vielleicht auf der anderen Seite der Schlucht erfahren.«

Auf einmal erhob sich ein anderes Geräusch, das nichts mit dem Getöse der Felsen zu tun hatte. Ein grausiges Heulen wehte zu ihnen herüber und dann ein greller Schrei.

Die drei sahen sich an. Welche Wesen der Nacht trieben dort drüben ihr Unwesen? Céredas deutete auf eine Gruppe verkrüppelter Büsche, aus der sich einige Schatten lösten. Sie waren hochgewachsen und gingen auf zwei Beinen, bewegten sich aber seltsam fließend. Ihre Umrisse schienen sich immer wieder zu verändern. Die Gestalten wandten sich nach Norden und waren bald ihren Blicken entschwunden.

»Was waren das für Wesen?«, fragte Tahâma schaudernd. »Sie flößen mir einen Schrecken ein, den ich nicht einmal beim Anblick eines Mordolocs fühle.«

Sie sah zu Céredas hinüber, doch der starrte nur mit finsterer Miene zu Boden. Um seine Mundwinkel zuckte es.

Der Erdgnom hob die Schultern. »Ich weiß nicht, was dort

drüben vor sich geht, irgendetwas ist aber merkwürdig.« Er kaute auf seiner Unterlippe und runzelte die Stirn, dann sah er wieder zu Tahâma hoch. »Die beiden Reisenden, die bei euch zu Gast waren, haben sie gesagt, warum sie Nazagur verlassen haben?«

Tahâma schüttelte den Kopf.

»Ist doch seltsam, oder? Wenn es das herrlichste Fleckchen Phantásiens ist, wie sie behaupten, das noch dazu bisher vom Nichts verschont wird und seine Grenzen nach allen Seiten ausdehnt, aus welchem Grund könnten seine Bewohner es verlassen?«

Tahâma sah ihn verblüfft an. Wieso war ihr selbst das niemals aufgefallen?

Der Erdgnom erhob sich und streckte seine Glieder. »Ich schlage vor, ihr schlaft noch ein paar Stunden, um Kräfte für unseren Marsch durch die Schlucht zu sammeln. Sobald es hell wird, brechen wir auf.«

Céredas schreckte aus seinen Gedanken auf. »Wir? Und du? Willst du allein die Wache übernehmen? Das kann ich nicht zulassen. Auch du hast einen weiten Weg vor dir und musst dich ausruhen. Schließlich sind deine Beine auch noch viel kürzer als unsere.«

Wurgluck kicherte und machte sich auf den Weg zur Felssenke. »Ah, da habe ich die Ehre des Jägers getroffen. Aber ärgere dich nicht, junger Freund. Ich habe schon mehr Jahre in Ruhe und Schlaf verbracht, als du überhaupt auf der Welt bist, daher nehme ich an, dass es mir noch für eine ganze Weile genügen wird.« Verschmitzt sah er Céredas an, der noch immer aufgebracht schien. »Falls mir meine Beine ihren Dienst versagen, werde ich wieder in deinem Bündel Platz nehmen und mich von dir tragen lassen – aber nur, wenn es gar nicht mehr anders geht«, fügte er zu Tahâma gewandt leise hinzu. »Mir wird von dem Geschaukel nämlich schrecklich übel.«

Sie hatten die Senke erreicht und ließen sich auf dem schmalen Sandstreifen zwischen den Felsen nieder. Tahâma wünschte eine gesegnete Nachtruhe, zog den Umhang über sich und schloss die Augen. Céredas dagegen kreuzte die Beine und blickte missmutig vor sich hin. Wurgluck kümmerte sich nicht weiter um ihn. Er kletterte auf einen Fels, von dem aus er über den Rand der Senke sehen konnte, und ließ sich dort nieder. Aus seinem Bündel holte er eine Pfeife, stopfte sie umständlich, zündete sie mit einem glühenden Steinchen an, das er in einer Schachtel stets bei sich trug, und begann genüsslich zu paffen.

Céredas sah noch eine Weile zu ihm hinauf. Er fühlte, wie seine Lider schwer wurden. Das seltsame Pochen in seinen Adern hatte nachgelassen, und auch sein Kopf fühlte sich wieder klarer an. So ließ er sich in den Sand sinken und schlief ein.

Der Tag war noch nicht angebrochen, da weckte Wurgluck die Schlafenden. Sie hielten sich nicht lange auf, tranken nur einen Schluck Wasser und machten sich wieder auf den Weg, der aufgehenden Sonne entgegen. In der Morgendämmerung lag die Schlucht wieder still und reglos da. Ein paar Geier kreisten hoch oben im Himmel. Es schien fast, als wären das Wachsen der einen und der Zerfall der anderen Schluchtseite nur ein seltsamer Traum gewesen.

Mit sicherem Schritt ging Céredas nahe der Kante voran und spähte immer wieder in die Tiefe, ob sich nicht ein Weg nach unten erkennen ließ. Tahâma und Wurgluck folgten in einigem Abstand. Immer wieder blieb der Erdgnom stehen, runzelte die Stirn und brummelte vor sich hin. So fiel er nach und nach zurück.

Das Blauschopfmädchen hielt an, um auf ihn zu warten. »Was ist mit dir? Gehen wir zu schnell für dich? Bist du erschöpft von unserem gestrigen Marsch und der durchwachten Nacht?«

Wurgluck schreckte aus seinen Gedanken auf und sah sie verwirrt an. Tahâma wiederholte ihre Frage.

»Erschöpft?«, sagte der Erdgnom verächtlich. »Aber nein! Ich habe mir nur über einige Dinge Gedanken gemacht. Es ist nichts weiter.« Er beschleunigte seine Schritte, um Céredas einzuholen.

»Worüber machst du dir Gedanken?«, fragte sie, aber der Erdgnom antwortete ihr nicht. Mit abweisender Miene lief er neben ihr her, bis sie Céredas erreichten.

Der Jäger war stehen geblieben und wartete, bis die beiden herankamen. »Dort drüben ist der Abstieg«, sagte er und deutete auf eine weiße Linie, die sich in steilen Serpentinen die Wand hinabzog. Anscheinend war der Pfad noch in Ordnung. Oder grub er sich selbst immer wieder neu, wenn die Felsen auf der Südseite der Schlucht zurückwichen?

Kurz darauf erreichten sie den Einstieg. Der Pfad war nur zwei Fuß breit, so dass sie hintereinander gehen mussten. Auf der einen Seite stieg die Wand neben ihnen senkrecht empor, auf der anderen stürzte sie in die Schlucht hinab. Sie mussten langsam gehen, um nicht ins Rutschen zu kommen, doch gegen Mittag erreichten sie den Grund. Vor ihren Füßen rauschte der Fluss und stob in schillerndem Tropfenwirbel an den Felsen auf. Auf Tahâmas Rat folgten sie dem Ufer eine Weile nach Osten, bis der Strom sich nach einer Biegung verbreiterte und nun ruhiger durch sein Kiesbett floss. Céredas hob

Wurgluck wieder in sein Bündel, denn das Wasser war hier zwar flacher, reichte den beiden hochgewachsenen Zweibeinern aber immer noch bis über die Hüften. Am anderen Ufer wanderten sie zurück, bis sie den Pfad erreichten, der sie nach Nazagur hinaufführte.

Die Sonne stand schon tief, als sie die Kante überschritten. Atemlos blieben sie stehen und ließen ihren Blick über die Landschaft schweifen, die sich vor ihnen auftat: saftige Wiesen, die bis zum Saum eines Waldes in der Ferne reichten, ein klarer Bach, der in weiten Schlingen auf die Schlucht zufloss und dann weiß schäumend in die Tiefe stürzte. Die Sonne neigte sich nach Westen und tauchte das Land in ihr goldenes Licht.

»Wie wundervoll!«, flüsterte Tahâma. »Was für ein herrliches Land!« Sie stimmte ein fröhliches Lied an..

»Vielleicht«, brummte Wurgluck so leise, dass sie es nicht hören konnte. »Vielleicht aber auch nicht. Wie viele Völker hat der Glanz falschen Goldes ins Unglück gestürzt?« Er dachte an die seltsamen Gestalten in der Nacht, an das Heulen und Schreien. Hatte dieses Land ein zweites, finsteres Gesicht? Der Erdgnom beschloss die Augen offen zu halten. Er würde sich nicht so leicht von einem schönen Schein übertölpeln lassen, dachte er grimmig. Der Jäger und das Mädchen dagegen schienen frohen Mutes zu sein, als sie die Bachaue durchquerten und auf den Waldsaum im Norden zugingen.

Kaum eine Stunde waren die Reisenden in Nazagur unterwegs, da duckte sich Céredas plötzlich hinter einen Busch und riss den Bogen von der Schulter. Tahâma und Wurgluck folgten ihm eilends.

»Was ist?«, flüsterte das Mädchen und lugte zwischen den Zweigen hindurch.

»Da drüben zwischen den Bäumen bewegt sich etwas.« Der Jäger legte einen Pfeil an und spannte die Sehne.

Jetzt hatte auch sie die Gestalt entdeckt, die immer wieder zwischen den Baumstämmen auftauchte. Tahâma kniff die Augen zusammen. Was war das für ein Wesen? Nun brach es durch die Büsche am Waldrand, und sie erkannten, dass es ein Mann war. Als die Sonne ihn erfasste, blieb er für einen Moment blinzelnd stehen. Dann ging er seltsam schwankend weiter. Vermutlich war er ein Nazagur, obwohl er mit seiner gedrungenen Gestalt, dem kurzen braunen Haar, der gebräunten Haut und dem buschigen Bart den Besuchern, die Tahâma in ihrem Dorf kennen gelernt hatte, nicht sehr ähnlich sah. Sie waren von großer Gestalt gewesen mit weißer Haut und schwarzem Haar und ebenso dunklen Augen.

Der Mann näherte sich dem Gebüsch, hinter dem die Freunde in Deckung gegangen waren. Bald konnten sie seine Gesichtszüge erkennen, die grauen Augen, die weit aufgerissen waren, und den wie in panischer Angst geöffneten Mund.

Als er noch etwa zehn Schritte von ihnen entfernt war, sprang Céredas hinter dem Busch hervor und richtete die Spitze des Pfeils auf ihn. »Wer seid Ihr, und wohin seid Ihr so eilig unterwegs?«, fragte er ruhig.

Der Mann fuhr zurück. Er legte beide Hände an sein Herz und stöhnte. Tahâma sah seine Pupillen sich weiten und fühlte die Panik, die ihn erfüllte. Sie trat an Céredas' Seite und legte ihre Hand über die Pfeilspitze. Ohne das Stirnrunzeln des Jägers zu beachten, wandte sie sich mit warmer Stimme an den Verängstigten.

»Verzeiht, guter Mann, es lag nicht in unserer Absicht, Euch zu erschrecken, aber es scheint, als wärt Ihr auf der Flucht? Sagt doch, können wir Euch helfen?«

»Ihr seid nicht von hier!«, stieß der Mann hervor. Seine

Stimme zitterte. »Habt Ihr die große Schlucht durchschritten und den Durunban überquert? Könnt Ihr mir den Weg weisen?«

»Aber ja!«, antwortete sie und lächelte den Mann freundlich an. »Kaum eine Wegstunde über diese Wiesen in Richtung Süden gelangt Ihr zum Abstieg in die Schlucht. Aber ...«

Tränen schossen in die von tiefen Falten umkränzten Augen. Der Mann fiel auf die Knie. »Ich bin gerettet«, stieß er hervor. »Die Finsternis wird mich nicht bekommen!«

»Aber«, sagte Tahâma noch einmal und sah ihn verblüfft an, »was ist Euch so Schreckliches geschehen?« Schaudernd spürte sie, dass dieser Mann Grauenvolles erlebt haben musste.

Hastig stemmte er sich wieder hoch. »Flieht«, rief er, »flieht schnell, bevor die Nacht hereinbricht und die Schatten kommen!«

Tahâma öffnete den Mund, um ihn um eine Erklärung zu bitten. Von was für Schatten sprach er, und welchen Schrecken bargen sie in sich? Doch ehe sie ihre Gedanken in Worte fassen konnte, rannte der Mann über die Wiese davon, auf die Schlucht zu. Für einen Moment sahen die drei ihm erstaunt nach, dann lief Céredas ihm hinterher.

»So wartet doch!«, rief er und packte ihn beim Kittel. Der Fremde wehrte sich heftig und versuchte sich loszureißen, aber Céredas war stärker. »Berichtet uns, was hier vor sich geht, dann lassen wir Euch ziehen.«

Der Mann fiel wieder auf die Knie und umklammerte Céredas' Beine. »Lasst mich gehen«, flehte er. »Ich fürchte, ich werde verrückt, wenn ich von dem Schrecken sprechen muss.«

Céredas schüttelte ihn. »Ich lasse Euch erst frei, wenn Ihr mir eine Antwort gegeben habt!«

»Sie sind tot, alle tot«, wimmerte der Mann. »Mein Weib, meine Kinder, alle, die ich kannte und liebte. Der Schatten hat sie geholt.«

Verblüfft lockerte Céredas seinen Griff. Der Fremde nutzte die Chance, riss sich los und rannte weiter auf die felsige Linie zu, hinter der sich die Schlucht verbarg. Langsam ging der Jäger zu den Gefährten zurück.

»Was hat er gesagt?«, fragte Tahâma.

»Ich konnte kein vernünftiges Wort aus ihm herausbringen«, antwortete Céredas kopfschüttelnd. »Wahrscheinlich ist er einfach nur verrückt.«

Wurgluck zog die Augenbrauen zusammen und sah den Jäger aufmerksam an. »So, so«, murmelte er.

Céredas beachtete ihn nicht. »Lasst uns weitergehen«, schlug er vor. »Wir sollten uns eine geschützte Stelle für die Nacht suchen.«

Tahâma blickte zur Sonne, die sich zu röten begann und auf die Wipfel der Bäume niedersank. Schweigend folgte sie Céredas. Sie wanderten bis zum Waldrand und dann nach Westen, bis sie auf einen zerklüfteten Felsen stießen. Die letzten Sonnenstrahlen waren bereits auf den gefiederten Wolken verglommen, und es wurde schnell dunkel.

Céredas eilte am Fuß der Blöcke entlang, bis zu einer vorkragenden Platte, die eine kleine Höhle in ihrem Schatten barg. »Es ist sicher nicht die beste Unterkunft, aber sie bietet uns jedenfalls mehr Schutz als das offene Feld.«

»Dann sollten wir hier übernachten«, stimmte Wurgluck zu. Er zog sein Bündel von der Schulter, trat unter den Felsvorsprung und ließ sich dicht an der lehmigen Rückwand auf den Boden sinken.

Tahâma bückte sich und kroch hinter ihm ins Dunkel. Die Schatten zogen sich zusammen, bis die drei kaum mehr die

72

Hand vor den Augen sehen konnten. Ein kalter Wind strich draußen um die Bäume und kroch unter den Felsvorsprung. Tahâma spürte einen rauen Block in ihrem Rücken und die Kühle, die unter ihr Gewand kroch. Fröstelnd zog sie den Umhang enger um sich und umfasste den Griff ihres Stabes. Sie strich mit ihrem Zeigefinger über die glatten Flächen des Kristalls. Gerne hätte sie ihre Flöte hervorgezogen und eine tröstliche Melodie gespielt, aber sie wagte nicht, die Stille zu durchbrechen. Etwas war anders als in den Nächten zuvor. Eine seltsame Kälte legte sich auf ihr Gemüt.

»Ich werde wachen«, sagte Céredas leise. »Schlaft ruhig.«

Sie hörte seinen Umhang rauschen. Dann konnte sie seine Umrisse erahnen, wie er zusammengekauert am Eingang saß, den Kopf lauschend erhoben, die Axt in den Händen. Auch sie selbst war hellwach. Schweigend lehnte sie sich an den Fels. Sie hörte den Wind und ab und zu den Ruf eines Nachtvogels.

»Er fürchtete sich vor den Schatten der Nacht«, sagte sie nach einer Weile mehr zu sich, aber der Jäger hatte sie gehört.

»Der Mann war nicht bei Sinnen. Ich kann in der Nacht dort draußen keine Gefahr erkennen«, erklang seine Stimme.

Auf der anderen Seite von Tahâma regte sich der Erdgnom. »Vielleicht. Möglich ist alles. Sicher dagegen ist, dass ich Hunger habe und meine Lephosfeigen rösten möchte.«

Der Jäger zögerte einen Moment. »Gut, lasst uns ein Feuer machen und ein Nachtmahl zubereiten. Bleibt hier, ich werde nach Feuerholz suchen.«

Tahâma kroch hinter ihm aus dem Versteck. Sie rieb ihren Kristall und summte ein paar Takte, bis er ein sanftes Licht erstrahlen ließ. Dann bückte sie sich nach trockenen Rindenstücken, die am Fuß einer Korkeiche lagen.

»Du musst dich nicht dem kalten Nachtwind aussetzen«,

sagte Céredas ungewöhnlich sanft. »Ich werde für das Feuer sorgen.«

Tahâma sah auf. Es war, als spiegele sich eine winzige Flamme in seinen Augen, die ungewöhnlich warm strahlten. Sie steckte den glimmenden Stab in ihre Schärpe und bückte sich nach einem dürren Ast. »Ich danke dir, aber wie willst du dich ohne einen Lichtstrahl im Dunkeln zurechtfinden?«

Ein mürrischer Zug umschattete seine Lippen. »Denkst du, ich war nie bei Nacht in der Wildnis? Ich bin ein Jäger aus dem schwarzen Felsengebirge! Wir leben in der Natur, und wir machen sie uns untertan.« Er hob einen schweren Ast auf und trug ihn zu ihrem Felsenversteck hinüber.

Tahâma folgte ihm. Sie sah zu, wie Céredas die Zweige brach und am Rand des Überhangs zu einem kleinen Lagerfeuer aufschichtete. Dann nahm er einen Feuerstein aus seinem Bündel, schob ein paar trockene Blätter zusammen und begann den Stein zu schlagen. Zweimal stoben die Funken auf, erstarben aber, bevor sie die Blätter erfassen konnten. Tahâma streckte ihren Stab vor, bis der Kristall die Holzstücke berührte, und stieß einige Laute in schnellem Rhythmus aus. Sofort züngelten Flammen über die trockene Rinde und leckten an den Zweigen.

»Ein wirklich praktisches Spielzeug, dein Kristallstab«, lobte Wurgluck und rutschte näher ans Feuer.

Céredas dagegen presste die Lippen aufeinander. »Magie«, presste er hervor, und es klang ein wenig abfällig.

Tahâma öffnete den Mund, um etwas zu erwidern, aber der Erdgnom stieß sie in die Seite und streckte ihr zwei braune, schrumpelige Früchte entgegen.

»Lephosfeigen. Hier, nimm. Sie schmecken köstlich, wenn man sie in den Flammen röstet.«

Tahâma dankte und lächelte dem Männchen zu, das nun

74

Céredas zwei der faustgroßen Früchte reichte. Einen Augenblick starrte der Jäger ihn finster an, dann verzogen sich die Wolken auf seiner Stirn.

»Ich danke dir, Wurgluck. Diese Frucht ist uns Jägern unbekannt. Sie gedeiht nicht in den kargen Schluchten des Felsengebirges.«

Wurgluck nickte, steckte zwei Früchte auf einen Stock und hielt sie über die Flammen. Tahâma folgte seinem Beispiel.

»Du musst warten, bis die Haut völlig schwarz ist«, erklärte der Erdgnom. »Dann schneidest du die Feige auf und isst das Innere. Es ist köstlich!« Er verdrehte die Augen und ließ ein genussvolles Schmatzen hören.

Der Gnom hatte nicht zu viel versprochen. Die Früchte waren kräftig im Geschmack, mit einem Hauch von Süße auf der Zunge. Es ging auf Mitternacht zu, als Céredas' Miene plötzlich erstarrte. Seine Augenbrauen schoben sich zusammen, seine Hand schnellte zum Griff der Axt.

»Was ist?«, formten Tahâmas Lippen, dann aber kroch ihr eine eisige Kälte über den Rücken. Sie umklammerte den Griff des Stabes.

Rasch warf Céredas Erde ins Feuer, bis die Flammen erstarben. Nichts war zu hören, doch irgendetwas strich dort draußen durch die Dunkelheit und verbreitete Schrecken um sich her.

Wurgluck sprang auf und starrte in die Nacht. »Der Schatten!«, wisperte er.

Zuerst wusste Tahâma nicht, was er meinte, dann jedoch bemerkte auch sie etwas, das finsterer als die Nacht erschien. Es floss träge durch die Bäume. Mal schien es sich zusammenzuziehen und eine Gestalt anzunehmen, dann wieder wogte es auseinander und löste sich im Dunkeln auf. Céredas stieß ein unterdrücktes Stöhnen aus, so als fühle er einen tiefen Schmerz. Ein Schrei zerriss die Nacht. Grell schnitt er durch die Herzen der drei, die dort unter der Felsplatte kauerten. Dann folgte ein Kreischen, ein Laut, der alles Grauen in sich trug. Was für ein Wesen Phantásiens konnte solch einen Schrecken um sich verbreiten?

Der Kristall in Tahâmas Hand begann blutrot zu zucken. Kleine Funken knisterten über seine spiegelnden Flächen. Für einen Moment war das Mädchen von dem unheimlichen Wesen der Nacht abgelenkt. Was sollte das bedeuten? So etwas hatte Krísodul noch nie gemacht. Noch einmal erscholl der grausige Schrei, dann verschwand die Kälte aus ihren Gemütern. Der Schatten verwehte, und nur noch der Wind flüsterte in den Blättern.

»Es ist vorbei.« Wurgluck seufzte und ließ sich auf den Boden sinken, so als wollten seine dürren Beinchen ihn nicht mehr tragen. Er zog seine Büchse mit der glühenden Kohle hervor und entzündete einen Zweig. Im Schein des Lichts sah er in Céredas' versteinerte Miene. Der junge Mann war totenblass.

»Willst du es, was immer das war, wieder herbeilocken?«, fauchte er. Mit einer hastigen Bewegung kam er auf Wurgluck zu. Seine Hand schnellte vor, als wolle er ihm den brennenden Ast entreißen, aber dann hielt er inne. Um seine Lippen zuckte es, die Augenbrauen zogen sich zusammen. Mit einer ungeduldigen Bewegung schüttelte er den Kopf.

»Es ist weg«, sagte Wurgluck entschieden. Seine Augen huschten aufmerksam über den jungen Jäger.

»Ich kann es auch nicht mehr spüren«, stimmte ihm Tahâma zu.

Céredas schluckte. »Ja, ihr habt vermutlich Recht.« Er versuchte zu lächeln. »Was war das? Ich konnte es nicht recht erkennen, aber ich bin mir sicher, dass es nichts ähnelt, was ich je in den Schluchten und auf den Höhen des Felsengebirges gesehen habe.«

Tahâma horchte in sich hinein. Wie ein Echo klang die Kälte noch in ihr nach. »Nein«, hauchte sie, »so etwas kennen wir auch im Land der Tashan Gonar nicht.«

»Zumindest wissen wir nun, dass es in dem so gelobten Land tatsächlich etwas gibt, das einige Bewohner von Nazagur dazu bringen könnte, ihre Heimat für immer zu verlassen«, bemerkte Wurgluck.

»Um in ein Land zu ziehen, das vom Nichts nach und nach verschlungen wird!«, fügte Tahâma schaudernd hinzu. Sie sah die Tashan Gonar vor sich, wie sie voller Hoffnung und Freude aufgebrochen waren, um hier eine neue, sichere Heimat für sich und ihren Musikschatz zu finden. Das Herz schmerzte in ihrer Brust. Sie durfte sich jetzt nicht diesen düsteren Gedanken hingeben. Auch in den Nanuckbergen und anderen Ländern Phantásiens gab es schon seit jeher unheimliche Wesen und todbringende Tiere, und doch hatten die Tashan Gonar viele Generationen lang friedlich in ihrem Tal gelebt.

»Ihr solltet versuchen zu schlafen, ich werde wachen«, sagte Céredas, und zu Tahâmas Überraschung widersprach der Erdgnom diesmal nicht.

Wurgluck kuschelte sich in eine Mulde, gähnte und zog seinen Umhang hoch. Bald schon ging sein Atem gleichmäßig. Tahâma versuchte es ihm gleichzutun, aber sie war noch zu aufgewühlt, und zu viele Fragen kreisten in ihrem Kopf.

Céredas setzte sich wieder an den Höhleneingang und schlang den Umhang um seine Schultern. Die Begegnung mit dem Schattenwesen beunruhigte ihn mehr, als er bereit war zuzugeben. Nie zuvor hatte er solche Angst verspürt! Nicht

77

beim Kampf mit dem Manticore und auch nicht, als ihm die Rubinotter in die Augen gestarrt hatte. Aber es war nicht nur Furcht. Eine seltsame Erregung hatte sich in ihm ausgebreitet. Er lauschte in sich hinein. Sein Bein pochte wieder vor Schmerz, ansonsten konnte er nichts Außergewöhnliches entdecken. Vielleicht forderten der lange Marsch und die Nachtwachen ihren Tribut. Oder schwächte ihn die Verletzung noch immer? Céredas schob den Gedanken beiseite. Er war ein starker Krieger und nicht zum ersten Mal verwundet. Solange die Verletzung nicht wieder nässte, war sie keinen weiteren Gedanken wert.

Langsam wurde er schläfrig. Die Müdigkeit drückte auf seine Lider, doch er widerstand der Versuchung, sie zu schließen. Er wachte über den Schlaf seiner Freunde, bis der Morgen nahte.

KAPITEL 4
Nächtliche Schatten

Am Morgen, als die Sonne aufging, machten sich die drei wieder auf den Weg. Sie drangen in den Wald ein und wanderten immer weiter nach Norden, mitten hinein ins Land Nazagur. Von den nächtlichen Ungeheuern war keine Spur geblieben, nur der Hauch der Erinnerung spukte noch durch ihre Sinne.

Anfangs war der Wald dicht und düster. Uralte Baumriesen ragten in den Himmel. Die trockenen Nadeln knackten unter ihren Schritten. Um die Mittagszeit mischten sich immer mehr Eichen und Buchen unter das Grün, aber auch knorrige Fingerbäume mit rot geäderten Blättern und fein gefiederte Heinfächer, die eine Höhe von fünfzig Fuß erreichten.

Als die Sonne über ihnen im Zenit stand, rasteten sie auf einer Lichtung und aßen Trockenfrüchte und Nüsse. Danach hielten sie sich weiter in Richtung Norden, bis sie am Nachmittag den Rand des Waldes erreichten. Vor ihnen erstreckten sich eine Wiese, durch die sich ein Bachlauf wand, und einige Streifen Land, denen man ansah, dass sie von fleißigen Händen bearbeitet worden waren: in Furchen gelegt und von Unkraut befreit, den Samen gesetzt und die Pflänzchen gehegt. Ein schmaler Pfad führte an den mit Reisig umzäunten Gärten entlang, überquerte auf einer Holzplanke den

Bach und verschwand dann in einer Baumgruppe jenseits des Wassers.

Céredas sah sich misstrauisch um und hielt die anderen mit einer Handbewegung in den Schatten der Bäume zurück. Nichts rührte sich in dem weiten Land vor ihnen, nur die Schmetterlinge tanzten in der sonnenwarmen Luft.

»Wollen wir dem Pfad nicht folgen? Wie sollen wir etwas über dieses Land erfahren, wenn wir mit niemandem sprechen«, drängte Tahâma. »Vielleicht sind die Tashan Gonar hier vorbeigekommen.«

Céredas nickte widerstrebend. Er reckte den Hals und sog die Luft tief in seine Lunge, dann wandte er sich dem Mädchen zu und lächelte. »Ja, gehen wir und hoffen, dass wir etwas über den Verbleib deines Volkes erfahren.«

Sie gingen am Rand der Felder entlang, auf denen Kohl und Rüben wuchsen, und überquerten dann den Bach. Der Pfad schlängelte sich zwischen Blumen und Gräsern auf eine Baumgruppe zu, unter deren Zweigen sie bald eine solide gezimmerte Hütte erkennen konnten. Die Sonne schien warm in ihre Gesichter, und dennoch fröstelte Tahâma plötzlich und sah sich nervös um, aber sie konnte nichts Bedrohliches entdecken.

Céredas lief lautlos voraus und legte sein Ohr an die grün gestrichene Tür. Dann schlich er zu dem mit dunklem Holz gerahmten Fenster und lugte hinein. »Niemand zu sehen.«

Auch Wurgluck näherte sich nun der Tür und klopfte laut dagegen, doch nichts rührte sich.

»Vielleicht sind die Bewohner draußen auf ihren Feldern«, vermutete Tahâma und trat nun auch heran.

Der Erdgnom reckte sich und drückte auf den Knauf. Mit einem leisen Knarren schwang die Tür auf. Sonnenlicht flutete über den rötlichen Dielenboden, und Tahâma erhaschte

80

einen Blick auf einen mit buntem Linnen bedeckten Tisch, eine lange Bank und einen massigen eisernen Ofen. Sauber und gemütlich sah alles aus. So friedlich. Verwirrt fühlte sie, wie sich ihre Nackenhaare aufstellten.

»Wurgluck, du kannst nicht einfach in eine fremde Hütte eindringen!«, versuchte sie den Erdgnom aufzuhalten, aber er war schon eingetreten. Sein erstickter Aufschrei ließ Céredas und Tahâma herbeieilen.

Auf den ersten Blick sah das Mädchen nichts, was den Erdgnom erschreckt haben könnte. Die ganze Hütte wirkte sehr einladend, obwohl die Einrichtung einfach und auf schmückendes Beiwerk verzichtet worden war. Dann aber folgte ihr Blick Wurglucks ausgestrecktem Finger, und sie taumelte einen Schritt zurück. Im Schatten vor dem Bett lag ein regloser Körper.

Es war nicht die Tatsache, dass die Frau tot war, die sie so erschreckte. Der Tod gehörte zum Leben, zum Werden und Vergehen. Die Seelen der Toten wanderten in die oberen Sphären, um von dort irgendwann wiederzukehren. Sie bildeten den See, aus dessen Wasser alle Wesen Phantásiens hervorgingen, um in einer anderen Gestalt zu einer neuen Geschichte zu werden. So hatten die Alten des Dorfes es stets erzählt. In jeder Totenfeier schwang daher unter der Trauer auch Hoffnung und Zuversicht mit.

Beim Anblick dieser Toten in der einsamen Waldhütte jedoch konnte Tahâma weder Hoffnung noch Zuversicht empfinden. Was war es, das diesen Schrecken verbreitete? War es das Entsetzen, das sich in dem eingefallenen Antlitz spiegelte? Die zu Krallen vertrockneten Hände, die sich wie in verzweifelter Gegenwehr emporstreckten? Die Frau war sicher noch jung gewesen, nun aber lag der Körper ausgemergelt vor ihnen.

»Das ist seltsam«, sagte Céredas, der als Erster seine Stimme wiederfand. »Ihr Körper sieht aus wie eine Mumie, wie die Krieger aus dem vergangenen Zeitalter, die oben in den Höhlen im Felsengebirge begraben sind. Aber diese Körper sind viele tausend Jahre alt!«

Wurgluck nickte und trat vorsichtig einen Schritt näher. »Ja, und diese Frau kann noch nicht lange tot sein. Seht euch ihre Kleider an, betrachtet die Hütte. Auf dem Tisch steht eine Mahlzeit, die noch nicht verdorben ist.« Der Erdgnom kniete sich hin und berührte die ledrige Haut der Toten mit den Fingerspitzen. »Nein, so etwas habe ich noch nicht gesehen.« Er hockte sich auf den Boden, zog ein dünnes Buch aus seinem Bündel und begann ein leeres Blatt mit Schriftzeichen zu füllen.

»Wir sollten sie begraben und ihr ein Totenlied singen«, schlug Tahâma vor.

Céredas zögerte, doch dann nickte er. »Komm, Wurgluck!«

Der Erdgnom brummte, steckte aber seine Aufzeichnungen wieder ein und folgte den beiden hinaus. Im Schuppen hinter der Hütte fanden sie Hacke und Schaufel, mit denen der Jäger eine flache Grube in der weichen Erde des Gartens aushob. Währenddessen spielte Tahâma auf ihrer Flöte die Harmonien, die das Grab für die Tote bereiten sollten.

Céredas hielt in seiner Arbeit inne und wischte sich den Schweiß von der Stirn. »Was tust du da?«

Sie ließ die Flöte sinken. »Die Harmonie trägt die Seele davon. Das hat mir Thuru-gea, die Mutter der Harmonie, geantwortet, als ich ihr vor vielen Jahren an einem offenen Grab dieselbe Frage gestellt habe. Nur so kann das Wesen des Toten in Frieden aufsteigen und seinen Körper dem Vergessen überlassen.«

»Was für ein Unsinn!«, widersprach der Jäger. »Musik!

Harmonie! An etwas anderes könnt ihr Blauschöpfe wohl nicht denken. Unsere Krieger werden in ihrem besten Gewand begraben, ihre Waffen in den Händen, und die Alten hüten ihre Gräber, um sie vor dem Vergessen zu bewahren.«

»Was soll ein toter Körper, der in der Erde zerfällt, mit Axt und Bogen anfangen können?« hielt Tahâma dagegen.

»Wenn ihr euren Streit allmählich beenden würdet, könnten wir die Tote begraben, bevor es dunkel ist«, ließ sich der Erdgnom vernehmen, der mit untergeschlagenen Beinen im Gras saß.

Die beiden sahen sich betreten an. Eilig grub Céredas weiter.

Als sie in die Hütte zurückkehrten, flutete warmes Abendlicht über den Boden bis zum Bett hinüber, die Leiche jedoch war verschwunden. Wie angewurzelt blieben die drei Freunde stehen und starrten auf die Stelle, wo die tote Frau gelegen hatte. Der Gnom beugte sich vor, bis seine Nase fast den Boden berührte, und suchte die ganze Hütte ab, aber alles, was er fand, war ein kleines Häufchen feinen Staubes vor dem Bett.

»Das kann nicht sein!«, sagte Céredas. »Wir haben sie alle drei gesehen, und niemand hätte sie unbemerkt wegtragen können. Das ist einfach nicht möglich.«

»Du siehst ja, dass es möglich ist«, erwiderte der Erdgnom und zog sich aufs Bett hoch. Dort saß er, ließ die Beine baumeln und sah mit gerunzelter Stirn auf den Staub zu seinen Füßen.

Obwohl auch er ein ungutes Gefühl hatte, überredete Wurgluck den Jäger und das Mädchen, die Nacht über in der Hütte zu bleiben. Der Tag neigte sich, und hier fanden sie alles, was sie an einem normalen Abend hätten begehren können: eine wohlgefüllte Vorratskammer, frisches Wasser, einen Ofen, das

Feuerholz sauber daneben gestapelt, und ein weiches Bett, auf dem sie bequem zu dritt Platz fanden. Dennoch fühlte sich Wurgluck an diesem Ort nicht wohl. Die seltsame Leiche und ihr unerklärliches Verschwinden beunruhigten ihn.

Während Tahâma Gemüse im Kessel schmorte, saß der Gnom immer noch auf dem Bett und brütete über seinen Aufzeichnungen. Was hatte er bisher über die nächtlichen Wesen herausgefunden? Hatten die Schatten die Frau getötet? Woran war sie gestorben? Eine Verletzung hatte er an ihrem Körper nicht feststellen können. Fast könnte man glauben, sie hätte sich zu Tode geängstigt, dachte der Erdgnom, aber was war mit ihrem Körper geschehen?

Tahâma rief zu Tisch. Schweigsam saßen sie beisammen, aßen Gemüseeintopf und tranken heißen Kräutersud mit Honig. Wurglucks Gedanken wanderten in die Nacht hinaus. Céredas hatte den schweren Riegel vorgelegt, aber vermutlich glaubte auch er nicht, dass Tür und Riegel ihnen Schutz bieten konnten, falls die Schatten in dieser Nacht zurückkehrten.

Im Schrank hinter einem Vorhang fand Tahâma Decken, Leinentücher und Kleider, die sicher nicht alle der Toten gehört hatten. Darunter waren auch die Gewänder für einen kräftigen Mann und mehrere Kinder. Wo waren sie geblieben? Waren sie alle tot, ihre Leichen verschwunden?

Tahâma zog Decke und Leintuch vom Bett und bedeckte es mit frischer Wäsche, dann legte sie sich auf den Rücken und verschränkte die Arme im Nacken. Ihre Augen waren weit geöffnet, der Blick zu den Balken an der Decke gerichtet. Wurgluck kletterte aufs Bett und legte sich neben sie. Auch er grübelte schweigend vor sich hin. Céredas ging im Schein des Herdfeuers auf und ab, blieb immer mal wieder lauschend stehen oder trat zur Tür. Ein Dutzend Mal vergewisserte er sich, dass der Riegel eingerastet war.

»Céredas, lege dich jetzt endlich hin«, sagte Wurgluck barsch. »Noch ist Gelegenheit zu schlafen und Kräfte zu sammeln.«

Zu seiner Verwunderung folgte der Jäger seiner Aufforderung, ohne zu widersprechen. Er legte sich an den Rand des Bettes, faltete die Hände auf der Brust und schloss die Augen.

Irgendwann später schreckte Tahâma hoch. Sie musste eingeschlafen sein. Das Feuer war inzwischen niedergebrannt, und nur noch die Glut verbreitete einen rötlichen Schimmer. Zu ihrem Erstaunen lag sie allein auf dem großen Bett. Sie sprang auf und griff nach ihrem Kristallstab. Als sein Licht aufflammte, sah sie Wurgluck auf dem Tisch knien und durch das Fenster in die Nacht hinausspähen. Dann fiel ihr Blick auf den Riegel der Tür. Er war zurückgeschoben, von Céredas fehlte jede Spur.

Tahâma eilte zum Fenster hinüber. »Wo ist er?«, wisperte sie und löschte rasch den Stab, um draußen etwas erkennen zu können.

Der Erdgnom hob die Schultern. »Céredas hat sich nicht mit mir beraten und sich auch nicht von mir verabschiedet, bevor er sich in diese Wahnsinnstat stürzte.« Er deutete auf die Tür.

»Es ist allein hinausgegangen?«, fragte sie erschrocken.

Wurgluck nickte und presste die Lippen aufeinander. »Junger Narr!«, stieß er hervor.

Schweigend sahen sie in die Nacht hinaus. Ab und zu schien es Tahâma, als schwebten lautlose Schatten zwischen den Baumstämmen. Es war still draußen, ungewöhnlich still. Nicht einmal ein nächtliches Tier war zu hören.

Wurgluck hob lauschend den Kopf. »Da kommt jemand«, flüsterte er.

Tahâma starrte die Tür an und umklammerte ihren Stab. Sie

erwog gerade, den Riegel wieder zuzuschieben, da schwang die Tür auf, und Céredas trat ein. Im Licht des Kristalls, das Tahâma wieder aufleuchten ließ, glänzten seine Augen seltsam, aber er schien unversehrt.

»Was fällt dir ein!«, kreischte der Erdgnom und sprang vom Tisch.

»Ihr solltet schlafen.« Der Jäger machte eine abwehrende Geste, seine Stimme klang kühl. »Ich wache über euer Leben. Es ist alles ruhig draußen. Uns wird nichts geschehen.«

Damit schien das Thema für ihn erledigt. Wurgluck stemmte die Hände in die Hüften und sah den Jäger aus zusammengekniffenen Augen an. Céredas wandte sich ab, schob den Riegel wieder vor und warf dann noch einige Holzscheite in die Glut, sodass die Flammen wieder aufflackerten.

Tahâma trat zu ihm und berührte seinen Arm. »Wir haben uns Sorgen gemacht«, sagte sie sanft. »Du solltest bei Nacht nicht das Lager verlassen, ohne Bescheid zu sagen.«

»Ich weiß, was ich tue«, erwiderte Céredas und drehte ihr den Rücken zu.

Tahâma fühlte einen schmerzhaften Stich. Sie hatte begonnen, den Jäger zu bewundern und sich auf seine umsichtigen Urteile zu verlassen. Die Wärme in seinen braunen Augen entzündete in ihr ein Feuer, und der Klang seiner Stimme war wie die Melodie des Windes in ihren Harfen. Jetzt aber fühlte sie sich, als hätte ein Schwall Eiswasser ihre Glut erstickt. Der harte Glanz in seinem Blick ließ sie zurückprallen. Wortlos legte sie sich wieder auf das Bett und schloss die Augen, doch es dauerte noch eine Weile, bis sie Ruhe fand und einschlief.

Am Morgen begnügten sie sich mit einem kurzen Mahl. Obwohl sich Tahâma dabei nicht wohl fühlte, packten sie ihre Beutel mit den Vorräten aus der Hütte voll und machten sich dann auf den Weg. Ein schmaler Pfad führte nach Nordosten. Auch wenn Céredas wieder umgänglich und freundlich war wie zuvor, blieb das Mädchen schweigsam. Seine plötzlichen Stimmungsumschwünge machten ihr zu schaffen.

Die drei Gefährten folgten dem Pfad durch ein Trockental und dann hinauf zu einer Hügelkette, über deren Spitzen sich zerklüftete Felsen zogen.

»Wie krumme Zähne ragen sie in den Himmel«, sagte Tahâma.

»Wie die Knochenschildrücken von Dinosauriern«, meinte Wurgluck.

»Dinosaurier?«, fragte das Mädchen erstaunt. »Was sind das denn für Wesen?«

»Hm.« Der Erdgnom kaute auf seinen schmalen Lippen. »Das sind riesige Echsen, die es vor langer Zeit auf der Menschenwelt gab.«

»Auf der Menschenwelt?«, mischte sich nun Céredas ein. »Wo liegt denn dieses Land?«

Wurgluck stapfte hinter ihm her, den Blick auf den erdigen Pfad gerichtet. »Das können nicht einmal die Weisesten sagen«, murmelte er. »Jedenfalls liegt das Menschenreich jenseits der Grenzen von Phantásien.«

»Und wie ist es dort?«, bohrte der Jäger weiter, doch Wurgluck hob die Schultern.

»Das kann ich nicht sagen, ich war nicht dort. – Kein Phantásier war jemals dort!«

Céredas schürzte ungläubig die Lippen. »Wie kannst du etwas über ein Reich außerhalb Phantásiens wissen, das noch keiner gesehen hat? Und sagt man nicht, das Reich der Kindlichen Kaiserin habe gar keine Grenzen?«

»Es waren schon Menschen in Phantásien«, sagte Tahâma plötzlich, die sich an eine Geschichte erinnerte, die ihr Granho, der Vater des Rhythmus, erzählt hatte. »Nicht wahr, Wurgluck? Menschen können zu uns reisen.«

Der Erdgnom nickte. »Ja, soweit ich weiß, waren sie früher häufig zu Besuch. Vor allem Kinder kamen damals, aber ich habe schon lange nicht mehr von einem menschlichen Besucher gehört.«

Der steile Pfad verhinderte jedes weitere Gespräch. Schweigend folgten Tahâma und der Gnom Céredas den gewundenen Pfad hinauf, bis die Felszacken mit ihren glatten, hellgrauen Wänden direkt über ihnen aufragten. Es schien, als wäre dort kein Durchkommen, aber der schmale Weg führte um einen Block herum und dann in eine enge Schlucht. Die lotrechten Wände standen so nahe beisammen, dass sie wieder hintereinander gehen mussten. Der Himmel über ihnen war nur noch ein blassblaues Band. So gingen sie einige Minuten, bis die Felswände unvermittelt zurückwichen und den Blick in einen weiten Talkessel mit flachen, grünen Hängen freigaben.

Unten auf dem Grund waren Weiden und Felder mit wogendem Korn, in einem schilfgesäumten See spiegelten sich die Federwolken. Am Ufer sahen sie eine Ansammlung geduckter Häuser. Die meisten waren nur einstöckig mit flach geneigten Dächern, es gab aber auch einen stattlichen Bau mit Giebeldach und dunklen Fachwerkbalken sowie einen steinernen Turm, über dessen Plattform eine große Glocke in der Sonne glänzte. Ein Stück weiter, auf einer Wiese mit jungen Obstbäumen, waren drei Scheunen errichtet worden. Davor weideten einige blauschwarze Pferde, sonst konnten sie von hier oben keine Lebewesen entdecken. Dennoch wirkte das Dorf frisch und lebendig. So beschleunigte Tahâma ihre Schritte beim Abstieg, in der gespannten Erwartung, endlich die Bewohner dieses Landes kennen zu lernen.

Je näher die drei Wanderer dem See und der kleinen Siedlung an seinem Ufer kamen, desto breiter wurde der Weg. Bald konnten sie mit bunten Wicken bewachsene Zäune erkennen, Beete voller Blumen oder Gemüse, kleine Springbrunnen und zierliche Windräder. Weiter die Straße hinunter ruhte eine Katze auf einer Fensterbank und ein Hund schlief am Fuß des Brunnens, von den Dörflern aber war immer noch niemand zu entdecken.

Als sie den eingezäunten Garten des ersten Hauses erreichten, blieb Tahâma unvermittelt stehen. Sie sah auf die Blumen hinab, die ihr von weitem so prächtig erschienen waren. Jetzt wirkten sie, als hätte sie ein Wintersturm überrascht. Die Blüten waren an den Rändern farblos, die Blätter wurden dürr, die Stängel wirkten gläsern wie nach dem ersten Frost. »Wir werden hier niemanden lebend finden«, murmelte sie und horchte verwundert ihren eigenen Worten nach.

Céredas drehte sich zu ihr herum. »Wie kommst du darauf? Ich kann bisher nichts Ungewöhnliches entdecken.«

Sie zog sich schaudernd ihren Umhang um den Leib. »Ich spüre einen Schatten über diesem Ort. Viel Leid ist hier geschehen, vor nicht allzu langer Zeit. Grausame Stimmen ziehen noch immer durch die Luft, und die Seelen klagen ihr Totenlied.« Ihre Lider flatterten, dann jedoch sah sie den Jäger fest an. »Vergiss, was ich eben gesagt habe. Es war nur so ein Gefühl. Anscheinend schlägt mir die Tote in der Hütte noch aufs Gemüt. Lass uns weitergehen!«

Die beiden gingen weiter, auf den großen Platz mit dem Brunnen in der Mitte des Dorfes zu.

Wurgluck folgte ihnen langsam. Er kniff die Augen zusammen und schüttelte immer wieder den Kopf. »Nur so ein Gefühl, so, so. Man hat seine Gefühle nicht umsonst! Sie sind oft schlauer als der Geist, der sich durch die Bilderflut in den Augen verwirren lässt. Mein Gefühl sagt mir, dass es für mich gesünder wäre, in meiner Höhle im Silberwald zu sein und mich über meine Schwiegersöhne zu ärgern. Aber was kann man der Unruhe des Forschergeists entgegensetzen, die einen stetig antreibt?«

Am Rand des Dorfplatzes blieben Tahâma und Céredas abermals stehen. Das Mädchen sog hörbar die Luft ein.

»Was ist?« Wurgluck schob sich zwischen den langen Beinen durch und sah ebenfalls zum Brunnen hinüber. Es war nur ein alter Hund, dessen Kadaver die Fliegen umschwirrten, und doch nahm er diesem Dorfplatz die Heiterkeit. Der Erdgnom trat auf den toten Hund zu und betrachtete ihn aufmerksam. »Zwei Tage«, sagte er, »höchstens drei.«

Die Freunde sahen sich an. »Sollen wir die Häuser durchsuchen?«, fragte Tahâma leise, und ihre Stimme zitterte, aber Wurgluck lief eilig über den Platz und verschwand zwischen den gegenüberliegenden Häusern. Céredas und Tahâma folgten ihm.

»Wo willst du hin?«, fragte der Jäger.

Der Erdgnom gab ihm keine Antwort, bis er sein Ziel erreicht hatte und am Rand eines Gräberfeldes stehen blieb. Mehr als zwei Dutzend Hügel reihten sich nebeneinander, manche noch mit welkenden Blumen geschmückt. »Wie ich es mir dachte. Der Tod ist in diesem Dorf kein Unbekannter. Seht ihr, die drei Hügel dort hinten sind eingeebnet, die Gräber also schon viele Monate, vielleicht Jahre alt. All die anderen aber, die hier vergraben sind, haben vor wenigen Wochen noch gelebt!«

Tahâma kniete nieder, legte die Handflächen aneinander und summte eine Melodie. Die Augen geschlossen, verharrte sie reglos.

Céredas trat an das erste Grab und schob mit der Schuhspitze einen Klumpen Erde zur Seite. »Vielleicht hat hier im Dorf eine Krankheit gewütet und die Bewohner dahingerafft? Dann sollten wir schnell weiterziehen. Wir wissen ja nicht, ob die Seuche vorbei ist. Ich habe von unseren Ältesten gehört, dass vor vielen Jahren im Land der roten Türme ganze Stämme in nur wenigen Tagen ausgelöscht wurden.«

Wurgluck wiegte den Kopf hin und her. »Kann sein, kann aber auch nicht sein. Ich denke, wir sollten einen Blick in die Häuser werfen.«

»Keine Krankheit hat sie hinweggerafft, kein Siechtum hat sie befallen und gequält«, erklang Tahâmas flüsternde Stimme hinter ihnen. Noch immer kniete sie im Gras, die Lider fest geschlossen. »Der Schatten kam über sie. Grausame Gestalten zogen unter seinen Flügeln heran. Angst und Schrecken haben ihnen ihre Geschichte gestohlen.«

»Was redest du da?«, herrschte Céredas sie an und griff nach ihrem Arm. Tahâma schreckte hoch und öffnete die Augen. Ihr Blick kam aus weiter Ferne zurück. Verwirrt sah sie zu dem Jäger hoch. »Woher willst du das wissen?«, fügte er hinzu und sah sie durchdringend an.

Langsam zog sie ihren Arm zurück und stand auf. »Ich weiß es nicht, und doch habe ich es gesehen. Ich war nicht dabei, und dennoch fühle ich es.« Sie hob eine Hand und deutete auf das Hügelfeld. »Das sind keine Gräber. Leere Särge haben sie verscharrt, denn keiner kann sagen, wo ihre Toten geblieben sind.«

»Hirngespinste!« Céredas stieß einen ärgerlichen Laut aus

und wandte sich von ihr ab. Mit festem Schritt stapfte er ins Dorf zurück.

Wurgluck tätschelte Tahâmas Hand und lächelte zu ihr hoch. »Komm mit, mein Kind.«

Sie gingen auf das erste Haus zu und fanden die Tür angelehnt. Drinnen war es düster, und es roch ein wenig modrig, aber sie entdeckten nichts, was ängstlichen Befürchtungen Nahrung gegeben hätte. Auch das nächste Haus lag still und friedlich da.

»Seht her«, sagte Céredas, als sie wieder ins Freie traten, und deutete auf die frischgrün gestrichenen Fensterrahmen und die sorgsam verputzten Flechtwände. »Das Dorf ist kaum ein paar Jahre alt. All diese Häuser wurden vor nicht allzu langer Zeit errichtet.«

Wurgluck nickte. »Das glaube ich auch. Ich weiß ja nicht, wie schnell die große Schlucht nach Süden wandert, aber vielleicht stehen wir hier auf Boden, den es in Nazagur vor ein paar Jahren noch gar nicht gab. Möglich, dass Siedler aus dem Norden gekommen sind, um das neue Land zu bestellen, oder Fremde aus dem Süden.«

»Fremde«, flüsterte Tahâma, »wie die Tashan Gonar.«

Wurgluck sah sich um. »Ich glaube nicht, dass hier Blauschöpfe gewohnt haben, oder konntest du Zeichen deines Volkes entdecken?«

Sie schüttelte den Kopf. »Zwar lieben die Tashan Gonar Windräder, aber sie hätten sie aus bunten Glasscherben gefertigt oder mit Kristallsplittern geschmückt, statt nur farbiges Pergament aufzuspannen. In den Häusern wären Instrumente und Klangspiele. Auch konnte ich kein Stück der Musiksammlung entdecken.«

Sie durchsuchten noch drei weitere Häuser. Die wirkten ebenfalls, als seien sie plötzlich verlassen worden und als könnten ihre Besitzer jeden Augenblick zurückkehren. Dann jedoch machten sie in einer dunklen Küchennische den Fund, vor dem sie sich alle drei gefürchtet hatten: zwei ausgemergelte Leichen, ein Mann und ein Kind. Noch im Tod aneinander geklammert, kauerten sie vor dem kalten Kamin.

»Geh bitte in den Schuppen, in den wir vorhin hineingesehen haben, und hol eines der großen Bretter«, sagte Wurgluck zu Céredas.

»Warum das?«

»Damit ihr die Toten hinaustragen könnt!«

Céredas murrte. »Wozu soll das gut sein? Wir müssen ja nicht gerade in diesem Haus die Nacht verbringen.«

Er wollte weg von hier, statt noch einmal in die schreckverzerrten Gesichter zu sehen. Vor dem Sterben hatte er keine Angst, aber in seiner Heimat wusste er zumindest immer, in welchen Gestalten der Tod auf ihn zukam. Es waren Raubtiere oder Schlangen, steile Felsen, von denen man stürzen konnte, oder reißende Bäche, in denen manch ein Jäger ertrunken war. Dieses namenlose Grauen aber machte ihn unruhig.

Er sah Tahâma nach, die in den Schuppen ging, um das Brett zu holen. Auch das Mädchen kam ihm seltsam vor. Was hatte es mit ihren Visionen auf sich? Mit den Dingen, die sie sehen und fühlen konnte, er aber nicht, obwohl er neben ihr stand? Und dann ihre Musik. Manches Mal war sie tröstend, vertrieb die Müdigkeit oder düstere Träume, dann wieder schmerzten die Töne fast unerträglich in seinem Kopf.

Das Brett war viel zu lang und schwer für Tahâma, also musste Céredas ihr doch noch helfen. Die Lippen noch immer unwillig aufeinander gepresst, hob er den Toten auf das Brett. Der Mann schien nur noch eine leere Hülle zu sein, so leicht war er. Zusammen mit Tahâma trug der Jäger das Brett mit

93

der leblosen Fracht auf die Tür zu, durch die das Licht der Abendsonne flutete.

Wurgluck stand neben der Schwelle. Ohne auch nur einmal zu blinzeln, starrte er den Toten an. »Halt!«, rief er plötzlich.

Überrascht blieben die beiden stehen. Céredas stand schon draußen im Licht, Tahâma noch vor der Schwelle. Die Sonnenstrahlen schienen auf Gesicht und Brust des Toten. Céredas wollte den Erdgnom eben fragen, warum sie nicht weitergehen sollten, als sich ein wirbelnder Wind erhob. Er kam nicht von draußen herein, sondern schien hier auf der Schwelle zu entstehen. Nicht ein Ton kam aus der Kehle des Jägers. Der tote Körper auf dem Brett schien zu zerfließen, die Konturen lösten sich auf. Tahâma stieß einen spitzen Schrei aus und ließ das Brett fallen. Die Beine des Toten rutschten zu Boden. Mehr war von ihm nicht übrig geblieben, bis auf eine Hand voll Staub, der auf die Schwelle hinabrieselte.

Der Gnom nickte grimmig, griff nach einem der dünnen Leichenbeine und zog es ins Licht. Auch das Bein zerfiel, sobald die Strahlen der Sonne es erfassten.

Nun ließ auch Céredas das Brett los, trat einen Schritt zurück und schlang die Arme um seinen Leib. Ihn fröstelte. Die Furcht, die er nicht mehr unterdrücken konnte, machte ihn wütend. Er warf Tahâma einen misstrauischen Blick zu. »Leere Gräber, leere Särge«, rief er. »Sag uns endlich, was hier vor sich geht! Sag uns, gegen welche Gefahr wir antreten müssen! Warum hast du uns nicht gewarnt? Warum lässt du uns blind in den Tod tappen? Sag uns, warum!«

Das Mädchen hob abwehrend die Hände. »Ich führe niemanden! Ich bin in dieses Land gekommen, um mein Volk zu suchen. Es war dein eigener Wille, mich zu begleiten, und auch Wurgluck ist ohne mein Drängen mitgekommen. Damit will ich nicht sagen, dass ich nicht sehr froh bin, euch hier an meiner Seite zu wissen, denn auch ich weiß nicht, was uns erwartet. Ich habe euch gesagt, was ich gefühlt und gesehen habe. Aber auch jetzt weiß ich weder mit wem oder was wir es zu tun bekommen werden noch was hier geschieht. Wie kannst du mir unterstellen, euch in eine Falle locken zu wollen!«

Céredas erwiderte ihren Blick. Die mandelförmigen Augen des Mädchens waren nun tiefschwarz und voller Schmerz. Ihr Gewand hatte die Farbe von schimmernden Tränen angenommen. Das lange Haar verdunkelte sich. »Ich habe nichts von einer Falle gesagt«, murmelte er und senkte verlegen die Lider. »Verzeih mir.«

Wurgluck schob unauffällig das zweite Bein des Toten über die Schwelle, dann trat er hinaus in den Vorgarten. »Wir sollten uns einen Platz für die Nacht suchen. Die Sonne steht kaum mehr eine Handbreit über den Wiesen.«

Zu dritt stiegen sie den steinernen Turm hinauf und ließen den Blick über das nun rötlich gefärbte Land schweifen, das sich so trügerisch friedlich nach allen Richtungen ausbreitete. Dann kehrten sie auf den Erdboden zurück und betraten das große Haus am Marktbrunnen. Sie beschlossen, hier in einer der Schlafkammern unter dem Dach die Nacht zu verbringen. Im Dämmerlicht saßen sie um den Küchenofen und verzehrten ihr Mahl, ehe sie sich in der Kammer einschlossen und auf den beiden Betten zur Ruhe legten. Wurgluck kroch in einen Korb, in dem ein paar weiche Tücher lagen. Tahâma schloss die Augen und suchte nach Zeichen des Schreckens in ihrem Innern, aber die Schatten schienen in weit entfernten Gegenden zu weilen. Ruhig schlief sie ein.

Während der rote Mond über den Himmel zog, gefolgt von der Sichel des silbernen, erfüllten nur die Geräusche friedlichen Schlafs die kleine Kammer. Kurz vor Mitternacht aber schreckte Céredas auf und griff nach seiner Axt. Leise erhob er sich und trat an das zweite Bett. Obwohl es in der Kammer völlig dunkel war, schimmerte Tahâmas weißes Gesicht, als leuchte es von innen. Der Jäger beugte sich etwas tiefer, so dass er ihren Atem auf seiner Wange spüren konnte. So betrachtete er sie einige Augenblicke, dann ging er zu dem Korb hinüber, aus dem Wurglucks leises Schnarchen erklang. Er konnte nur einen zusammengeringelten, dunklen Fleck zwischen den weißen Tüchern erkennen. Auch der Erdgnom schien in tiefem Schlaf zu liegen. Lautlos huschte Céredas zur Tür, schob die Truhe, die ihm den Weg versperrte, ein Stück beiseite und schlüpfte hinaus. Er stieg die mondüberflutete Treppe hinunter, durchquerte die Halle und öffnete die schwere Eingangstür.

Die Blumen und Gräser des Gartens glänzten wie mit Kupfer überzogen. Der Kies knirschte unter seinen Schritten, als er den Weg zum Marktplatz entlangging. Aus einem grob behauenen Steinkopf rauschte das Brunnenwasser in das runde Becken, das an seiner breitesten Stelle fünf Schritte maß. Der rote Mond spiegelte sich im Wasser, die silberne Sichel war bereits hinter den Giebeln versunken.

»Wenn Rubus so hell am Himmel steht, dann wird Blut vergossen«, murmelte der Jäger. Hatten das die Alten seiner Sippe nicht oft erlebt? Der rote Mond war ein Vorbote des Bösen! Die dunklen Wesen badeten gern in seinem Licht. Von einem plötzlichen Schmerz durchzuckt, beugte er sich über den Brunnenrand, um sein Gesicht zu kühlen.

Im Wasserspiegel sah er Wolkenfetzen über den Himmel ziehen. Der Mond verdunkelte sich. Mühsam unterdrückte er ein Stöhnen. Er hörte sein Blut in den Ohren rauschen. Noch immer verdeckte eine Wolke den Mond, aber als sie die Sichel wieder freigab, war die Gestalt des Jägers nicht die einzige, die sich im glatten Wasser spiegelte.

Tahâma schreckte hoch. Sie fühlte wieder den Schatten über sich. Schnell glitt sie aus ihrem Bett. Auch Wurglucks Schnarchen verstummte, und der Kopf des Erdgnoms erschien über dem Korbrand. Leise knarrend öffnete sich die Kammertür einen Spalt und schlug dann mit einem Knall wieder zu. Die beiden fuhren zusammen. Das Mädchen hob den Kristallstab, doch bevor ihr Blick die Kammer vollständig durchwandert hatte, wusste Tahâma, dass Céredas nicht mehr hier war.

Mit Krísodul in der Hand hastete sie zum Fenster und zog mit fahrigen Bewegungen den Laden auf. Unter ihr lag der nächtliche Vorgarten mit seinen erstarrten Blumen, hinter dem weiß gestrichenen Holzzaun begann der große Platz. Dort am Brunnen bewegte sich etwas. Tahâma konzentrierte sich, um ihren Blick zu klären. Leise stöhnte sie auf, als ihr bewusst wurde, was sie dort unten sah. Sie wandte sich um, eilte zur Tür und rannte die Treppe hinunter. Den Stab fest umklammert, stürzte sie den Kiesweg entlang auf den Brunnen zu.

Céredas hob den Kopf und starrte sie an. Noch im Laufen hob Tahâma ihren Stab und stieß eine Folge abgehackter Töne aus. Krísodul flammte auf und verjagte die Nacht vom Platz am Brunnen. Einen Moment waren die lumpenverhüllten Gestalten, die Céredas dicht umdrängten, in gleißendes Licht getaucht. Tahâma erhaschte einen Blick auf knochige Finger und eingefallene Schädel, von dunklen Kapuzen verhüllt. Rote Augen glühten ihr entgegen, dann jedoch flohen die Geschöpfe der Nacht, so schnell, dass sie ihnen nicht mit den Augen folgen konnte.

»Danke«, sagte Céredas, aber es klang eher zornig. »Das wäre nicht nötig gewesen. Ich hätte sie auch ohne deine Hilfe verjagt.« Er kam langsam näher, sein linkes Bein kaum merklich nachziehend, und folgte ihr über den Kiesweg zurück zum Haus.

»Du hast wieder Schmerzen!«, ertönte Wurglucks Stimme streng von der Tür her. »Komm sofort mit hinauf, damit ich mir dein Bein ansehen kann.«

Der Jäger warf Wurgluck einen wütenden Blick zu, folgte ihm aber die Treppe hoch in die Kammer. Leise schimpfte er vor sich hin, als der Erdgnom ihm den Stiefel auszog und die zerrissene Hose hochschob. Tahâma stand daneben und hielt ihren Lichtstab. Ihr Blick strich über die muskulöse Wade. Deutlich hoben sich zwei rote Narben von der ockerfarbenen Haut ab, dort, wo die Reißzähne des Wolfes in das Fleisch eingedrungen waren, aber sonst konnte sie nichts erkennen, was noch an die Verletzung erinnerte.

Wurgluck beugte sich tief über das Bein. Er murmelte vor sich hin und strich mit seinem Zeigefinger über die gewölbten Narben. »O nein, das ist nicht gut, nein, nein, gar nicht gut«, grummelte er.

Tahâma wollte gerade fragen, was ihm Sorge bereitete, als auch sie die feinen Linien entdeckte. In tiefem Rot, fein verästelt, wuchsen sie wie kleine Zweige von den Narben aus in alle Richtungen. »Was ist das?«, hauchte sie.

Der Erdgnom antwortete nicht. Er zog ein winziges Messer aus der Tasche und ritzte einen Kreis um die Linien in Céredas' Haut. Für einen Moment war es nur eine weiße Spur, dann quoll das Blut an dem Schnitt zu einem roten Ring auf. Céredas zuckte nicht einmal zusammen. Hastig wühlte der

98

Gnom in seinem Bündel und zog diesmal eine verbeulte Büchse hervor, öffnete sie und nahm eine Prise schwarzen Pulvers heraus. Sorgfältig ließ er es auf den blutigen Ring herabrieseln, sodass keine Stelle unbedeckt blieb. Dann wickelte er einen Leinenstreifen fest um die Wade. »Du wirst dich bis zum Morgen nicht mehr von der Stelle rühren, mein tapferer Jäger!«, sagte er streng.

»Meint ihr, diese Wesen haben die Dorfbewohner getötet?«, fragte Tahâma. »Sind das die Schatten, die wir sahen und deren Schreie einem das Innere erstarren lassen?«

Wurgluck wiegte den Kopf hin und her. »Natürlich haben wir keinen Beweis, aber ich vermute schon, dass sie es waren, denen wir begegnet sind und vor denen der Mann sich so gefürchtet hat.«

»Er sagte, der Schatten hätte seine Familie gemordet«, warf Céredas ein.

Der Erdgnom und Tahâma sahen ihn überrascht an.

»Ich dachte, aus ihm war kein vernünftiges Wort herauszubekommen?«, wiederholte Wurgluck die Worte des Jägers.

»Ich wollte euch nicht beunruhigen.«

»Und warum *der* Schatten? Es waren doch mehrere«, hakte der Erdgnom nach.

Céredas schüttelte den Kopf. »So hat er sich ausgedrückt. Ich bin mir ganz sicher.«

»Seltsam, seltsam. Ich muss darüber nachdenken, und ihr legt euch nun unter eure Decken und schlaft.«

Um Céredas' Mundwinkel zuckte es unwillig, aber er sagte nichts. Mit Tahâmas Hilfe schob der Erdgnom die Truhe wieder vor die Tür. Er holte seinen Beutel mit Tabak, kletterte auf die Truhe und setzte sich mit verschränkten Beinen auf den bemalten Holzdeckel. In Ruhe stopfte er seine Pfeife und steckte dann das Kraut mit seiner glühenden Kohle in Brand.

Fast völlig reglos saß er dort und bewachte Céredas' und Tahâmas Schlaf, bis der Morgen anbrach.

Kaum war es hell genug, zog Wurgluck sein Buch hervor, um seine Notizen fortzuführen. Erst nachdem er eine ganze Seite mit krakeligen Schriftzeichen bedeckt hatte, weckte er den Jäger, um das Bein noch einmal zu betrachten. Erleichtert sah er, dass die Linien um die Bisswunde des Werwolfs verschwunden waren.

In der Morgendämmerung setzten die drei Gefährten ihren Weg fort. Hinter dem Dorf lagen ausgedehnte Weiden, auf denen eine Gruppe Pferde graste. Céredas fing einen prächtigen schwarzen Hengst ein, schwang sich auf seinen Rücken und jagte mit hellem Ruf den fliehenden Pferden hinterher. Eine feingliedrige Stute, gleichfalls mit schwarzem Fell und mit weißer Stirn, drängte er in einen Felsspalt ab. Das Tier zögerte einen Moment, und schon hatte Céredas ihm einen Riemen um den Hals gezurrt. Eine Weile wehrte sich die Stute noch, bäumte sich auf und versuchte die Fesseln abzuschütteln, dann aber ließ sie sich zum Weg zurückführen, wo Tahâma und Wurgluck warteten.

»Kannst du reiten?«, fragte Céredas, als er dem Mädchen das Seil in die Hand drückte.

Tahâma strich über das blauschwarze Fell. »Aber ja!« Sie flüsterte der Stute etwas ins Ohr und schwang sich dann auf ihren Rücken. Ganz still stand das Tier plötzlich da und ließ nur ein leises Wiehern hören.

»Aber ich kann nicht reiten, und ich werde es auch nicht tun!«, mischte sich der Erdgnom ein. »Wie kann man sich nur auf den Rücken eines solchen Teufelsviehs setzen? Ich werde in tausend Stücke zerbrechen, wenn es mich hinunterwirft. Und selbst wenn etwas von mir heil bleiben sollte, dann zertrampeln mich diese riesigen Hufe!«

»Wurgluck, du kannst hier vor mir sitzen«, sagte Tahâma und klopfte einladend auf das glänzende Fell. »Ich gebe Acht, dass du nicht herunterfällst, und du kannst dich an der langen Mähne festhalten.«

»Nein, nein und noch einmal nein«, schnaubte der Erdgnom und verschränkte die Arme vor der Brust.

»Dann bleibst du eben hier zurück«, schimpfte der Jäger.

»Céredas, nein, wie könnten wir so grausam sein, nach allem, was Wurgluck für uns getan hat!«

Der Jäger verdrehte die Augen und sprang von seinem Pferd. Mit großen Schritten ging er auf den Erdgnom zu, packte ihn und hob ihn hoch.

»Lass das«, schrie Wurgluck und schlug mit seinen knorrigen Fäusten nach ihm. Das schien Céredas jedoch nicht zu beeindrucken. Er hob den sich wehrenden Gnom auf den Rücken der Stute.

Sofort schlang Tahâma einen Arm um seine Taille. »Keine Angst. Dir wird nichts geschehen.«

Doch der Erdgnom schimpfte und fauchte. Kaum saß Céredas wieder auf seinem Hengst, fiel der schon in einen schnellen Trab. Tahâma folgte ihm, und so ritten sie den erdigen Karrenweg entlang immer weiter nach Norden.

KAPITEL 5
Naza-kenin

Drei Tage folgten sie nun schon der braunen Straße, aber noch immer waren sie auf keinen lebenden Bewohner Nazagurs gestoßen – abgesehen von dem Verängstigten, der sie am ersten Tag nach dem Weg zur Schlucht gefragt hatte. Wurgluck hatte sich inzwischen an seinen Reiseplatz auf dem Pferderücken gewöhnt, blieb während des Ritts jedoch wortkarg. Mit zusammengekniffenen Augen brütete er vor sich hin, so dass Tahâma ihn meist zweimal ansprechen musste, ehe er reagierte.

Immer wieder passierten die drei Gefährten einzelne Gehöfte, doch sie waren alle verlassen, die Bewohner vermutlich tot oder schon lange weggezogen. Die Spuren in manchen Häusern zeugten von einem hastigen Aufbruch, bei anderen Höfen waren die Nazagur vielleicht von den rätselhaften Schattengestalten überrascht und getötet worden, vermuteten die drei, obwohl sie auf keine weiteren Leichen stießen. Zu Tahâmas Kummer deutete nichts darauf hin, dass die Leute ihres Volkes diesen Weg entlanggekommen waren.

Am vierten Tag um die Mittagszeit stießen die Reisenden endlich auf lebendige Landesbewohner. Sie überquerten eine Hügelkette und zügelten auf dem Kamm ihre Pferde, um in das flache Tal hinabzusehen. Dort unten schlängelte sich ein breiter, von Weiden gesäumter Fluss, in dessen Auen Pferde, Kühe und manch anderes Getier graste. Etwas höher, geschützt vor dem Hochwasser des Frühlings, breiteten sich Kornfelder und Gemüseäcker aus.

Plötzlich reckte Tahâma den Hals und zeigte ins Tal hinab. »Seht ihr das? Dort unten auf den Feldern, das sind keine Tiere! Es sind zweibeinige Gestalten, die den Boden bearbeiten!«

Céredas kniff die Augen zusammen und nickte. »Ja, du hast Recht. Es sind mehr als ein Dutzend Männer und Frauen.«

Er schlug seinem Rappen die Fersen in die Flanken und jagte den Hügel hinunter. Tahâma folgte ihm, ohne auf das Gejammer des Erdgnoms zu achten.

»Nicht so schnell, bei meinen Vorvätern, willst du mich umbringen?«

Aber Tahâma hörte nicht auf ihn. Zu sehr verlangte es sie danach, endlich mit den Bewohnern dieses Landes zu sprechen. Über den Hals der Stute gebeugt, flogen sie den Hang hinunter und dann über die saftig grüne Aue. Schon lange bevor sie das Feld erreichten, hielten die Männer und Frauen in ihrer Arbeit inne, scharten sich eng zusammen und beschirmten ihre Augen, um zu sehen, wer da in wildem Galopp auf sie zuraste.

Céredas jagte als Erster heran. Erst wenige Schritte vor den zurückweichenden Leuten zügelte er sein Ross. Erdklumpen spritzten nach allen Seiten. Bevor der Jäger vom Rücken des Pferdes geglitten war, hielt Tahâma schon an seiner Seite. Sie stiegen ab, traten einen Schritt vor und blieben dann stehen. Stumm betrachteten sie die Nazagur, deren Mienenspiel zwischen Furcht und Neugier schwankte.

Zwischen gelben und roten Kohlköpfen standen neun Männer und fünf Frauen. Sie waren von gedrungenem Körperbau und fast einen Kopf kleiner als Céredas. Ihr Haar war von stumpfem Braun, die Gesichter breit, mit hervorstehenden Wangenknochen. Die Männer trugen dichte Bärte, die Frauen hatten ihr langes Haar zu Knoten gewunden und unter den leinenen Kopftüchern festgesteckt. Die Farbe der Augen reichte von Braun bis zu hellem Grau. Gekleidet waren die Männer in knielange Hosen und kaum kürzere Kittel von unscheinbarer Farbe; die Füße steckten in derben Schuhen. Die Kleider der Frauen waren aus dem gleichen groben Stoff, nur dass sie ihnen unförmig bis zu den Knöcheln fielen.

Tahâma legte die rechte Hand an die Brust, verbeugte sich und senkte den Blick. »Tahâma da Senetas vom Volk der Tashan Gonar«, stellte sie sich vor. »Wir grüßen Euch und wünschen Frieden und eine gute Ernte.«

Nun verbeugte sich auch der Jäger. »Céredas kin Lahim aus dem schwarzen Felsengebirge. Möge Euch der Gott der Jagd immer gewogen sein und Euren Schritt des Abends zu den heimischen Feuern zurückführen.«

»Wurgluck ist mein Name«, stellte sich der Erdgnom vor. »Ich bin der berühmte Heiler aus dem Silberwald.«

Die Männer und Frauen warfen sich nervöse Blicke zu, dann trat ein kräftiger Kerl mit muskulösen Armen und einem Dickicht von Bart einen Schritt nach vorn. »Krin Torolow«, sagte er mit tiefer, dröhnender Stimme und neigte das Haupt. »Wir kommen aus Naza-kenin.« Er streckte den Arm aus und deutete auf die Felder und Wiesen am westlichen Flussufer. »Das sind die Ländereien der Mühlenvorstadt, die wir gemeinsam bewirtschaften.« Er sah zur Sonne empor und fixierte dann wieder die drei Fremden. »Wir sind an Wesen aus anderen Ländern nicht gewöhnt. Sie kommen nur selten in unsere Stadt.« Seine Stimme klang freundlich. »Doch es ist Mittag, und die Sonne brennt vom Himmel. Wenn Ihr wollt, könnt Ihr unser Mahl mit uns teilen und uns von den fernen Landen berichten, aus denen Ihr kommt.«

Die drei dankten für die Einladung und folgten Krin und den anderen zu einem zweirädrigen Karren, neben dem ein alter Esel graste. Es gab einen herben Trunk aus bauchigen Kürbisflaschen, graues Brot und Zwiebeln, grobe Wurst und säuerlichen Käse. Céredas und Wurgluck griffen herzhaft zu, und da Tahâma nicht unhöflich sein wollte, aß auch sie ein wenig von den ungewohnten Speisen. Zu Hause war alles leicht und fein gewesen, das Brot von luftiger Süße, Kuchen und Backwerk mit Früchten und Nüssen, Mus und Kompott nach herrlichem Gewürz duftend. Heimweh überfiel sie, nach dem Dorf und ihren Freunden, nach den Abenden voll Gesang und Geschichten, nach dem Klang des Windes in den kunstvollen Instrumenten. Céredas' Worte, die von großen Jagden in den Schluchten des Felsengebirges berichteten, verschwammen zu einem Rauschen. Ihre Gedanken waren so weit fort, dass sie erst in ihre Gegenwart zurückkehrte, als Wurgluck sie in die Seite stieß:

»Nur zu, die Leute wollen auch etwas über dein Volk erfahren.«

Tahâma sah in die Runde. Die Männer und Frauen hatten alles aufgegessen und die Flaschen geleert, aber sie machten keine Anstalten, sich wieder ihrer Arbeit zuzuwenden, sondern sahen sie alle erwartungsvoll an.

»Ich weiß nicht, wo ich beginnen soll«, sagte Tahâma und lachte unsicher. Sie löste den Blick von den ihr zugewandten Gesichtern und ließ ihn den Fluss entlangwandern, bis dieser um eine Biegung verschwand. Dann öffneten sich ihre Lippen wieder. Erst perlten nur sanfte Töne hervor, doch dann folgten ihnen Worte, die sich zu Geschichten formten. Keiner rührte sich. Ihr Lied hüllte sie ein und nahm die Zuhörer gefangen. Auch als sie geendet hatte, saßen alle noch eine Weile stumm da, ohne ihre Blicke von dem Mädchen mit dem blauen Haarschopf zu wenden.

Krin regte sich als Erster. »Wir haben deine Worte gehört und deiner lieblichen Stimme gelauscht, verstanden jedoch, denke ich, haben wir sie nicht.« Er schüttelte den Kopf. »Wir sind nur einfache Bauersleute und verstehen nichts von den hohen Künsten der Musik und der Schönheit.« Er klang ein wenig traurig. »Wir streben danach, unsere Kinder satt zu bekommen und die Finsternis der Nächte zu überstehen, weiter reicht unser Denken nicht.«

Wurgluck reckte sich und sah Krin aufmerksam an. »Die Finsternis der Nächte? Erzähle uns darüber! Wir haben auf unserer Reise durch euer Land Tote gefunden und seltsame nächtliche Wesen gesehen.«

Krin schüttelte den Kopf und erhob sich. Auch die anderen rappelten sich auf und griffen eilig wieder nach Hacke und Rechen. »Lasst uns diesen sonnigen Tag nicht von Schatten verdunkeln«, sagte er nur und wies den Flusslauf hinunter nach Norden. »Zwei Wegstunden noch, dann steht Ihr vor den Toren der Stadt.«

Die drei verabschiedeten sich von den Bauersleuten, bestiegen wieder ihre Pferde und ritten in leichtem Trab über die Auwiesen weiter nordwärts. Bald schon schwang der Fluss in einer weiten Biegung nach Westen, und dann lag Naza-kenin vor ihnen. Die Stadt war auf einem flachen Hügel errichtet. Man konnte noch erkennen, dass der Strom einst in einem weiten Schwung westlich der Stadt vorbeigeflossen war, so dass er sie auf drei Seiten umschloss. Irgendwann jedoch hatte sich die braune Flut endgültig durch die Hänge gefressen und schoss nun in einer tiefen Rinne östlich der Stadtmauer vorbei. Die alte Flussschlinge war noch immer

107

von sumpfigen Tümpeln durchsetzt, so dass Pferd oder Wagen abseits der Pfade sicher keinen festen Halt fanden und im Morast zu versinken drohten.

Der ganze Hügel, mit seinen dicht aneinander geklebten Häusern und Hütten, war von einem Mauerring umgeben und von sechs Türmen bewacht. Jeweils zwei säumten die beiden Tore, die nach Ost und nach West blickten, und zwei weitere standen in der Mitte der Nord- und der Südmauer. Aus dem Gewirr von grünen und grauen Dächern ragte an der Spitze des Hügels ein großes Gebäude hervor. Es war mit silbrig glänzenden Schindeln gedeckt und hatte an jeder Giebelspitze ein schlankes, achteckiges Türmchen, an dessen Spitzen Fahnen wehten.

Vor dem Osttor trafen die Freunde auf weitere Nazagur. Zwei Männer mit einem Ochsenkarren strebten auf das Tor zu, einige Frauen wuschen auf einer in den Fluss hineingebauten Plattform Wäsche, ein Mann und ein Knabe hüteten eine Herde Ziegen. Im Schritt ritten Céredas und Tahâma zur Straße hinüber, die sich von Süden her den Hügel herunterzog, und folgten ihr dann bis zum Stadttor. Voll Ehrfurcht ließen sie ihre Blicke über die zwei Schritt mächtige Mauer und die schweren Torflügel wandern. Eine Zugbrücke führte über den mit Moder und Schlamm gefüllten Graben, der die Stadt bis zum Fluss hinunter umgab. Von hier aus konnten sie auch erkennen, was auf den beiden Fahnen hoch oben an dem Giebeltürmchen abgebildet war. Die eine war rot und schwarz mit einem silbernen Rundturm in der Mitte, die andere zeigte ein schwarzes Schwert und einen Stab vor grünem Grund.

Tahâma staunte. Eine Stadt wie diese hatte sie nie zuvor gesehen. In dem schönen Dorf ihrer Heimat gab es keine Verteidigungsbauwerke, nur einen schlanken Aussichtsturm mit bronzenen Glocken, die bei Sonnenauf- und -untergang eine Melodie spielten.

Auch Céredas besah sich kopfschüttelnd die aus großen Blöcken zusammengefügten Bauten der Nazagur. Sein Volk baute keine Steinhäuser. Die Jäger zogen im Sommer mit ihren Zelten hoch ins Gebirge und verbrachten die strengen Winter in den Blockhütten am Grund der Täler. Wurgluck dagegen verzog keine Miene, so als sei es für ihn alltäglich, eine festungsähnliche Stadt wie diese zu besuchen.

Vor der Zugbrücke stiegen sie ab und führten ihre Pferde hinter sich her. Die Wächter starrten sie neugierig an, hielten sie aber nicht auf. Die Freunde folgten einer breiten, gepflasterten Straße den Hügel hinauf. Als sie etwa auf halber Höhe waren, teilte sich die Hauptstraße zu einem Ring, der den Hügel umschloss. Zu dieser Stunde waren viele Bewohner Naza-kenins unterwegs: Frauen mit schweren Wäschekörben, Männer mit Säcken auf den gebeugten Rücken, Fuhrleute auf hoch beladenen Karren. Sie alle sahen den Bauern, mit denen die Gefährten vor der Stadt gesprochen hatten, sehr ähnlich: die gleiche gedrungene Gestalt, gebräunte Haut und farbloses Haar. Stumm gingen sie ihrem Tagewerk nach. Selbst die wenigen Kinder, die auf der Straße zu sehen waren, wirkten seltsam ernst. Kein Lachen, kein fröhliches Lied war zu hören.

Die drei Wanderer ließen sich eine Weile mit dem Strom treiben. Sie passierten enge Gassen zu beiden Seiten ihres Weges und überquerten Plätze, auf denen die unterschiedlichsten Waren feilgeboten wurden. Als Erstes erreichten sie den Holzmarkt, auf dem Reisig in Bündeln, Kisten voller Holzscheite, Fackeln und eiserne Schalen nebst Säcken voller Holzkohle verkauft wurden. Auf dem nächsten Platz wurde Fisch und Fleisch gehandelt, auf dem dritten gab es Stoffe und allerlei Küchengerätschaft.

Am Ende dieses Platzes ragte ein zweistöckiges Gebäude über die niedrigen Behausungen der Umgebung auf. Ein großes Schild, das an einer Kette hing, verkündete, dass es sich um das Gasthaus »Zur sicheren Ruh« handelte. Hinter den runden, mit Pergament bespannten Fenstern glomm goldenes Licht. Stimmengemurmel drang bis hinaus auf die Gassen.

»Sollen wir hineingehen?«, fragte Tahâma unsicher. »Vielleicht erfahren wir etwas. Hier scheinen viele Bewohner und Reisende ein und aus zu gehen.«

Céredas zuckte die Schultern. »Wir können es versuchen, allerdings habe ich nichts, womit ich Speise oder Trank bezahlen könnte.«

Tahâma griff in ihr Bündel, zog einen seidenen Beutel hervor und öffnete das Zugband. Mit großen Augen sah der Jäger auf die farbigen, geschliffenen Steine, die im Sonnenlicht glänzten.

Wurgluck reckte sich, um auch in den Beutel sehen zu können. »Wundervoll«, hauchte er und sah einen Moment versonnen auf die schimmernden Kristallflächen, dann wandte er sich ab und lief auf die Tür des Gasthauses zu. »Kommt, gehen wir hinein!« Da er den Türgriff selbst auf Zehenspitzen nicht erreichen konnte, musste er warten, bis Céredas und Tahâma ein Stück weiter neben einer Scheune die Pferde angebunden hatten.

Abgestandene Luft und ein Geruch nach Pfeifenkraut und Malzbier schlugen ihnen entgegen, als Céredas die Tür aufstieß. Sie blieben einige Augenblicke stehen, um ihre Augen an die Düsternis zu gewöhnen. In dem offenen Kamin brannte zwar ein mächtiges Feuer, doch ansonsten spendeten nur zwei Kerzen auf der langen hölzernen Theke und die mit Pergament verschlossenen Fenster ein wenig Licht. Fast alle Tische waren mit Männern vom Schlag der Bauern und

Handwerker besetzt, die sie draußen auf den Feldern und in den Gassen gesehen hatten.

Tahâma hatte sich vorgenommen, jeden Gast nach ihrer Sippe zu fragen, nun aber stimmte sie erleichtert zu, als der Jäger vorschlug, sich erst einmal an einen kleinen, freien Tisch etwas abseits in eine Nische zu setzen. Eine derbe Frau brachte ihnen heißen Blaubeersaft und eine Schüssel Gemüsesuppe mit grauem Brot. Schweigend aßen sie, ließen die Blicke schweifen und lauschten den Gesprächen an den Nachbartischen. Ab und zu sah einer der Gäste auf und musterte die Fremden, aber niemand kam zu ihnen herüber. Die Leute sprachen von ihrer Arbeit, über die Ernte und die schlechten Zeiten, in denen man die Familie nur mit Mühe satt bekommen konnte.

Plötzlich spitzte Wurgluck die Ohren und stieß Tahâma, die neben ihm saß, in die Rippen. Am Nebentisch beugten sich drei Männer nach vorn, ihre Stimmen wurden zu einem rauen Flüstern.

»Den Petrolov von der Mühle hat es erwischt«, hörten sie einen Alten mit besonders langem Bart sagen. »Seine ganze Familie soll verschwunden sein. Sie haben nicht eine Leiche gefunden!«

Tahâma konnte die Angst der Männer spüren.

»Vielleicht ist er endlich weggezogen«, warf ein Jüngerer ein und schob sich ein Stück Wurst in den Mund. »Lange genug hat er davon gesprochen.«

Der Alte lachte freudlos auf. »Weggezogen? Und seine ganze Habe zurückgelassen? Sogar die Becher mit Wein standen noch auf dem Tisch!« Er schüttelte den Kopf. »Nein, ich sage euch, *er* hat ihn geholt und mit ihm sein Weib und seine drei Kinder.« Die Männer schwiegen einige Augenblicke und starrten in ihre Krüge.

»Verzeiht«, vernahm Tahâma plötzlich eine wohl bekannte Stimme. Erst jetzt bemerkte sie, dass der Erdgnom nicht mehr neben ihr saß. Die Nase nach oben gereckt, stand er am Nebentisch und versuchte die Aufmerksamkeit der drei Männer zu erlangen. »Verzeiht, meine Herren«, wiederholte er ein wenig lauter und stellte sich auf die Zehenspitzen.

Die Männer sahen ihn verwundert an. »Was bist du denn für einer?«, fragte der Alte. »So was haben wir hier noch nicht gesehen.«

»Ich bin ein Erdgnom aus dem Silberwald und heiße Wurgluck«, antwortete er würdevoll und verbeugte sich. »Ich habe euch angesprochen, weil mir eine Frage auf der Zunge brennt.«

Die Männer starrten ihn noch immer verwundert an.

»Nun, dann heraus mit deiner Frage, kleiner Mann«, forderte ihn der Alte auf.

Wurgluck plusterte sich noch ein wenig auf, dann platzte es aus ihm heraus: »Wer ist *er,* den ihr offenbar nicht beim Namen zu nennen wagt?«

Bestürzung malte sich auf den Mienen der drei Männer. Zwei von ihnen sprangen auf und leerten hastig ihre Krüge. »Ich muss gehen«, murmelte der Junge und stürzte davon, der dritte Mann folgte ihm.

Nur der Alte war sitzen geblieben und sah den Erdgnom nun ernst an. »Du bist fremd hier, also kann ich dir keinen Vorwurf machen. Aber ich warne dich, wenn du weiter so unvorsichtig daherredest, wirst du dir in diesem Land keine Freunde machen.«

»Pah«, machte der Erdgnom. »Ich habe nur eine höfliche Frage gestellt und bitte um eine Antwort.«

»Nun gut.« Der Alte hob die Hände. »Komm her und senke deine Stimme.« Er griff nach den dürren Armen des Gnoms

112

und zog ihn neben sich auf die Bank. Dann neigte er sich ihm zu und raunte: »Sein Name ist Krol von Tarî-Grôth. Er selbst nennt sich der Schattenlord.«

»Ja, und?« Wurgluck sah ihn erwartungsvoll an.

»Genug davon«, wehrte der alte Nazagur ab. »Man soll den Schrecken nicht leichtsinnig beschwören. Ich bin alt, aber nicht schwachsinnig, daher verlasse ich dich nun, kleiner Wanderer, aber ich rate dir, bleibe heute Nacht in diesen Mauern, wenn du den Morgen noch erleben willst. Hier im Gasthaus wirst du sicher ein Lager bekommen.« Er erhob sich, warf eine Münze auf den Tisch und humpelte davon.

»Der Schattenlord«, wiederholte Wurgluck und rieb sich die Nase.

Wie der Alte ihnen geraten hatte, mieteten die drei für die Nacht eine Kammer unter dem Dach. Sie fanden auch einen Stall, in dem sie die Pferde unterstellen konnten. In der Dämmerung wanderten sie noch einmal durch die Gassen.

»Was hat der Alte zu dir gesagt?«, fragte Céredas den Erdgnom.

»Er sprach von einem Mann namens Krol von Tarî-Grôth, der sich selbst der Schattenlord nennen soll. Aber was der mit den Wesen zu tun hat, die sich hier nachts herumtreiben, und mit den Toten, die im Sonnenlicht plötzlich verschwinden, wollte er mir leider nicht verraten. Die Leute scheinen panische Angst vor diesem Schattenlord zu haben. Vielleicht drängen sie sich deshalb hier hinter den schützenden Mauern zusammen.«

»Das ist möglich. Darum waren auch die Höfe auf unserem Weg alle verlassen«, überlegte der Jäger.

Der Gnom nickte. »Ja, vermutlich sind viele hierhergezogen – wenn sie nicht tot sind, vom Wind verweht und vergessen.«

»Mein Vater wusste etwas über diesen Lord«, sagte Tahâma. Plötzlich waren ihr die letzten Worte des Sterbenden wieder in den Sinn gekommen.

»Was?«, rief Wurgluck und blieb stehen. »Und das sagst du uns erst jetzt?«

»Mein Vater war vor sehr langer Zeit einmal hier in Nazagur. Ich dachte, der Graf, von dem er sprach, sei längst vergessen.«

»Was genau hat er dir berichtet? Erzähle!«, forderte sie der Gnom auf.

»Lass mich nachdenken. Er nannte ihn den Schrecken, den dunklen Lord. Er sagte, unser Volk werde hier in Nazagur in tödliche Gefahr geraten, und ich musste Vater auf seinem Totenbett versprechen, dass ich keinen Fuß in dieses Land setzen würde.« Sie seufzte tief. »Aber wie konnte ich ihm gehorchen? Sollte ich allein in unserem Dorf zurückbleiben und auf das Nichts warten? – Wenn mich nicht vorher die Gnolle oder die Mordolocs zerfetzt hätten.«

Der Erdgnom stieß einen leisen Pfiff aus. »Also hat der Schattenlord – wer auch immer er sein mag – schon damals sein Unwesen in Nazagur getrieben. Warum hast du uns nur nichts davon erzählt?«

»Vater lag im Sterben!«, verteidigte sich Tahâma. »Ich dachte, es wäre nur das Gift in seinem Körper, das ihn in solchen Schrecken versetzte und ihm böse Erinnerungen vorgaukelte. Wie konnte ich ahnen, was hier vor sich geht?«

»Hat er sonst noch irgendetwas gesagt?«, mischte sich Céredas ein.

»Ja«, sagte das Mädchen und überlegte wieder. »Er erwähnte meinen Großvater. Aber weiter kam er nicht mit seinem Bericht, denn dann griff der Tod nach ihm, und er bat mich, sein Totenlied zu singen.« Die Erinnerung trieb

114

ihr Tränen in die Augen. Hastig wischte sie sie mit dem Ärmel ab.

»Was hat dein Großvater mit der Sache zu tun?«, wollte Wurgluck wissen.

Tahâma zuckte mit den Schultern. »Das weiß ich nicht. Er nannte nur seinen Namen und brach dann ab. Ich weiß gar nichts über Großvater. Ich habe ihn nie kennen gelernt. Lange Zeit dachte ich, er sei früh gestorben, aber einmal hörte ich, wie Granho und Thuru-gea über ihn sprachen. Nie vorher habe es einen Blauschopf gegeben, der Großvaters Begabungen in sich vereinte, sagten sie, und dass sie seit vielen Jahren nichts mehr von ihm gehört hätten. Ich fragte den Vater des Rhythmus nach ihm, aber er antwortete nur, dass mein Großvater vor langer Zeit weggegangen sei. Aus welchem Grund, wollte er mir nicht sagen. Auch Thuru-gea wehrte meine Fragen ab. Es schien ihr unangenehm, an ihn zu denken.«

»Hast du damals nicht auch deinen Vater nach ihm gefragt?«

»Doch, natürlich, aber auch er weigerte sich, über seinen Vater zu sprechen. Irgendetwas Ungeheuerliches muss vorgefallen sein, dass sie sich so bemühten, ihn zu vergessen. Ich habe keine Ahnung, was das gewesen sein könnte.«

Der Erdgnom hob die Hände. »Das bringt uns leider nicht weiter. Er kann aus tausend Gründen fortgegangen sein. Ich vermute aber, dass das alles nichts mit unserem Schattenlord und den merkwürdigen Dingen hier im Land zu tun hat.«

»Wahrscheinlich hast du Recht«, sagte Céredas, und damit schien dieses Thema erledigt.

Inzwischen war es völlig dunkel geworden. Hinter der Mauer wurden Feuer in eisernen Körben entzündet, und Wächter schritten paarweise mit Fackeln in den Händen auf und ab. Die Männer und Frauen, die noch in den Gassen

115

unterwegs waren, beeilten sich, ihre Kammern oder eines der Gasthäuser zu erreichen. So machten sich auch die Freunde auf den Rückweg.

Sie schliefen ruhig in dieser Nacht. Nur Céredas wachte ein paarmal auf und trat an das winzige Fenster, um in den Himmel hinaufzusehen. Arawin beherrschte in dieser Nacht das Firmament und tauchte das Gewirr von Giebeln in sein silbernes Licht. Céredas fühlte sich ruhig. Auch sein Bein pochte heute Nacht nicht. Er sog die Nachtluft ein und ließ den Blick über die Fackelpunkte schweifen, die noch immer an der Mauer auf und ab wanderten. Heute Nacht würde nichts Böses geschehen.

KAPITEL 6
Aylana

Am nächsten Morgen fasste sich Tahâma ein Herz und fragte die Frau, die ihnen die Milchsuppe brachte, nach den Blauschöpfen. Die Kellnerin schüttelte den Kopf. Nein, so jemanden wie Tahâma hatte sie noch nie gesehen, aber die Gäste hätten von seltsamen Leuten gesprochen, die durch die Stadt gezogen seien. Auch der Wirt, den sie als Nächstes fragten, war den Tashan Gonar nicht begegnet, hatte aber mitbekommen, wie sich Leute aus dem Westviertel über eine Gruppe Fremder mit blauem Haar unterhielten, die dort Quartier genommen haben sollten.

Voll neuer Hoffnung eilte Tahâma an diesem Morgen den Freunden voran durch die Gassen und zwängte sich zwischen den vielen Bewohnern hindurch, die überall unterwegs waren. Als Erstes fragten sie den Bäcker, der seinen Stand auf dem Platz vor einem Brunnen aufgebaut hatte, aber auch er hatte keine Blauschöpfe getroffen. Von einem Honigverkäufer erfuhren sie, dass ein Teil der blauhaarigen Leute in Bauer Donerlovs Scheune geschlafen hatte. Aufgeregt klopfte Tahâma an die blau gestrichene Tür des schmalen Häuschens. Ein Mädchen öffnete und teilte den Freunden mit, dass der Bauer und seine Frau draußen auf dem Feld seien.

»Hast du sie denn gesehen?«, fragte Tahâma.

Das Mädchen nickte, dass die blassbraunen Zöpfe flogen. »Manche hatten tiefblaues Haar, so wie du. Andere eher violettes oder türkisfarbenes, und das Haar eines alten Mannes schien mir genau die Farbe des Flieders zu haben, der im Frühling draußen vor der Stadt blüht.«

»Das war Granho«, sagte Tahâma ehrfurchtsvoll, »der Vater des Rhythmus. Weißt du denn, wohin sie gegangen sind? Hast du mit ihnen gesprochen?«

Das Mädchen zog die Stirn kraus. »Sie sind nur eine Nacht bei uns geblieben. Ich habe ihnen das Essen gebracht, und da hörte ich sie reden. Einer wollte hier bleiben, ein anderer sagte, es wäre beschlossen, ein eigenes Dorf zu gründen. Eine Frau meinte, sie wolle nicht in so einer engen, stinkenden Stadt leben, und eine zweite, sie habe Heimweh nach ihren Gärten und nach etwas, das sie Windharfe nannte.« Das Mädchen verstummte.

»Ja, und dann? Wohin sind sie am nächsten Tag gegangen?«, drängte Tahâma.

Das Mädchen zuckte die Schultern. »Sie sind wohl die Straße weiter nach Westen gezogen. Frag doch die Wächter am Tor. Sie können sich bestimmt noch daran erinnern. Schließlich kommt es nicht alle Tage vor, dass so viele Leute eines fremden Volkes durch unsere Stadt ziehen.«

Die drei Freunde gingen zurück zum Gasthaus, packten ihre Bündel und holten die Pferde aus dem Stall. Sie umrundeten den Stadthügel, bis der breite Torweg abzweigte, der zum Westtor hinunterführte.

Die Wächter, die gerade Wache hielten, hatten die Blauschöpfe nicht gesehen. »Fragt da drüben in der Schenke nach«, riet einer, »dort findet ihr Laslow. Er kann euch weiterhelfen.«

Der junge Wächter Laslow sah Tahâma bewundernd an.

118

»Ja, ich habe die Blauschöpfe vor vielen Wochen gesehen. Es müssen mehr als hundert gewesen sein. Sie sind durch das Tor gegangen und auf der Straße nach Westen davongewandert.«

Tahâma verbeugte sich vor dem Wächter, der sie noch immer unverwandt anstarrte, dann strahlte sie Céredas und den Gnom an. »Wir sind ihnen auf der Spur!«

»Wohin führt die Straße?«, mischte sich Wurgluck ein und drängte sich zwischen Tahâma und den Wächter.

Laslow senkte widerwillig den Blick und musterte den Erdgnom. Dann sagte er in ehrfürchtigem Tonfall: »Sie führt nach Krizha, die Stadt des blauen Feuers. Dort leben die Glückseligen.«

»Die Glückseligen?«, wiederholte Tahâma erstaunt. »Ist die Stadt denn so schön?«

Der Wächter überlegte einen Augenblick, dann schüttelte er den Kopf. »Nein, schön ist sie nicht zu nennen. Sie ist enger und noch überfüllter als Naza-kenin, und doch möchte jeder Nazagur dort leben. Der Weise schützt mit seinem blauen Feuer die Stadt.«

»Wovor schützt er seine Bürger denn?«, fragte Wurgluck.

Der Wächter zuckte zusammen und sah sich nervös um. »Warum fragst du das? Hast du nie des Nachts den eisigen Schrecken gespürt?«

»Doch, das habe ich, aber ich will endlich wissen, was hinter diesem nächtlichen Aufruhr steckt.«

Laslow schüttelte sich. »Dann bist du entweder tollkühn oder verrückt. Alle, die den Schatten mit eigenen Augen gesehen haben, sind tot.«

»Und der Weise der Stadt ist stärker als der Schrecken?«, mischte sich Céredas ein.

Der Wächter nickte. »Ja, Krizha ist der einzige sichere Ort

in unserem Land. Jeder träumt davon, dort zu leben.« Er seufzte.

»Was hindert die Leute, dorthin zu gehen?«, fragte das Mädchen.

Der Wächter hob die Hände. »Die Stadt ist klein, der Raum hinter ihren Mauern begrenzt. Es ist nahezu unmöglich, vom Weisen der Stadt das Bürgerrecht zu erlangen. Er achtet streng darauf, dass kein Strom aus Flüchtlingen seine Stadt erstickt.«

»Was gibt dem Weisen seine einzigartige Macht?«, wollte Wurgluck wissen.

»Das weiß ich nicht«, sagte der Wächter. »Ich habe ihn nie gesehen, aber man erzählt sich, dass er keiner von uns ist. Es muss schon viele Dutzend Jahre her sein, dass er zu uns kam und uns das blaue Feuer brachte.«

»Wie weit ist es bis nach Krizha?«

»Mit ein paar guten Pferden könnt ihr die Stadt noch vor der Nacht erreichen.«

»Dann sollten wir aufbrechen!«, sagte Céredas und verließ die Schenke.

Tahâma und Wurgluck dankten dem Wächter für seine Auskünfte und traten mit dem Jäger auf die Gasse hinaus. Kurz darauf ritten sie durch das Tor und folgten der ausgefahrenen Straße. Rechts, an den steilen Hang eines Hügels gepresst, sahen sie ein kleines Gehöft. Es war von hohen Palisaden umgeben. Direkt vor dem Zaun, im Abstand von nur wenigen Schritten, bemerkten sie Steinkreise mit verbrannter Erde und Asche. Bald darauf tauchte am anderen Flussufer ein weiteres Haus auf. Es war klein und gedrungen, die Fenster kaum mehr als schmale Schießscharten. Auch hier ragte ein lückenloser Zaun auf, und geschwärzte Stämme in eisernen Körben sprachen von nächtlichen Feuern.

120

»Feuer und Licht«, murmelte der Erdgnom vor sich hin.

Kurz vor Mittag tauchte ein prächtiges Anwesen auf einem Hügel in der Flussaue auf. Das Haus schimmerte weiß in der Sonne, sein Dach war wie von Silber. Große Fenster zeigten nach Süden zum Fluss hinunter. Blühende Büsche säumten die Zufahrt, doch nirgends waren Zäune oder Feuerstellen zu sehen.

»Vielleicht ist es verlassen«, sagte Céredas.

Da trat eine dunkelhaarige Frau in einem langen Gewand aus der Tür. Sie setzte sich auf die Bank im Schatten der Veranda, zog eine Flöte hervor und begann zu spielen.

»Oder das Glück war bisher auf ihrer Seite«, gab Tahâma zurück.

»Was sind das für Leute, die angesichts der nächtlichen Gefahr weiter hier draußen wohnen wollen«, wunderte sich der Erdgnom, »und dann noch nicht einmal etwas zu ihrem Schutz unternehmen?«

»Ja, das ist seltsam«, stimmte ihm Tahâma zu. Sie dachte an die Worte der Tashan Gonar, die das Mädchen ihr berichtet hatte. Würde sie selbst in solch einer engen Stadt leben können? Ohne Schönheit und ohne Farben, ohne den Duft von Blüten und den Klang des Windes? Würde in solch einer Umgebung vielleicht sogar die reine Musik stumpf und trüb? Hier draußen lauerte Gefahr, aber würde man in der Stadt nicht irgendwann ersticken? Oder einfach nur in Sicherheit langsam dahinwelken?

Zu Mittag machten sie auf Wurglucks Drängen eine kleine Rast, um sich zu stärken. Tahâma trat unruhig von einem Fuß auf den anderen und trieb die Freunde zur Eile an. Auch Céredas lehnte barsch die Bitte des Gnoms ab, einen kleinen Schlummer anzuschließen.

Brummend ergab sich der Erdgnom in sein Schicksal und

ließ sich wieder auf den Pferderücken heben. »Ich möchte wirklich wissen, was es mit dem blauen Feuer auf sich hat«, sagte er, als er wieder vor Tahâma saß und sie in flottem Trab die Straße entlangritten. »Und vor allem will ich endlich mehr über den Schattenlord und den nächtlichen Schrecken erfahren.«

»Nun geduilde dich noch ein paar Stunden«, riet ihm Tahâma. »Heute Abend werden wir zumindest auf deine erste Frage eine Antwort finden.«

»Geduld«, grummelte Wurgluck und verfiel wieder in sein stumpfes Brüten.

Im Norden ballten sich dunkle Wolken zusammen. Ihre Bäuche schimmerten in düsterem Violett. Ein stürmischer Wind jagte sie heran. Besorgt sah sich Tahâma um und trieb dann die Stute an, die ein wenig hinter Céredas' Hengst zurückgeblieben war. Die ersten Blitze zischten hernieder, der rollende Donner ließ die Erde erzittern. Noch einmal sprang das gleißende Lichtband über den schwarz gewordenen Himmel, dann barsten die Wolkentürme, und der Regen rauschte in riesigen Tropfen herab. Die Pferde wieherten nervös beim Klang des Donners und spielten mit den Ohren.

»Halt an, halt an«, kreischte Wurgluck. »Sie werden uns abwerfen. Wir müssen irgendwo Schutz suchen!«

Tahâma drängte ihr Pferd an Céredas' heran. Sie musste schreien, um den Sturmwind zu übertönen. Zu ihrer Überraschung stimmte der Jäger mit einem Nicken zu und deutete auf ein kleines Wäldchen am Rand der Talebene. Er trieb seinen Hengst an. Ganz in der Nähe schlug ein grellgelber Blitz in eine hohe Tanne. Das Pferd wieherte panisch und bäumte sich auf. Wurgluck kreischte. Er hielt sich die Augen zu, doch Céredas hatte den Rappen schnell wieder im Griff und ritt rasch auf das Wäldchen zu. Tahâma folgte ihm. Am

Waldrand angekommen, stiegen sie ab und zerrten die widerwilligen Pferde ins Unterholz. Das dichte Laub über ihren Köpfen dämpfte den Sturmwind und hielt den meisten Regen ab. So saßen sie eng aneinander gedrängt auf einem umgestürzten Baum und lauschten dem Heulen und Grollen von Wind und Donner. Endlich verzog sich das Gewitter. Die Blitze wurden weniger grell, der Donner ließ sich Zeit, ihnen zu antworten.

»Lass uns weiterreiten«, sagte Tahâma und erhob sich, »wir haben schon viel zu viel Zeit verloren.« Sie schüttelte ihren Umhang, an dem die Wassertropfen abperlten, ohne ihn zu durchweichen.

Céredas schüttelte den Kopf. »Wir sollten noch warten, bis der Regen etwas nachlässt.«

»Die Stunden verrinnen, und die Nacht wird nicht als Freund zu uns kommen!«, begehrte sie auf. Sie sah zu Wurgluck hinunter, aber von ihm kam kein Kommentar. Sein Kopf war zur Seite gesunken. Er schlief mit einem seligen Lächeln auf den Lippen.

Eine Stunde lang saßen sie schweigend auf dem feuchten Baumstamm und lauschten dem Rauschen des Regens, dann ließ die Flut allmählich nach. Tahâma weckte Wurgluck. Seufzend ließ er sich auf ihr Pferd heben. Im Schritt verließen sie den Schutz des Wäldchens. Erst als sie die Straße wieder unter den Hufen hatten, trieben sie die Pferde an, doch weit kamen sie nicht. Der Wolkenbruch hatte ihren Weg in Morast verwandelt, der sie zwang, die Tiere zu zügeln. Immer wieder versanken die Hufe bis über den Rand.

Tahâma sah zum wolkenverhangenen Himmel empor, aus dem nur noch vereinzelt dicke Regentropfen fielen. »Ich fürchte, wir werden die Stadt heute nicht mehr erreichen«, sagte sie.

Céredas brummte nur und wandte ihr den Rücken zu. Wurgluck starrte mit in den Nacken gelegtem Kopf in die Höhe. Nun endlich rissen die Wolken auf und gaben zwischen den gebauschten Rändern wieder ein Stück Blau frei. Die tief stehende Sonne ließ die Tropfen im Gras funkeln. Vor ihnen bog das Tal mit dem sich träge dahinwälzenden Fluss nach Norden ab, die Straße jedoch verlief weiter nach Westen. Sie schlängelte sich an den kahlen Hängen eines Hügels bis zur Hochebene empor.

Die drei Reiter passierten ein verlassenes Dorf, immer dem graubraunen Band folgend, das sie durch die hügelige Heide führte. Blutrot versank die Sonne im Westen. Tahâma trieb ihre Stute immer schneller an, Céredas folgte ihr. Der Weg war nun wieder besser, so dass die Hufe Halt fanden. Schnell sank die Dämmerung herab, und ein kalter Wind strich über das Plateau. Rubus erhob sich über dem Horizont und tauchte die mit Heidekraut bewachsenen Kuppen in sein rötliches Licht. In ermüdender Eintönigkeit zog sich ihr Weg dahin.

Sie erreichten die Hangkante des Tales so unvermittelt, dass sie überrascht ihre Pferde zügelten. Inzwischen war auch der silberne Arawin aufgegangen. Sein Licht umschmeichelte ein schmales, bewaldetes Tal, in dessen Grund ein Bach seine Schleifen zog. Auch die Straße konnten sie als helles Band erkennen, wie sie aus dem düsteren Wald trat, die Bachaue durchquerte und dann auf eine Steinbrücke zustrebte. Auf der anderen Seite traten die felsigen Talwände zurück und umschlossen einen weiten Kessel. Dort lag Krizha, zum Tal hin von einer doppelten Mauer geschützt, nach Süd und West von steilen Felswänden umgeben. Sie sahen warmen Feuerschein hinter so manchem Pergamentfenster glühen, doch das waren nicht die einzigen Lichter der Nacht.

»Das blaue Feuer«, rief Tahâma aus. Gebannt sah sie zu der

124

fernen Stadt hinunter. Ein Band blauen Lichts zog sich zwischen den beiden Stadtmauerringen und am Fuß der Felsen entlang, so dass die aufragenden Wände hell erleuchtet wurden. Es schimmerte und waberte wie Nebel und schien eher kalt denn aus Feuer, und doch war es Tahâma, als züngelten immer wieder blaue Flammen in die Nacht empor. Was für ein Anblick!

»Wir müssen weiter«, drängte Wurgluck. »Wir sollten uns beeilen, die bewaldeten Hänge hinter uns zu bringen. Wer weiß, was zwischen diesen Bäumen so alles haust.«

Wie um seine Befürchtungen zu bestätigen, durchbrach ein lang gezogenes Heulen die Stille der Nacht. Es war zu tief und grollend, um von einem normalen Wolf zu stammen. Eine dunkle Wolke schob sich vor Arawin. Tahâma verspürte einen kalten Schauder. Sie drückte ihrer Stute die Fersen in die Flanken und sprengte den abschüssigen Weg hinab. Céredas sah ihr einen Moment lang mit zusammengekniffenen Augen nach, dann folgte er ihr.

Bald schon mussten sie ihre Pferde wieder zügeln. Dicke Äste hingen über dem Weg und warfen ihre Schatten, so dass sie die Straße kaum mehr erkennen konnten. Tahâma zog den Stab aus ihrem Bündel. Der Kristall leuchtete auf. Kein Lüftchen rührte sich. Den Wind hatten sie auf der Hochebene zurückgelassen, und dennoch raschelte es über ihren Köpfen, und die Zweige schwangen hin und her. Seltsame Geräusche drangen an ihre Ohren. Lichter blitzten paarweise im Unterholz auf und verschwanden wieder. Gelbe und grüne Augen bewegten sich über dem Boden. Ein Tier mit weiten, ledernen Schwingen strich knapp über ihre Köpfe hinweg und stieß einen klagenden Laut aus. Tahâma begann leise zu singen. Die Töne lösten die kalte Angst, die sie umklammerte, und ließ ihren Atem ruhiger werden.

»Sei still«, knurrte Céredas und sah aufmerksam in die Finsternis. »Der Wald lebt!«

»Ja«, hauchte Tahâma, »es ist, als würden die Bäume miteinander flüstern und ihre Äste drohend um uns herum verschränken.«

»Es sind nicht die Bäume«, murmelte Wurgluck. »So viele Augen in der Nacht!«

Tahâma fixierte drei rote Lichtpunkt-Paare, die sie im Unterholz begleiteten. »Ich spüre Hass und wilde Gier«, raunte sie. Die Blicke in ihrem Rücken schmerzten wie eisige Nadelstiche. Auch ohne sich umzudrehen, war sie sicher, dass ihnen auf der Straße weitere Wesen mit roten Augen folgten. »Warum greifen sie nicht an?«, fragte Tahâma und umklammerte ihren Stab, der nun nur noch leicht glühte. Sie wagte nicht noch einmal zu singen, obwohl eine innere Stimme sie dazu drängte.

Wurgluck zuckte mit den Schultern. »Vielleicht lieben sie das Katz-und-Maus-Spiel und laben sich an der Furcht ihrer Opfer.«

Tahâmas linke Hand krallte sich in die üppige schwarze Mähne ihrer Stute.

Céredas ritt an ihre Seite. Sein Gesicht zuckte, sein Blick huschte unstet umher. »Sie kreisen uns ein«, flüsterte er und löste die Axt von seinem Gürtel.

Tahâma nickte. Ihre Sinne waren weit geöffnet, die Muskeln fast krampfhaft gespannt, und dennoch fuhr sie erschreckt zusammen, als der erste Schrei zu ihrer Rechten erklang: kalt und grausam, wie keine lebende Kreatur hätte schreien können. Die Schatten zu ihrer Linken und hinter ihnen nahmen den Schrei auf, dass er in ihren Ohren gellte. Die Stute bäumte sich auf. Wurgluck kreischte und klammerte sich an der Mähne fest. Der Erdgnom drohte zur Seite wegzurutschen, doch Tahâma hielt ihn fest umschlungen. Die Stute machte einen Satz und raste im Galopp den Weg hinunter.

Tahâma hielt sich fest und beugte sich weit nach vorn, um nicht von einem tief hängenden Ast heruntergerissen zu werden. Sie hörte den Hufschlag des Hengstes, der hinter ihr über den steinigen Weg trommelte. Ihm folgte das Schreien der nächtlichen Wesen. Schwere Körper brachen durch die Büsche, flinke Pfoten flogen ihnen nach, Krallen und Klauen schabten über Kies und Stein. Plötzlich blieben die verdüsternden Bäume hinter Tahâma zurück, und sie jagte auf die Aue hinaus. Weit vorn, auf der Straße vor ihr, türmte sich ein riesiger, formloser Schatten auf. Zwei schwarze Wölfe saßen vor ihm und sahen sie unverwandt an.

Es ist eine Treibjagd, dachte Tahâma verzweifelt. Die Hunde haben das Wild aufgescheucht und treiben es in die Arme des Jägers. Wohin nur sollten sie fliehen? Der Weg zur Brücke war versperrt. Tahâmas Blick huschte nach rechts und nach links, doch bevor sie sich entschieden hatte, brach die Stute nach rechts aus und jagte über die Wiese. Das Mädchen sah noch, wie sich der Schatten verformte. Für einen Augenblick nahm er die Gestalt eines großen Mannes in einem weiten, schwarzen Umhang an. Eine Kapuze verhüllte sein Gesicht. Darunter leuchteten rubinrote Augen in der Dunkelheit. Auf einmal fiel er nach vorn. Fell brach durch den Stoff hindurch, eine Schnauze schob sich unter der Kapuze hervor, der Umhang löste sich auf. Dunkelrot, wie das Licht des Mondes, schimmerte das Fell des riesenhaften Wolfes, der auf vier schnellen Pfoten die Verfolgung aufnahm.

Tahâma warf den Kopf herum. Sie hatte Céredas weit zurückgelassen. Gerade erst tauchte er am Waldrand auf, fünf zottige Verfolger hinter sich, auf deren Rücken mannsgroße

127

Gestalten saßen. Der Jäger hatte sich weit über den Hals des Rappen vorgebeugt und spornte ihn an, seine letzten Kräfte zu geben. In einem engen Haken schwenkte er nach rechts und folgte nun der Stute über die Wiese.

Als Tahâma zur anderen Seite sah, kam der gewaltige Wolf in riesigen Sätzen hinter ihr her. Er folgte ihrer Stute, aber noch bevor er sie einholen könnte, würde er auf Céredas treffen! Hatte der die Gefahr noch nicht bemerkt? Unbeirrt jagte er voran, die Verfolger dicht hinter ihm. Tahâma schrie, löste eine Hand von der Mähne und winkte ihm warnend zu, er aber schien sie weder zu sehen noch zu hören. Wieder wandte sie sich zu dem Wolf um, der unerbittlich näher kam. Sie achtete nicht mehr auf ihren Weg, sondern überließ ihr Schicksal der Stute, die hell wiehernd durch die Nacht schoss.

»Kopf runter!«, schrie Wurgluck.

Geistesgegenwärtig duckte sie sich unter dem tief hängenden Ast einer Weide hindurch. Der Schwung ließ sie und Wurgluck ein Stück zur Seite rutschen. Gerade noch rechtzeitig erwischte Tahâma mit der Linken die flatternde Mähne, um sich hochzuziehen, für den Erdgnom jedoch war es zu spät. Er stieß einen Schrei aus und war verschwunden. Tahâma zerrte an der Mähne. Die Stute ließ sich nicht aufhalten. Haken schlagend suchte sie ihren Weg zwischen den immer dichter stehenden Weiden. Lange, biegsame Wedel peitschten Tahâma ins Gesicht und nahmen ihr die Sicht. Sollte sie einfach abspringen und zurücklaufen? Konnte sie dem Erdgnom noch helfen oder war es längst zu spät? Endlich wurde die Stute langsamer.

»Kehre um, wir müssen ihm helfen«, beschwor sie das Pferd, aber das Tier reagierte nicht.

In ihrer Verzweiflung begann sie zu singen. Die Ohren der Stute zuckten. Plötzlich schwang sie herum und trabte den

Weg zurück, den sie gekommen waren. Kein Hufschlag war zu hören, kein Verfolger brach zwischen den Weiden hindurch, die Schreie waren verstummt. Es war fast unheimlich still. Wo war Céredas? Endlich konnte sie den Hengst hören. Erleichterung strömte durch ihren Körper, doch der Rappe kam ohne seinen Reiter zwischen den Weiden auf sie zugaloppiert. Die Erleichterung wandelte sich in kalte Angst. Tahâma trat ihrer Stute in die Seiten. Da öffneten sich die Zweige, und das Mädchen sah auf die Wiese hinaus. Ihr Herz setzte einen Schlag lang aus.

Céredas ritt über die Wiese. Er sah Tahâma zwischen den Bäumen am Bach verschwinden. Der Jäger hatte den rostroten Wolf längst bemerkt, doch die Verfolger ließen ihm keine andere Wahl, als auf die Schnelligkeit seines Pferdes zu vertrauen. Er fühlte keine Angst. Nun war er der Gejagte und brauchte die Schärfe seiner Sinne und all seine Kraft, um der Gefahr zu entgehen. Es schien, als würde der Rappe einen Vorsprung gewinnen. Da fuhr ein stechender Schmerz durch Céredas' Wade und schoss glühend durch seinen Körper. Die Hände des Jägers verkrampften sich, aber er presste die Lippen fest aufeinander und gab keinen Laut von sich.

Der Rappe wurde langsamer. Er schlug wild mit dem Kopf hin und her, wieherte und bäumte sich auf. Céredas war ein guter Reiter, und es war viele Jahre her, dass ihn ein Pferd abgeworfen hatte, nun aber öffneten sich seine Hände, wie von einer fremden Macht dazu gezwungen. Er glitt über das weiche Fell und schlug hart auf dem Boden auf. Von seiner Last befreit, galoppierte der Hengst davon. Céredas rollte sich ab, kam auf die Füße und riss die Axt aus dem Gürtel.

Nur ein paar Augenblicke darauf hatten ihn seine Verfolger eingeholt und glitten von den Rücken ihrer zotteligen Reittiere. Von weitem und im trüben Licht der Nacht hätte man sie durchaus für Männer aus Nazagur halten können. Der gleiche schwere Körperbau, die breiten Gesichter, aber schon ein zweiter Blick enthüllte leere Augenhöhlen und faulendes Fleisch, das in Fetzen von den Schädeln hing. Ihre Hände waren schwarze Krallen, ihre Bewegungen seltsam eckig. Dennoch zweifelte der Jäger nicht an ihrer Stärke. Sie bleckten die schwärzlichen Reißzähne und kreischten, dass es in den Ohren schmerzte. Hinter ihnen krochen die zottigen Biester, auf denen sie geritten waren, auf und ab. Es waren Wesen, wie sie Céredas noch niemals zu Gesicht bekommen hatte. Sie schlichen auf vier kräftigen Beinen, die in scharfen Krallen endeten, ihr Pelz war von moosgrüner Farbe, lang und verfilzt, der Schädel mit den kleinen, roten Augen und den handlangen Reißzähnen wirkte wie eingedrückt. Die Wesen zogen einen Kreis um ihn, machten jedoch keine Anstalten, über ihn herzufallen.

Plötzlich verstummte das Brüllen und Kreischen. Die Wesen wichen zurück und bildeten eine Gasse. Die toten Männer verbeugten sich, als der dunkelrote Wolf herantrat. Die beiden kleineren schwarzen setzten sich auf ihre Hinterläufe und sahen ihren Meister erwartungsvoll an. Nebel begann um ihn zu wirbeln. Das Fell verdunkelte sich und verschwand, der Körper streckte und erhob sich. Ein schwarzer Umhang wehte im Wind. Aus glühenden Augen betrachtete die Gestalt den Jäger.

»Komm zu mir«, hallte eine Stimme in Céredas' Kopf. »Wehre dich nicht, denn gegen mich kannst du nicht bestehen.«

Céredas' rechter Fuß zuckte und schob sich langsam nach vorn. Der linke Fuß folgte. Er würde ihm gehorchen. Er konnte dieser Macht nicht widerstehen. Da drang der Hufschlag eines Pferdes in sein Bewusstsein und brach den Bann für einen Augenblick. Der Jäger wirbelte herum.

Tahâma sah den Freund, wie er im Mondlicht stand, den Kopf stolz erhoben, die Hand mit der Axt jedoch gesenkt, während die Verfolger den Kreis um ihn langsam enger zogen. Einige Schritte entfernt wartete der Mann, der den roten Wolfspelz wieder gegen seinen weiten Mantel getauscht hatte, die beiden schwarzen Wölfe zu seinen Füßen. Tahâma fühlte seinen Blick auf sich ruhen, für Furcht jedoch war dies nicht der rechte Augenblick.

Sie riss den Stab hervor und ließ Krísodul aufleuchten. Mit einem Sprung durchbrach die Stute den Kreis und kam neben Céredas zum Stehen. »Zurück, ihr Schatten der Nacht«, rief sie mit heller Stimme. »Schnell, steig auf«, sagte sie zu Céredas, aber der sah sie nur fragend an.

Tahâma zwang die Stute, einen Kreis um ihn zu ziehen. Langsam wichen die Gestalten zurück. Das grelle Licht schien sie zu blenden und in ihren toten Augen zu schmerzen, falls sie so etwas wie Schmerz empfinden konnten. Tahâmas Blick huschte zu dem schwarzen Mann, der noch immer reglos dastand. Nur seine Augen folgten jeder Bewegung des Mädchens. »Céredas, bitte, steig auf«, flehte sie.

Endlich kehrte Leben in den jungen Jäger zurück. Mit einer flinken Bewegung erreichte er die Stute und schwang sich hinter dem Mädchen auf ihren Rücken. »Reite, reite wie der Wind«, rief er, als die Stute durch den Ring brach und auf die

Weiden zustrebte. Er schlug ihr die Fersen in die Flanken, und sie flog dahin.

Dumpf hallte Tahâma der Hufschlag in den Ohren. Sie wagte nicht, sich umzudrehen. Wo waren die Verfolger? Wie dicht waren sie ihnen auf den Fersen?

»Wo ist Wurgluck?«, rief ihr Céredas ins Ohr.

»Ich weiß es nicht.« Sie duckten sich unter den Ästen hinweg. »Er ist heruntergefallen, und ich hoffte, du hättest ihn aufgelesen.« Tahâma seufzte schwer. »Was mag ihm nur zugestoßen sein? Die wilden Tiere werden ihn zerreißen.« Tränen traten in ihre Augen.

Céredas tätschelte unbeholfen ihre Hand. »Er ist nicht so hilflos, wie du denkst. Sicher hat er sich irgendwo vor diesen Bestien verkrochen. Solange es Nacht ist und sie auf unserer Spur sind, können wir nichts für ihn tun.«

Tahâma antwortete nicht. Sie wusste, dass er Recht hatte, aber sie wollte ihm nicht zustimmen. So ritten sie dahin. Hinter ihnen war immer wieder das Heulen der Verfolger zu hören, aber nicht nah genug, als dass diese für die beiden Reiter sichtbar gewesen wären. Plötzlich erscholl von rechts her ein Wiehern. Ein silbernes, schlankes Pferd kam auf sie zu. Auf seinem Rücken trug es eine junge Frau mit langem, schwarzem Haar.

Mühelos setzte sie sich an die Seite der Fliehenden. »Folgt mir«, rief sie mit dunkler Stimme. »Folgt mir nach!« Und schon jagte sie wieder auf die Bäume zu, zwischen denen sie eben aufgetaucht war.

Tahâma überlegte nicht lange. Sie heftete sich der Fremden an die Fersen. Bald ritten sie über eine Lichtung auf den Talhang zu, dann jedoch bog sie nach links ab und jagte einen kleinen Hügel hinauf, von dem her ihnen ein warmes Licht entgegenschien. Als sie näher kamen, erkannte das Mädchen

132

ein kleines Holzhaus, das von den tief hängenden Zweigen einer Eiche fast verborgen wurde. Durch das einzige Fenster auf dieser Seite schimmerte das Licht einer Lampe. Tahâma folgte der Frau auf die Rückseite des Hauses, zu einem niedrigen Stall. Dort hielt die Fremde an und sprang leichtfüßig vom Pferd. Tahâma und Céredas folgten ihrem Beispiel.

»Tote Reiter auf wilden Bestien sind hinter uns her«, keuchte Tahâma.

Die Frau nickte. »Ich weiß«, antwortete sie ruhig. »Und der Lord selbst ist bei ihnen, aber sie werden nicht hierher kommen.« Die Fremde hatte den Kopf abgewendet, sodass Tahâma nur ihr schwarzes Haar sehen konnte.

Wieder ertönte das Heulen. Es schien sich zu nähern. Bewegte sich dort nicht etwas am Fuß des Hügels?

»Kommt mit«, sagte die Frau und führte ihr Pferd und Tahâmas Stute in den Stall. Die beiden traten hinter ihr ein und schlossen die Tür. Das silberne Fell des wundervollen Tieres schimmerte in der Dunkelheit. Ohne Licht zu machen, band die Fremde ihr Pferd an, rieb das Fell trocken und füllte seine Krippe. Tahâma ließ ihren Stab leuchten. Erstaunt sah sie Céredas' schwarzen Hengst friedlich kauend an einer Futterkrippe stehen.

»Er kam vor Angst zitternd hierher, daher ritt ich los, um nach seinem verlorenen Reiter Ausschau zu halten«, sagte die Frau und öffnete eine schmale Tür in der Rückwand des Stalls. Sie wandte sich um, verbeugte sich leicht und deutete einladend in den freundlich erleuchteten Raum, der dahinter zum Vorschein kam. Erstaunt sah Tahâma, dass die Augen der Fremden geschlossen waren. »Mein Name ist Aylana, und dies ist mein Heim. Bitte tretet ein, um euch von dem Schrecken der Nacht zu erholen. Hier werdet ihr ruhigen Schlaf finden.«

Die beiden Gäste verbeugten sich ebenfalls, nannten ihre Namen und folgten Aylana in die Hütte.

»Darf ich euch ansehen?«, fragte sie und trat auf Tahâma zu. Sie hob ihre Hände und strich ihr ganz sanft mit den Fingerkuppen über Haar und Gesicht. Dann glitten ihre Finger über den Hals, die Schultern und Arme, bis sie in Tahâmas Handflächen zur Ruhe kamen. »Du bist nicht von hier! Woher kommst du? Bist du ein Blauschopf?«

»Ja, aber wie ... ich meine ... du bist blind?«, stotterte das Mädchen. »Lebst du hier allein? Wie konntest du uns da draußen finden? Wie kannst du auf einem Pferd übers Land reiten?«

Aylana lachte. »Ja, ich bin blind, schon seit meiner Geburt, aber ich bin es gewöhnt, allein zu leben. Hier drinnen finde ich mich allein zurecht, und draußen habe ich Glyowind. Die Stute ist halb Pferd, halb Einhorn und sieht für mich, besser als jedes andere Wesen es in diesem Land könnte.«

Sie trat zu Céredas und legte ihre Fingerspitzen an seine Wangen. Der Jäger hob abwehrend die Hände, sagte aber nichts.

Aylana jedoch musste es gespürt haben, denn sie trat einen Schritt zurück. »Und aus welchem Land kommst du, stolzer Fremder?«, fragte sie und lauschte mit schief gelegtem Kopf.

Tahâma musterte sie neugierig. Aylana war noch größer als Céredas und doch schlanker als selbst die Blauschopfmädchen. Das blauschwarze Haar fiel ihr bis über die Hüften. Auch ihre Wimpern waren tiefschwarz, Gesicht und Hände dagegen von durchscheinendem Weiß. Sie trug ein langes Gewand aus nachtblauer Seide, das an beiden Seiten bis weit über die Knie geschlitzt war. Dazwischen ahnte man ihre Beine, die bis über die Waden in Stiefeln aus weichem Leder steckten.

Draußen erscholl ein schrecklicher Schrei. Sie waren nah! Sehr nah!

Céredas lief zum Fenster, zog den Rahmen mit dem gespannten Pergament ein Stück auf und sah hinaus. »Ich sehe sie. Geduckte Schatten umschleichen dein Haus.«

Aylana nickte und trat an den Herd. »Vor der Morgendämmerung werden sie verschwunden sein. Habt keine Angst.«

»Ich habe keine Angst«, stieß Céredas hervor.

Aylana lächelte. »Ich wollte nicht an deinem Mut zweifeln, Jäger aus dem fernen Felsengebirge. Selbst der Mutigste sollte sich vor dem Schattenlord fürchten.«

»Aber du fürchtest ihn nicht«, sagte Tahâma und sah ihr zu, wie sie ein duftendes Mus in drei Schalen schöpfte.

»Das ist wahr«, antwortete Aylana. »Furcht ist mir fremd, dennoch würde ich nie seine Macht und Grausamkeit unterschätzen. Aber gerade weil ich weder Angst noch tödlichen Schrecken spüren kann, wird er sich zurückziehen, um seine Gier an einem anderen Ort zu stillen. Seinen Hunger und den seines Heers dunkler Kreaturen.«

»Aber ich verstehe das nicht.« Tahâma schüttelte irritiert den Kopf. »Warum kannst du dich nicht fürchten?«

Für einen Moment hob Aylana ihre Lider. Das Mädchen zuckte zurück. Keine trüben Augen oder leeren Höhlen verbargen sich unter den Wimpern. Es waren glatte, spiegelnd schwarze Steine.

»Manche gute und manche schlechte Eigenschaft wird uns in die Wiege gelegt. Manche Begabung oder mancher Mangel. Können wir ergründen, warum? Wissen wir, wohin uns unsere Bestimmung führt?«

Sie stellte die Schalen auf den Tisch und holte Löffel und tönerne Becher, die sie mit einem goldgelben, dampfenden Getränk füllte. Einladend wies sie auf die Holzbank und ließ sich dann auf einem Hocker nieder. Tahâma setzte sich und griff nach dem Löffel. Das Mus schmeckte süß und doch kräftig und war seltsam erfrischend.

»Wir haben auf unserem Ritt einen Freund verloren«, mischte sich nun Céredas ein, dessen Schale bereits geleert war.

Aylana füllte sie ein zweites Mal und schob sie dem Jäger hin. »Was für ein Wesen ist euer Freund?«, fragte sie.

»Ein Erdgnom, ein kleiner Kerl, kaum zwei Fuß hoch.«

Aylana wiegte den Kopf hin und her. »Nicht immer wohnen große Gefühle nur in großen Leuten, dennoch könnt ihr zuversichtlich sein, dass sich die Wesen des Lords nicht an eurem Freund vergriffen haben.«

»Willst du uns von ihm erzählen?«, bat Tahâma. »Alle, die wir bisher fragten, wandten sich in Schrecken ab.«

Aylana hob ihren Becher und trank einen Schluck. Sie lehnte ihre Wange an den gewärmten Ton. »Schon zu Zeiten meiner Großmutter lebte Lord Krol von Tarî-Grôth in Nazagur, aber damals war er noch nicht mit dem zu vergleichen, der er heute ist. Ich kann nicht genau sagen, wann es anfing. Es begann langsam und entwickelte sich kaum merklich fort. Die meisten nahmen wohl keine Notiz davon. Schließlich gibt es auch andere Wesen, die nachts in den Wäldern lauern. Aber seit meiner Kindheit wurde er mehr und mehr zu einer Bedrohung, die das ganze Leben in Nazagur zu lähmen begann. Er erstickt das Land.«

»Die Toten, die wir fanden, wiesen keine Verletzung auf, aber ihre Körper ähnelten jahrhundertealten Mumien. Hat der Lord sie getötet? Was tut er ihnen an?«, fragte der Jäger.

»Ja, er tötet, Nacht für Nacht. Manche sagen, es sei sein Blick, andere behaupten, die Opfer stürben vor Angst. Ich

136

weiß nicht, was mit ihnen passiert. Eines aber ist sicher, nur selten überlebt ein Nazagur die Begegnung mit dem Lord.«

Lange saßen sie da und schwiegen. Schließlich erhob sich Aylana und richtete den beiden eine Bettstatt. Sie kümmerte sich noch einmal um die Pferde, dann legte sie sich in ihrem Bett, das hinter einem Vorhang verborgen war, zur Ruhe.

Eine Weile regte sich nichts in der kleinen Hütte auf dem Hügel. Céredas lag mit offenen Augen da und lauschte den Atemzügen der beiden Frauen. Sie schienen fest zu schlafen. Leise erhob er sich, trat zum Fenster und sah hinaus in die Nacht. Draußen schlichen noch immer die Schatten zweibeiniger Gestalten und zottiger Wesen um den Hügel, aber sie waren verstummt. Der Lord und seine Wölfe waren nirgends zu sehen. Céredas ging zurück und betrachtete das Gesicht der schlafenden Tahâma. Es war so schmal und zerbrechlich. Die Haut schimmerte im Mondlicht wie weißes Porzellan. Er ließ sich auf die Knie sinken und streckte eine Hand aus, seine Finger näherten sich dem von blauen Flechten umrahmten Gesicht, wie angezogen von einer fremden Macht. Schon konnte er ihre Wärme fühlen, als er innehielt. Seine Hände zitterten. Was wäre, wenn sie erwachte? Rasch zog er seine Hand zurück und erhob sich. Ohne noch einen Blick auf das Mädchen zu werfen, huschte er zur Tür, öffnete sie einen Spalt und glitt hinaus.

KAPITEL 7
Das blaue Feuer

In der Morgendämmerung waren die Freunde schon auf den Beinen. Sie löffelten rasch eine Schale kaltes Mus und eilten dann in den Stall. Die ersten Sonnenstrahlen streiften den Hügel und sprenkelten das Fell der Schimmelstute mit flüssigem Silber.

Tahâma schwang sich auf den Rücken ihres Pferdes, ihr Blick aber strich bewundernd über das Silberfell. »Ich habe nie zuvor so ein herrliches Pferd gesehen«, sagte sie. »So hochgewachsen und schlank, und dann dieses Fell!«

Aylana trabte neben ihr den Hügel hinunter. Zärtlich klopfte sie den Hals ihrer Stute. »Ja, Glyowind ist etwas ganz Besonderes. Sie besitzt alle guten Eigenschaften eines Einhorns. Trotz ihres schlanken Körperbaus ist sie sehr stark und schnell, und sie wittert die Gefahr, lange bevor man selbst sie spürt. Und nicht nur das, sie fühlt auch meine Wünsche. Und doch ist sie wie ein Pferd bereit, einen Reiter auf ihrem Rücken zu tragen.«

Sie ritten zu der Stelle zurück, an der Tahâma Wurgluck verloren hatte. Céredas folgte ihnen in einigem Abstand. Er war heute noch schweigsamer als an den Tagen zuvor, aber sein Blick folgte unablässig dem Blauschopfmädchen.

Unter dem grünen Wasserfall der herabhängenden Weidenzweige ließ sich Tahâma vom Pferd gleiten. Ratlos sah sie sich um. »Wo sollen wir nur mit unserer Suche beginnen?«, fragte sie.

»Es wäre ein guter Anfang, wenn du nicht alle Spuren zertrampeln würdest«, brummte Céredas. Tahâma fuhr zurück und sah ihn aus großen Augen an. »Vielleicht kann ich aus den Spuren lesen, was mit Wurgluck passiert ist«, fügte er in freundlicherem Ton hinzu. »Bitte, tretet zurück und wartet dort drüben.«

Die beiden Frauen führten die Pferde ein Stück abseits und schlangen die Zügel um einen niedrigen Ast. Nur Glyowind durfte frei grasen.

»Sie mag es nicht, wenn ich sie anbinde«, erklärte Aylana. »Zu viel Einhornblut in ihren Adern.«

Sie setzten sich zwischen die Wurzeln einer alten Weide. Tahâma beobachtete Céredas, der, die Nase fast auf dem Boden, vergeblich nach den Spuren des Erdgnoms suchte.

Mit ernster Miene kam er endlich zu den Frauen hinüber und schüttelte den Kopf. »Nichts, keine Spur ...« Er stutzte, auf seinem Gesicht zeichnete sich erst Überraschung und dann Wut ab. »Wurgluck!«, rief er und hob die Hand.

Die beiden Frauen fuhren herum. Da saß der Gnom, kaum zwei Schritte hinter ihnen auf einer Wurzel, die Beine lässig übereinander geschlagen.

Zornig stürzte Céredas heran und griff den Erdgnom unsanft an der Schulter. »Wir suchen dich und machen uns Sorgen, und du spielst Verstecken!«

Wurgluck schob die Hand von seiner Schulter, erhob sich und klopfte sich den Kittel aus. »Ich freue mich auch, euch wiederzusehen, und bin von so viel Sorge um mein Wohl beeindruckt. Es erfreut mein Herz, dich so erleichtert und glücklich zu sehen, lieber Céredas«, sagte der Gnom liebenswürdig.

140

»Ich bin erleichtert und glücklich!«, schnaubte der Jäger, doch dann teilten sich seine Lippen zu einem warmen Lächeln. »Sehr erleichtert und sehr glücklich sogar!«

Tahâma ließ sich vor Wurgluck auf die Knie fallen und umarmte ihn herzlich.

»Aufhören«, kreischte er, »du brichst mir sämtliche Rippen!« Verstohlen wischte er sich einen Tropfen aus dem Augenwinkel.

»Wie hast du diesen Sturz überstanden? Wie konntest du ihnen entkommen?«, fragte das Mädchen und musterte ihn aufmerksam, ob auch alles an ihm heil geblieben war.

Wurgluck ließ sich mit überkreuzten Beinen auf den Boden sinken und setzte eine wichtige Miene auf. »Gern berichte ich euch von meinem Abenteuer, aber wollt ihr mir nicht erst eure schöne Begleiterin vorstellen?«

Aylana kniete sich vor ihm ins Gras und schüttelte ihm feierlich die Hand. »Aylana di Ralow. Ich war heute Nacht in der glücklichen Lage, deinen Freunden eine sichere Zuflucht und ein Lager anbieten zu können. Und du bist also Wurgluck der Erdgnom.« Sie tastete über das knorrige Gesicht, den groben Kittel und die dürren Arme.

Das Männchen sprang auf und verneigte sich. »Es freut mich zu hören, dass meine Freunde heute Nacht ein weiches Lager hatten und sorgenfrei ruhen konnten.« Er warf Céredas einen Blick zu. »Wenn ihr wollt, berichte ich nun von meinen Abenteuern und wie ich die Stunden des Schreckens überlebt habe.«

Tahâma drückte das schlechte Gewissen. Wie musste er gelitten haben! So ganz allein, nicht wissend, ob er seine Freunde jemals wiedersehen würde.

»Wie wäre es, wenn du uns bei Himbeerwein und weißem Brot deine Erlebnisse erzählst?«, schlug Aylana vor und

141

winkte die Stute heran. Sofort kam Glyowind zu ihr und rieb schnaubend die Nüstern an ihrer Schulter.

Tahâma drängte es, endlich weiter nach Krizha zu reiten, um der Spur der Tashan Gonar zu folgen, dennoch widersprach sie nicht. So kehrten sie zur Hütte auf dem Hügel zurück. Dort breitete Aylana ein weißes Tuch im Gras aus und holte Krug und Becher, Brot und Beerenmus. Sie setzten sich in die wärmende Sonne und sahen den Erdgnom erwartungsvoll an.

Wurgluck leerte erst seinen Becher, dann stand er auf und begann mit weit ausholenden Gesten zu berichten, wie er das Gleichgewicht verloren hatte und vom Pferd gestürzt war, wie Tahâma davongeritten und ihn allein zurückgelassen hatte. »Mein Kopf brummte wie ein Kreisel«, fuhr er fort, »und meine Glieder fühlten sich an wie zerschlagen, aber ich musste fort, mich in Sicherheit bringen. Schon preschte Céredas heran, ihm auf den Fersen ein riesenhaftes Untier, das ein Wolf hätte sein können, wenn es nicht diese roten Augen gehabt hätte und ein Fell von der Farbe getrockneten Bluts.« Der Gnom schüttelte sich. »Selbst für einen Werwolf war er zu riesig.«

»Der Schattenlord«, flüsterte Tahâma.

Wurgluck nickte. »Ja, er war es, und ihm auf den Fersen zwei schwarze Wölfe. Ich rannte zum Stamm der Weide und drückte mich zwischen ihre Wurzeln. Ich erwartete, dass Céredas jeden Moment an mir vorbeijagen würde, aber er zügelte sein Ross und wandte sich um. Er sprang vom Pferd, strauchelte und überschlug sich. Als er wieder auf den Beinen war, hatten ihn die Untoten auf ihren Reittieren schon eingekreist. Ich überlegte, ob ich ihm zu Hilfe eilen sollte, aber was konnte ich tun? Die Bestien hätten mich als Vorspeise verschluckt, bevor ich den Kreis hätte erreichen können.«

»Was haben die Untoten getan?«, fragte Aylana. »Wo war der Lord?«

»Der Riesenwolf verwandelte sich in einen Mann. Er blieb in einiger Entfernung stehen. Die Wölfe legten sich zu seinen Füßen – ja, und dann konnte ich nichts mehr sehen, weil ich mir die Hände vor die Augen hielt«, fuhr er fort und grinste verlegen. »Erst als alle weg waren, huschte ich zu dem Baum hinüber, in dessen Schatten wir uns wiedergefunden haben, und ruhte die restliche Nacht – hungrig, wie ich war – in einer Höhle unter seinen Wurzeln.«

Es war schon später Nachmittag, als die Freunde von Aylana und Glyowind Abschied nahmen. Sie ritten bis zur Straße zurück, überquerten die Brücke und folgten dann dem Weg hinauf zu den Stadttoren von Krizha. Auch die Mauern dieser Stadt waren von Türmen bewacht, doch wirkten sie weniger kraftvoll, sie waren eher hoch und schlank wie Glockentürme, und auch die Mauern waren nur wenige Fuß dick.

Der Wächter am Tor hielt die fremden Besucher an. Er betrachtete den Jäger mit der ockerfarbenen Haut und den kleinen, hutzligen Gnom mit offenkundigem Misstrauen und stellte viele Fragen. Tahâma dagegen streifte er nur mit einem kurzen Blick, ehe er die Lider senkte und sich knapp verbeugte.

Die Freunde mussten ihre Pferde am Tor zurücklassen. In der Stadt sei kein Platz für Ställe, erklärte der Wächter. Diese seien alle auf der Wiese zwischen den beiden Mauern zu finden. Ein Stallbursche führte die Tiere davon.

Der Wächter gab jedem von ihnen drei gelb bemalte Holzstücke mit dem Wappen der Stadt: der blau auflodernden Flamme. Wer ihnen ein Nachtlager gewähre, sei verpflichtet, eines der Plättchen von jedem Gast zu verlangen, so laute das Gesetz, erklärte ihnen der Wächter. Nach drei Tagen also

143

würden sie die Stadt wieder verlassen müssen. Nur selten gestatte der große Weise einen längeren Aufenthalt; sich für immer hier niederzulassen sei Fremden nahezu unmöglich. Wieder huschte sein Blick zu Tahâma hinüber, als sie jedoch zu ihm aufsah, wandte er sich rasch wieder dem fremden Jäger zu.

»Nicht wenige Familien mussten ihre ältesten Kinder zu Verwandten schicken, wenn sie gegen das Gesetz verstießen und mehr als zwei Kinder bekamen. Nur der Tod schafft Raum für neues Leben«, sagte der Wächter und verbeugte sich abschließend, um sich einem Bauern zuzuwenden, der mit seinem Karren von den Feldern zurückkam.

Die drei Freunde gingen auf das innere Tor zu.

»Welche Grausamkeit, den Eltern ihre Kinder zu entreißen«, ereiferte sich Tahâma, »da sie doch an jedem anderen Ort den Schergen des Schattenlords in die Hände fallen können.«

Céredas zuckte mit den Schultern. »Der große Weise wird schon seine Gründe haben. Du hast ja gehört, dass Krizha jetzt schon überfüllt ist.« Er hielt an und drehte sich nach dem Erdgnom um, der am Wegrand stand und den Grasring zwischen den beiden Mauern musterte. »Wurgluck? Kommst du?«

Erst beim zweiten Ruf sah der Erdgnom auf und hastete heran. »Ich habe versucht zu ergründen, wie das blaue Feuer entsteht, doch es ist nichts zu sehen. In der inneren Mauer sind immer wieder Nischen ausgespart, in denen mit Saiten bespannte Holzrahmen stehen, und im Abstand von zwanzig Schritten sind an beiden Mauerseiten runde Spiegel befestigt. Ich kann leider nicht erkennen, was es mit dieser geheimnisvollen Schutzvorrichtung auf sich hat.«

Sie passierten das innere Tor und blieben auf dem kleinen

Platz davor stehen. Zum ersten Mal bekamen sie ein Gefühl dafür, warum der Herrscher der Stadt so harte Gesetze erlassen hatte. Der Platz war überfüllt, und aus zahlreichen Gassen, die aus allen Richtungen herbeiführten, quollen weitere Bürger hervor. Sie wogten über den Platz, schoben sich umeinander und aneinander vorbei. Jeder schien zu wissen, wohin er wollte. Sie bewegten sich ruhig weiter, ohne zu hasten und zu drängen, aber auch ohne innezuhalten.

»Geht weiter!«, sagte eine barsche Stimme hinter ihnen. »Es ist verboten, auf dem Torplatz anzuhalten. Dafür gibt es die oberen Arkaden.«

Ein Mann mit einem Rock in den Farben der Stadt musterte sie aus zusammengekniffenen Augen. »Ihr seid fremd hier«, stellte er fest. »Habt ihr euch schon im Gästehaus gemeldet?« Die drei schüttelten die Köpfe. »Dann wird es Zeit. Bis Sonnenuntergang muss jeder in der Stadt über eine Schlafgelegenheit verfügen.« Er hielt einen Jungen an, der sich an ihm vorbeidrücken wollte. »Bring die Fremden zum Gästehaus«, befahl er.

Ihr kleiner Führer hatte bisher vielleicht acht oder neun Sommer erlebt, war aber schon fast so groß wie Tahâma und zeigte bereits den Ansatz der breiten Schultern und des kantigen Schädels, die den Leuten hier zu Eigen waren. Er starrte das Mädchen einige Augenblicke mit offenem Mund an, dann wandte er sich ab. Schwatzend bahnte er sich einen Weg und führte die Freunde durch ein Gewirr von düsteren Gassen ins Südviertel, dorthin, wo die Stadtmauer in die Felswand überging. Die Worte und Satzfetzen unzähliger Passanten rauschten an Tahâmas Ohren vorbei. Staunen mischte sich mit Entsetzen. Sie schritt durch die dunklen Gassen und sog die Bilder in sich ein, unfähig zu begreifen, was sie sah.

Die Häuser strebten alle wie Türme in den Himmel, mit

spitzen Giebeln, die Wände in jedem Stockwerk noch ein Stück weiter auf die Gasse vorkragend, so dass nur noch ein winziger Streifen Blau hoch über ihnen sichtbar blieb. Wäscheleinen spannten sich von einem vergitterten Fenster zum nächsten, bis sie in einer endlosen Girlande an einer Kreuzung anlangten. Die Häuser waren kaum vier Schritte breit. Eine Tür reihte sich an die andere, und überall hörte man Wortwechsel und Geschrei. Bald summte es in Tahâmas Kopf wie in einem Bienenhaus, und es war ihr, als würden die Wände sie erdrücken, als könnte sie keine Luft mehr bekommen. Noch schlimmer waren die Gerüche, die sie einhüllten. In einer Gasse roch es nach Zwiebeln und Kohl, nach nasser Wäsche und Lauge, dann wieder nach Schweiß und Holzkohle, nach Fäulnis und Dung. Für einen Moment umhüllte sie der Duft von frischem Brot, dann zog eine Wolke verbrannten Fetts über sie hinweg.

»Hier also leben die Glückseligen«, murmelte sie vor sich hin und schüttelte fassungslos den Kopf. War es Segen oder Fluch, in dieser überfüllten Stadt ein Wohnrecht zu haben? Sie dachte an Aylana, ihre kleine Hütte auf dem Hügel. So würde auch sie leben wollen, in den Armen der Bäume, umgeben von Himmel und Gras. Warum mussten sich die Leute in dieser qualvollen Enge vor dem Schattenlord verstecken, und Aylana lebte dort draußen allein und ohne Schutz? Es konnte kein Zufall sein, dass die Schatten nicht in ihre Hütte eindrangen. Also musste es noch ein anderes Mittel gegen den Schattenlord geben als das blaue Feuer.

»Hier ist das Gästehaus, und dort hinten führt ein Weg in den Zwinger, wo eure Pferde stehen«, sagte der Junge, nickte ihnen noch einmal zu und verschwand in der Menge.

Vor dem Gästehaus standen einige Bänke und Tische, so dass nur ein schmaler Durchgang für Passanten blieb, obwohl sich die Gasse hier zu einem kleinen Platz weitete. Die Bänke waren dicht besetzt, Bierkrüge standen auf roh zusammengezimmerten Tischen.

Durch eine schmale Tür betraten die drei Gefährten das Haus. Der untere Teil wurde von einer weiträumigen Diele eingenommen, in der Säcke und Kisten lagerten. Rechts führte eine Tür zu den Kammern der Wirtsfamilie, links lag die Küche. Über eine knarrende Holztreppe kamen die Freunde in den oberen Stock. Er bestand aus einem einzigen Raum mit fünf langen Tischen und Holzbänken, die unglaublich vielen Gästen Platz bieten konnten.

Eine kleine, breit gebaute Frau mit ergrautem Haar nahm ihnen drei der Holzplättchen ab und notierte ihre Namen auf einer Tafel, auf der schon mehr als vier Dutzend andere standen. Mehrmals sah sie auf und starrte Tahâma an, wandte sich dann aber rasch wieder ab. Schließlich führte sie ihre Gäste über eine schmale Stiege unters Dach hinauf. Auch der Dachboden bestand aus einem einzigen Raum. Statt Tischen waren hier schmale Betten aufgebaut, immer drei übereinander, das Fußende des einen mit dem Kopfende des nächsten fest verbunden.

Die Wirtin ging ihnen bis zur hinteren Wand voraus und deutete auf die drei Kojen, die für die Neuankömmlinge bestimmt waren. »Ihr seid bei der ersten Essensschicht, heute schon eine Stunde vor Sonnenuntergang. Die Gäste, die die Betten vorn zur Straße raus haben, essen eine halbe Stunde später, dann muss der Saal geräumt werden. Heute wird hier eine Hochzeit gefeiert.« Mit diesen Worten ließ die Wirtin sie allein.

Die Freunde hatten kaum Zeit, ihre Bündel auf die Betten zu legen, da hörten sie, wie unten die Gäste in den Speisesaal strömten. Eilig stiegen sie die Leiter hinunter und setzten sich an den Rand eines der langen Tische. Die Wirtin und ihre beiden Söhne gingen mit großen Kesseln von Platz zu Platz und füllten die Schalen mit dicker Suppe. Dann verteilten sie dunkles Brot aus großen Weidenkörben. Zu trinken gab es einen warmen Kräutersud, der recht bitter schmeckte.

Die drei Freunde leerten schnell ihre Schalen – Céredas schlang auch noch die Reste herunter, die Tahâma übrig gelassen hatte –, dann verließen sie das Gästehaus, um sich noch ein wenig in der Stadt umzusehen. Wurgluck konnte gar nicht erwarten, dass es endlich dämmerte und das magische Feuer entzündet würde.

Der Strom der Bürger, der auch am Abend nicht nachließ, trieb sie zu einer breiten Straße. Dort waren Karren und Fuhrwerke so ineinander verkeilt, dass man sich kaum vorstellen konnte, wie die Fuhrmänner das Durcheinander jemals wieder entwirren sollten. Zu ihrer Verwunderung hantierten jedoch alle ruhig und besonnen und kamen langsam, aber stetig voran. Die Straße führte leicht bergan zu einem Platz, der bis an die aufragende Felsklippe heranreichte. Zu beiden Seiten, am Fuß der Felsen, waren zwei Brunnen eingefasst. Die Statue eines riesenhaften Mannes überragte die halbrunden Wasserbecken. Er schien alt, obwohl das Gesicht keine Falten zeigte, sein langes Haar hing ihm über den Rücken. In der Rechten hielt er einen Kristallstab, aus dem Flammen züngelten.

Tahâma ließ ihren Blick zu dem steinernen Gesicht emporwandern, das fünf Schritte über ihr schwebte. Ihr war, als höre ihr Herz auf zu schlagen. Etwas schnürte ihr die Brust zu. Wer war dieser Mann, den die Künstler dort in Stein gemeißelt hatten? Ein Nazagur konnte es nicht sein! Diese vertrauten Gesichtszüge, die schmalen, spitzen Ohren ...

148

»Was ist?«, fragte der Erdgnom, aber Tahâma schüttelte nur den Kopf und wandte ihre Aufmerksamkeit dem Gebäude am anderen Ende des Platzes zu. Zwischen den Brunnen erhob sich ein prächtiger rechteckiger Bau mit einem großen blauen Eingangstor. Auch das nur wenig geneigte Dach war blau, mit glatten, schimmernden Platten belegt. Um das Dach verlief eine steinerne Balustrade, hinter der zwei Wächter in den Farben der Stadt patrouillierten.

»Ich wette, dass hier nicht in jeder Kammer eine Familie zusammengedrängt haust«, sagte Céredas mit einem Blick auf die rundbogigen Fenster, die mit farbigen Glasscheiben verschlossen waren.

»Der Weise der Stadt hat sicher mehr Platz verdient als alle anderen. Schließlich leitet und schützt er seine Bürger«, sagte der Erdgnom, doch in seiner Stimme klang ein Hauch von Spott.

Plötzlich erstarrte Tahâma. »Hört ihr das?« Ein seliges Gefühl durchströmte sie.

Céredas und Wurgluck lauschten. Sie hörten die Rufe der Leute in den Gassen, das Knirschen von Wagenrädern, die Stimmen von Kindern und dann, wie ein Windhauch, ein zartes Klingen. Wundervolle Töne, mal lauter und dann wieder leiser. Sie drangen direkt ins Herz und vertrieben Mühsal und Furcht.

»Was ist das?«, murmelte Céredas.

»Eine Windharfe«, antwortete Tahâma. »Eine Windharfe, wie sie nur die großen Künstler der Tashan Gonar bauen können. Zumindest glaubte ich das bisher.«

Ihr Blick schweifte über die Balustrade und das blaue Dach hinweg, und da entdeckte sie das Instrument. Fein geschliffene Glasplättchen blitzten, obwohl die Häuser am Fuß der Klippe längst im Schatten lagen, Gold schimmerte, in feinen

Linien zogen die Saiten ein kompliziertes Muster. Verzückt standen die drei da und lauschten.

»Die Stadt der Glückseligen«, sagte Tahâma, dieses Mal jedoch meinte sie es auch so.

Die Dunkelheit sank herab. Andere Töne überlagerten den Klang der Windharfe. Auf dem Dach glomm blaues Licht auf, dann begannen schimmernde Nebel zu wabern, und schließlich sahen sie die Spitzen von bläulichen Flammen über das Dach emporzüngeln. Die Wachen hoben große runde Scheiben in zwei hölzerne Gestelle an den Ecken des Steingeländers, und plötzlich war die gesamte Felsklippe in blaues Licht getaucht. Die Musik wurde lauter und erfüllte den ganzen Platz.

»Die Spiegel!«, hauchte Wurgluck hingerissen. »Welch großartiger Einfall!«

Er bestand darauf, zur Stadtmauer hinüberzugehen, um die Konstruktion genau in Augenschein zu nehmen. Das war allerdings nicht so einfach. Die großen Torflügel der Innenmauer waren verschlossen, und die Wächter schüttelten unnachgiebig die Köpfe, als sie ihr Begehr vortrugen. Auch die Treppen zur Brustwehr hinauf waren von Wächtern versperrt.

Unwillig vor sich hin brummend, strich Wurgluck an der Stadtmauer entlang, in der Hoffnung, vielleicht doch noch eine unbewachte Tür zu finden. Die drei folgten der Mauer, am Gästehaus vorbei, bis sie an die Felswand stieß. Ein Türmchen erhob sich dort über die Zinnen. Oben sahen sie die Silhouette eines Wächters mit einer Hellebarde in der Hand. Die Töne, denen sie vorhin auf dem Platz gelauscht hatten, waren hier wieder deutlicher zu hören.

Tahâma sah sich erstaunt um. Wo waren die Musiker mit ihren Instrumenten, und wie konnten sie an so weit voneinander entfernten Orten vernommen werden? Während sie

150

und Céredas draußen standen, den Melodien und wechselnden Rhythmen lauschten und den Kranz blauer Flammen
bewunderten, der direkt auf den Zinnen zu lodern schien, trat
Wurgluck durch die offene Tür in das untere Turmgelass. Ein
zufriedenes Kichern drang zu den beiden herüber. Sie hörten
das leise Quietschen einer Tür. Für einen Moment schwoll die
Musik an, dann erklang sie wieder gedämpfter.

»Wurgluck?«, rief Tahâma.

Keine Antwort. Sie trat durch das Tor, Céredas folgte ihr.
Dort mussten sie einige Augenblicke stehen bleiben, bis ihre
Augen sich an die Dunkelheit gewöhnt hatten. Schließlich
unterschieden sie eine Treppe, die nach oben führte, und eine
Tür in der Mauer.

Tahâma drückte vorsichtig die Klinke hinunter und öffnete
die Tür einen Spalt. Musik und blaues Licht fluteten in das
Turmgelass. Sie lugte in den Graben hinaus und sah den
Erdgnom vor einem der runden Spiegel stehen. »Wurgluck,
komm zurück«, rief sie halblaut, in der Hoffnung, dass die
Wächter oben sie nicht hören konnten. »Wenn wir erwischt
werden, bedeutet das sicher Ärger!«

Der Gnom riskierte noch einen Blick auf die klingenden
Saiten in den Mauernischen, ehe er Tahâmas Drängen folgte.
Leise murrend folgte er den beiden zum Gästehaus hinüber.
»Das Licht hält den Lord und sein Gelichter fern«, grübelte er,
»aber wozu dienen die merkwürdigen Instrumente?«

Céredas hob die Schultern. »Die Musik verhindert, dass die
Wächter einschlafen«, vermutete er.

»Sie macht ihnen Mut«, sagte Tahâma.

Aus dem großen Saal drang Gelächter. Dann erhoben sich
ein paar Stimmen zu einem Lied, in das die anderen fröhlich
einfielen.

Es ist das erste Mal, dass ich die Nazagur singen und

lachen höre, kam es Tahâma in den Sinn. Neugierig lugten die drei um die Ecke. Die Tische waren zu einem U zusammengerückt worden. Weiße Leintücher bedeckten das rohe Holz, Blumen und frischgrüne Weidenzweige wanden sich in Girlanden über die Tische und hingen in einem Bogen über dem Ehrenplatz. Dort, in der Mitte, saßen die Braut und der Bräutigam. Sie war mittelgroß, das breite Gesicht strahlte vor Glück. Ein frischgrüner Kranz zierte ihr hellbraunes Haar, das ihr offen auf den Rücken fiel. Sie trug ein weißes Hemd mit einem dunkelblauen, eng geschnürten Mieder darüber. Darunter bauschte sich der hellgraue Rock bis über ihre Füße. Um ihren gebräunten Hals hing eine einfache goldene Kette mit einem kleinen blassblauen Stein. Der Bräutigam hatte einen braunen Rock über sein Hemd gezogen, die schwarzen Hosen reichten bis über die Knie. Darunter sah man helle Strümpfe und flache braune Lederschuhe mit silbernen Schnallen. Fünf Dutzend Gäste, die mehr oder weniger fein herausgeputzt waren, zählte Tahâma.

Drüben an der Stiege zum Dachboden standen zwei Spielleute, die nun kräftig in die Saiten schlugen. Nun zog der Jüngere eine gebogene Flöte hervor und begann eine liebliche Weise zu spielen. Der Bräutigam verbeugte sich vor seinem jungen Weib und führte es um den Tisch herum in die Mitte des Saals. Sofort wurden die Tonfolgen schneller. Er nahm ihre Hände und drehte sie in einer sich wiederholenden Schrittfolge im Kreis. Die Gäste klatschten rhythmisch. Auch Céredas und Tahâma fielen mit ein.

Da legte sich eine zierliche Hand auf die Schulter des Mädchens. So lange Zeit nicht mehr vernommene Worte streiften ihr Ohr. Ihr Herz verfiel in einen noch schnelleren Rhythmus als die Flöte. Mit einem Ruck fuhr sie herum. Ihr Blick versank in saphirblauen Augen, huschte über weiße Haut, liebkoste die spitz zulaufenden Ohren und das prächtige blaue Haar.

»Lonathâ«, hauchte sie, »meine Schwester! Endlich ist meine Suche zu Ende.«

»Tahâma!« Die blauen Augen leuchteten. »Ich erfuhr am Tor, dass du angekommen bist, aber ich wollte es nicht glauben, bis ich deine Stimme mit eigenen Ohren hörte. Wo ist Rothâo? Wo ist der Vater der Melodie? Ist er immer noch nicht vom Elfenbeinturm zurückgekehrt?«

Ein Schatten verdüsterte Tahâmas Gemüt. »Doch, ich habe gewartet, bis Vater von seiner Mission zurückkam, aber das Gift eines Mordolocs hat ihm sein Leben geraubt. Im Scheiterhaufen seines Hauses ist sein Leib verglüht.«

Lonathâ riss die Augen auf. »Mordoloc? Scheiterhaufen?«, stöhnte sie. »Nichts ist mehr, wie es war, seit die Tashan Gonar ihr Land verlassen haben.« Sie führte die drei Freunde zu einem Tisch an der Wand, auf dem die Gäste ihre Präsente für das junge Paar abgelegt hatten, dann eilte sie davon, um ein paar Becher Beerenwein zu holen.

Inzwischen tanzten auch die Gäste ausgelassen, und der Lärm war zu einem Tosen angeschwollen, der die Musik fast übertönte. Bald kam Lonathâ zurück, im Schlepptau einen jungen Mann, der sich vor den Fremden höflich verbeugte. »Das ist Andrejow, mein lieber Gatte«, stellte sie ihn vor und sah Tahâma gespannt an. »Seine Familie kommt aus einem Land im Westen.«

»Und Ihr seid also Tahâma, die meiner Frau stets geliebte Freundin war, mehr noch, eine Schwester, wie sie sagt.« Er verbeugte sich noch einmal und griff nach Tahâmas Hand. »Darf ich Euch zum Tanz führen?«

Das Mädchen warf der Freundin einen Hilfe suchenden Blick zu, doch Lonathâ lachte sie nur an. Schon hatte der

153

junge Mann sie zwischen die fliegenden Röcke gezogen. Eine Hand fest um ihre Taille gelegt, wirbelte er herum, dass ihre Tunika flatterte und in wechselnden Blautönen glänzte. Er sah sie aus seinen tiefschwarzen Augen an, und Tahâma wusste, warum Lonathâ diesem Blick erlegen war. Seine ganze Erscheinung konnte ein Herz aus dem Rhythmus bringen: die große Gestalt, die sie mehr als einen Kopf überragte, das schmale ebenmäßige Gesicht, die blasse Haut, das dichte schwarze Haar. Er wirkte seltsam fehl am Platz in dieser Gesellschaft kräftiger, gedrungener Gestalten mit ihren lauten Stimmen und dem derben Gelächter.

Andrejow schob Tahâma von sich, drehte sie zweimal um ihre Achse und fing sie dann sicher wieder auf. Nur mühsam löste sie ihren Blick von seinen Augen, die sich keinen Augenblick von ihr wandten. Sie sah zu Lonathâ hinüber, die sich zu dem Erdgnom hinuntergebeugt hatte und über seine Erzählungen herzlich lachte. Wo aber war Céredas? Sie sah sich um, konnte ihn jedoch nirgends entdecken. Andrejow wirbelte sie herum, bis ihre Wangen sich rosig färbten und ihre Brust sich unter den Atemstößen schnell hob und senkte. Nun waren auch die Musiker erschöpft und gönnten sich eine kurze Pause, um einen Humpen Bier zu leeren. Andrejow führte Tahâma zu Lonathâ und Wurgluck zurück.

»Wo ist Céredas?«, fragte sie.

Der Erdgnom sah sich erstaunt um und zuckte mit den Schultern. »Ich habe ihn nicht weggehen sehen. Sicher kommt er gleich wieder.«

Die Spielleute griffen gerade wieder zu ihren Instrumenten, als plötzlich alle Fackeln in den Wandhaltern erloschen. Ein kalter Windhauch wirbelte durch die Gaststube. Eine Frau schrie auf. Tahâma konnte ihn spüren, noch ehe er die Tür aufstieß und die Schwelle überschritt. Sie hörte ein Flüstern in ihrem Kopf und fühlte es eisig durch ihre Adern rinnen. Mit zitternden Händen griff sie nach ihrem Stab. Sie wollte ihn nicht ansehen, aber sie konnte nicht anders. Der Schattenlord, mehr als sechs Fuß groß und hager, schien den ganzen Raum auszufüllen. Sein eingefallenes Gesicht war von tödlicher Blässe, die tief liegenden Augen schimmerten wie Rubine. Seine Konturen flossen wie Nebel, der silbrig über den Boden kroch. Alle Anwesenden standen da wie erstarrt. Keiner konnte oder wollte sich rühren. Tahâma war es, als könne sie die Angst der Nazagur riechen.

Etwas wie ein Lächeln auf den schmalen grauen Lippen, trat der Lord lautlos einige Schritte vor. Er hob den Arm. Eine weiße Hand mit langen knochigen Fingern und krallenartigen Nägeln schob sich unter dem schwarzen Umhang hervor. Ein roter Kristall blitzte an seinem Ringfinger. Sein Zeigefinger deutete auf die Braut, die ihn mit weit aufgerissenen Augen anstarrte. »Komm her«, sagte er leise. Die Stimme schien nicht aus seinem Mund zu kommen. Die Worte waren einfach da und schwebten wie ein Eishauch durch den Raum.

Das Mädchen sah ihn aus braunen Augen an und ging langsam, wie steifbeinig auf ihn zu. Es war, als bewege allein seine Macht sie vorwärts. Dann stand sie in ihrem Brautgewand vor ihm, den Blick wie gebannt zu ihm erhoben. Der Kranz fiel hinab. Noch ehe er den Boden berührte, war das frische Frühlingsgrün verdorrt. Braune Blattstücke wehten davon. Die tote Hand strich an dem Mädchenkörper entlang, ohne ihn zu berühren. Die Braut gab keinen Laut von sich, doch die Todesangst stand in ihrem Blick und sprach aus ihrem ganzen Körper. Gierig schien er ihre Panik in sich aufzusaugen. Eine seiner Krallen streifte ihren Hals.

Wir wissen noch immer nicht, wie er seine Opfer tötet, kam es Tahâma in den Sinn. Aber was geschah mit dem Schatten-

155

lord? Wurden seine Konturen nicht mit jedem Augenblick schärfer? Wuchs er nicht weiter zur Decke empor?

»Starke Gefühle«, hauchte Wurgluck neben ihr. »Angst und Panik sind sein Lebenselixier!«

Ein Laut wehte durch den Raum, ein Lachen, grausam und kalt. Der Bräutigam hob seine Hände, reckte die Arme vor, doch er schien außerstande, auch nur einen Schritt zu tun. Ein Schluchzer entrang sich seiner Kehle. Vom Grauen geschüttelt, sank er in sich zusammen und bedeckte seine Augen mit zitternden Händen. Tahâma fühlte, dass das Mädchen schwächer wurde. Ihr Lebensmut zerrann.

»Will denn niemand etwas tun?« Wurgluck ächzte.

Da regte sich etwas in Tahâma. Eine ungekannte Kraft fegte mit einem Feuerstrahl die lähmende Kälte in ihrem Innern hinweg. Sie riss den Stab heraus und sprang nach vorn. Die Töne fügten sich von allein zu einer Melodie, der Kristall leuchtete auf. Sein gleißendes Licht erfasste den Lord und dessen Opfer. Geblendet kniff er für einen Moment die Augen zusammen und wich zwei Schritte zurück. Seine Krallenhände fuhren abwehrend in die Höhe. Wie eine Puppe fiel die Braut zu Boden, aber der Lord von Tarî-Grôth beachtete sie nicht. Seine roten Augen erfassten Tahâma, die mit ausgestrecktem Arm vor ihm stand.

Die Zeit verharrte still. Es gab nur noch diese Augen und die Kälte, die nach Tahâma griff und sie zu ersticken drohte. Wie konnte sie es wagen, einen solchen Gegner herauszufordern? Das Licht des Kristalls wurde schwächer, bis nur noch ein schwaches Glühen blieb.

»Mit diesem Spielzeug willst du gegen mich antreten?«, fragte der Lord. »Dummes Ding. Hat dir niemand gesagt, wer ich bin?«

»Ihr seid Lord Krol von Tarî-Grôth«, antwortete Tahâma

156

und fürchtete, dass ihre zitternden Beine gleich unter ihr nachgeben würden.

»Lass dich nicht einschüchtern«, hörte sie Wurgluck dicht hinter sich.

Sie dachte an ihren Vater und umklammerte den blauen Stein. »Geht! Geht zurück zu Euren Schatten!«, rief sie mit einer Stimme, deren Festigkeit sie selbst erstaunte. Hatte der Vater Recht? Konnte Krísodul ihr tatsächlich Mut und Kraft verleihen?

Langsam glitt der Lord heran. Die knöchernen Finger näherten sich ihrem Gesicht und zogen eine Bahn des Todes über ihre Wange. Sie wusste nicht, ob es ein Feuer war, das sie verzehrte, oder ob sie in Kälte erstarrte. Die panische Angst wollte sie verschlingen. Er saugte an ihrem Leben.

»Du gefällst mir, mein Kind. Du bist nicht wie diese trüben Bauern, die kaum den Hunger einer Nacht befriedigen. Sie nähren mich, doch sie sind es nicht wert, dass man sich auch nur eine Stunde lang an sie erinnert. So folgt eine Nacht der anderen, eintönig, eine Ewigkeit lang.« Er hielt inne und schien seinen Worten nachzusinnen. Dann richtete er seinen Blick wieder auf Tahâma. »Komm mit nach Tarî-Grôth«, sagte er. »Dir könnte es gelingen, meine Langeweile für Augenblicke zu durchbrechen. Ich will mich an dir stärken und dich in die Schar meiner Schatten aufnehmen.«

Tahâmas Blick wurde trüb, der Stab sank herab und fiel klappernd zu Boden. Langsam, ganz langsam hob sie die Hand, um sie in die Klaue zu legen, die er ihr entgegenstreckte.

»Nein!«, kreischte Wurgluck, aber der Schattenlord achtete nicht mehr auf ihn, als wenn er eine Ratte gewesen wäre, die seinen Weg kreuzte.

Da flog abermals die Tür auf. Grelle Töne und ein blauer

Schein durchfluteten den Raum. »Ihr habt hier nichts zu suchen!«, donnerte eine Stimme. Die klauenbewehrte Hand sank herab, der Schattenlord wankte an die Wand zurück. »Was wollt Ihr hier?«, fuhr die dröhnende Stimme fort. »Hier gibt es nichts für Eure Gier und auch nichts für Eure grausamen Schatten. Geht! Sonst wird Krísodul Euch vernichten!«

Die Lippen des Lords öffneten sich. Er lachte, dass sein Umhang wallte. Sein Lachen war furchtbarer noch als seine Drohungen. »Ihr mich vernichten, alter Mann? Von welchen phantastischen Träumen werdet Ihr sonst noch heimgesucht? Glaubt Ihr wirklich, Euer blauer Hokuspokus könnte mich aufhalten?«

»Ja, das glaube ich«, sagte der alte Mann schlicht. »Die Schattenwesen fliehen vor dem blauen Feuer, denn es ist aus hellem Tag gemacht, der die Nacht vertreibt. Geht!« Er streckte den Stab mit dem blauen Kristall vor.

Noch einmal lachte Krol von Tarî-Grôth, dann begannen seine Konturen zu fließen, bis nur noch ein silberner Wirbel übrig blieb. Mit einem letzten eisigen Hauch floss der Nebel durch das geöffnete Fenster hinaus in die Nacht.

KAPITEL 8
Der Weise von Krizha

Der Weise von Krizha hob seinen Stab und beschrieb einen kleinen Kreis damit. Das blaue Leuchten des Kristalls verblasste. Langsam kehrte Leben in die Gesellschaft zurück. Zwei Männer zündeten die erloschenen Fackeln wieder an. Einige Gäste begannen sich flüsternd zu unterhalten, andere sanken auf ihre Stühle, die Gesichter noch immer bleich vor Schreck.

Der ganz in Weiß gekleidete alte Mann beugte sich zu der Braut hinunter, die reglos am Boden lag. Er nahm ihre Hand und summte eine Melodie, bis sie die Augen aufschlug und sich ängstlich umsah. Der Weise half ihr beim Aufstehen. Zitternd stand sie da, den Blick gesenkt.

»Kriknov«, sagte er streng, »bring deine Braut nach Hause. Sie hat keinen dauerhaften Schaden davongetragen und wird sich bald erholen.«

Nur mühsam befreite sich der Bräutigam aus seiner Erstarrung. Er zog einen Umhang von seinem Stuhl und trat zu seiner Braut, die ihn aus weit aufgerissenen Augen stumm anstarrte. »Tajina«, flüsterte er, hüllte den weiten Mantel um ihre Schultern und legte den Arm um ihre Taille. »Komm, Liebes.«

Noch immer waren ihre Gesichtszüge maskenhaft starr, aber sie legte den Kopf an die Schulter ihres Gatten und ließ sich hinausführen. Die Hochzeitsgäste sahen ihnen mit starren Mienen hinterher.

»Und ihr anderen geht nun auch in eure Häuser zurück«, befahl der Weise von Krizha. »Heute Nacht wird nichts mehr passieren. Ich werde über euch wachen.«

Einer nach dem anderen erhob sich, warf seinen Umhang über und verließ mit traumwandlerischem Schritt das Gästehaus. Ehrerbietig senkten sie die Häupter, wenn sie an dem alten Mann vorbeikamen, der hoch aufgerichtet neben der Tür stand, in der Hand den langen Stab mit dem nun unscheinbaren Kristall an der Spitze.

»Tahâma!« Sie wusste nicht, zum wievielten Mal Wurgluck ihren Namen flüsterte. Er zerrte an ihrer Tunika, die jede Farbe verloren zu haben schien.

»Wo ist Céredas?«, murmelte sie undeutlich. Ihre Lippen schienen wie eingefroren.

»Ich weiß es nicht. Er ist nicht zurückgekommen.« Besorgt runzelte der Erdgnom die Stirn.

Lonathâ trat heran und legte Tahâma den Arm um die Schulter. »Ist mit dir alles in Ordnung? Du solltest dich ausruhen. Dein Haar und dein Kleid sind ganz grau geworden!«

Tahâma sah an sich herab. Grau? Das war übertrieben, aber der Glanz in ihren blauen Flechten war verblasst. Ihr Haar wirkte müde und stumpf. Energisch schüttelte sie dennoch den Kopf. »Ich muss Céredas suchen.«

Andrejow verbeugte sich. »Ich stehe Euch gern zur Verfügung und sehe nach dem Verlorengegangenen. Lonathâ hat Recht, Ihr solltet zu Bett gehen. Eine derartige Begegnung ist« – er schien nach dem treffenden Wort zu suchen, seine Augen glitzerten –, »sagen wir, ermüdend.«

»Ermüdend?«, wiederholte Wurgluck und musterte den jungen Mann ungläubig. »Beschreibt Ihr so das Gefühl, das

160

dieser wandelnde Alptraum in Euch hervorruft? Gehört Ihr nicht zu denen, die Angst und Entsetzen spüren können?«

Andrejow zog Lonathâ zu sich und legte seine Arme um sie. »Doch, Herr Erdgnom, ich fühle Furcht und Sorge um mein liebes Weib«, sagte er ernst.

Der letzte Gast stieg die Treppe hinunter, die Haustür fiel hinter ihm ins Schloss. Leise und mit trüber Miene, wie nach einer Beerdigung, begann die Wirtin die Tische abzuräumen. Nun erst wandte sich der alte Mann um und sah Tahâma an. Sie spürte den Blick und schaute zu ihm hinüber. Da war es wieder, das Gefühl, das sie schon beim Anblick der riesigen Statue empfunden hatte. Ungläubig sah sie in das fremde und doch so vertraute Gesicht. Die letzten Augenblicke im Leben ihres Vaters huschten an ihr vorüber, noch einmal sah sie sein geliebtes Antlitz vor sich, das im Tod erstarrt war, und dann die aufzüngelnden Flammen, die seinen Körper verzehren sollten. Mühsam löste sie den Blick von dem alterslosen Gesicht und sah zu dem Kristall in seiner Hand, der nun wieder leicht flackerte.

. »Ihr sagtet, es sei Krísodul? Aber das kann nicht sein!« Sie hob den Stab mit dem Stein ihres Vaters vom Boden auf. »Das ist Krísodul!«

Langsam kam der Weise näher. Sein Blick wanderte zu Lonathâ und Andrejow. »Geht jetzt in eure Kammer und legt euch nieder.«

Die beiden senkten die Köpfe. Lonathâ strich noch einmal über Tahâmas Hand. Dann gingen die beiden hinaus. Als die Tür sich geschlossen hatte, wandte der Weise sich wieder dem Mädchen zu, das mit dem Kristall in der Hand vor ihm stand.

»Du hast Recht, und ich habe Recht, denn beide Steine sind Krísodul, der blaue Kristall, der gespalten war und dann zu wachsen begann, sodass es ihn nun zweimal gibt.«

»Wer seid Ihr?«, murmelte Tahâma.

»Warum fragst du? Dein Herz hat es dir doch schon längst gesagt. Sind dir die Melodien, die du hier in Krizha gehört hast, nicht bekannt? Warst du nie in der großen Bibliothek, um ihnen zu lauschen? Hast du nicht den zweiten Teil des Steins von dem, der ihn aus meiner Hand empfing?«

»Rothâo«, antwortete sie tonlos.

»Ja, Rothâo da Senetas, mein Sohn. Warum starrst du mich so an? Ich kam vor mehr als einem Jahrhundert in dieses Land, das unter der Macht des Schattenlords leidet, und bin als der Weise von Krizha in Nazagur geblieben. Aber sage mir, wo ist mein Sohn? Es ist viele Jahre her, dass ich ihn das letzte Mal gesehen habe. Die Blauschöpfe, die vor drei Monden durch die Stadt gezogen sind, erzählten, er sei nun der Vater der Melodien.« Er stieß ein kurzes Lachen aus, das Tahâma nicht zu deuten vermochte. »Sie hätten ihn mit einem wichtigen Auftrag zur Kindlichen Kaiserin geschickt.«

»Er ist tot!« stieß Tahâma hervor. Noch einmal an diesem Abend musste sie von den Mordolocs und den letzten Stunden im Leben ihres Vaters berichten.

»Ein Mordoloc hat den Vater der Melodie besiegt?« Centhân schüttelte den Kopf. »Rothâo hat nicht auf seine Macht vertraut. Zweifel, ja, das war seit den frühen Zeiten sein Fehler. Zweifel, Unentschlossenheit und Verzagen.« Er hielt einen Moment inne. »Vielleicht habe ich mich geirrt, und er hat meine Begabung nicht geerbt.« Sein Blick kehrte aus der Vergangenheit zurück und richtete sich wieder auf Tahâma.

»Du bist also seine Tochter«, stellte er fest und sah sie aufmerksam an. »Sehr ähnlich siehst du ihm nicht«, murmelte er dann, und es klang fast wie ein Vorwurf.

»Tahâma ist mein Name«, sagte sie, aber er schien ihr nicht zuzuhören. Unverwandt blickte er sie an. »Was ist deine

Begabung?«, fragte er streng. »Die Harmonie, die Melodie oder der Rhythmus?«

»Die Melodie«, antwortete Tahâma. »Wie sollte es anders sein? War es in unserer Familie nicht immer so?«

Centhân begann zu singen und brach dann mitten in einer Tonfolge ab. »Sing weiter!«, forderte er Tahâma auf.

Sie wollte ihm nicht gehorchen, stellte das Mädchen erstaunt fest, aber sie konnte ihm keinen Widerstand leisten. Sie begann zu singen. Es war das Lied ihrer Familie, ihres Vaters, das nun schön und doch voller Trauer den Raum erfüllte. Die letzten Töne waren noch nicht verklungen, da stiegen Centhâns Harmonien auf, gefolgt von einer Melodie in rasch wechselndem Rhythmus. Tahâma wehrte sich gegen die fremde Kraft, die sie zu beherrschen suchte. Sie presste die Lippen zusammen und sah den Großvater trotzig an. Die Musik verklang. Einige Augenblicke starrten sie sich schweigend an.

»Komm mit mir in mein Haus und erzähle mir von meinem Sohn«, brach Centhân die Stille.

»Gern, Großvater, aber zuerst muss ich meinen Freund wiederfinden, der verschwunden ist.«

»Noch ein Erdgnom?«, fragte er und deutete auf Wurgluck, der mit verschränkten Armen neben Tahâma stand.

»Nein, ein Jäger aus dem schwarzen Felsengebirge.«

Wieder schien sich sein Blick tief in sie hineinzubohren. »Es ist spät. Niemand sollte sich zu dieser Stunde noch auf den Gassen herumtreiben. Wenn du jetzt nicht mitkommen willst, dann bleibe hier im Gästehaus. Ich lasse dich morgen von einem Stadtwächter holen.« Centhân da Senetas drehte sich um und stieg langsam die Treppe hinunter.

Von unten waren Stimmen zu hören, offenbar von den Stadtwächtern, die ihn nun zu seinem Palast zurückbegleiteten. Wurgluck und Tahâma sahen sich an.

»Wir können nicht einfach schlafen gehen, solange wir nicht wissen, was aus Céredas geworden ist.«

»Du hast Recht«, antwortete der Erdgnom, »und außerdem würde mich interessieren, wie der finstere Lord überhaupt in die Stadt gekommen ist. Schließlich preist im ganzen Land jeder den Weisen und das blaue Feuer, das der Lord und seine Schatten angeblich nicht überwinden können.«

Tahâma hob ihren Stab. »Gehen wir!«

So leise wie möglich, um von der Wirtin nicht bemerkt zu werden, schlichen sie die Treppe hinunter. Langsam zogen sie die Tür auf, schlüpften hindurch und ließen sie lautlos wieder ins Schloss gleiten. Der Platz und die Gassen lagen dunkel und verlassen vor ihnen. Die beiden Monde spendeten etwas Licht, konnten aber die Schatten der eng beieinander stehenden Häuser nicht verdrängen. Die Felswand zu ihrer Linken schimmerte noch immer im Licht der blauen Flammen, die auch über dem Ring der Stadtmauer in einem lückenlosen Band leuchteten. Wo sollten sie Céredas suchen? Furcht kroch in Tahâmas Herz. War er dem Schattenlord begegnet, ehe der den Weg ins Gästehaus gefunden hatte? War der Jäger dem grausamen Herrscher zum Opfer gefallen? Hätte dann aber ihr Großvater nicht davon wissen müssen, versuchte Tahâma ihre Angst zu beschwichtigen.

»Vielleicht hat die Leiche noch niemand entdeckt«, murmelte Wurgluck.

»O bitte, sag so etwas nicht«, wehrte Tahâma ab. »Noch gibt es Hoffnung, oder etwa nicht?«

»Es gibt immer Hoffnung.«

Der Gnom trippelte voran. Als Erstes lugte er in den Turm, unter dem die verborgene Tür in den Stadtgraben hinausführte, aber die war nun verschlossen. Dann folgten die beiden Freunde dem Ring der Mauer bis zum großen Stadttor.

164

Sie sahen die Umrisse der Wächter auf den Zinnen, hier unten jedoch war kein Lebewesen unterwegs. Nicht einmal eine Katze kreuzte ihren Weg. Am Tor brannten auf beiden Seiten Feuer in eisernen Körben, daneben standen weitere Wächter. Tahâma und Wurgluck umrundeten den Platz im Schutz der Häuser, dann kehrten sie auf der anderen Seite des Tores zur Mauer zurück. Sie gingen an ihrem Fuß entlang, bis sie an die Felswand stießen und sich vor ihnen der Platz mit dem Palast und den beiden Brunnen öffnete. Sanfte Harfentöne erfüllten die Luft.

»Was machen wir nun?«, fragte der Erdgnom leise. »Meinst du, es hat Sinn, weiter kreuz und quer durch die Gassen zu laufen?«

Tahâma seufzte. »So schwer es mir fällt, das zu sagen: Nein, ich glaube nicht, dass uns das weiterbringt. Uns bleibt nichts anderes übrig, als die Wächter am Tor zu fragen, auch wenn wir Gefahr laufen, von ihnen zum Gästehaus zurückgeschleppt zu werden.«

Die beiden Wächter, die sich an einem der Feuerkörbe einen Krug mit Kräutermet wärmten, waren mehr erstaunt als ärgerlich, als die beiden ungleichen Gestalten auf sie zukamen und sie um Rat fragten, dennoch merkten Tahâma und Wurgluck schnell, dass sie sich streng an ihre Vorschriften halten würden. Ihren drängenden Bitten und Fragen schenkten sie kaum Aufmerksamkeit. Stattdessen riefen sie zwei weitere Wächter vom Wehrgang herab, die das Tor bewachen sollten, während sie die beiden nächtlichen Ausreißer zu ihrem Quartier zurückbringen wollten.

»Egal, was eure Gründe sein mögen«, schnitt ihr einer der Wächter das Wort ab, »ihr verstoßt gegen die Gesetze des Weisen, und unsere Aufgabe ist es sicherzustellen, dass seine Anweisungen befolgt werden.« Er war ein großer, kräftiger

Kerl mit grimmigen Gesichtszügen, die keinen Zweifel erlaub-
ten, dass Bitten und Flehen bei ihm vergeblich wären. Seine
Hand legte sich schwer auf Tahâmas Schulter und schob sie
über den Platz, auf die Gasse zu, die sie am Nachmittag in
Begleitung des Knaben schon einmal durchschritten hatten.

Der zweite Wächter, der eine Fackel trug, folgte dicht hinter Wurgluck. »Der Weise ist unser aller Vater, der uns beschützt«, fügte er hinzu. »Er schenkt uns sein Feuer und vertraut darauf, dass während der Zeit unserer Wache nichts geschieht, was seinen Bürgern schaden könnte.« Seine Augen
verengten sich. »Und ich schwöre, während meiner Dienstzeit
wird sich solch eine Ungeheuerlichkeit nicht wiederholen!
Gleich als der Klang der Harfen verstummte, hätte ich ahnen
müssen, dass heute etwas Schreckliches passieren würde!«

»Was ist denn geschehen?«, fragte Wurgluck und tauschte
mit Tahâma einen Blick.

»Zwei der Spiegel wurden verdreht und damit der Feuer-
ring unterbrochen. So konnte *er* in die Stadt eindringen«,
antwortete der jüngere Wächter und zuckte zusammen, als ob
ihn noch bei der Erinnerung ein Schauder überliefe. »Ich will
mir lieber nicht vorstellen, was noch alles hätte passieren
können, wenn der Weise nicht eingeschritten wäre.«

»Aber der Weise hat den Saboteur gefasst und in den Kerker
bringen lassen, während er selbst dem Schattenlord folgte und
ihn vertrieb – rechtzeitig, bevor der Schattenlord eines seiner
Opfer ins Verderben stürzen konnte«, ergänzte der andere.

Von einer bösen Ahnung gepackt, erkundigte sich Tahâma
zaghaft nach dem Übeltäter, den der Weise ergriffen hatte.

»Ein Fremder«, antwortete der junge Wächter hinter Wurgluck bereitwillig. »Er ist heute erst in die Stadt gekommen.
Ein junger Mann mit schwarzem Haar. Er reiste ...« Den Mund
noch geöffnet, verstummte er und blieb stehen.

»Was ist, Svenjow?«, fragte der andere, der seine Hand noch immer auf Tahâmas Schulter hatte.

»Ich – ich habe gehört, dass der Attentäter mit einer blauhaarigen Frau und einem komischen kleinen Kauz heute in die Stadt gekommen sei«, stotterte der junge Mann und starrte Tahâma und den Gnom abwechselnd an.

Céredas ein Saboteur, der dem Schattenlord in die Hände spielt?, dachte Tahâma voller Entsetzen. Das konnte nicht sein! Für einige Augenblicke standen alle vier wie erstarrt in der nächtlichen Gasse. Nur die Fackel zischte ab und zu leise.

»Ivran, was machen wir jetzt?«, fragte der junge Wächter, ohne seinen Blick von Tahâma und dem Gnom zu wenden.

»Wir bringen sie in den Palast. Dort mögen sie im Verlies warten, bis der Weise über ihr Schicksal entscheidet.«

»O nein!«, begehrte Tahâma auf und schüttelte die Lähmung ab, die sie ergriffen hatte. »Ihr solltet uns in kein Verlies bringen, wenn ihr nicht in ernsthafte Schwierigkeiten geraten wollt.«

Die beiden Wächter tauschten einen überraschten Blick.

»Centhân da Senetas wäre sicher nicht erfreut, wenn seine Enkeltochter in einen Kerker gesperrt würde!« Sie reckte sich und warf Ivran einen hochmütigen Blick zu, doch der schüttelte nur ungläubig den Kopf. »Du glaubst mir nicht? Nun, dann bringt uns zu eurem Weisen! Er wird euch sagen, wen ihr seiner Freiheit beraubt habt!«

Der Griff auf ihrer Schulter lockerte sich. »Ihr wisst genau, dass ich den Weisen um diese Uhrzeit nicht stören kann«, sagte er, aber seine Miene verriet, dass er unsicher geworden war.

Tahâma zuckte mit den Schultern. »Großvater braucht seinen Schlaf, sicher. Aber dieses Missverständnis muss auf der Stelle aufgeklärt werden, und das ist Rechtfertigung genug,

ihn zu wecken. Schließlich sitzt unser Freund unschuldig im
Kerker!« Ihre Stimme klang fest, in ihrem Herzen jedoch
nagte der Zweifel. Konnte es sein, dass Céredas die Spiegel
neugierig untersucht und aus Versehen verdreht hatte? Oder
war er vielleicht nur aus Zufall zur falschen Zeit am falschen
Ort gewesen?

Die Wächter zögerten noch immer, endlich aber deutete
Ivran eine Verbeugung an. »Ich bitte Euch, uns zum Palast zu
folgen. Man wird dort sicher ein angemessenes Gemach für
Euch und Euren kleinen Begleiter finden.« Er warf Wurgluck
einen misstrauischen Blick zu. »Und morgen werde ich dem
Weisen Bericht erstatten.«

Tahâma nickte hoheitsvoll und ging neben dem Wächter
her, der es nun vermied, sie auch nur aus Versehen zu berühren. Sie war fest entschlossen, noch in dieser Nacht die Wahrheit herauszufinden. Vielleicht würde sich eine Gelegenheit
bieten, mit Céredas zu sprechen, wenn sie sich schon bis zum
Morgen gedulden musste, ehe der Großvater von diesem
Missverständnis erfuhr.

Falls es tatsächlich ein Missverständnis ist, erklang eine
gehässige Stimme in ihrem Kopf, die sich nicht zum Schweigen bringen lassen wollte.

Durch ein Gewirr von Gassen brachten die Wächter sie
zum großen Platz unter der Felswand und führten sie die Stufen hinauf zu den blauen Toren. Ivran klopfte zaghaft, und
sofort öffnete sich ein schmales Fenster neben der Tür. Er trat
zu der Öffnung und wechselte mit der im Schatten verborgenen Gestalt ein paar leise Worte, die Tahâma nicht verstehen
konnte. Dann kam er zu ihnen zurück. Kurz darauf erklangen
drinnen Schritte, ein Riegel wurde zurückgeschoben, und ein
Torflügel schwang auf. Die beiden Torwächter verbeugten
sich knapp und forderten Tahâma und Wurgluck auf einzu-

168

treten, ehe sie sich auf den Rückweg zu ihrem Posten auf-
machten.

Das Mädchen und der Erdgnom wurden von vier hochgewachsenen Männern mit ernsten, schmalen Gesichtern in
Empfang genommen. Ihre Haut hob sich blass gegen die blau
glänzende Uniform mit dem silbernen Kragen ab. An ihrer
Seite steckten breite, gebogene Klingen in verzierten Schei-
den. Zwei Palastwächter blieben an der Tür stehen, die beiden
anderen nahmen Tahâma und Wurgluck in ihre Mitte und
führten sie durch die Halle. Staunend sah sich Tahâma um.
Am Rand überspannte eine kunstvoll bemalte Holzdecke, die
die umlaufende Galerie im ersten Stock trug, den Raum, doch
in der Mitte, wo eine breite Treppe nach oben führte, konnte
man bis hinauf zum Dach sehen, das sich mehr als zwanzig Schritte über ihnen wölbte. Draußen hatten die flach
geneigten Platten blau geschimmert, hier drinnen jedoch sah
Tahâma entzückt, dass sie gläsern waren und man bis in den
sternbesetzten Nachthimmel hinaufsehen konnte. Die Geländer an beiden Seiten der schwarz glänzenden Stufen waren
aus feinen Silberarbeiten. Sie konnte sich nicht vorstellen,
dass es unter diesem Volk von Bauern und einfachen Hand-
werkern Silberschmiede gab, die solche Kostbarkeiten anfer-
tigen konnten.

Gern wäre sie am Fuß der Treppe noch eine Weile stehen
geblieben und hätte in den Sternenhimmel hinaufgesehen,
doch der Wächter an ihrer Seite forderte sie höflich, aber
bestimmt auf, ihm zu folgen. Sie wurden in ein Zimmer im
unteren Stock geführt, das direkt an die Felswand gebaut sein
musste und daher kein Fenster besaß. Dieser üppig eingerich-
tete Raum, dachte Tahâma, diente sicher nicht dazu, Gefangene zu beherbergen. Es gab zwei weiche Diwane, mit goldenen, geschwungenen Füßen und roten Samtkissen, einen

zierlichen Tisch und vier Scherenstühle, eine Kommode und darüber einen ovalen Spiegel an der Wand. Der Boden war mit grünlichem Stein belegt, an zwei Wänden hingen Teppiche. Die Wand rechts der Tür zierte ein offener Kamin, der jetzt jedoch kalt war.

Ein Palastdiener in einem blau-silbrig geviertelten Rock und engen Beinkleidern brachte ein Tablett herein und stellte es auf dem Tisch ab. Verwundert betrachtete das Mädchen den dreiarmigen, silbernen Leuchter mit den schlanken Kerzen, eine Kristallkaraffe mit Wein, zwei edle Gläser und einen Teller mit Kuchen, Pasteten und Früchten. Der Mann verbeugte sich und verließ dann rückwärts gehend den Raum.

»Verzeiht, aber wir müssen Euch einschließen«, sagte einer der Wächter. »Ich selbst werde vor Eurem Gemach Wache halten, bis der Weise bereit ist, Euch zu empfangen.« Er nickte ihnen zu, schloss leise die Tür und drehte den Schlüssel herum.

»So, da sitzen wir nun«, brummte Wurgluck, nahm sich eine lange Traube blutroter Beeren und setzte sich mit verschränkten Beinen auf das Fell eines grauen Wolfes vor dem Kamin. Seine Augen huschten immer wieder zu Tahâma hinüber, die mit verschlossener Miene unruhig auf und ab schritt. Er hörte sie vor sich hin murmeln. Nur ab und zu konnte er ein paar Wortfetzen verstehen.

»Das kann nicht sein«, flüsterte sie, und dann: »Was wird er mit ihm machen?«

»Setz dich und iss von diesen köstlichen Früchten«, sagte der Erdgnom.

Tahâma hielt in ihrer Wanderung inne und funkelte Wurgluck an. »Wie kannst du genüsslich schmausen, während Céredas unter falscher Beschuldigung im Kerker sitzt, ein schreckliches Urteil vor Augen!«

»Erstens können wir jetzt nichts für ihn tun, zweitens hat er nichts davon, wenn wir auf diese Köstlichkeiten verzichten, und drittens« – er machte eine Pause und seufzte –, »drittens wissen wir nicht, ob er wirklich unschuldig ist.«

Tahâma stieß ein Fauchen aus, das an eine Wildkatze erinnerte.

»Und wenn du mich noch so wütend anfunkelst, das ändert gar nichts!«, sagte der Erdgnom ruhig. »Ich glaube ja auch nicht, dass er dem Schattenlord absichtlich geholfen hat, aber bevor wir nicht mit ihm gesprochen haben, können wir nur abwarten, essen, trinken und uns ausruhen.«

Tahâma öffnete den Mund, aber der Erdgnom hob eine Hand, um sie zum Schweigen zu bringen.

»Oder«, sagte er mit veränderter Stimme und kroch näher an den Kamin heran, »oder aber wir schleichen in das Verlies hinunter und fragen Céredas, was wirklich passiert ist.«

»Und wie willst du hier rauskommen? Den Kamin hinaufklettern?« Das Mädchen schüttelte den Kopf.

Wurgluck saß nun auf der kalten Feuerstelle, ohne sich darum zu kümmern, dass er seinen Kittel mit Ruß beschmierte. »Nein, aber vielleicht so!« Er bewegte einen Hebel, und ein Stück der Wand klappte zurück. »Mir ist aufgefallen, dass dies ein Kamin ist, den man von außen säubern kann«, erklärte er und deutete auf die Öffnung, die in der Höhe wie in der Breite etwa einen Fuß maß.

»Da komme ich nicht durch«, wehrte Tahâma ab.

Wurgluck warf ihr einen abschätzenden Blick zu und schüttelte den Kopf. »Du nicht, aber ich!« Mit diesen Worten verschwand er durch die Öffnung, ohne sich um Tahâmas Protest zu kümmern.

Der Erdgnom gelangte in einen schmalen, dunklen Gang, der auf eine Felswand zuführte und sich dann nach rechts und links verzweigte. Er wandte sich nach rechts und kam an zwei weiteren Luken vorbei, ähnlich der, durch die er gekrochen war. In einer Nische konnte er zwei geschwärzte Eimer und einen Stapel Holz erahnen. Wurgluck folgte dem Gang, bis sein Weg an einer unscheinbaren Tür endete. Der Gnom musste sich mächtig recken, um die Klinke zu erreichen, doch schließlich gelang es ihm, und er lugte durch den Türspalt auf einen düsteren Vorplatz hinaus. Von rechts her schimmerte Licht durch einen Torbogen, und von dorther waren auch Stimmen zu hören. Sicher führte dieser Weg in die große Halle hinüber. Davor jedoch wand sich eine Treppe in die Tiefe.

Der spärliche Lichtschimmer genügte dem Erdgnom, um die für ihn unbequem hohen Stufen zu erkennen. Langsam kletterte er hinunter, bis er die nächste Ebene erreichte. Ein langer Gang führte in die Dunkelheit. Rechts und links waren Bretterverschläge, aus denen es nach Holz und alten Fässern, nach Äpfeln und Kartoffeln roch, nach Zwiebeln und geräucherter Wurst. Wurgluck zögerte einen Moment, dann beschloss er, den Stufen weiter hinab zu folgen.

Immer tiefer wand sich die Treppe. Mit einem unterdrückten Stöhnen hielt Wurgluck inne und massierte sich die schmerzenden Knie. Es war stockfinster um ihn, und selbst seine an Erdhöhlen gewöhnten Augen konnten die Stufen nur noch erahnen. Langsam ging er weiter. Der Geruch von Wurst und Gemüse war längst verflogen. Was nun zu ihm heraufstieg, reizte seinen Magen in ganz anderer Weise. Kein Zweifel, dort unten mussten die Verliese sein.

Nach zwei weiteren Windungen schimmerte ein blasser rötlicher Schein auf den roh behauenen Wänden, der mit jeder Biegung heller wurde. Endlich erreichte der Erdgnom den Grund. Ein kleiner, felsiger Platz tat sich vor ihm auf. Neben der Treppe steckte eine Fackel in einem Wandhalter und beleuchtete drei Gänge, die sich bald in der Schwärze verloren. An der Wand stand eine Kiste mit Lampen, Seilstücken und bündelweise Pechfackeln. Wurgluck wog eine der Lampen in der Hand und sah zu der brennenden Fackel hoch über sich auf. Nein, nicht einmal wenn er auf die Kiste steigen würde, könnte er sie erreichen. Bedauernd legte er die Lampe wieder zurück.

Er näherte sich dem ersten Gang und lauschte in die Schwärze, dann versuchte er es mit dem zweiten. Obwohl er seine Augen anstrengte und schnüffelnd die Nase hob, konnte er nichts wahrnehmen, nur undurchdringliche Finsternis. Beim dritten Gang aber glaubte er ein Geräusch zu hören. Klang das wie Schritte? Ein Räuspern? Ein leises Wehklagen? Er war sich nicht sicher, doch er tastete sich langsam in den Gang hinein. Der Geruch von Angst und Leid wurde stärker. Bald fühlte er Gitterstäbe unter seinen Fingern, die Zellen dahinter schienen jedoch leer.

Wurgluck kam um eine Biegung. Nun flackerte vor ihm wieder ein Lichtschein. Nach einer weiteren Biegung war zur Linken eine Kammer ausgespart, in der im Fackelschein ein Tisch und zwei Stühle standen. Sicher der Platz für die Wächter, aber er war leer. An der linken Seite reihten sich Gitterzellen, jede kaum drei Schritte breit. Wozu sollte ein derart ausgedehntes Verlies dienen? Ein Schauder rann über Wurglucks Rücken. Er konnte den Schrecken nicht fassen, der sich dort in einem Winkel seiner Ahnung wie Nebel zu verdichten schien, und er wollte ihn auch gar nicht näher erfahren.

Der Erdgnom passierte eine leere Zelle nach der anderen, während das Licht hinter ihm langsam schwächer wurde, und dann endlich fand er, was er gesucht hatte. Seine Finger umschlossen die eisernen Gitterstäbe. Seinen Lippen entfuhr ein leiser Seufzer.

Céredas saß auf dem Boden, den Rücken gegen die raue Wand gelehnt, den Kopf in beide Hände gestützt. Sein schwarzes Haar fiel ihm über das Gesicht, so dass seine Züge verborgen blieben. Er regte sich nicht. Schlief er? War er verletzt?

»Céredas!«

Beim Klang seines Namens sprang der Jäger auf, seine Hand fuhr an die Seite, aber da war keine Axt. Sein Gesicht war vor Anspannung verzerrt, in seinen braunen Augen spiegelte sich etwas, das den Erdgnom erschreckte.

»Céredas!«, sagte er noch einmal.

Der seltsame Ausdruck verschwand, sein Gesicht glättete sich. Céredas kam zum Gitter und ließ sich auf die Knie sinken, um auf gleicher Höhe mit dem Erdgnom zu sein. »Wie kommst du an diesen Ort des Schreckens? Wo ist Tahâma?«

Wurgluck holte tief Luft. Wo in all diesem Durcheinander sollte er beginnen? »Hast du den Schattenlord in die Stadt gelassen?«, platzte er heraus. Céredas hob nur die Augenbrauen. »Denn das werfen sie dir vor, falls du es noch nicht weißt«, fügte das Männchen hinzu.

Der Jäger nickte, aber Wurgluck hätte nicht sagen können, ob er Céredas etwas Neues verraten hatte.

»Nun sag schon«, drängte er, »oder glaubst du, ich bin einfach so auf einen Becher Met heruntergekommen?«

»Ich wundere mich sowieso, dass ich einen von euch noch einmal wiedersehe, denn ich befürchte, der Alte will mich hier dem Vergessen überlassen oder unauffällig unter einen dieser Krummsäbel bringen.«

»Du meinst den Weisen der Stadt?«

174

Céredas nickte. »Ja, ihn, der mich gelähmt und gepackt hat und dann von seinen Wachen hier herunterschleifen ließ.«

Wurgluck holte tief Luft. »Centhân da Senetas, den sie den Weisen der Stadt nennen, ist Tahâmas Großvater.«

»Das war es also, was mich an seinem Aussehen irritiert hat! Feine Verwandte hat sie«, schimpfte Céredas. »Der Mann ist verrückt! Seine Behauptungen sind einfach unglaublich, aber wenn er sagt, er hätte mich auf frischer Tat ertappt, wird ihm niemand widersprechen.«

»Doch, Tahâma wird es tun. Sie brennt darauf, ihren Großvater von deiner Ehre und Aufrichtigkeit zu überzeugen. Sie wäre jetzt ebenfalls hier, wenn das Loch in der Rückwand des Kamins nur ein wenig größer ausgefallen wäre.«

Céredas' Wangen hatten sich bei diesen Worten des Erdgnoms rosig verfärbt, nun aber presste er wieder unwillig die Lippen zusammen. »Ich glaube nicht, dass sie bei ihm etwas erreichen kann.«

»Warum sollte der Weise auf einer Anklage bestehen, wenn du nichts Unrechtes getan hast? Was hätte er davon?«

»Vielleicht braucht er einen Sündenbock, der sein Volk beruhigt und von seinen eigenen Machenschaften ablenkt.«

Wurgluck sah ihn skeptisch an. »Warst du draußen im Graben bei den Spiegeln?«

»Allerdings, und ich habe gesehen, was der Weise dort getrieben hat. Aber ich sehe dir an, dass du mir misstraust, deshalb werde ich nicht weiter davon sprechen.« Er schürzte die Lippen. »Entweder ihr glaubt an mich, oder ihr lasst es sein und seht zu, wie ich hier zugrunde gehe.«

Der Gnom hielt es für ratsam, das Thema zu wechseln. »Céredas«, sagte er, »komm bitte mal ein wenig näher, damit ich mir dein Bein ansehen kann.«

»Wozu?«, fauchte der Jäger. Er wollte noch etwas hinzufügen, verstummte dann aber und sah hektisch nach draußen. »Da kommt jemand. Schnell, versteck dich!«

Nun konnte auch Wurgluck Schritte und Stimmen hören, die sich ihnen näherten. Hastig sah er sich um, aber wo hätte er sich in diesem Gang verstecken sollen? Es gab nichts als glatten Stein auf der einen und die Gitterzellen auf der anderen Seite. Die Stimmen wurden lauter. Fußtritte hallten zwischen den Wänden. Der Schein einer Fackel kroch heran. Wurgluck eilte an der Gitterreihe entlang. Da, eine der Zellen war unverschlossen. Er schob die Tür auf, glitt hinein und kroch unter einen Haufen altes Stroh im dunkelsten Eck der Zelle. Nur wenige Augenblicke später waren die Wächter da. Sie blieben kurz vor Céredas' Zelle stehen, gingen dann aber weiter, der Lichtschein verschwand, die Stimmen verklangen.

Wurgluck wollte gerade sein Versteck verlassen, da kehrten die Wächter schon wieder zurück. Nun führten sie eine ausgezehrte Frau in ihrer Mitte. Obwohl sie noch jung schien, war das lange Haar fast grau, ihr Gesicht mit Schmutz bedeckt. Aber sie schritt aufrecht zwischen den Wächtern daher, und in ihren dunklen Augen spiegelte sich das Rot des Feuers.

Als sie Wurglucks Zelle passierten, knarrte die Tür leise im Luftzug. Ohne hineinzusehen, griff der Wächter im Vorbeigehen nach dem Gitter und zog es zu. Das Schloss rastete ein. Erst als sie verschwunden und alle Geräusche verstummt waren, wagte der Erdgnom sich wieder zu rühren. Er wusste es schon, bevor er das Gitter erreichte: Die Tür war verschlossen. Ein gedämpfter Fluch entschlüpfte seinen Lippen, aber alles Rütteln half nichts.

»Wurgluck?«, erklang die Stimme des Jägers.

»Ich bin eingeschlossen«, schimpfte der Erdgnom.

176

Céredas stöhnte. »Ein großartiger Befreiungsversuch!«, schimpfte er.

Aber sein Zetern verstummte, als auf einmal Wurgluck breit grinsend vor seiner Gittertür stand. »Tja, die Stäbe waren wohl nicht dazu gedacht, einen Gnom aufzuhalten. Viel zu breite Abstände!«

Es wurde Zeit, Abschied zu nehmen. Flink huschte der Erdgnom zurück zur Treppe und machte sich auf den beschwerlichen Weg die vielen hohen Stufen hinauf. Außer Atem und mit schmerzenden Beinen kam er oben an. Aber ihm blieb keine Zeit, sich ein wenig auszuruhen, denn schon kroch der graue Morgen durch die Fenster. So schnell er konnte, lief er die Gänge entlang und schlüpfte durch die Rückwand des Kamins in das Gemach, in dem er Tahâma zurückgelassen hatte.

Céredas sah dem Erdgnom nach, bis er verschwunden war. Würde er ihn je wiedersehen? Und Tahâma? Das Mädchen stand ihm so deutlich vor Augen, als wäre sie hier bei ihm, um seinen finsteren Kerker für ihn zu erhellen.

Er ließ sich zurück auf den Boden sinken. Die Beine verschränkt, lehnte er sich mit dem Rücken wieder an die kalte, feuchte Wand. Ein Lied kam ihm in den Sinn, das Tahâma einige Male auf ihrer Flöte gespielt hatte. Er versuchte die Melodie zu summen, doch kein Ton kam aus seinem Mund. Céredas presste die Lippen aufeinander und starrte vor sich hin.

Tahâma war so seltsam, so anders als die Frauen und Mädchen, die er kannte. Nicht nur das blaue Haar und die weiße Haut, die langen, feingliedrigen Hände und die singende

Stimme. Selbst wenn sie nebeneinander standen und dasselbe Bild betrachteten, kam es ihm vor, als könne sie eine andere Welt sehen als er selbst, schärfer und eine Schicht tiefer, während er nur die Oberfläche wahrnahm. Sosehr er sich auch gegen ihr fremdes Wesen gewehrt hatte, der Widerstand war in sich zusammengefallen wie ein ausgeglühtes Lagerfeuer. Jeder Tag, den er an ihrer Seite verbracht hatte, erschien ihm nun als ein wertvolles Geschenk.

Céredas barg das Gesicht in seinen Händen, seine Schultern begannen zu beben. »Wie soll ich das ertragen?«, flüsterte er. »Meine Kraft schwindet, mein Wille erlahmt. Ich fühle, wie die eisige Angst an meinen Beinen emporkriecht. Was wird passieren, wenn sie meinen Geist erreicht? Ach, Wurgluck, du stolzer, kleiner Kerl. Nichts und niemand kann mir noch helfen. Es wird geschehen, ich spüre es! Werdet ihr um mich trauern, oder werde ich bald schon aus eurem Gedächtnis gelöscht sein?«

Hastig wischte er sich die Tränen aus den Augenwinkeln. Ein Jäger aus dem schwarzen Felsengebirge weinte nicht, egal, was für ein Schicksal ihn erwartete. Selbst wenn er wüsste, sagte sich Céredas, dass er am nächsten Morgen von einem Bären zerrissen würde oder in einer Schlucht zu Tode stürzen müsste, er würde nicht verzagen und sein Schicksal annehmen. Aber dieser Schatten, der auf ihn zukam, um ihn zu verschlingen, war mehr, als selbst der Tapferste ertragen konnte.

KAPITEL 9
Die Flucht

Der Vormittag war schon fast vorbei, als der Wächter endlich die Tür öffnete und Tahâma und den Erdgnom mit einer Verbeugung aufforderte, ihm zu folgen. Während sie hinter ihm die Treppe hinaufgingen, konnten sie den Morgenhimmel durch das gläserne Dach sehen. Die silbernen Geländer glitzerten in der Sonne. Zu ihrer Überraschung führte der Wächter sie nicht in ein Zimmer auf der Galerie, sondern stieg die schwarz glänzenden Stufen bis zu ihrem Ende hoch und dann weiter eine schmale Stiege hinauf.

Ein Sonnenstrahl blendete Tahâma, als der Wächter die Tür aufstieß und sie aufforderte weiterzugehen. Die Augen zusammengekniffen, trat sie hinaus und blieb dann staunend stehen. Wurgluck folgte ihr. Sie standen hinter einer steinernen Brüstung und sahen hinab auf die Stadt mit ihren eng aneinander gedrängten Dächern und den verwinkelten Gassen. Der Mauerring schimmerte fast weiß, dahinter fielen die Wiesen zum von Weiden gesäumten Bach hin ab. Das braune Band der Straße schlängelte sich durch das Grün, überquerte die Brücke und verlor sich dann in den Wäldern des gegenüberliegenden Talhangs. Hinter ihnen, ihm Westen, erhob sich die fast glatte Felswand in den Himmel.

»Ein gewaltiger Anblick, nicht wahr?«, sagte eine sanfte

Stimme. Lautlos war der Weise von Krizha zu ihnen getreten. »Ich liebe es, hier an der Brüstung zu stehen und über meine Stadt zu blicken. Von hier oben sehen die Bürger so klein und hilflos aus, und ich habe das Gefühl, ich müsste meine Hände ausstrecken, um sie zu beschützen.«

Tahâma drehte sich um und musterte ihn kühl. Ihre schwarzen Augen fixierten seine blauen. »Vielleicht solltet Ihr öfters hinuntersteigen und durch die Gassen gehen. So klein und zerbrechlich, wie Ihr denkt, sind Eure Bürger gar nicht!« Einige Augenblicke starrten sie sich abschätzend an.

»Guten Morgen, mein liebes Kind«, sagte Centhân, so als hätte der bisherige Teil der Unterhaltung nicht stattgefunden.

»Guten Morgen, Großvater«, erwiderte Tahâma, aber in ihrer Stimme schwang noch immer eine gewisse Schärfe.

Der Weise lehnte sich an die Brüstung und ließ versonnen den Blick schweifen. Seine Brust hob und senkte sich, als er die frische Luft in seine Lunge sog und langsam wieder entweichen ließ. »In Momenten wie diesen weiß ich, warum ich hier geblieben bin, warum ich nicht zu meinem Volk zurückkehren wollte.« Er schloss die Augen und ließ die wärmenden Sonnenstrahlen über seine immer noch glatte Haut streichen.

Tahâma kniff die Augen zusammen. Wohin sollte dieses Gespräch führen? Hatte man ihm nicht von den nächtlichen Ereignissen erzählt? Wusste er nicht, dass sie mit ihm über Céredas sprechen wollte? Sie öffnete den Mund, doch da erhob er aufs Neue seine Stimme:

»Ich habe dich hier heraufführen lassen, weil ich dir ein großartiges Geschenk anbieten möchte.« Nun ruhten seine blauen Augen wieder auf ihr. »Das alles kann einmal dein sein, wenn du nur möchtest. Lasse deinen Blick schweifen und staune. Ich spüre deine Begabung. Du bist von meinem Blut. Auch du bist anders als die anderen und wirst mit dem

Leben, das sie dir zubilligen, nicht zufrieden sein. Deshalb darfst du bei mir bleiben und von mir lernen, bis du in vielen Jahren mein Erbe antreten wirst.«

Ein verlockendes Angebot, gewiss, dachte Tahâma rasch, aber etwas sträubte sich in ihr. Eine böse Stimme in ihrem Innern fragte, mit welchem Recht er ihr einen Platz anbot, wo er doch all die armen Wanderer, die sich nach Sicherheit sehnten, zurückwies. Wer war er, dass er über seine Nachfolge bestimmte, ohne die Bürger auch nur zu fragen? »Ich danke Euch, Großvater, für Euer Angebot, aber was ist mit meinen Freunden?«

Der Alte ließ seinen Blick zu Wurgluck schweifen, der sich schweigend im Hintergrund hielt. Um seine Mundwinkel zuckte es unwillig. »Nun«, sagte er, »dein Freund möchte sicher zu seiner Sippe zurückkehren.« Das Wort »Freund« schien ihm nur schwer über die Lippen zu kommen. »Bis zu seiner Abreise kann er bei dir bleiben, wenn du es wünschst. Er ist klein, vielleicht könnte er dein Page sein und dich bedienen.«

Der Erdgnom schnaubte, aber Tahâma beachtete ihn nicht. Ihre Augen verengten sich zu schmalen Schlitzen. »Wurgluck mag tun oder lassen, was ihm gefällt, aber was ist mit meinem zweiten Gefährten, den Ihr in Euer Verlies gesperrt habt?«

Die Nachricht, dass der Gefangene ihr Reisegefährte war, schien ihn nicht zu überraschen. Er zögerte einen Moment, dann legte er seine schmale Hand auf Tahâmas Arm. Seine Stimme klang gedämpft, so als könne er nur mit Mühe seine Emotionen zurückhalten. »Mein liebes Kind, es tut mir unendlich Leid, dass du den Schmerz des Verrats erfahren musst. Er ist einer der schlimmsten. Ich selbst habe den Jäger ertappt, wie er sich an den Spiegeln zu schaffen machte, während der Lord und seine Schergen am Fuß der Mauer auf ihre Chance warteten. Nur durch mein beherztes Eingreifen konnte verhindert werden, dass mir in dieser Nacht ein Bürger verloren ging. Es ist ein furchtbares Schicksal, auf diese Weise zu sterben!«

Eine ungeheure Wut schwoll in Tahâmas Brust, dennoch blieb sie äußerlich ruhig. »Ich will Eure Worte nicht in Zweifel ziehen, aber nicht immer ist alles so, wie es scheint. Habt Ihr ihn denn gefragt? Habt Ihr seine Sicht der Dinge gehört und bedacht? Das Offensichtliche ist oft genug nur ein Zerrbild der Wahrheit!«

Der Weise lächelte gönnerhaft. »Mein Kind, es gereicht dir zur Ehre, dass du deinen Gefährten einer langen Reise zu verteidigen suchst. Aber bedenke, er stammt aus einem einfachen Volk von dumpfem Verstand und minderer Begabung, wie auch die Bauern und Handwerker hier. Du musst nur in ihre Gesichter sehen! Sie sind gedankenlose Kinder. Der Angeklagte ist ein Jäger aus dem Felsengebirge. Wie können wir seine niederen Instinkte verstehen wollen?«

Der Damm brach, und die Flut stürzte alles niederreißend zu Tal. »Er hat die Spiegel nicht verdreht!«, schrie Tahâma, so dass die Wächter, die in einiger Entfernung standen, herumfuhren und sie anstarrten. Der Weise gab ihnen ein Zeichen, worauf sie sich wieder umwandten. »Und er hat auch den Schattenlord nicht eingelassen! Es gibt keinen vernünftigen Grund, weshalb er so etwas tun sollte!«, rief Tahâma.

Wurgluck wandte sich ab und sah zu Boden. Sein Gesicht war voller Grimm.

»Das Schicksal des Jägers liegt nicht in deinen Händen. Du kannst nichts für ihn tun«, sagte Centhân. »Er hat die Gesetze gebrochen und wird dafür gerichtet werden.«

»Was werdet Ihr mit ihm machen?«, fragte sie mit erstickter Stimme.

»Er ist zur Verbannung verurteilt. Er wird noch heute vor die Stadt gebracht.«

Erleichterung durchströmte Tahâma. »Gut, dann werden wir heute weiterziehen. Lasst ihn aus seinem Verlies befreien und gebt ihm seine Habe zurück. Wir müssen nur noch unsere Bündel aus dem Gästehaus und die Pferde aus dem Stall holen.«

Der Weise hob die Augenbrauen. »Ich bestimme die Stunde, zu der er vor das Tor gebracht wird!«

»Dann sagt uns, wann das sein wird. Wir werden auf ihn warten.«

»Bevor die Glocke Mitternacht schlägt.«

Einen Augenblick herrschte Stille. Tahâmas Herz krampfte sich zusammen. »Ihr wollt ihn sehenden Auges dem Schattenlord ausliefern?«

»So verlangt es das Gesetz.«

»Das Gesetz?«, schrie sie. »Versteckt Euch jetzt nicht hinter dem Gesetz! Ihr bestimmt in dieser Stadt. Ihr legt die Regeln fest, denen sich alle zu fügen haben. Aber ich sehe, Euer Entschluss steht fest. Ich warne Euch! Auch ich bin ein Kind dieser Familie. Auch ich weiß Entschlüsse zu fassen und in die Tat umzusetzen!«

»Tahâma, bleib hier! Du wirst den Palast nicht verlassen!«, rief Centhân, doch das Mädchen war schon davongestürzt.

Wurgluck überlegte nicht lange und rannte hinterher.

»Komm schnell!«, Tahâma schlug die Tür zu, sobald der Gnom sie passiert hatte, und blockierte sie mit einer der Hellebarden, die in einem Ständer auf dem Treppenabsatz lehnten.

»Wachen, haltet sie auf und bringt sie zurück!«

Bis die beiden Männer die Tür geöffnet hatten, waren Tahâma und der Gnom schon im unteren Stockwerk angelangt und liefen durch das offene Tor hinaus. Sie überquerten den Platz und tauchten im Gewirr der überfüllten Gassen unter. Erst jetzt erschienen die ersten Männer in der Tür, um nach den Flüchtenden Ausschau zu halten.

»Schnell, lauf zum Stadttor«, keuchte Tahâma. »Ich hole unser Gepäck. Wir treffen uns bei den Pferden!«

Als sie mit den drei Bündeln am Tor anlangte, hielt Wurgluck schon die Pferde am Zügel. Tahâma hob ihn auf die Stute, schwang sich hinterher, griff nach dem Riemen des Hengstes und jagte davon, ehe ein Wächter auf die Idee kam, sie aufzuhalten.

Sie ritt über die Brücke und wandte sich dann nach links. Wen sollte sie um Hilfe bitten, wenn nicht Aylana? Kurz nach Mittag erklommen die Pferde den Hügel. Die silberne Stute graste unter einem Baum. Freudig schnaubend begrüßte sie die beiden ungleichen Freunde. Aylana war nicht zu Hause, aber noch ehe der Nachmittag verstrichen war, kam sie mit einem Korb voller Pilze und Beeren aus dem Wald.

Schweigend lauschte sie Tahâmas Bericht, während sie mit einem kleinen Messer die gewaschenen Pilze in dünne Streifen schnitt. »Ich werde ihn befreien«, sagte sie schließlich.

Tahâma schüttelte den Kopf. »Nein, das ist meine Aufgabe. Céredas ist mein Freund. Er vertraut mir, und ich werde ihn nicht im Stich lassen.«

»Warum bist du dann gekommen? Willst du dich meinem Rat verschließen?«

Tahâma trat zu Aylana und drückte ihr die Hand. »Verzeih. Natürlich möchte ich deinen Rat annehmen. Ich will nur nicht, dass du dich in Gefahr begibst, während ich hier in Sicherheit warte.«

184

Aylana lächelte. »Wir werden beide unseren Teil beitragen. Wenn du es wünschst, wirst du seine Fesseln lösen. Unser Freund Wurgluck allerdings sollte hier in der Hütte zurückbleiben.«

»Ja, da hast du Recht«, stimmte ihr das Blauschopfmädchen zu.

Wurgluck maulte, aber Tahâma war sich sicher, dass er heilfroh war, von dieser gefährlichen Mission verschont zu werden. Er zeigte den Frauen eine finstere Miene und saß mit verschränkten Armen da, bis ihn der Duft von gebratenen Pilzen aus seiner Ecke lockte. Mit gutem Appetit aß er drei Portionen und lobte Aylanas Kochkunst. Tahâma dagegen brachte kaum einen Bissen hinunter. Um ihren Mund zuckte es vor Anspannung.

Aylana strich ihr über die Hand. »Ich kann deine Furcht spüren. Sei ganz ruhig. Wir werden es schaffen und dem Lord die Beute vor seiner Nase entführen.«

»Aber was ist, wenn Centhân seine Pläne ändert? Was, wenn er Céredas in seinem Verlies töten lässt?«

Aylana runzelte die Stirn, dann aber schüttelte sie den Kopf. »Nein, das glaube ich nicht. Der Lord und alle seine Kreaturen brauchen lebendige Wesen. Mit einem Leichnam können sie nichts anfangen.«

»Aber hier geht es doch nicht darum, was der Lord will oder braucht«, begehrte Tahâma auf. »Hier geht es ganz allein darum, was mein Großvater beschließt!«

Aylana schüttelte noch einmal nachdrücklich den Kopf. »Das will er alle glauben machen, ich dagegen sage dir: In diesem Land geht es immer nur darum, was der Lord braucht und will.«

Tahâma sah sie ungläubig an, aber sie sagte nichts mehr darauf. Ungeduldig wartete sie, bis die Sonne hinter den

185

Bäumen verschwunden war. Wie langsam es heute dunkel wurde. Wollten die Monde denn gar nicht aufgehen?

Endlich führte Aylana Glyowind herbei. Sie reichte dem Blauschopfmädchen einen mit ihr fremden Zeichen versehenen Dolch. »Sie werden deinen Freund gefesselt zum Opferaltar bringen. Dieser Klinge aber können nicht einmal Ketten widerstehen. Der Lord wird ganz in der Nähe sein, deshalb sieh dich nicht um. Eile dich! Ich werde ihn nur für ein paar Augenblicke ablenken können. Bis dahin muss Céredas auf seinem Pferd sitzen.«

»Und dann?«

»Dann werden wir den Wölfen und Werwags zu entkommen suchen. Es wird ein harter Ritt, aber eure beiden Rappen werden es schon überstehen. Wenn wir diesen Hügel unversehrt erreichen, sind wir in Sicherheit.«

Tahâma brannten noch viele Fragen auf der Zunge, doch sie nickte nur stumm. Sie umarmte Wurgluck, dem Aylana eingeschärft hatte, die Tür nicht zu öffnen, egal, was draußen vor sich ginge. Dann ritten die Frauen den Hügel hinunter in die Nacht. Obwohl die Pferde ausgeruht waren und Glyowind immer wieder unruhig tänzelte, ließen sie sie nur im Schritt gehen. Wer konnte schon sagen, welche Kräfte die Tiere in dieser Nacht noch geben mussten?

Die beiden Frauen ritten am Waldrand entlang und bogen erst kurz vor der Brücke auf die Straße ein. Gleich nachdem sie den Bach passiert hatten, verließen sie den Weg wieder und ritten unter den Weiden am Ufer entlang. Die Silberstute schimmerte zu auffällig im Sternenlicht, und sie wollten es vermeiden, von den Torwächtern entdeckt zu werden. Unter den tief hängenden Zweigen verborgen, näherten sie sich den Mauern, soweit es ihre Deckung zuließ. Dann blieben noch einige hundert Schritte offenes Land zwischen ihnen und dem Gerichtsplatz, einem niedrigen Mauerring unter einer einzelnen Linde, direkt vor den nun geschlossenen Stadttoren.

Wie langsam die Nacht verging! Tahâma war übel vor Anspannung, dennoch blieb sie auf dem Rücken ihrer Stute sitzen und wandte keinen Blick von dem mächtigen Stadttor. Aylana dagegen saß mit gekreuzten Beinen im Gras, als hätten sie sich hier zu einem Mondscheinpicknick getroffen. Silberwind zupfte ein paar Blätter und wieherte leise. Aylana saß so reglos da, dass Tahâma dachte, sie wäre eingeschlafen. Sie überlegte, ob sie absteigen und sie wecken sollte, denn zu rufen wagte sie nicht, da fuhr die Frau plötzlich auf. Kaum einen Augenblick später saß sie schon auf Glyowinds Rücken an Tahâmas Seite. Für einen Moment wusste das Mädchen nicht, was Aylana aufgeschreckt hatte, dann aber drang auch an ihr Ohr ein Geräusch, das sie aufhorchen ließ.

»Die Riegel«, flüsterte Aylana.

Knarrend schwang ein Torflügel nach innen, und vier Geharnischte mit der blauen Flamme auf der Brust traten heraus. In ihrer Mitte schritt Céredas, die Hände gefesselt, das Haupt hoch erhoben. Tahâmas Hände krampften sich um die Zügel.

»Noch nicht!«, beschwor Aylana sie und legte ihre kühle Hand auf die fiebrig glühende des Mädchens. »Warte, bis die Wächter Céredas angebunden haben und wieder am Tor sind.«

Die Zeit schien zu gefrieren. Unendlich langsam bewegten sich die Männer. Tahâma glaubte jeden Muskel zu sehen, der in Céredas' Gesicht zuckte, obwohl sie eigentlich viel zu weit weg war, und seine gesenkten Wimpern, unter denen er rasche Blicke nach beiden Seiten warf. Seine Hände ballten sich zu Fäusten, dass die Knöchel weiß hervortraten. Sie

meinte Furcht in seinem Gesicht zu lesen, aber auch Ungeduld und fiebrige Erwartung. Ahnte er, dass seine Retter in
der Nähe warteten?

Die Wächter hatten den Steinkreis erreicht und befestigten
Céredas' Fesseln an dem Eisenring, der in eine schlanke
Steinsäule eingelassen war. Sie legten den Köcher mit den
Pfeilen, seinen Bogen und die Axt außerhalb seiner Reich-
weite auf einen steinernen Tisch. Ängstlich sahen sie sich um
und hasteten zu dem nur noch spaltbreit geöffneten Tor zurück. Eine Glocke irgendwo in der Stadt schlug Mitternacht.

Aylana berührte Tahâmas Arm und deutete nach rechts.
Das Mädchen konnte zuerst nichts entdecken, was Aylanas
Aufmerksamkeit erregt haben könnte, doch dann durchfuhr
es sie kalt. Zwei rote Augen schimmerten dort im Dunkeln,
ein Schatten kroch über das Gras. Tahâma war es, als wäre sie
plötzlich zu Eis erstarrt. *Er* war da! Mit einem dumpfen
Schlag fiel das Stadttor ins Schloss, der Riegel rastete ein.

»Los jetzt!«, befahl Aylana und gab der schwarzen Stute
einen Klaps, dass sie einen Satz nach vorn machte. Sie selbst
schoss auf Glyowinds Rücken direkt auf den Schatten zu, der
nun die Gestalt eines großen Mannes annahm. Das Heulen
von Wölfen und noch grausameren Geschöpfen erfüllte die
Nacht, aber Tahâma beachtete sie nicht. Die Lähmung war
von ihr abgefallen. Ihr Ziel wartete dort vorn in dem steinernen Kreis auf sie, und keine Kreatur des Lords würde sie
davon abhalten, es zu erreichen! Sie trieb ihre Stute an. Der
Hengst folgte ihr, ohne dass sie an seinem Zügel ziehen
musste. In rasendem Galopp flog sie über die Wiese. Nun
hatte auch Céredas bemerkt, was vor sich ging, sein Blick
aber huschte immer wieder an Tahâma vorbei, zu den Weiden
hinüber, unter denen Aylana dem Schattenlord entgegenritt.

Ein überraschter Schrei erscholl von der Stadtmauer. Tahâma erhaschte einen Blick auf eine weiße Gestalt mit einem Stab in der Hand. Würde der Großvater versuchen sie aufzuhalten? Hatte er die Macht dazu? Endlich erreichte sie den Steinkreis, sprang über die Mauer und zügelte die Stute hart. Die Klinge, die Aylana ihr gegeben hatte, fiel auf den eisernen Ring hinab, der klirrend zerbarst. Ein zweiter Schnitt löste die Handfesseln.

Céredas sprang zu dem Steintisch, schob die Axt in den Gürtel und warf Bogen und Köcher auf den Rücken, dann griff er nach der Mähne seines Rappen und schwang sich auf dessen Rücken. Tahâmas Kopf fuhr herum. Sie sah Aylana von einer Traube düsterer Gestalten umringt. Glyowind stieg vorn hoch und stieß ein helles Wiehern aus, dann schoss sie in Richtung Norden davon, gejagt von der schaurigen Meute.

Nicht alle Wesen der Nacht folgten der silbernen Stute. Ein Rudel großer, schwarzer Wölfe hetzte über die Wiese auf Tahâma und Céredas zu.

»Hinunter zur Brücke!«, rief das Mädchen, und schon setzte ihre Stute über die Mauer. Der Rappe folgte. Sie mussten ihre Pferde nicht antreiben, das Heulen der Wölfe genügte, dass sie schnell wie der Wind den Abhang hinunterflogen. Dennoch waren die Verfolger nicht bereit, ihre Beute so einfach entwischen zu lassen. Sie jaulten und heulten, aber es kam Tahâma so vor, als streiften auch Worte ihr Ohr. Sie riefen nach jemandem. Wollten sie die Flüchtenden mit beschwörenden Klängen zurückhalten? Versuchten sie auf die Pferde einzuwirken, oder riefen sie nach Verstärkung aus den Wäldern? Wie um diese letztere Befürchtung zu bestätigen, ertönte nun von der anderen Seite des Bachs ein Jaulen. Schatten von Wölfen schoben sich zwischen den Bäumen hervor.

»Schneller! Sie wollen uns den Weg abschneiden«, schrie Tahâma.

Dort war die Brücke. Sie mussten den Bach überqueren, bevor die Wölfe auf der anderen Seite das Ufer erreichten! Tahâma raste den letzten Abhang hinunter, während der Hengst mit einem Mal zurückfiel. Er stieß seltsame, angsterfüllte Schreie aus, wie Tahâma sie noch nie von einem Pferd gehört hatte. Er bäumte sich auf, bockte und schlug aus. Céredas zerrte an den Zügeln. Die Wölfe mussten ihn jeden Moment erreichen! Die Hufe ihrer Stute trommelten über die Brückenbohlen. Tahâma erreichte das andere Ufer und warf ihr Pferd herum. Noch immer tänzelte der Rappe und schnaubte voller Angst.

Der Klang formte sich ohne ihr Zutun. Oft hatte sie voller Staunen erlebt, wie Thuru-gea selbst mit dem wildesten Wesen fertig werden konnte, wenn sie diese magischen Harmonien benutzte. Wäre ihr Zeit geblieben darüber nachzudenken, so hätte Tahâma bedauernd den Kopf geschüttelt. Große Zauberei konnten nur die großen Drei ausüben, und über die Harmonie gebot Thuru-gea und ihre Sippe, niemand sonst.

Der Rappe machte einen gewaltigen Satz nach vorn, sodass Céredas fast von seinem Rücken geschleudert wurde. Nur mit Mühe konnte sich der Jäger in der Mähne festkrallen. Das Pferd war wie entfesselt. Es schien magische Kräfte zu besitzen. Mit wenigen Sätzen ließ es das Wolfsrudel hinter sich, flog über die Brücke und schoss an Tahâma vorbei, obwohl sie ihre Stute nun wieder antrieb. Die Wölfe heulten und jaulten voller Zorn, doch weder die großen schwarzen Tiere, die ihnen gefolgt waren, noch die schlanken grauen, die auf ihren Ruf hin aus den Wäldern geeilt kamen, konnten die Flüchtenden aufhalten.

Erschöpft und außer Atem erklommen sie den Hügel, von dessen Spitze ihnen warmes Licht aus dem Fenster entgegenleuchtete. Tahâma und Céredas hatten gerade ihre Pferde mit Wasser und Heu versorgt, als Glyowind über die Wiese herangesprengt kam. Offensichtlich war es Aylana gelungen, die Verfolger abzuschütteln. Keine Schatten waren weit und breit zu sehen, und auch das Gefühl der Kälte blieb aus.

Mit einem Lächeln auf den Lippen trat Aylana kurz darauf in die Stube. Ihre Wangen waren vom Nachtwind gerötet. Sie trat auf Céredas zu, der sich gerade aus Wurglucks Umarmung zu befreien suchte, und legte ihm eine Hand auf die Schulter. Sie sprach kein Wort, aber die Erleichterung war von ihrem Gesicht abzulesen.

Dann trat Aylana an den Herd, wärmte eine Milchsuppe und Früchtebrot, stellte Rahm und süßes Beerenmus auf den Tisch, wo die drei Freunde aufgeregt über die geglückte Flucht sprachen. Wurgluck bekam gar nicht genug davon, jeder Einzelheit zu lauschen. Während er mit vollen Backen schmauste, trafen sich Céredas' und Tahâmas Blicke immer wieder, aber kaum hatten sie sich gefunden, huschten sie auch schon wieder fort.

Verlegen griff Tahâma nach einem Stück Brot, tauchte es in das Früchtemus und begann zu essen. Sie hörte Wurglucks Stimme, seine Worte drangen jedoch nicht bis in ihr Bewusstsein. Dann sprach Céredas. Schon allein der Klang jagte ihr heiße Wellen durch den Leib. Ein wenig unwillig schüttelte sie den Kopf. Was ging da in ihr vor? Mit jedem Tag dachte sie mehr an den ihr noch immer so fremden Jäger. Nachts hörte sie seine Stimme und glaubte seine Hände auf ihrer Haut zu fühlen.

Er ist ein guter Gefährte und ein treuer Freund, versuchte sie diese neuen Gefühle zu rechtfertigen. Und er ist so anders als die jungen Blauschopfmänner.

Um ihre Gedanken von Céredas abzuwenden, beobachtete

191

sie Aylana, die drüben am Ofen saß. Das Strahlen auf ihrem Antlitz war erloschen, das Lächeln verschwunden. Stattdessen presste sie die Lippen fest aufeinander. Es schien, als habe ein Schatten ihr Gesicht verdunkelt. Drückte eine schwere Last auf ihre Seele? Was war geschehen? War sie dem Schattenlord während ihrer Flucht in die Hände gefallen? Dass sie keine Angst vor ihm empfand, hieß nicht, dass er ihr nichts antun konnte. Aber wie hätte sie ihm lebend entkommen können? Nein, das war sicher nicht möglich, sagte sich Tahâma. Ihre Ahnungen spielten ihr da einen Streich. Und doch – etwas war vorgefallen und verdüsterte nun das Gemüt dieser mutigen Frau.

Aylana hob plötzlich den Kopf. Vielleicht hatte sie den prüfenden Blick gespürt. Die Schatten verflogen, und ein Lächeln erhellte nun wieder ihr Gesicht. »Sollten wir nach diesen aufregenden Stunden nicht ein wenig schlafen? Der Morgen ist nicht mehr fern.«

Obwohl ihre Körper nach Ruhe verlangten, stimmten die Gäste nur zögernd zu. Kurz darauf hatten sie mit Aylanas Hilfe das Lager auf dem Boden gerichtet und krochen unter die weichen Decken. Das Licht erlosch. Nur noch die Glut im Kamin verbreitete einen sanften roten Schimmer.

Tahâma schloss die Augen. Wieder sah sie das Gesicht des Jägers vor sich. Er lag auf dem Lager neben ihr. Wenn sie den Arm ausstrecken würde, könnte sie ihn berühren. Ihre Finger zuckten. Was würde er sagen, wenn sie sich zu dieser Unschicklichkeit hinreißen ließe?

Vielleicht lag er in diesem Moment auch wach und lauschte den glühenden Wünschen in seinem Innern. Unsinn, dachte sie dann. Er war ihr vielleicht für seine Rettung dankbar, aber mehr konnte es nicht sein. Keine Regung hatte sie vorhin in seinem Gesicht gesehen. Warum schließlich hatte er nur

Wurgluck umarmt, wenn er mehr als Freundschaft für sie empfand?

Aber all diese Gedanken, mit denen sie sich abzukühlen versuchte, halfen wenig. Sie fühlte ja, dass er wach neben ihr lag. Wieder zuckten ihre Finger, doch sie umschloss sie mit der anderen Hand. Er würde diese Geste für Mitleid halten, für Schwäche. Nein, sie würde ihm zeigen, dass auch in ihr Stolz und Stärke wohnten, und sie würde sich seine Achtung verdienen. Endlich schlief sie ein.

Plötzlich fuhr Tahâma hoch. Sie konnte nicht lange geschlafen haben, denn noch immer war es draußen dunkel. Sie lauschte auf das Knacken im Kamin und auf Wurglucks leise Schnarchtöne. Was hatte sie geweckt? Warum waren ihre Sinne hellwach, obwohl sie so dringend der Ruhe bedurften? Ohne sich zu rühren, lag sie mit geschlossenen Augen auf dem Rücken. Etwas beunruhigte sie. Plötzlich wusste sie, was nicht stimmte: Céredas lag nicht mehr neben ihr! Wieder einmal hatte er des Nachts sein Lager verlassen. Ohne weiter nachzudenken, schlüpfte sie unter der Decke hervor und schlich zur Tür. Sie öffnete sie geräuschlos und huschte hinaus.

Es war die Stunde, in der der Nachthimmel seine Schwärze verliert, um sich dem ersten Grau des Morgens hinzugeben. Tahâma atmete die kühle Nachtluft ein. Sie war rein und frisch. Nichts Böses schwang in ihr. Lautlos wanderte sie mit nackten Füßen über das taubedeckte Gras, bis sie die Umrisse des Jägers deutlich vor sich sah. Er lehnte am Stamm der Eiche und blickte nach Osten, so als könne er die Ankunft der Sonne nicht mehr erwarten. Sie trat zu ihm. Er wandte nicht einmal den Kopf, aber sie wusste, dass er sie bemerkt hatte.

»Warum schläfst du nicht?«, fragte sie nach einer Weile leise.

»Seltsame Dinge gehen vor«, antwortete er, ohne sie anzusehen.

»Ja, seltsame Dinge, in der Tat«, sagte sie und nickte, obwohl sie sicher war, dass sie nicht dasselbe meinten.

»Ich habe dir noch nicht für meine Rettung gedankt«, sagte er steif. Nun endlich sah er ihr in die Augen. »Warum hast du das getan?«

Tahâma sah ihn überrascht an.

»Du weißt nicht, was in jener Nacht vorgefallen ist! Warum also hast du dein Leben für mich riskiert?«

»Aber – aber du bist mein Freund«, stotterte sie. »Sind Freunde nicht füreinander da?«

»Dann hast du mich gerettet, weil du dich mir verpflichtet fühltest? Nicht, weil du an meine Unschuld glaubtest?«

»Ist der Grund denn so wichtig?«

Er umklammerte hart ihre Arme. »Ja, das ist er, darum sage mir: warum?«

Sie sah in seine Augen, die sie in eine gefährliche Tiefe zu ziehen drohten. Was lauerte dort in der Dunkelheit? Was würde mit ihr geschehen, wenn sie sich dort hineinfallen lassen würde? »Du hast Recht, ich weiß nicht, was in Krizha zwischen dir und meinem Großvater geschehen ist, aber mein Herz hat mir keine Wahl gelassen. Du bist für mich mehr als ein Freund, und ich weiß nicht, was mir noch in diesem Leben bleibt, wenn deines verwirkt ist.«

Seine Hände drückten ihre zarten Arme, dass es schmerzte. Sie gab keinen Laut von sich. »Du weißt nicht, was du sagst«, antwortete er abweisend. »Kein Leben hängt von einem anderen ab. Du bist frei!« Er ließ sie los.

Tahâma senkte den Blick auf ihre Arme, wo seine Hände rote Abdrücke hinterlassen hatten. »Frei, ja, es sind keine Fesseln zu sehen.« Sie drehte sich um und ging langsam zur

194

Hütte zurück. »Aber nicht alles, was bindet, ist auch eine Fessel«, murmelte sie.

Céredas sah ihr nach. Es drängte ihn aufzuspringen, sie fest zu umschlingen und an sich zu drücken. Dennoch blieb er sitzen. Er versuchte sich einzureden, dass er ihre Worte missverstanden habe. Aus Pflichtgefühl hatte sie ihn gerettet – hatte sie versucht, ihn zu retten. Nein, er durfte sich ihr nicht nähern!

Er sah nach Osten. Sobald der Morgen dämmerte, würden sie weiterziehen und hoffentlich bald auf die Blauschöpfe stoßen. Dann konnte er Tahâma beruhigt in der Obhut ihres Volkes lassen. Und er selbst? Er würde Abschied nehmen und eilig davonziehen, ohne auch nur einen Blick zurückzuwerfen. Céredas seufzte. Seine Zukunft war hinter einer düsteren Wolke verborgen.

Als die Sonne aufging und er das Klappern von Tellern und Bechern aus der Hütte vernahm, ging er hinein. Die Tischrunde war ungewöhnlich schweigsam. Wurgluck sah abwechselnd von Tahâma zu Céredas, sagte aber nichts.

»Was habt ihr nun vor?«, brach Aylana schließlich die Stille.

»Wir reiten nach Gwonlâ«, antwortete Tahâma. Céredas und Wurgluck sahen sie fragend an. »Die Wächter vor meiner Tür sprachen von diesem Ort. Das Dorf sei lange Zeit verlassen gewesen, nun jedoch würden dort die Blauschöpfe leben, die vor einigen Monaten durch Krizha zogen.«

Aylana nickte. »Kennst du den Weg?«

»Ich hoffte, du könntest ihn uns sagen.«

Aylana überlegte. »Ich vermute, dass es weiter im Norden liegt, aber ich weiß nicht genau, wo. Ich bin mir sicher, nie durch einen Ort solchen Namens gereist zu sein.«

»Ich war mir so sicher, dass die Suche nun bald ein Ende hätte«, sagte Tahâma enttäuscht.

Einen Augenblick lang schien auch Aylana ratlos. »Ich könnte euch zu einem Freund begleiten, der einen halben Tagesritt nördlich wohnt«, schlug sie dann vor. »Im Gegensatz zu mir ist er weit gereist. Seiner Wissbegierde entgeht nichts!« Sie lächelte in sich hinein. »Er ist – nun sagen wir – ein seltsamer Kauz, aber ich denke, er kann euch helfen.«

Bald waren die Bündel geschnürt und die Pferde hinausgeführt. Gegen Mittag ritten sie den Hügel hinunter nach Norden, wo sie wieder auf den Bach stießen. Dieses Mal wandte sich Glyowind nach Osten, und sie ritten einige Zeit, bis die Uferwände so weit abflachten, dass sie in einer Furt das nun zu einem Fluss angeschwollene Wasser durchqueren konnten. Sie kamen durch ein lichtes Wäldchen, ritten über einen Hügel und trafen kurz vor Sonnenuntergang auf eine Straße, die von Südosten her kam und weiter nach Norden führte. Eine Stunde lang folgten die Freunde dem erdigen Weg.

Gerade als der Tag ins Zwielicht wechselte, erreichten sie eine Ansammlung rundlich geschliffener Felsen. Die Silberstute hielt direkt auf sie zu. Sie wieherte leise und blieb dann stehen. »Wir sind da!«, rief Aylana.

Als die Freunde abstiegen, sahen sie, dass die Felsen einen exakten Kreis bildeten. Die glatten Steinflächen waren mit Zeichnungen versehen. Am Fuß der Felsen verliefen Linien im Gras, die mit rotem Sand bestreut waren. Wie die Speichen eines Wagenrads strebten sie auf die Mitte zu, in der sich statt der Radnabe eine runde Hütte erhob. Eine unsichtbare Tür öffnete sich in der Wand, und eine Gestalt trat heraus, seltsamer anzusehen als alle Wesen, die Tahâma jemals über den Weg gelaufen waren.

Das Gesicht des Geschöpfs war spitz und von grünlichen Schuppen bedeckt, die Augen schimmerten in hellem Gelb.

Immer wieder zogen sich die Pupillen zu schwarzen Schlitzen zusammen. Sein Haupt war von wenigen struppigen Haaren bedeckt, und auch vom Kinn hingen einige graue Fransen. Es war etwa so groß wie Tahâma, aber sein dünner Körper, der von einer unförmigen Kutte verhüllt wurde, schien ungewöhnlich biegsam. Statt Händen ragten vier Klauen aus den weiten Ärmeln. Auch unter dem Saum entdeckte das Mädchen eine Anzahl langer, scharfer Krallen, und als das Wesen sich umdrehte, um sie hereinzubitten, bemerkte sie den spitz zulaufenden, grün schuppigen Schwanz, der hinter ihm auf dem Boden schleifte.

»Liebe Freunde, kommt herein in meine bescheidene Hütte, legt euch ans Feuer, esst und ruht aus von des Tages Last«, sagte das Wesen mit piepsiger Stimme.

Aylana verbeugte sich tief, ehe sie die Hütte betrat. »Meister Yven, wir sind uns der Ehre bewusst, einen so berühmten Gelehrten mit unseren nichtigen Belangen stören zu dürfen.«

Er schien über ihre Rede erfreut, schürzte die blauen Lippen und ließ eine Reihe gefährlicher spitzer Zähne sehen. »Dame Aylana, Ihr sollt einer alten Echse nicht schmeicheln. Und doch muss ich Euch Recht geben. Eine große Entdeckung habe ich gemacht. Das Experiment liegt in den letzten Zügen, daher ist meine Zeit knapp.«

Aylana verbeugte sich noch einmal, dann schlüpfte sie zwischen den herabhängenden Decken hindurch, die den Blick ins Innere verwehrten. Neugierig folgten ihr die Freunde.

Die Hütte bestand aus einem runden Raum, in dessen Mitte ein Feuer prasselte. Es war stickig heiß. Der Schein der Flammen tanzte auf den Wänden, die aus einem weichen, fließenden und doch stabilen Material zu sein schienen. Am Boden lagen bunte Polster in einem großen Kreis um das Feuer, auf einem niedrigen Tisch standen Schalen, einige mit verschiedenfarbigen Flüssigkeiten gefüllt, andere mit einer Vielzahl von Insekten. Es gab braune Tausendfüßler, dicke Käfer mit grün glänzenden Panzern, Spinnen, aber auch rosafarbene Würmer und etwas mit vielen Beinen, das wie fleischige Blätter aussah. Schaudernd wandte sich Tahâma ab.

»Setzt euch, nehmt doch Platz«, sagte Meister Ýven und kratzte sich unterm Kinn. »Was wollte ich sagen?« Verwirrt ließ er den Blick schweifen, bis er an dem Tisch mit seinen Schalen hängen blieb. Seine Miene hellte sich auf. »Ah, darf ich den Gästen ein leckeres Menü anbieten?«

Tahâma wahrte nur mühsam die Fassung, und auch Céredas zog die Augenbrauen hoch. Nur Wurgluck schien an der Speisenauswahl nichts auszusetzen zu haben. Erwartungsvoll ließ er sich auf einem rotbraunen Polster nieder.

Aylana schnüffelte und hob dann die Hände. »Verehrter Meister Ýven, wir wollen Eure Gastfreundschaft nicht ausnutzen und Euch Eurer Delikatessen berauben. In unseren Bündeln haben wir genug Proviant mitgebracht. Obwohl«, fügte sie mit einem Lächeln hinzu, da Wurglucks enttäuschtes Grummeln nicht zu überhören war, »unser Freund, der Erdgnom, würde die Einladung gern annehmen und mit Euch speisen.«

So saßen sie kurz darauf auf den farbigen Polstern um den Tisch herum und aßen zu Abend. Tahâma, Céredas und Aylana stärkten sich mit Brot, Nüssen und Früchten. Meister Ýven und Wurgluck langten kräftig in die Insektenschalen.

»Verehrter Erdgnom, das müsst Ihr probieren«, forderte ihn Ýven auf und eilte mehrmals davon, um Dosen und Schalen mit dicken Pasten oder glitschigen Gelees zu holen.

»Die Käfer sind in gelbes Gelee getaucht besonders köstlich«, lobte Wurgluck und biss herzhaft zu, dass der Chitinpanzer unter seinen Zähnen knackte.

Tahâma sah angeekelt zur Seite, Céredas gelang es kaum, ein Kichern zu unterdrücken. Auch Aylana schien eher belustigt.

Plötzlich sprang Meister Ýven abermals auf. »Ich muss gehen. Es ist schon viel zu spät geworden. Verzeiht, edle Gäste, die Experimente müssen fortgesetzt werden.« Mit wehendem Gewand verließ er die Hütte.

»Woran arbeitet er?«, fragte Tahâma interessiert.

Aylana zuckte die Schultern. »An der Vermessung des Universums, der Astralebene und Phantásiens. Ob er dabei wirklich etwas entdeckt hat oder ob alles nur großes Theater ist, kann ich nicht sagen. Bisher hält er seine Ergebnisse streng geheim.« Sie gähnte. »Außerdem will er herausfinden, wie und warum Nazagur wächst und wodurch der Lord seine Kräfte erhält.«

Das Feuer brannte nieder, und die Wärme machte sie schläfrig. Tahâma legte sich auf eines der weichen Polster und schob sich den zusammengefalteten Umhang unter den Kopf. Kurz darauf war sie eingeschlafen. Auch Aylanas und Céredas' Atem ging bald schon regelmäßig. Nur Wurgluck saß noch immer mit untergeschlagenen Beinen auf seinem Polster.

Meister Ýven kehrte zurück, kramte diverse Gegenstände aus einer Kiste und trug sie hinaus. Kurz darauf kam er wieder, zog ein dunkles Tuch herab und enthüllte ein metallenes Gerät mit vielen Spiegeln. Stöhnend hievte er es sich auf den Rücken und schleppte es hinaus. Nun hielt es Wurgluck nicht mehr aus. Neugierig folgte er dem echsengestaltigen Forscher in die Nacht hinaus.

Draußen unter dem Sternenhimmel sah sich der Erdgnom

um. Die Felsen des Rings ragten wie riesige Finger rund um ihn auf. Wurgluck drehte sich um seine Achse. Wo war Meister Ýven hingegangen? Da, auf dem Dach der Hütte bewegte sich etwas! Der Gnom strengte seine Augen an. Ja, dort oben war er und spähte durch ein langes Rohr. Wie war er dort hinaufgekommen, und wie konnte er sich auf der Kuppel halten? Wurgluck tastete über die glatte Außenschicht der Hütte. Langsam umrundete er die Behausung des Forschers. Auf der Rückseite stieß er auf schmale Tritte, die nach oben führten, und ein Seil, das um mehrere Rollen lief. Klettern war nicht Wurglucks Sache, doch die Wissbegierde war stärker, und so hangelte er sich Stufe für Stufe nach oben, bis er am Scheitel eine kleine Plattform erreichte.

»Ah, der Herr Gnom ist noch wach«, schnarrte die Echse. Unverwandt sah sie durch ihr Fernrohr.

Wurgluck, dem es in dieser luftigen Höhe etwas schwindlig wurde, setzte sich rasch. »Ja, Meister Ýven. Ich würde mich gern ein wenig mit Euch über Eure Forschungen unterhalten, wenn Ihr erlaubt.« Er schwieg eine Weile und sah den Forscher an, der noch immer durch das Rohr starrte. »Was könnt Ihr erkennen?«

Die Echse bewegte sich nicht. »Alles wiederholt sich. Es ist ein stetiger Kreislauf.«

Wurgluck zuckte mit den Schultern. »War das nicht schon immer so? Die Monde füllen sich und nehmen wieder ab, und dann fängt alles wieder von vorne an.«

Nun wandte Meister Ýven den schuppigen Kopf und sah den Gnom an. »Es geht etwas Seltsames vor sich. Die Schleifen zwischen Anfang und Vergehen werden enger. Das Einzigartige vergeht und wird zum Gleichen gezwungen.«

Wurgluck schüttelte den Kopf. »Ihr sprecht in Rätseln, Meister Ýven. Ich verstehe nicht, was Ihr meint.«

Die Echse wandte sich wieder dem roten Mond zu. »Ich verstehe es auch nicht. Nicht nur unser Land verändert sich, auch der Himmel ist nicht mehr der, der er noch vor tausend Jahren war. Früher gab es gute und schlechte Nächte, freundliche und böse, aber wenn meine Berechnungen stimmen, dann wird bald nur noch der Albtraum übrig bleiben. Der rote Mond verdrängt den silbernen.«

»Wollt Ihr damit sagen, dass der silberne Mond bald nie mehr am Himmel zu sehen sein wird? Aber warum? Was hat das zu bedeuten?«

»Es bedeutet, dass eine Nacht der anderen gleicht bis in alle Ewigkeit.«

Wurgluck kaute auf seiner Unterlippe. Was machte es schon, ob der Mond wanderte oder stillstand, ob ein roter oder ein silberner nachts Licht spendete? Vielleicht war es nur ein Irrglaube, dass das Böse in Rubus' Licht besser gedieh.

»Könnt Ihr Euch an das Gesicht auch nur eines einzigen Nazagurs erinnern?«, wechselte der Forscher plötzlich das Thema.

Wurgluck überlegte, dann schüttelte er den Kopf. »Sie sehen einander so ähnlich«, entschuldigte er sich.

Meister Ýven nickte. »Ja, genau. Das war früher nicht so. Daher frage ich mich: Was steckt dahinter? Vielleicht ist es nicht mehr wichtig, dass sie sich unterscheiden.«

»Nicht mehr wichtig? Wie meint Ihr das?«

»Vielleicht erfüllen sie auch so ihren Zweck?«

Der Gnom runzelte die Stirn. »Zweck? Warum sollten Männer und Frauen einen bestimmten Zweck erfüllen?«

Die Forscherechse legte die Fingerspitzen aneinander. »Lasst es mich so erklären. Alles auf dieser Welt ist in Ursache und Wirkung unterteilt. Sie können nicht ohne einander

201

existieren. Die Wirkung ist: Alles wird einander gleich. Die
große Frage lautet also: Was ist die Ursache?«

»Der Schattenlord?«, schlug der Erdgnom vor.

Meister Ýven schüttelte den Kopf. »Es scheint so, ja, es würde Sinn machen, wenn das Land sich seiner Gier anpasste, aber
reicht seine Macht bis in den Himmel?« Er wiegte zweifelnd
den Kopf hin und her. »Was ist, wenn auch er nur ein Teil der
Wirkung ist – demselben Zwang unterworfen? Wenn auch er
auf dem Kreisel sitzt, der sich schneller und schneller dreht, bis
die bunten Farben zu einem stumpfen Grau verschwimmen?
Bis alles einander gleicht, sich in grausamer Eintönigkeit wiederholt? Nacht für Nacht nur Angst und Tod!«

»Was für ein Wesen sollte das sein, das noch mächtiger ist
als der Schattenlord, der allein schon durch seinen Blick
töten kann?«, wollte Wurgluck wissen.

»Etwas, das nicht von dieser Welt ist? Das außerhalb
Phantásiens steht?«

»Was gibt es schon außerhalb Phantásiens?«, gab Wurgluck zu bedenken. »Die Menschenwelt – und sonst noch?«

Meister Ýven wandte sich wieder seinem Fernrohr zu. »Ja,
die Menschenwelt«, sagte er nachdenklich. »Ein interessantes
Thema, über das nachzudenken sich lohnt.«

Da er das Gespräch anscheinend für beendet hielt, verabschiedete sich Wurgluck und kletterte langsam zur sicheren
Erde zurück. Die Hände auf dem Rücken verschränkt, den
Blick gesenkt, umrundete er den Steinkreis. Was sollte er von
den merkwürdigen Worten des Forschers halten? War er nur
ein Verrückter, oder sah er mehr als die anderen Bewohner
Phantásiens?

Plötzlich schreckte er aus seinen Gedanken. Eine Gestalt
kam ihm entgegen. »Céredas, ich dachte, du schläfst. Heute
Nacht ist es nicht nötig, Wache zu halten.«

202

Der Jäger nickte. »Ja, das Böse ist fern. Es sammelt sich in einem anderen Teil Nazagurs, um sich zu nähren.«

»Bist du denn gar nicht müde?«, fragte der Gnom.

»Müde?« Céredas schien zu überlegen. »Müde, ja«, sagte er dann, »ich finde aber keinen Schlaf. Es muss wohl an diesem Land und seinen Schatten liegen. Doch ich möchte dich nicht aufhalten. Du willst sicher dein Lager aufsuchen!« Er nickte dem Gnom zu und ging davon.

Wurgluck sah ihm nach. »Ich werde dich im Auge behalten müssen, mein stolzer Jäger!« Er seufzte schwer und trottete zur Hütte zurück. Im Schein des nun fast herabgebrannten Feuers zog er sein Buch heraus und zückte die Feder, um seine Notizen fortzuführen.

Céredas umrundete den steinernen Kreis und ließ sich dann im Gras nieder. Den Rücken an einen Steinblock gelehnt, die Augen geschlossen, saß er da und lauschte dem Pochen in seiner Brust. In heißen Wellen pulsierte es durch seinen Körper. Schmerz vermischte sich mit unruhigem Verlangen. Es fiel ihm schwer sitzen zu bleiben. Die Nacht rief seinen Namen. Wie lange noch?

Er dachte an Tahâma und stellte sich vor, wie es wäre, sie in den Armen zu halten, ihren Mund zu küssen. Welch süßer Traum! Ja, ein Traum, den er mit sich nehmen würde auf seine einsamen Wanderungen durch Wälder und Berge. Der Abschied nahte. Wie viele Nächte konnte er ihn noch hinausschieben? Céredas barg das Gesicht in seinen Händen. Wenn es doch nur einen Ausweg gäbe! Aber er konnte keinen erkennen.

Die Sonne war schon aufgegangen, als der Meister die Gefährten weckte. Sie setzten sich zu einem kargen Frühstück zusammen, dann wurde es Zeit, Abschied zu nehmen. Aylana wollte zu ihrer Hütte zurückkehren, während die Freunde dem Weg nach Gwonlâ folgen würden, den der Forscher ihnen beschrieben hatte. Meister Ýven eilte schon wieder geschäftig davon, Aylana und Tahâma aber hielten sich noch lange an den Händen.

»Wir werden uns bald wieder begegnen«, sagte Aylana leichthin. »Ich kann es fühlen. Viel Glück auf eurem Weg.« Sie sprang auf Glyowinds Rücken und galoppierte davon.

KAPITEL 10
Das Dorf der Tashan Gonar

Sie ritten den ganzen Tag in strengem Tempo. Nur wenn die Pferde zu sehr ins Schwitzen kamen, ließen sie sie eine Weile im Schritt gehen. Tahâmas Stimmung wechselte von freudiger Erwartung zu ängstlicher Verzagtheit. Wenn Meister Ýven Recht hatte, dann würde sie noch heute zu ihrem Volk zurückkehren. Aber was würde sie vorfinden? Wie würde sich ihr Leben nun gestalten? Und was wäre mit Céredas? Sie wandte sich zu dem Jäger um, der heute immer mal wieder zurückblieb und düster vor sich hin starrte. Sie wollte ihn nicht verlieren, konnte sich ihn jedoch nicht auf Dauer im Dorf der Blauschöpfe vorstellen. Das Herz wurde ihr schwer.

Die Gefährten folgten der Straße weiter nach Norden, die eine karge Hochebene überquerte. Sie war von zerklüfteten Felsbrocken übersät und nur ab und zu mit verkrüppelten Birken und stacheligen Büschen besetzt. Dann kamen sie durch einen düsteren Wald mit dichtem Unterholz. Die Bäume und Büsche waren so dicht mit einer efeuartigen Kletterpflanze ineinander verwoben, dass die Reiter keinen Schritt weit vom Weg abweichen konnten. Düster und stickig war es hier am Fuß der hoch aufragenden Bäume. Kein Vogel sang, kein Insekt summte um sie herum.

Erleichtert griff Tahâma nach ihrer Flöte, als sie am Nachmittag den Waldrand erreichten und unter dem weiten Himmel wieder frei atmen konnten. Das Mädchen spielte fröhliche Melodien, während sie zwei Bäche überquerten, deren klares Wasser über kiesigen Grund plätscherte. Sie ritten über eine Wiese voll knorriger Apfelbäume. Tahâma zügelte ihre Stute und sah sich um. Musste hier nicht der Weg zum Dorf abzweigen, oder hatte sich Meister Ýven geirrt?

»Dort drüben, am Fuß des Hügels, ist das nicht ein Pfad?«, fragte Céredas und deutete auf eine dunkle Linie im Gras, die sich nach Westen wand.

Wurgluck, der darauf bestanden hatte, heute mit dem Jäger zu reiten, kniff die Augen zusammen und nickte.

»O ja, das ist der Weg«, jauchzte Tahâma und trieb ihre Stute wieder an. Die Vorfreude, all die Freunde und Verwandten wiederzusehen, ließ ihr Herz jubeln und schob die trüben Gedanken in den Hintergrund.

Céredas und Wurgluck jedoch schienen ihre Freude nicht zu teilen. Sie wechselten immer wieder besorgte Blicke. »Wer weiß, was wir hinter dem Hügel vorfinden werden«, brummelte der Erdgnom.

Sie ritten einen grünen Hang hinauf und durch einen lichten Buchenhain. Der Pfad zeichnete sich nun immer deutlicher ab. Ab und zu konnten sie Hufspuren erkennen, die jedoch schon viele Tage alt waren, so zumindest lautete Céredas' Urteil, nachdem er abgestiegen war, um die Huftritte zu untersuchen. Die Gefährten lenkten ihre Pferde weiter in ein Tal hinab, folgten eine Weile einem Bach und umrundeten dann einen kleinen See, in dem sich viele Fische tummelten, deren Leiber in der Sonne blitzten.

Die bewaldeten Talhänge traten nun eng zueinander. Wachsam sah sich der Jäger um. Im Schritt ritten sie durch den Hohlweg, der schon nach wenigen Minuten in eine weite, schüsselförmige Talmulde mündete. Im Norden und im Süden begrenzte dichter Eichenwald die Bucht, nach Westen jedoch wurden die Hänge steil und felsig, so dass nur noch kleine, kugelige Büsche in den Felsspalten Halt fanden.

Tahâma zügelte ihre Stute und ließ den Blick voller Entzücken über sauber gepflegte Gemüsebeete und einen Fischweiher schweifen. Über den offensichtlich erst vor kurzem errichteten Palisadenzaun erhoben sich strohgedeckte Dächer. Harfenklänge schwebten über dem Talkessel. Wurgluck deutete auf einige frisch aufgeworfene Erdhügel unter den tief hängenden Eichenzweigen. Céredas nickte finster. Tahâma jedoch ließ sich vom Rücken ihres Pferdes gleiten und ging auf das geöffnete Tor zu.

Zwei Gestalten mit schulterlangem, tiefblauem Haar traten ihr entgegen. »Unâg, Lûth«, rief sie und lief mit ausgestreckten Armen auf sie zu.

Die beiden jungen Blauschopfmänner tauschten überraschte Blicke, dann eilten sie ihr entgegen. Sie beugten sich herab und berührten Tahâmas Hände mit der Stirn. »Tahâma! Wir hatten keine Hoffnung mehr, dass ihr den Weg zu uns finden könntet. Wo ist der Vater der Melodie? Ist er vom Elfenbeinturm zurückgekehrt?«

Sie schüttelte den Kopf. »Lasst uns hineingehen. Ich möchte die traurige Geschichte seines Todes nicht jedem einzeln berichten.«

Sie winkte ihre Gefährten heran und stellte den Jäger aus dem Felsengebirge und den Erdgnom vor. Unâg begleitete die unerwarteten Gäste ins Dorf. Neugierig sahen sich die Freunde um. Es gab etliche ältere Häuser, alle nur ein Stockwerk hoch und mit Stroh gedeckt, an einigen Stellen waren jedoch auch neue Bauten errichtet worden. Ihre Wände waren weiß gekalkt und mit Blütenranken oder farbigen Mustern bemalt, die Dächer mit glatten, grau glänzenden Steinplatten belegt. Hier und da sahen sie auch verbrannte oder verfallene Hütten, an deren Abriss gearbeitet wurde. Zwischen den Häusern verliefen schmale Wege, manche schon mit weißem Kies bestreut, andere noch erdig braun. Die einzelnen Hütten standen so weit voneinander entfernt, dass noch genug Raum für kleine Gärten und Blütenbüsche blieb, und für die von den Tashan Gonar so geliebten Windharfen. Ihr Klang war wie ein belebender Sommerregen.

Unâg führte sie zu dem größten Haus in der Mitte des Dorfes. Es stand in einem Ring aus Blumen. Große blaue Blüten, die wie Schmetterlinge schillerten, rankten sich an der geweißelten Wand empor. Die hölzernen Fensterläden waren liebevoll bemalt. Tahâma und ihre Freunde traten in eine weiträumige Diele. Die Tür war so niedrig, dass sich Céredas unter dem Balken hindurchbücken musste.

Die Halle wurde fast vollständig von Tischen und Bänken eingenommen, die zusammen ein lang gezogenes Rechteck bildeten. Vermutlich boten sie allen Dorfbewohnern Platz. In der Mitte war eine offene Feuerstelle, in der schon frisches Holz für den Abend aufgeschichtet war. An den Wänden hingen Flöten und andere Blasinstrumente.

Wie es der Brauch war, trafen sich die Tashan Gonar jeden Abend, um zu musizieren und zu singen, an ihren Kunstwerken zu arbeiten oder Gedichte zu lesen, erklärte Tahâma dem Jäger und dem Gnom. Hinten an der Wand, an der Schmalseite des Tisches, standen drei Stühle etwas erhöht. Sie waren bequem gepolstert und hatten schlanke, bemalte Lehnen. »Das sind die Plätze für die großen Drei der Stadt: Thuru-gea, die Mutter der Harmonie, Granho, den Sohn des Rhythmus, und für meinen Vater Rothâo, den Vater der Melodie«, fügte sie hinzu und trat an den linken Stuhl heran. »Wer wird hier schon bald Platz nehmen?«, murmelte sie.

»Wer weiß, vielleicht wird es einst dein Platz sein, mein Kind«, sagte eine gütige Stimme. Aus dem Schatten trat eine winzige Frau, die Céredas kaum bis zur Brust reichte. Sie war sehr alt, ihr Haar fiel in silbernen Flechten bis zu ihren Knien herab, und dennoch war ihre Haut glatt und schimmerte wie Perlmutt, ihr Körper war schlank, und sie bewegte sich mit jugendlicher Anmut.

Tahâma verbeugte sich, kniete nieder und küsste die zerbrechlich wirkende Hand. »Thuru-gea, verehrte Mutter, ein Mordoloc hat ihn getötet! Ich konnte ihm nicht helfen. Ach, wenn Ihr und Granho nur da gewesen wärt. Gemeinsam hätte Euer Lied die Bestien besiegt.«

Die Frau neigte den Kopf und strich über Tahâmas Haar. »Weine nicht mehr, mein Kind. Er wird in einem anderen Wesen Phantásiens wiederkehren.« Sie sah den Jäger und den Erdgnom aufmerksam an. »Ruht euch nun aus, liebe Gäste. In der Stunde nach Sonnenuntergang werden sich alle hier versammeln und mit Spannung der Geschichte eurer Reise lauschen.«

Thuru-gea selbst führte die drei durch das Dorf zu einer neu errichteten Hütte mit schmalen Glasfenstern und einem winzigen Gärtchen vor der rot bemalten Tür. Ein gläsernes Windspiel drehte sich langsam, und kleine Glöckchen klangen, wenn ein Hauch über sie strich. Das Häuschen hatte zwei Räume, einen größeren mit einer Feuerstelle, Tisch und Eckbank und eine kleine Kammer mit einem breiten Bett. Hier ruhten die Freunde, bis es Zeit war, in die Halle zurückzukehren.

Als die letzten Sonnenstrahlen auf den Schleierwolken verblasst waren, machten sich die Gefährten wieder auf den

Weg zum Versammlungshaus. Sie kamen nur langsam voran. Immer wieder musste Tahâma Hände berühren, Bekannte begrüßen oder Freunde in die Arme schließen, doch endlich gelangten sie zum Dorfmittelpunkt und betraten das große Haus. In der Halle brannte nun ein helles Feuer, und auf den Tischen waren kleine, silberne Lämpchen verteilt. Es wurde Met und Blütensaft in zierlichen Gläsern ausgeschenkt, auf den Tischen standen Schalen mit Früchtemus, süßen Kuchen, Honigfrüchten und Schmetterlingen aus hauchdünnem Blätterteig, mit einer Creme aus Nüssen gefüllt.

Tahâma und die fremden Gäste bekamen Ehrenplätze neben der Mutter der Harmonie und dem Sohn des Rhythmus. Der Platz des Toten blieb frei. Ein rasch gewundener Blumenkranz mit silbernen Glöckchen zierte die Rückenlehne. Eine gläserne Schale voll kleiner Kristallsplitter stand auf seinem Sitz. Leise Töne stiegen aus ihr auf und schwebten über dem Sessel.

Die beiden Weisen des Dorfes ließen den Freunden Zeit, sich umzusehen, zu essen und zu trinken. Sie lauschten einer Ballade, die Granho mit wohlklingender Stimme vortrug, anschließend spielten zwei junge Mädchen auf gläsernen Harfen, während ein älterer Mann Gedichte rezitierte.

Als es wieder still wurde, wandte sich der Sohn des Rhythmus an Tahâma und forderte sie auf, von ihrer Reise zu berichten und vom Tod ihres verehrten Vaters, der die Tashan Gonar so viele Jahrzehnte mit klugem Geist und offenem Herzen geführt hatte. Tahâma senkte den Kopf. Thuru-gea und Granho strichen über die Saiten ihrer Harfen. Dann begann Tahâma zu singen. Alle Augen waren auf sie gerichtet, bis ihr Lied mit dem glücklichen Wiedersehen im neuen Dorf der Blauschöpfe endete.

Lange saßen die Blauschöpfe und die Gäste in der Halle

210

beisammen. Tahâma stand immer wieder auf, um sich zu dem einen oder anderen Verwandten zu setzen oder Freunde zu umarmen. Nun wurde nicht mehr für die ganze Runde vorgetragen. Es bildeten sich kleine Gruppen oder Paare, die miteinander sprachen oder leise Musik machten. Auch die Mutter der Harmonie und der Sohn des Rhythmus mischten sich unter die anderen Dorfbewohner. Bald saßen der Erdgnom und der Jäger allein an der Stirnseite.

Wurgluck beugte sich zu Céredas. »Wann wirst du uns verlassen?«

Der Jäger zog die Augenbrauen hoch. »Du scheinst es kaum erwarten zu können.«

Wurgluck seufzte. »Hast du mit ihr darüber gesprochen?«

»Nein, noch nicht. Ich werde es schon tun. Lass das nur meine Sorge sein und kümmere dich um deine Angelegenheiten.«

»Seit du auf meiner Lichtung aufgetaucht bist, habe ich dich zu meiner Angelegenheit erklärt«, sagte der Gnom. »Warte nicht zu lange.« Er hielt inne und hob den Kopf. »Es ist spät«, flüsterte er. »Spürst du, wie sie unruhig werden?«

Der Jäger ließ den Blick unter seinen langen Wimpern schweifen. »Ja, die Angst wohnt in ihren Herzen. Sie haben den Schrecken bereits kennen gelernt. Was werden sie tun, um ihm heute Nacht zu begegnen?«

Der Erdgnom grunzte. »Sieh sie dir an! Sie sind wie Lämmer auf der Weide, die die Wölfe erwarten. Sie werden sich nicht wehren!« Er schwang die Beine über die Bank und trippelte auf drei Männer zu, die nah bei ihnen saßen. »Verzeiht, dass ich mich erdreiste zu fragen, aber wie sehen eure Vorkehrungen gegen die Gefahren der nächtlichen Wesen von Nazagur aus?«, fragte er geradeheraus.

211

Die drei sahen sich unsicher an. »Was meint Ihr damit, Herr Gnom?«, erkundigte sich schließlich einer von ihnen.

»Nun«, antwortete Wurgluck, und Ungeduld schwang in seiner Stimme mit, »ich denke nicht, dass eure Leute, die ihr dort draußen begraben habt, allesamt an Alter und Schwäche verschieden sind!«

Der Blauschopf öffnete den Mund, eine andere Stimme kam ihm aber zuvor. Granho war unbemerkt herangetreten. »Nein, es waren weder Schwäche noch Alter. Die grauen Wölfe der Wälder haben drei junge Männer geholt, als sie so unvorsichtig waren, sich nachts hinauszuwagen. Andere hatten versäumt, ihre Türen und Fenster richtig zu verschließen. Deshalb haben wir die Palisaden errichtet und ein Tor angebracht. Nun sind wir sicher.«

Wurgluck stemmte die Hände in die Hüften und musterte den Mann unbestimmten Alters, der vor ihm stand. Sein Haar hatte die Farbe zarten Flieders, und seine Haut, die sich straff über die Wangenknochen zog, war von durchsichtiger Blässe. Die Augen jedoch leuchteten in kräftigem Blau.

»Sicher?«, wiederholte er. »Glaubt ihr zumindest selbst daran? Eure Leute jedenfalls haben Angst. Ich kann es spüren. Trauen sie sich deshalb nicht in ihre Häuser, bevor der Schrecken der Mitternacht vorüber ist? Seht nur, selbst die kleinsten Kinder hat man in ihren Wiegen mit hierhergebracht.«

»Wir sind hier sicher!«, wiederholte der Sohn des Rhythmus. »Mehr als eine Woche lang haben wir nicht einmal das Heulen eines Wolfes vernommen.«

»Es gibt dort draußen in der Nacht Schlimmeres als Wölfe«, erwiderte der Gnom.

Hastig zog ihn Granho zur Seite, damit ihn die anderen Blauschopfmänner nicht mehr hören konnten. »Das weiß ich auch! Ich bin nicht taub und blind durch dieses Land gezogen. Aber sagt mir, kleiner Mann, was sollen wir Eurer Meinung nach tun?«

»Feuer!«, antwortete Céredas, der zu den beiden herangetreten war. »Zündet entlang des Zaunes so viele Feuer an wie nur möglich. Die dunklen Kreaturen scheuen die Flammen.«

Granho maß den Jäger von oben bis unten. »Und wer soll jeden Tag das Holz aus den Wäldern herbeischaffen? Die Männer von Nazagur sind kräftig gebaut und für solche Arbeit geeignet. Aber seht uns an! Unsere Rücken sind schmal und unsere Hände weich. Wie lange könnten wir das durchstehen? Selbst den Palisadenzaun hätten wir nicht errichten können, wenn die früheren Bewohner nicht schon damit angefangen und das Holz hier gelagert hätten.« Um Verständnis heischend sah er die beiden Freunde an. »Es geht schon an unsere Grenzen, die Häuser zu reparieren oder neu aufzubauen und die Gärten anzulegen. Wir sind Künstler, keine Jäger oder Kämpfer und noch weniger Waldarbeiter!«

Céredas nickte grimmig. »In diesem Land wird euch nichts anderes übrig bleiben, als zu Kämpfern zu werden, denn sonst werdet ihr untergehen. Hat euch niemand gesagt, was mit den Leuten passiert ist, die vor euch das Dorf bewohnt haben?«

Granho zuckte zusammen.

»Ihr wisst es also!«

»Ja, in einigen Häusern fanden wir Leichen, die beim ersten Sonnenstrahl, der sie berührte, zu Staub zerfielen. Es geht das Gerücht um, schon der Anblick des Schattenlords flöße seinen Opfern tödliches Entsetzen ein. Nun versammeln wir uns jeden Abend bei Einbruch der Nacht in dieser Halle und singen, damit uns nichts geschieht. Wenn es bis nach Mitternacht ruhig bleibt, können wir uns ohne Sorge schlafen legen.«

»Und wenn das grausige Heulen erschallt?«

»Dann bleiben wir hier am Feuer beisammen und hoffen, dass der Schrecken an uns vorübergehen möge«, sagte Granho leise.

»Euer Hoffen wird euch nichts nützen«, widersprach der Jäger.

»Wir haben einige Kristalle und Hörner gegen die Wölfe. Ganz so hilflos, wie Ihr denkt, sind wir nicht!«, begehrte der Sohn des Rhythmus auf.

»Und nun habt ihr auch Krísodul«, erklang Tahâmas Stimme. »Ich habe gesehen, was mein Großvater damit vermag. Wenn er dem Kristall solche Kräfte entlocken kann, was wird dann erst der Rat der Drei erreichen!« Ihr Gesicht strahlte vor Bewunderung. Sie schnürte ihr Bündel auf und zog den blauen Kristall hervor, den der Vater ihr gegeben hatte. Sie löste ihn von ihrem Stab und legte ihn in Granhos gepflegte Hände. »Wir werden Gwonlâ so sicher machen wie die Stadt Krizha, und unser Volk wird ohne Ängste hier in Frieden und Freiheit leben können.«

»Hast du mit deinem Großvater gesprochen?«, fragte Granho.

»Ja«, antwortete Tahâma knapp. Sie wollte ihm nicht berichten, wie sehr sie den Weisen erzürnt hatte. Sicher würde man sie mit Vorwürfen überschütten. Es war besser, das Thema zu wechseln, ehe Granho sie auffordern konnte, von ihrer Begegnung zu erzählen. Sie überlegte gerade, was sie sagen sollte, als ein eisiger Schauder sie erzittern ließ. »O ihr Vorväter«, hauchte sie entsetzt. »*Er* ist da!«

Granho sah das Mädchen fragend an, aber Céredas und Wurgluck hatten es ebenfalls gespürt. Der Jäger zog seine Axt vom Gürtel.

»Der Schattenlord kommt!«, rief sie, denn Granho schien

214

noch immer nicht zu verstehen. Nun erscholl das Jaulen der Wölfe und riesenhaften Wargen. Tahâma war sich sicher, dass auch die untoten Reiter bei ihm waren.

Beim ersten Heulen waren alle von ihren Sitzen aufgesprungen. Die Frauen rissen ihre Kinder aus den Wiegen oder zogen die Kleinen, die in einer Ecke mit Murmeln gespielt hatten, zum Feuer. Panische Angst zeichnete die Gesichter. Einige Männer nahmen schlanke Hörner von den Wänden, andere holten Stäbe mit kristallenen Spitzen hervor. Die Steine schimmerten oder sandten farbiges Licht aus, doch in keinem dieser Kristalle wohnte auch nur annähernd so viel Macht, wie Krísodul sie in sich vereinte. Ein paar Burschen verbarrikadierten die Tür und legten die dicken Läden, die im Innern angebracht worden waren, vor die Fenster.

Tahâma griff nach Céredas' Arm. »Er kommt!«, rief sie und stöhnte auf.

Sie hörte einen Mann hinter sich murmeln: »Sie haben den Schrecken in unser Dorf geführt! Wehe ihnen! Wehe uns!«

Tahâma wollte sich umdrehen und ihnen ins Gesicht schreien, dass der Schattenlord keine Führung brauche, um seine Opfer zu finden, aber sie konnte nicht einmal mehr ihre Lippen bewegen.

»Der Nebel des Grauens«, hörte sie Wurgluck neben sich murmeln.

Ja, da floss er in giftigem Grün träge unter der Türschwelle hindurch, wallte auf und begann sich zu drehen. Nach und nach löste er sich auf, und der Schattenlord stand in Gestalt eines riesigen Mannes in der Halle. Groß, hager, die Lippen zu einem grausamen Lächeln geöffnet. »Lange war ich nicht mehr hier«, sagte er, und seine Worte klirrten wie Eis, »aber heute bin ich gekommen, um zu sehen, ob meine Ghule mir recht berichtet haben. Nun, es freut mich sehr, dass die Mission endlich Früchte trägt und meine Diener, die ich ausgesandt habe, frisches Blut ins Land bringen, erfolgreich waren.«

Sein Blick wanderte durch den Raum und blieb an Tahâma hängen. Er trat auf sie zu und hob ihr Kinn mit seiner Klaue ein Stück an. Eine Welle aus Eis ließ sie erstarren.

»Wen haben wir denn da? So schnell begegnen wir uns wieder. Vielleicht ist heute die Nacht, die deinem Leben eine Wendung geben wird. Warte hier auf mich. Ich muss noch etwas erledigen.« Er ließ die Hand sinken und wandte sich ab.

Wurgluck stieß Tahâma in die Seite, aber das Mädchen beachtete ihn nicht. Sie starrte nur wie hypnotisiert auf den Schattenlord.

Als hätte er alle Zeit der Welt, ließ der Lord seinen Blick schweifen. Voller Gier ruhten seine Augen eine Weile auf einem Mädchen, das sich zitternd in den Arm ihres Bruders presste. »Ihr versteht sicher, dass auch meine Sklaven ihren Anteil fordern«, sagte er und zerschlug die Barrikaden von der Tür, als wären sie aus Pergament statt aus schwerem Eichenholz.

Die Tür schwang auf, und eine Horde zweibeiniger Wesen drängte herein, wie sie sonst nur Albträume beherbergen. Sie waren weder tot noch lebendig, wirkten verfallen und verwest und doch auch wie unfertig erschaffen. Ihre Leiber waren seltsam verdreht, die Gelenke nicht an den Stellen, an denen sie üblicherweise zu finden sind. Ihre Köpfe waren zum Teil mit faulendem Fleisch bedeckt, an anderen Stellen schimmerte das Weiß des Knochenschädels. Mit eckigen Bewegungen drängten sie herein, die Kiefer leicht geöffnet, die schwärzlichen Zahnstumpen entblößt.

Da standen die Männer der Tashan Gonar mit ihren Hörnern und Kristallen. Einige wurden so von Grauen erfüllt,

216

dass sie ihre Waffen fallen ließen und wimmernd zur Wand zurückwichen. Andere jedoch sangen und rieben ihre Steine, bis sie glühten. Für einige Augenblicke sah es so aus, als könnten die Männer den Angreifern etwas entgegensetzen. Der Lord lehnte sich mit verschränkten Armen gegen die Wand und betrachtete das Schauspiel, dann schien es ihm der Vorstellung genug. Er hob die Hand. Das genügte, um die Kräfte neu zu verteilen. Die Untoten schritten vor.

Wurgluck trat Céredas gegen das Schienbein und zerrte an Tahâmas Tunika. »Nun steht hier nicht mit aufgerissenen Mündern da. Tut doch was!«, kreischte er.

Endlich kehrten Leben und Kampfgeist in das Mädchen zurück. Eine laute Tonfolge singend, stürzte sie sich auf einen der Untoten, der einen kleinen Jungen gepackt hatte und ihn zur Tür zerrte. Wut und Verzweiflung schäumten in ihr über. Der Angreifer ließ sein Opfer los, presste die Hände an die Ohren und taumelte zurück. Céredas sprang zum Feuer hinüber, riss einen hell lodernden Ast heraus und schwang die Fackel im Kreis. Nun schien es dem Schattenlord an der Zeit, selbst einzugreifen. Er trat auf Granho zu, der stumm dastand, Krísodul in den zitternden Händen.

»Benutzt den Stein!«, schrie Tahâma, die merkte, wie Kälte und Angst sie zu lähmen begannen.

Granho hob die Hände. Er summte einen Rhythmus. Der Kristall flackerte nur trüb. Die Stimme des Alten wurde lauter, fast zornig schrie er auf den Kristall ein, aber Krísodul ließ sich nicht befehlen.

»Damit wollt ihr mich aufhalten?«, sagte der Schattenlord und schlug dem Sohn des Rhythmus mit seiner Klauenhand auf den Arm.

Mit einem Schmerzensschrei ließ Granho die wertvolle Waffe fallen. Sie rollte direkt vor Krol von Tarî-Grôths Füße.

217

Zögernd bückte sich der Lord, doch als er Krísodul berühren wollte, gab der Stein ein zischendes Geräusch von sich. Die Knochenhand zuckte zurück. Langsam richtete er sich wieder auf, die roten Augen funkelten. Ein wirbelnder Wind fegte durch die Halle.

»Genug gespielt«, rief er. »Es wird Zeit, dass ich mich stärke.«

Die Gestalt des Lords schien ins Unendliche zu wachsen, sein Schatten hüllte die Tashan Gonar ein und erfüllte sie mit panischem Schrecken. Die letzten Verteidiger wichen zurück. Auch Tahâma wankte. Sofort drängten die Untoten wieder herein. Da sprang Céredas vor und stieß in rascher Folge zwei der mumienartigen Wesen seinen brennenden Holzscheit in die Brust. Sofort loderten Flammen an ihren trockenen Leibern empor. Ihre schrillen Schreie schmerzten in den Ohren.

Die anderen Untoten wichen zurück, die beiden brennenden Leiber jedoch warfen sich gegen die Wände, fielen zu Boden und wälzten sich herum. Stühle und Tische polterten zu Boden. In ihrer Raserei stürzten sie in die Feuerstelle und sprangen wieder hoch, dass die brennenden Scheite nach allen Richtungen flogen. Plötzlich stand die Halle in Flammen. Gleich an mehreren Stellen fraß sich das Feuer ins trockene Holz. Die Tashan Gonar schrien. Die Tür war ihnen versperrt. Noch immer drängten sich die Untoten vor der dunklen Öffnung. Hinter ihnen geiferten die Wölfe. In all dem Durcheinander kroch Thuru-gea auf den Lord zu und schob Krísodul in ihre Tasche.

Das Feuer griff um sich. Die Flammen leckten die Wände hinauf. Panisch sah sich Tahâma um. Die Fensteröffnungen waren zu klein. Sollten sie hier elendig verbrennen? »Singt«, schrie sie, »singt, alle zusammen!« Doch die Blauschöpfe

218

waren so von Todesangst erfüllt, dass keiner auf das Mädchen hörte.

Céredas sah zum Lord hinüber, ihre Blicke trafen sich. Der Jäger hob seine Axt, rannte zu einem Fenster und riss den Laden auf. Wie ein Wahnsinniger schlug er mit seiner Axt auf Glas und Rahmen ein, um die Öffnung zu vergrößern.

In all dem Inferno stand der Schattenlord und sog in tiefen Zügen die angsterfüllte Luft ein. Als die Flammen sich ihm näherten, hob er die Arme. Um ihn begann es zu wirbeln, doch dieses Mal löste er sich nicht in Nebel auf. Er wurde zu einem blutroten Wolf. Mit einem Satz flog er durch die Halle und durchschlug neben Céredas die Wand. Von dem riesenhaften Körper mitgerissen, wurde der Jäger ins Freie geschleudert. Hinter ihm drängten sich die Tashan Gonar aus der brennenden Halle und rannten in wilder Panik in alle Richtungen davon. Sie versuchten irgendwo ein Versteck zu finden. Die Wölfe jaulten. Die Jagd hatte begonnen!

Als die vom Schattenlord ausgehende Kälte verwehte und das Jaulen der Wölfe verklang, kehrten Tahâma, Wurgluck und Céredas in ihre Hütte zurück. Die Morgendämmerung würde noch einige Stunden auf sich warten lassen. Dann erst konnten sie ermessen, welche Verluste diese Nacht gekostet hatte. Wurgluck blieb nur kurz, um sich zu vergewissern, dass das Mädchen und der Jäger unverletzt waren, dann wuselte er wieder in die Nacht hinaus. Tahâma stand in der Tür und sah ihm nach.

»Er wird wiederkommen«, sagte Céredas.

»Ich zweifle nicht daran«, antwortete Tahâma. »Für heute Nacht ist die Gefahr vorüber.«

Der Jäger nickte. Er trat hinter sie, hob die Hände und näherte sie ihren Schultern, ließ sie dann jedoch wieder sinken, ohne das Mädchen zu berühren.

Tahâma drehte sich um und sah ihm in die Augen. »Was ist?«

»Die Stunde des Abschieds ist gekommen.«

»Was meinst du damit?« Ihre Hände begannen zu zittern. »Warum sprichst du von Abschied?«

»Du bist wieder bei deinem Volk, und so werde ich meinen Weg allein fortsetzen.«

»Nein!«, rief sie. »Bitte, du kannst doch hier bleiben. Alle werden dich herzlich aufnehmen.«

»Und was wird aus meinem Volk?«

Tahâma schluckte. »Wirst du wiederkommen?«

»Nein«, sagte er leise und wandte den Blick ab.

»Ich brauche dich. Der Lord wird zurückkehren und uns alle vernichten.«

Céredas griff nach ihren Händen und sah sie fest an. »Du bist stark. Du kannst gegen ihn bestehen. Ich fühle die Kraft in dir. Du musst nur an dich glauben.«

Es war Tahâma, als höre sie wieder die Stimme ihres Vaters. »Ach, wie soll ich etwas ausrichten, da ich nicht einmal mehr Krísodul besitze. Willst du nicht wenigstens bis zum Morgen warten und hören, wie es mit uns weitergehen soll?«, bat sie und sah ihn flehend an.

Céredas nickte. Was machte es schon, den Aufbruch um eine oder zwei Stunden zu verschieben?

Im Morgengrauen kehrten auch die letzten Überlebenden zurück. Erschöpft, zerzaust und mit rußverschmierten Gesichtern standen die Blauschöpfe im verwüsteten Garten vor der eingestürzten Brandruine, die einmal ihre Versammlungshalle gewesen war. Stumm trugen sie die Leichen von

220

einem Dutzend Frauen, Männern und Kindern heran. Äußerlich waren sie unverletzt, ihre Gesichtszüge jedoch zeigten deutlich, wie sie durch den Lord den Tod gefunden hatten.

Noch bevor die Sonne aufging, begruben die Tashan Gonar ihre Toten, dann drängten sich die Trauernden in Thuru-geas Haus zusammen. Einige Frauen kochten Kräutersuppe und wärmten Met, die anderen kauerten schweigend am Boden. Die Mutter der Harmonie verteilte Suppe und sang den Kindern, die immer wieder aufschrien, wenn der Schrecken der Nacht in ihren Geist zurückkehrte, ein beruhigendes Lied. Irgendwann begann der Met die verschreckten Gemüter zu wärmen. Erste leise Gespräche flackerten auf.

Tahâma, Céredas und Wurgluck saßen zusammen in einer Ecke. So viele ihres Volkes auf diese Weise zu verlieren, nachdem sie sie gerade erst wiedergefunden hatte, schmerzte Tahâma so sehr, dass sie es nicht in Worte hätte fassen können. Und nun wollte auch noch Céredas sie verlassen.

»Sie haben den Schattenlord zu uns geführt«, wehte eine Stimme an ihr Ohr. »Gegen die Wölfe konnten wir uns wehren, aber gegen den Lord?«

»Der fremde Jäger trägt an allem Schuld«, murrte ein anderer. »Er hat die Feuersbrunst entfacht. Fast wären wir alle in den Flammen umgekommen! Es hätte keine Toten gegeben, wenn er sich nicht eingemischt hätte! So aber mussten wir ohne Deckung in die Nacht fliehen.«

Tahâma sprang auf und zückte ihren Stab. Mit drei schnellen Schritten war sie bei der kleinen Gruppe junger Männer und bohrte dem Wortführer das Holz in die Brust. »Du glaubst, wir hätten den Schattenlord hergeführt? Und was, denkt ihr, ist mit den Bewohnern des Dorfes geschehen, das ihr verlassen vorfandet? *Er* und seine Untoten haben sie alle ermordet! Man kann die verwaisten Dörfer in ganz Nazagur nicht mehr zählen. Deshalb hat der Lord Boten in die anderen Länder Phantásiens geschickt, um frisches Blut ins Land zu locken! Wir alle sind auf ihre Lügen hereingefallen.«

Blitzschnell wandte sie sich um und bedrohte nun den, der als Zweiter gesprochen hatte. »Und du, Gonthal, was hast du gemacht, als der Lord und seine Kreaturen uns angriffen? Als sie den kleinen Centrâs wegschleppen wollten? Du hast dich hinter den Frauen versteckt und dich zitternd an die Wand gedrückt! Wer von euch starken Männern hat sich den Untoten in den Weg gestellt? Von euch konnte ich keinen erblicken. Also urteilt nicht über einen, der es versucht hat! Ihr glaubt, wenn wir uns nicht gewehrt hätten, dann gäbe es nun keine Toten? Wie naiv seid ihr denn? Glaubt ihr, der Lord von Tarî-Grôth wollte euch einen Höflichkeitsbesuch abstatten?«

»Zumindest die Halle stünde dann noch«, murrte Gonthal.

Tahâmas Atem pfiff vor unterdrückter Wut. Gonthal stieß einen Schrei aus. Von seiner Brust stiegen Rauchschwaden auf.

»Es ist genug«, erklang Céredas' Stimme neben ihr. Er schob ihre Hand mit dem Stab zur Seite. Gonthals Tunika hatte sich auf der Brust braun verfärbt und ihren Glanz verloren. Céredas legte den Arm um Tahâmas Schulter und zog sie mit zu Wurgluck hinüber.

Drei betagte Männer traten auf Granho und Thuru-gea zu, verbeugten sich respektvoll und blieben dann in einigem Abstand stehen. »Es war eine schlimme Nacht«, sagte einer von ihnen, »und wir alle fürchten, dass dies nicht die letzte war. Was sollen wir tun? Wie wird es jetzt weitergehen?«

»Jede Hoffnung ist dahin«, sagte Granho leise. »Zurück in unsere Heimat können wir nicht, denn die gibt es nicht mehr. So bleibt uns nichts anderes übrig, als weiter nach Norden zu ziehen. Nun, nachdem *er* uns gefunden hat, wird er wiederkommen, um seinen Appetit zu stillen, und wir haben nichts, um ihn aufzuhalten – jetzt, wo auch noch der Stein verloren ist«, fügte er hinzu.

»Aber nein«, rief Thuru-gea und griff unter ihren Umhang. »Hier ist Krísodul«, sagte sie feierlich und reichte ihn dem Alten.

»Und wenn schon«, murrte der Sohn des Rhythmus, »was nützt er uns, wenn wir seine Kräfte nicht beherrschen? Nur Harmonie, Melodie und Rhythmus zusammen können seine ganze Kraft entfesseln.«

»Wir werden einen anderen Hüter der Melodie in unserem Volk finden«, sagte Thuru-gea sanft. »Es gibt unter den Jungen und Mädchen einige, die die Begabung mitbringen.«

»Vielleicht«, stöhnte Granho, »aber wir haben keine Zeit. Wie lange müssen sie lernen und üben? Wie lange in der großen Sammlung Schachtel für Schachtel öffnen?« Er ließ den Stein in Tahâmas Hände fallen.

Sie drehte den Kristall in ihren Händen. In ihrem Gesicht spiegelte sich der Kampf, den sie in ihrem Innern ausfocht. »Es gibt jemanden, der seine Kräfte entfesseln kann«, sagte sie schließlich. »Centhân da Senetas, mein Großvater!«

»Was hat sie vor?«, murmelte Wurgluck und tauschte mit Céredas einen Blick.

Unter den Blauschöpfen hob Getuschel an. Ein Raunen wanderte durch den Raum. Während die Jüngeren neugierig zu ihr hinsahen, schüttelten viele der Älteren den Kopf. Ablehnung und Furcht, aber auch Verachtung breiteten sich in ihren Mienen aus.

Tahâma stand auf und erhob ihre Stimme, so dass alle sie verstehen konnten. »Ich werde zu meinem Großvater reisen und ihn bitten, das blaue Feuer in Krísodul zu entfachen. Mit seiner Hilfe können wir einen Schutzwall bauen, den der Schattenlord und seine Wesen nicht überwinden können. Dann sind wir alle in Sicherheit und können in diesem Land in Frieden leben.«

Die jungen Tashan Gonar redeten aufgeregt miteinander, einige jauchzten und jubelten, umarmten einander und klammerten sich an die neu erwachte Hoffnung.

»Wir wollen mit Centhân nichts mehr zu tun haben«, zischte Granho. »Es war schon unangenehm genug, ihm in Krizha so unerwartet wieder zu begegnen.«

»Vielleicht sollten wir es ihr erzählen«, murmelte die Mutter der Harmonie.

Tahâma, die von einigen Mädchen und Jungen umringt war, hörte die Worte nicht, doch Wurglucks Kopf fuhr herum. Er wollte etwas sagen, in diesem Moment aber zupfte der Jäger ihn am Kittel.

»Weiß sie, was sie da sagt?«, flüsterte Céredas. »Nie und nimmer wird er ihr helfen. Jetzt schon gar nicht mehr, nachdem sie mich befreit hat.«

Wurgluck nickte. »Ich glaube auch, dass er nicht gerade begeistert wäre, wenn wir dort wieder auftauchen.«

Diese Worte wiederholte der Erdgnom, als die drei später in der Gästehütte ruhten.

Tahâma musterte ihn kühl. »Da magst du Recht haben, und ich werde niemanden bitten, mich zu begleiten. Du siehst die Verheerung, die der Lord in nur einer Nacht angerichtet hat. Wenn du eine andere Möglichkeit siehst, uns zu helfen, dann sprich schnell!«

Der Erdgnom hob beschwichtigend die Hände. »Du musst nicht gleich garstig werden, nur weil ich meine sorgenvollen Gedanken ausspreche. Natürlich begleite ich dich. Wir sind doch Freunde.«

Tahâma senkte den Kopf. »Verzeih, die Nacht hat mein Gemüt verdunkelt und meinen Blick getrübt.«

Versöhnlich tätschelte der Gnom ihre Hand. »Sehr verständlich, meine Liebe.«

Tahâma erhob sich und sah aus dem Fenster. Der Vormittag war noch nicht vorüber. Eine heitere Sonne schien vom Himmel, so als wäre die Welt noch die gleiche, die sie gestern gewesen war. »Dein Angebot ist sehr freundlich, aber es ist besser für meine Mission, wenn du nicht mitkommst, Wurgluck. Und für Céredas ist nun wohl die Stunde des Abschieds gekommen.«

Céredas sprang auf. »Ich werde dich nicht allein durchs Land ziehen lassen. Ich werde erst gehen, wenn ich dich in Sicherheit weiß!«

Wurgluck sah ihn scharf an. Seufzend erhob er sich und warf sein Bündel auf den Rücken. »Dann ist es also beschlossen. Wir reiten zusammen zu Aylana zurück und bringen Tahâma bis über die Brücke. Den Kampf gegen ihren Großvater muss sie allerdings allein bestehen.«

Die drei Gefährten holten ihre Pferde aus dem Stall. Viele Tashan Gonar kamen, um sich zu verabschieden und ihnen Glück zu wünschen. Thuru-gea brachte ein Paket mit Verpflegung, und Granho wünschte ihnen die Gunst der Vorväter. Dann ritten sie aus dem zerstörten Tor, vorbei an zerwühlten Gemüsebeeten und durch den düsteren Hohlweg davon.

KAPITEL 11
Die Tochter des Schattenlords

Schweigend und voller Trauer ritt Tahâma hinter Céredas den Weg zurück, den sie erst gestern voll freudiger Erwartungen gekommen war. Die unheimliche Stille des düsteren Waldes bedrückte sie nun noch mehr und erfüllte ihr Herz mit tiefer Verzweiflung. Was konnte sie schon ausrichten? Sie war nur ein einfaches Mädchen. Wie sollte sie den Großvater überreden, den Tashan Gonar zu Hilfe zu eilen und das Dorf vor weiteren Angriffen zu schützen? Und selbst wenn ihnen das gelang, was war das für ein Land, in dem jede Nacht Verzweiflung und Tod brachte, um die Gier des Lords und seiner Geschöpfe zu befriedigen. Konnte man ein solches Land jemals Heimat nennen?

Was aber blieb ihnen sonst? Weiter nach Norden ziehen? Wer konnte schon sagen, wie lang der Arm des Schattenlords war. Tahâma befürchtete, dass seine Macht weiter reichte, als die Mutter der Harmonie und der Sohn des Rhythmus es sich vorstellen konnten. Oder sollten sie Nazagur ganz verlassen? Wieder nach Süden ziehen? Schmerzliche Sehnsucht erfüllte sie. Wenn die Weisen Phantásiens einen Weg fänden, das Nichts zu besiegen, wenn der große Jäger Atréju die Kindliche Kaiserin heilen würde, dann könnten sie wieder nach Hause gehen.

Nach Hause. Sie ließ die Worte in ihrem Herzen klingen. Würde es je wieder so sein wie früher? Nein, es war zu spät. Zu viel war geschehen. Ihr Blick ruhte auf dem Rücken des Jägers vor ihr, der wie immer aufrecht auf dem Pferd saß und keine Zeichen von Müdigkeit verriet. Wie würde Céredas' Leben weitergehen? Würden sich ihre beiden Lebensstränge irgendwann wieder vereinen?

Selbst das Wetter zeigte sich heute von seiner trübseligen Seite. Düstere Wolken zogen über den Himmel, und bald darauf setzte ein kalter Landregen ein.

»Kopf hoch«, murmelte Wurgluck und tätschelte ihre Hand. »Es gibt immer einen Weg, auch wenn er oft nicht schon von weitem zu erkennen ist. Sei voller Mut und Zuversicht, dann wird sich eine Lösung finden.«

Tahâma schüttelte den Kopf, wie um all die trübsinnigen Gedanken zu vertreiben. »Du hast Recht, wie immer, weiser Wurgluck«, sagte sie und versuchte zu lächeln.

Die Nacht war längst hereingebrochen, als sie den Steinkreis erreichten und bei Meister Ýven um ein Lager und Schutz vor den Schatten baten. Frierend und völlig durchnässt traten Céredas und Wurgluck in die aufgeheizte Hütte. Tahâma folgte ihnen. Obwohl ihre Tunika und der Umhang so dünn und leicht schienen, war die Haut des Mädchens unter dem Stoff trocken und warm geblieben.

Ýven sah die drei an, keine Schuppe in seinem Gesicht regte sich, dann jedoch zeigte er seine vielen spitzen Zähne, was vermutlich ein Lächeln sein sollte. »Kommt herein, verehrte Gäste. Wer hätte gedacht, dass wir uns so schnell wieder begegnen. Konntet Ihr nicht finden, was Ihr suchtet?«

»Ja und nein«, antwortete Wurgluck. »Wir haben Tahâmas Volk in dem Dorf Gwonlâ gefunden, aber auch den Schattenlord führte der Weg dorthin.«

Die Echse nickte. »Und nun seid Ihr auf der Suche nach Hilfe und Schutz. Das wird kein leichtes Unterfangen.«

Sie setzten sich an die wärmende Glut, die dem Jäger und dem Gnom die schmerzende Kälte aus den Gliedern vertrieb. Bald dampften ihre Gewänder. Von innen wärmten sie sich mit einem Gebräu, das der Meister ihnen brachte. Nach einem kritischen Blick, ob nicht etwa Würmer oder Insekten darin schwammen, nahm auch Tahâma einen Becher entgegen. Sie teilte mit Céredas den Proviant, den die Mutter der Harmonie ihnen mitgegeben hatte, während Wurgluck sich gerne aus Meister Ývens Schüsseln bediente. Bald wurde selbst der Erdgnom schläfrig. Der lange Ritt und der Schrecken der vergangenen Nacht hatten sie alle erschöpft. Sie rollten sich auf den Polstern zusammen und schliefen ein.

Die Freunde hatten sich vorgenommen, gleich bei Tagesanbruch weiter zu reiten, doch es schien keinen Morgen zu geben. Der Hügel mit dem Steinkreis war in dichten Nebel gehüllt, es stürmte und regnete, so dass man keine fünf Schritte weit sehen konnte.

Eine steile Falte auf der Stirn, kam Céredas wieder in die Hütte zurück. »Der Straße könnten wir wohl folgen, aber wie sollen wir die Stelle finden, wo wir den Weg verlassen müssen, solange dichte Wolken uns die Sicht nehmen?«

Tahâma nickte. Sie setzte sich wieder auf ein Polster und zog ihre Flöte heraus. Meister Ýven gesellte sich zu ihr und lauschte verzückt.

Wurgluck warf den beiden einen Blick zu, dann ging er zu Céredas hinüber, der an der Tür stand und voller Ungeduld in den Regen hinausstarrte. »Was hat dich dazu bewogen, deine Pläne zu ändern?«

»Du kannst es wohl gar nicht abwarten, mich loszuwerden«, fauchte der Jäger.

Wurgluck schwieg eine Weile. »Ich sorge mich um ihr Wohl, das ist alles«, sagte er dann.

»Da bist du nicht der Einzige!«, zischte Céredas. »Auch mir liegen ihre Gesundheit und ihr Glück am Herzen. Wie kann ich sie dann ganz allein durch das Land reisen lassen?«

»Pah, allein«, brummte der Erdgnom. »Sie hat Freunde!«

»Einen Erdgnom von kaum zwei Fuß Länge. Ein beeindruckender Schutz!«

»Es kommt nicht immer auf die Muskelkraft an«, verteidigte sich Wurgluck. »Außerdem ist Tahâma sehr wohl in der Lage, auf sich selbst aufzupassen, vor allem jetzt, da sie den Stein wieder bei sich trägt. Ich denke, du hast nur nach einem Grund gesucht, den Abschied hinauszuzögern. Glaubst du, dass du ihr damit einen Gefallen tust?«

»Ich werde gehen, wenn die Zeit gekommen ist, also lass mich endlich in Ruhe! Ich brauche niemanden, der mir sagt, was ich zu tun habe. Vor allem keinen altklugen Erdgnom, der glaubt, von der Weisheit erleuchtet zu sein.«

Wurgluck öffnete den Mund, wandte sich dann aber wieder ab, ohne etwas zu erwidern, und setzte sich neben Tahâma auf das Polster.

Mittag war schon vorüber, als die Wolken höher stiegen und der Regen nachließ. Endlich konnten sie ihren Weg fortsetzen. Mit einer tiefen Verbeugung nahmen sie von Meister Ýven Abschied. Der Echsenmann wünschte ihnen Glück und winkte ihnen nach.

Die Freunde erreichten Aylanas Hütte kurz nach Sonnenuntergang. Unter den ausladenden Ästen der Eiche graste Glyowind, die junge Frau jedoch war nicht zu sehen.

Tahâma stieg ab und klopfte. Sie musste einige Augenblicke warten, ehe sie Schritte vernahm und die Tür einen Spalt weit geöffnet wurde. »Der Segen deiner Vorväter sei

230

mit dir, Aylana«, grüßte sie. Nun traten auch Céredas und Wurgluck heran.

»Was wollt ihr hier?«, fragte sie.

Das war nicht die freundliche Begrüßung, die Tahâma erwartet hatte. Ungläubig sah sie Aylana an.

»Tahâma wird morgen nach Krizha reiten, um ihren Großvater um Hilfe zu bitten, daher hofften wir, bei dir ein sicheres Nachtlager zu finden«, sagte Wurgluck.

Aylana schüttelte heftig den Kopf. »Das geht nicht, auf keinen Fall.«

Tahâma trat zu der schwarzhaarigen Frau und legte eine Hand auf ihren Arm. »Was ist denn los? Liebe Aylana, ist ein Unglück geschehen? Die Sonne ist bereits untergegangen, und die Nacht bricht herein. Du wirst uns doch nicht den grausamen Schatten der Nacht preisgeben! Du weißt, dass Céredas nicht nach Krizha zurückkehren kann.«

»Ja, das weiß ich, und es tut mir in der Seele weh. Dennoch kann ich euch heute Nacht nicht einlassen. Fragt nicht, warum, denn ich werde euch keine Antwort geben. Reitet davon, so weit ihr nur könnt, und sucht irgendwo Schutz. Ich verspreche euch, ihr werdet es heute Nacht nicht mit dem Lord aufnehmen müssen. Vertreibt seine Schergen mit Feuer und Licht. Morgen, wenn es Tag geworden ist, könnt ihr zurückkehren.«

Bevor Tahâma reagieren konnte, hatte sich Aylana ihrem Griff entwunden und schlug die Tür zu. Der Riegel rastete ein. Das Mädchen starrte schweigend auf die geschlossene Tür vor ihrer Nase.

»Merkwürdige Dinge gehen hier vor «, murmelte Wurgluck. »Dann auf die Pferde und nichts wie weg!«

Tahâma schüttelte störrisch den Kopf. »Ich werde nirgendwohin reiten. Ich will wissen, was hier vor sich geht. Aylana ist nicht sie selbst. Sie braucht unsere Hilfe. Ich kann nicht zulassen, dass ihr etwas Schreckliches passiert.«

Wurgluck starrte sie aus großen Augen an. »Ich weiß nicht, an was du denkst, aber wenn es das ist, was mir vorschwebt, dann sollten wir uns auf keinen Fall dazwischenstellen, wenn wir nicht zu Asche zerrieben werden wollen! Reiten wir, so weit wir vor Mitternacht kommen!« Er sah zu Céredas hinüber.

Der Jäger packte Tahâmas Hand und zog sie ein paar Schritte zur Seite. »Du musst wegreiten«, sagte er mit zitternder Stimme. »Ich habe gesagt, ich komme mit, um dich zu beschützen, aber wenn du jetzt hier bleibst, wird etwas Schreckliches passieren.« Er deutete zum Himmel empor. »Gleich geht der rote Mond auf. Es ist seine Nacht!«

Tahâma lächelte ihn an. »Ich weiß deine Besorgnis zu schätzen und freue mich, dass du den Abschied hinausgeschoben hast. Aber auch Aylana braucht heute Nacht Hilfe und Schutz.«

Céredas griff nach ihren Oberarmen, so fest, dass es sie schmerzte. »Tahâma, ich bitte dich. Wenn du nicht um deiner eigenen Sicherheit willen meinen Rat annehmen willst, dann tu es für mich. Sagtest du nicht, es sei mehr als Freundschaft, was sich in deinem Herzen bewegt?«

Das Mädchen sah ihm in die Augen. »Ja, ein so mächtiges Gefühl, dass es sich nicht in Worte fassen lässt. Dennoch kann ich mich jetzt nicht einfach verstecken. Wenn auch du etwas für mich empfindest, dann wirst du das verstehen.«

Céredas ließ sie los und trat einen Schritt zurück. Rubus schob sich über die Baumwipfel und färbte sein Gesicht rot. Er kniff die Augen zusammen und betrachtete das Mädchen mit regloser Miene. »Dann lass uns gehen. Wir müssen uns ein Versteck suchen.« Seine Stimme klang kalt. »Die Nacht ist

232

finster, Tahâma. Du solltest mich nur bei Tag lieben«, fügte er hinzu und stapfte davon.

»Ihr seid verrückt, alle beide«, stöhnte der Erdgnom. »Was habt ihr vor?«

Sie verließen den Hügel und umrundeten ihn im Schutz der Bäume. Céredas nahm die Pferde bei den Zügeln und führte sie von der Rückseite her wieder auf die Hütte zu. Er öffnete die Stalltür und schob die beiden Tiere hinein, dann huschte er wieder den Hügel hinab. Die Freunde verbargen sich in der Krone einer Blutbuche, deren Stamm von dichten Silbersternbüschen umwuchert war. Von hier oben hatten sie einen guten Blick auf den grasigen Hügel und die Vorderseite der Hütte. Voller Spannung warteten sie auf Mitternacht.

Nur der Erdgnom, der mit verschränkten Beinen in einer kleinen Baumhöhle saß, brummelte unwillig vor sich hin. Nichts regte sich auf dem Hügel. Die Hütte lag dunkel und still im matten Licht der Gestirne, die größtenteils von Wolken verdeckt waren.

Es musste gegen Mitternacht sein, als Tahâma nach Céredas' Arm griff. »Sie kommen«, flüsterte sie und fühlte, wie seine Muskeln unter ihren Fingern zuckten. Er nickte. Geräuschlos kroch sie noch ein Stück den Ast entlang, um besser sehen zu können.

Als Erstes entdeckte sie ein Rudel grauer Wölfe. Gemessenen Schrittes liefen die Tiere auf den Hügel zu und kreisten ihn ein, ohne auch nur einen Laut von sich zu geben. Dann kamen die beiden großen schwarzen Wölfe, zwischen ihnen der Lord in Gestalt der riesigen roten Bestie. Die roten Augen durchforschten die Nacht, und Tahâma war es, als verharrten sie viel zu lange auf der Baumkrone, in der sie und ihre Gefährten sich verbargen. Endlich wandte er seinen Blick ab und schüttelte den glänzenden Pelz. Seine Umrisse ver-

233

schwammen, ein Schatten umwirbelte ihn, während er sich langsam erhob. Da stand der Schattenlord in seinem schwarzen Umhang, ein Windhauch spielte in seinem langen, bleichen Haar.

Wieder huschte sein Blick zur Blutbuche. Tahâma zitterte. Sie umklammerte den Ast, auf dem sie saß, mit beiden Händen. Ihre Zähne schlugen aufeinander, und ihr war, als könne sie nie wieder lachen, nie wieder Glück empfinden.

Der Schattenlord erklomm mit fließenden Bewegungen den Hügel. Die beiden schwarzen Wölfe folgten ihm, die kleinen grauen aber blieben in einem Ring am Fuß des Hügels sitzen. Ohne Eile trat der Lord von Tarî-Grôth auf die Hütte zu. Tahâma konnte nicht sehen, ob er anklopfte, doch die Tür öffnete sich weit, kaum hatte er die Schwelle erreicht. Die Wolkendecke riss auf, und der volle rote Mond trat hervor. Der silberne verbarg heute sein Antlitz. Es war die Nacht des feurigen Rubus. Im Licht der Gestirne stand Aylana auf der Schwelle. Das offene Haar fiel ihr in sanften Wellen bis über die Hüfte, ihre nackte Haut schimmerte, die kalten Steinaugen waren weit geöffnet. Sie wich zurück und ließ den Schattenlord eintreten.

Nachher konnte Tahâma kaum mehr sagen, was in den folgenden Augenblicken geschah. Zu viele Gefühle stürzten auf sie ein, zu viele Ereignisse überschlugen sich. Sie wusste noch, dass sie vom Baum hinabklettern wollte. Céredas und Wurgluck versuchten sie aufzuhalten.

»Du kannst ihr nicht helfen!«, rief der Jäger.

»Doch! Ich werde nicht zulassen, dass er Aylana tötet«, gab Tahâma zurück und riss sich los.

Da hörte sie Wurglucks erstickte Worte: »Die grausamen Schatten kommen!«

Tahâma sah sie herankriechen und -schleichen, auf vier

234

Beinen, zweien oder unendlich vielen. Die Wesen waren von solcher Scheußlichkeit, dass der Verstand sich wehrte zu begreifen und Worte sie nicht beschreiben konnten. In großen Gruppen wälzten sie sich eng zusammengedrängt über die Wiesen und durch den Wald auf den Hügel mit der Hütte zu.

Tahâma schüttelte die Hände ab, die sie zurückhalten wollten, glitt den Stamm hinunter und verbarg sich im Gebüsch. Sie wusste, dass sie keine Chance hatte, auch nur den Fuß des Hügels unbemerkt zu erreichen. So riss sie den Stab heraus, an dessen Spitze Krísodul funkelte. Sie begann zu singen. Der blaue Stein an der Spitze des Stabes strahlte, als sie auf den Hügel zurannte.

Ein vielstimmiges Heulen und Jaulen schallte durch die Nacht. Die grauen Wölfe blieben auf ihren Posten, aber die beiden schwarzen jagten auf Tahâma zu. Hinter ihr wogten die Sklaven des Lords heran. Nun erreichten die beiden Wölfe das Mädchen. Sie schwang ihren Stab. Die Tiere sahen sie aus ihren gelben Augen unverwandt an, wichen jedoch langsam zurück, als sie beherzt weiterging. Unter ihren Schritten knirschte der Kies vor der Hütte, ihre Hand griff nach dem Türknauf. Es graute ihr davor, hinter sich zu sehen.

Ein Schrei streifte ihr Ohr. Céredas! Nun fuhr sie doch herum und sah, dass auch er vom Baum geglitten war und brüllend mitten in die Masse der Unholde hineinstürzte. Sie sah sein ockerfarbenes Gesicht. Seine Augen schimmerten verzückt. Er hatte nicht einmal seine Axt vom Gürtel genommen. Die bloßen Hände erhoben, rannte er los und war Augenblicke später von den Schatten verschlungen.

Tahâma schrie auf. Neben ihr öffnete sich die Tür, der eisige Schatten hüllte sie ein. Sie konnte nichts mehr sehen, sie hörte nur noch ihre eigene Stimme, dann verstummte auch sie, und Tahâma fiel in tiefe Finsternis. Hart schlug sie auf dem Boden auf, Kies spritzte zur Seite. Noch immer hielt sie Krísodul in der Hand. Wurgluck sah von seinem Versteck in der Blutbuche, wie sich Tahâmas Finger zuckend um die spiegelnden Flächen legten. Tahâmas Geist war bereits in tiefe Ohnmacht geglitten.

❦

Da war eine Stimme. Sie sang. Freundliche, warme Töne perlten auf sie herab. Fiel ihr Körper noch immer? Nein, er lag warm und geborgen, und es war auch nicht mehr dunkel um sie her. Durch die geschlossenen Lider schimmerte es rötlich. Tahâma öffnete die Augen und sah zu Aylana hinauf, die sich über sie gebeugt hatte. Die lieblichen Töne verhallten.

»Sie ist erwacht«, sagte Aylana leise.

Sie hörte die knarrende Stimme des Erdgnoms. »Ich fürchtete schon, wir hätten sie für immer verloren.«

»Nein«, erwiderte Aylana, »ich habe es dir doch gesagt. *Er* wollte sie in dieser Nacht nicht töten.«

Der Gnom schnaubte unwillig. Mit einem Ruck setzte sich Tahâma auf und sah sich um. Sie fand sich auf einer Matratze mitten in Aylanas Hütte wieder. Im Herd brannte ein Feuer, der Kessel darüber dampfte. Wohlriechende Kräuterdüfte stiegen aus ihm empor und verteilten sich in der Hütte. Die Fenster und die Tür standen weit offen. Tageslicht flutete herein. Der Geruch von Erde und frischem Sommerregen vermischte sich mit den Kräuteressenzen.

»Wo ist Céredas?«, fragte sie. Ihre Stimme klang seltsam spröde.

»Die Schatten haben ihn mit sich genommen«, antwortete Aylana.

»Nein!« Es war ein Schrei voller Verzweiflung.

»Er hat nicht gekämpft«, ergänzte der Gnom, obwohl er wusste, dass das ihren Schmerz noch vertiefte.

»Er hat sich geopfert, um sie von dir fern zu halten«, sagte Aylana.

Tränen rannen über Tahâmas Wangen. »Gibt es noch Hoffnung?«, fragte sie kaum hörbar.

Aylana schüttelte den Kopf.

»Aber – aber«, stotterte Tahâma plötzlich, »warum bist *du* noch am Leben? Warum hat er dich nicht getötet oder mitgenommen?«

Die junge Frau erhob sich und trat an den Kräuterkessel, um einige Blätter hineinzustreuen. Vom Herd aus wandte sie Tahâma ihr schönes, bleiches Gesicht zu. Schwermut schwebte fast greifbar um sie. »Ein Teil meiner Seele gehört von nun an zu den Schatten.« Die Traurigkeit grub feine Linien um ihren Mund. »Nein, vielleicht ist ein Stück von mir seit jeher dort.«

Tahâma stöhnte auf und barg ihr Gesicht in den Händen. Nun verstand sie. »Du wirst sein Kind bekommen, nicht wahr?« Sie musste nicht aufsehen, um zu wissen, dass Aylana nickte.

»Wenn es ein Mädchen ist, wird die dunkle Macht in ihr noch stärker sein. Die Legende sagt, die Kette darf drei Generationen lang nicht unterbrochen werden. Meine Tochter, in der Nacht des roten Mondes gezeugt, muss ihm eine Gefährtin werden, die seinen Schrecken noch übertreffen wird. – Trink das. Es wird deine Seele aufhellen.«

Tahâma sah zu Aylana hoch, die ihr eine Schale mit Kräutersud reichte. Abwesend nahm sie das Gefäß, führte es jedoch nicht zum Mund. »Du bist die Tochter des Schattenlords«, murmelte sie, »in Rubus' Nacht entstanden.«

»Ja, wie auch meine Mutter vor mir. Mit der dritten Generation wird sich nun die Prophezeiung erfüllen. Meine Tochter wird mich schon früh verlassen und nach Tarî-Grôth ziehen. Schön und grausam wird sie sein und an der Seite des Lords herrschen.«

»Ich wüsste nicht, was den Lord noch schlimmer machen könnte«, brummelte Wurgluck.

»Ach nein?«, rief Aylana und fuhr herum. »Sie ist ein Geschöpf des Tages! Verstehst du denn nicht? Mit ihr an seiner Seite werden Licht und Feuer ihm nichts mehr anhaben können!«

Tahâma und Wurgluck schwiegen. Die Erkenntnis sickerte langsam in ihre Gedanken ein.

»Gibt es denn keine Möglichkeit, das zu verhindern?«, fragte das Mädchen schließlich.

»Du meinst, ob ich es hätte verhindern können?«, gab Aylana zurück und zog die Augenbrauen zusammen, dass sich zwei schwarze Geraden bildeten.

»Nein«, sagte Tahâma hastig und wich ein Stück zurück.

Doch da war der bedrohliche Ausdruck schon wieder aus Aylanas Gesicht verschwunden, das abermals von Trauer verdüstert schien. »Vielleicht hätte ich den Tod wählen sollen, solange es ihn für mich noch gab. Jetzt ist mir auch dieser Ausweg versperrt.«

»Deshalb warst du vor ihm sicher«, murmelte Tahâma. Ihre Gedanken wanderten wieder zu Céredas. Warum hatte er das getan? Sie fühlte sich schuldig. Wenn ich Aylanas Rat beherzigt hätte, dachte sie, wäre er jetzt noch am Leben. Ihr Herz brannte, dass der Schmerz ihr fast den Atem raubte.

So verstrichen die Stunden. Bleierne Stille war in der Hütte eingekehrt. Tahâma starrte vor sich hin.

»Wirst du heute noch nach Krizha reiten?«, wagte der Erdgnom irgendwann ihre Trauer zu stören.

238

Tahâma erhob sich steif. »Du hast Recht, mich an meine Pflichten zu erinnern. Mein Volk vertraut mir und wartet auf Hilfe, und einen Hoffnungsfunken findet man auch in der tiefsten Nacht. Ich mache mich gleich auf den Weg, um mit meinem Großvater zu sprechen.«

Aylana sagte nichts, aber der Erdgnom bestand darauf, sie zu begleiten, und so verließen die beiden die Hütte, schwangen sich auf den Rücken der Stute und ritten den Hügel hinab.

KAPITEL 12
Die Kristalle des blauen Feuers

Tahâma ritt, den Erdgnom vor sich, bis zum Tor von Krizha.

Der Wächter, der gerade Dienst hatte, erkannte sie sofort und kam eilig auf sie zu. »Was wollt Ihr hier?«, fragte er leise. »Wisst Ihr denn nicht, dass der Weise Euch für vogelfrei erklärt hat? Wenn Ihr die Stadt betretet, müssen wir Euch festhalten und ins Verlies bringen. Dann werdet Ihr heute Nacht zum Richtplatz geleitet. Reitet schnell davon, bevor Euch die Bürger erkennen und zum Palast schleppen!«

»Ich danke Euch für Euren Rat«, antwortete Tahâma, »aber warum haltet Ihr mich nicht fest? Warum schleift Ihr mich nicht zu Eurem Herrn?«

Der Mann senkte den Blick. »Ich würde mich nie erdreisten, an unserem Weisen Kritik zu üben, aber Ihr seid so jung und unschuldig. Wie könnte ich wollen, dass Ihr unter dem Schrecken des Schattenlords zugrunde geht?«

Tahâma neigte den Kopf. »Möge das Glück immer mit Euch sein, guter Mann.« Sie wendete die Stute und jagte die Straße hinab. Erst hinter der Brücke zügelte sie das Pferd.

»Was machen wir nun?«, fragte der Gnom.

»Ich werde einen Weg finden«, antwortete sie und kaute auf ihrer Unterlippe.

Eine Weile saßen sie schweigend auf dem Pferderücken, während die Stute die saftigen Halme am Ufer kaute.

»Sieh mal«, brach Wurgluck das Schweigen, »deine Freundin Lonathâ und zwei Männer kommen auf die Brücke zu.«

Sie zogen sich ins dichte Weidengestrüpp zurück, um die Reiter passieren zu lassen. Zu ihrer Überraschung jedoch hielten die drei am Bach an und stiegen von den Pferden. Lonathâ breitete ihren Umhang, der auf dem Rücken mit dem Stadtwappen geschmückt war, im Gras aus und legte sich in den Schatten einer hohen Weide, während die beiden Männer aufgeregt diskutierend am Ufer entlanggingen.

»Lass mich runter«, verlangte Wurgluck. »Ich will hören, was sie hier herausgetrieben hat. Ich kann mir nicht vorstellen, dass sie uns suchen. Dazu hätten sie wohl kaum eine Frau mitgebracht!« Der Erdgnom verschwand.

Ungeduldig wartete Tahâma, bis er endlich zurückkam.

»Sie wollen eine Mühle bauen«, verkündete er kurz darauf. Der Mann deiner Freundin und sein Begleiter sind in Baukunst und Technik bewandert, und nun suchen sie eine günstige Stelle, an der die Mühlräder vom Wasser angetrieben werden sollen.«

Durch die Zweige verborgen, beobachteten sie die Männer, die sich immer weiter entfernten. Lonathâ lag im Schatten, die Augen geschlossen, und schien zu schlafen.

»Ich habe eine Idee«, wisperte Tahâma. »Warte hier, ich muss mit ihr reden.« Noch bevor der Gnom sie nach ihrem Plan fragen konnte, war sie verschwunden.

Lonathâ fuhr zusammen, als sich eine Hand auf ihre Schulter legte. Mit einem kleinen Schrei fuhr sie herum. »Tahâma!«

»Schsch!« Das Mädchen legte einen Finger auf die Lippen. Hastig sah sie sich um, aber die Männer waren außer Hörweite und stritten anscheinend immer noch darüber, welches der beste Ort für die geplante Wassermühle sei. »Du musst mir helfen, bitte!«, sagte sie beschwörend und zog die Freundin hinter einen dichten Busch.

»Ja, aber – was hast du denn vor?«, stotterte Lonathâ.

»Ich muss mit meinem Großvater sprechen!«

»Du willst dich in die Stadt wagen, nach allem, was geschehen ist?«

»Es ist noch viel mehr geschehen in den vergangenen Tagen, und deshalb muss ich zu ihm.«

»Aber wie willst du bis zu ihm vordringen?«, wagte die Freundin einzuwerfen. »Die Wachen am Tor werden dich abfangen und ins Verlies bringen.«

Tahâma nickte. »Und deshalb brauche ich deine Hilfe.«

Lonathâ rutschte ein Stück zurück und hob die Hände. Doch Tahâma sah sie durchdringend an und hielt ihren Blick fest. Wie unter Zwang presste Lonathâ endlich hervor: »Was soll ich tun?«

»Ich brauche deinen Mantel, das ist alles.« Tahâma hob den langen, silberfarbenen Kapuzenumhang mit der blauen Flamme auf dem Rücken auf. »Die Wachen sollen mich für dich halten. Ich denke, sie werden mich nicht so genau betrachten, wenn sie das Zeichen des Weisen sehen.«

Lonathâ nickte. Sie schien erleichtert, dass die Freundin ihr nicht mehr abverlangte. »Eines solltest du noch wissen«, fügte sie hinzu. »Dein Großvater hat die Heimat nicht freiwillig verlassen.«

Tahâma runzelte die Stirn. »Wie meinst du das?«

»Ich habe vor vielen Jahren einmal gehört, wie dein Vater mit Thuru-gea über ihn sprach. Irgendetwas Ungeheuerliches ist damals vorgefallen. Thuru-gea und Granho riefen eine Versammlung der Ältesten ein, was über einhundert Jahre nicht mehr vorgekommen war. Sie beschlossen, deinen Großvater für immer aus dem Tal zu verbannen.«

»Aber warum? Hast du eine Idee, was passiert sein könnte?«

Lonathâ schüttelte den Kopf. »Ich habe mir viele Gedanken darüber gemacht – vor allem, seit ich hier in seiner Stadt lebe. Er ist ungewöhnlich begabt, findest du nicht?«

»Ja, und ungewöhnlich mächtig«, fügte Tahâma nachdenklich hinzu. »Warum hast du mir das erzählt?«

Lonathâ griff nach ihren Händen. »Ich will dich warnen. Du bist meine Freundin, und ich wäre untröstlich, wenn dir etwas zustieße. Sei wachsam und hoffe nicht auf väterliche Gefühle in seiner Brust!«

»Ich behalte deine Worte im Gedächtnis«, sagte Tahâma. »Wenn das Tageslicht sich zu trüben beginnt, werde ich mein Glück versuchen.«

»Du wirst ihn zu dieser Zeit allein in seinem Gemach im ersten Stock finden. Es ist die silberne Flammentür direkt neben dem Treppenaufgang.« Lonathâ spähte durch die Zweige. »Ich sollte gehen. Die Männer scheinen sich geeinigt zu haben.«

Tahâma umarmte sie. »Wird dich Andrejow nicht fragen, wo du deinen Mantel gelassen hast?«

Lonathâ lachte leise. »Er wird es nicht bemerken. Er ist ein Mann!«

Rasch trat sie hinter dem Busch hervor und ging den Männern entgegen, die noch immer heftig gestikulierend über ihr Projekt sprachen.

Lautlos zog sich Tahâma zurück. Im Unterholz wartete Wurgluck mit der Stute auf sie. Sie waren beide nervös, aber sie wechselten kaum ein Wort, während sie zusahen, wie der Nachmittag verstrich. Als sich die Sonne den Baumwipfeln

244

näherte, führte Tahâma die Stute so nah an die Stadt heran, wie die Bäume ihnen Deckung boten. Dann beobachteten sie die Stadttore.

Die Wachen wurden abgelöst. Ein Zug von Bauern näherte sich, von ihrem Tagwerk auf den Feldern zurückkehrend, ein Karren mit Handelsware rollte heran. Von der anderen Seite trabten drei hochgewachsene Reiter mit dem Wappen Nazakenins auf das Tor zu. Nun war der richtige Zeitpunkt gekommen. Tahâma hüllte sich in den fast bodenlangen Umhang und zog die Kapuze über den Kopf. Stumm drückte sie die kleine Hand des Erdgnoms, die sich wie eine Ansammlung trockener Zweige anfühlte.

»Ich werde hier warten«, sagte er. Besorgnis schwang in seiner Stimme. »Ich traue dem Alten nicht. Er ist verschlagen, also sieh dich vor!«

»Keine Sorge, lieber Wurgluck, ich passe schon auf mich auf.«

»Sonst werde ich diese Mauern einreißen und dich aus dem Verlies holen«, knurrte er. »Und wenn sich mir hundert Weise mit ihren Kristallen entgegenstellen!«

Tahâma lächelte. »Das wird nicht nötig sein.«

Mit schnellen Schritten ging sie auf den Händlerkarren zu und folgte ihm, den Kopf ein wenig gesenkt, bis zum Tor. Die Wachen hielten den Kaufmann an, fragten, wo er herkomme, und prüften den Inhalt des Wagens. Tahâma schenkten sie nur eine höfliche Verbeugung. Das Mädchen neigte den Kopf noch ein wenig tiefer zum Gruß und schritt dann rasch an ihnen vorbei. Die erste Hürde war genommen. Nun musste sie noch in den Palast hineinkommen.

Niemand nahm Notiz von ihr, wie sie durch die Gassen ging und dann den Platz am Fuß der Felswand überquerte. Doch ihr Herz klopfte bis zum Hals, als sie im Dämmerlicht die Treppe zum Tor hochstieg. Eine blaue Haarsträhne löste sich und ringelte sich über ihre Brust. Ich bin Lonathâ, sagte sie sich in Gedanken vor, ich gehöre hierher.

Eine unsichtbare Hand zog den Türflügel auf. Die uniformierte Gestalt verbeugte sich. »Einen guten Abend, Dame Lonathâ, der Weise erwartet Euch in seinem Gemach.«

»Danke«, murmelte Tahâma und zwang sich, gemessenen Schrittes die Treppe emporzusteigen. Stumm dankte sie noch einmal der Freundin, dann klopfte sie an die silberne Tür und trat ein.

Die Pracht des riesigen Raumes ließ sie für einen Moment erstarren. Welche Schätze! Was für ein verschwenderischer Reichtum! Nach dem, was sie bisher von diesem Land kennen gelernt hatte, hätte sie nicht für möglich gehalten, dass es in ganz Nazagur so viel Gold, Silber und Edelsteine gab, wie sie nun hier in einem einzigen Raum vor sich sah.

Centhân da Senetas hatte auf einem prächtigen Samtdiwan geruht. Jetzt erhob er sich und kam mit ausgestreckten Armen auf sie zu. »Lonathâ, meine Liebe, du wolltest mit mir sprechen? Setz dich doch zu mir und trink von dieser wundervollen süßen Schokolade, die aus einem Land weit im Süden kommt.«

Tahâma warf die Kapuze zurück. »Ich bin zwar nicht Lonathâ, aber mit Euch sprechen will ich auch.«

Der Weise blieb unvermittelt stehen, seine Arme sanken herab. Eine steile Falte bildete sich auf seiner weißen Stirn. »Ein übles Täuschungsmanöver.«

»Lonathâ trifft keine Schuld«, sagte Tahâma schnell. »Ich habe ihr keine Wahl gelassen.«

Centhân nickte. »Ja, das will ich glauben. Warum bist du gekommen? Willst du dich mir zu Füßen werfen, um für deine Sünden um Verzeihung zu bitten?«

»Einem Freund in seiner Not beizustehen ist in meinen Augen keine Sünde«, gab sie kühl zurück. »Außerdem kann man lästerliche Sünden nur einem Gott gegenüber begehen. Ihr seid nur ein Blauschopf wie ich, doch anscheinend habt Ihr das vergessen.«

»Was also willst du von mir?«, fragte er.

»Um Eure Hilfe bitten.«

Die weißen Augenbrauen schoben sich in die Höhe. Langsam ging er zu seinem Diwan zurück und ließ sich in die goldbestickten Kissen sinken. »Setz dich«, sagte er und deutete auf ein Polster zu seinen Füßen.

Tahâma zögerte, ließ sich dann aber mit verschränkten Beinen darauf nieder. Aufmerksam musterte er sie aus seinen tiefblauen Augen.

»Ich habe sie gefunden«, begann Tahâma. »Unser Volk hat sich in einem verlassenen Dorf eineinhalb Tagesritte nordöstlich von hier niedergelassen. Es ist ein schönes Dorf, in dem sie wieder von ihrer Heimat träumen können, von Licht und Luft und Blumengärten. Ein Ort, an dem sie singen und musizieren und die große Sammlung aller Melodien und Rhythmen weiter ausbauen können.« Sie hielt inne. Die Erinnerung griff nach ihr und trieb ihr Tränen in die Augen. Sie blinzelte heftig und richtete dann ihren Blick wieder auf den Großvater, der sie abwartend beobachtete. »Sie könnten dort ihr Glück finden, aber sie sind völlig ohne Schutz. Ich habe es selbst erlebt. Ich war dabei, als die grausamen Schatten der Nacht über sie herfielen. Mehr als ein Dutzend Männer, Frauen und Kinder fielen *ihm* in einer einzigen Nacht zum Opfer!«

Vergeblich wartete Tahâma auf eine Reaktion. Der alte Mann schwieg.

»Sie haben begonnen, Palisaden um das Dorf zu ziehen,

die werden sie aber nur schützen, wenn sie das blaue Feuer besitzen.« Sie holte den Kristall aus ihrem Beutel. »Ich werde ihnen Krísodul geben, aber sie haben nicht die Kraft, ihn zum Leben zu erwecken. Ihr müsst ihnen helfen. Die Tashan Gonar sind auch Euer Volk!«

Er nickte langsam. »Das ist nicht so einfach, wie du dir das vorstellst. Der Stein allein ist nichts. Es bedarf der Hand, die ihn führt. Nur wenn die drei Kräfte zusammenwirken, erwacht er zum Leben.«

»Es gibt Männer und Frauen, die würdig und machtvoll genug sind, den Stein zu tragen: Thuru-gea und Granho. Sie werden einen neuen Hüter der Melodien bestimmen. Dann sind die Kräfte der Musik wieder vereint und Krísodul wird sein Feuer entzünden.«

Der Weise der Stadt schüttelte den Kopf. »Der Schattenlord würde das nicht hinnehmen. Es hat ihn schon sehr erzürnt, dass ich ihm diese Stadt nahm. Man muss vorsichtig sein und behutsam seine Schar vergrößern.«

Tahâma sprang auf und stemmte die Hände in die Hüften. »Erzürnt? Was kümmert uns das? Soll er erzürnt sein!«

»Er ist mächtig, sehr mächtig, und seine Kräfte wachsen mit jeder Nacht und jedem Hauch von Todesangst, den er zu sich nimmt.«

Trotzig stampfte sie mit dem Fuß auf. »Mächtig, ja, das mag er sein, aber ist er auch allmächtig?«

Centhân schüttelte den Kopf. »Nein, das nicht. Die vereinte Kraft der Musik muss er fürchten.«

»Und die Macht Krísoduls, oder nicht?« Tahâma zog die Augenbrauen zusammen. »Sagt mir, wenn alle drei Kräfte zusammenwirken müssen, wie ist es dann möglich, dass Ihr allein seine Flamme entfacht?«

»Warum fragst du? Weißt du die Antwort nicht selbst?«

Das Mädchen nickte langsam. »Die besondere Begabung. Ihr habt von allem etwas in Euch.«

»Ja«, bestätigte Centhân. »Ich war der erste Tashan Gonar, der Melodie, Harmonie und Rhythmus in sich vereint.«

»Und deshalb könnt Ihr Krísodul befehlen, während Vater scheiterte und am Gift des Mordolocs sterben musste.« Sie sah auf. »Warum habt Ihr das Dorf verlassen?«

Centhân lachte auf. »Die Blauschöpfe sind in ihrem Gemüt wie Kinder, selbst wenn sie schon Hunderte von Jahren auf der Welt sind. Meine Begabung ging über ihren beschränkten Geist. Sie wollten die einmalige Chance nicht erkennen. So bin ich davongezogen, um mir ein Volk zu suchen, das sich meines großartigen Geschenks würdig erweisen würde.«

»Dann helft mit, Euer auserwähltes Volk von Angst und Tod zu befreien!« Tahâma straffte sich. »Wenn es eine Möglichkeit gibt, den Schattenlord aufzuhalten, dann müssen wir den Versuch wagen! Auch wenn er unser Leben kosten mag.«

Der alte Mann ließ sich gegen die Kissen in seinem Rücken sinken. »Wohl gesprochen, kleines Mädchen, tapfer, aber unklug.« Er erstickte ihren Protest mit einer raschen Handbewegung. »Dieses Land ist fruchtbar und weitläufig wie kein anderes, und es wird mit jedem Tag größer. Das war nicht immer so. Es hat vor ein paar Jahrzehnten angefangen und schreitet nun immer schneller voran. Hast du einmal überlegt, warum Nazagur das einzige Reich Phantásiens ist, das nicht vom Nichts befallen wird?«

»Natürlich habe ich darüber nachgedacht. Seit ich den Namen Nazagur zum ersten Mal gehört habe, zieht dieser Gedanke immer wieder durch meinen Geist, aber es will sich keine Antwort auf die Frage finden.«

Centhân beugte sich nach vorn. Um seine Lippen zuckte es.

249

»Es hängt mit dem Lord zusammen. Das Land wächst mit seiner Macht!«

»Aber warum?«

Der alte Mann hob die Schultern. »Das weiß ich nicht. Das wollte der große Lord mir nicht sagen. Vielleicht weiß er es selbst nicht so genau.«

Tahâma keuchte. »Ihr habt mit ihm darüber gesprochen?«

»Es bleibt nicht aus, dass die Mächtigen dieses Landes ab und an miteinander reden.«

Tahâma trat einen Schritt vor. »Nur mit ihm reden oder auch einen Pakt mit ihm schließen?« Ihre Stimme wurde lauter. »Ist das der Grund, warum Ihr Euch weigert, gegen ihn anzutreten? Sagt es mir!«

Centhân öffnete den Mund, schloss ihn dann aber wieder. »Du bist fast noch ein Kind«, sagte er schließlich. »Es ist nicht so einfach, wie es sich dir darstellen mag. Du hast nicht Jahrzehnte in diesem grausamen und doch so schönen Land gelebt. Ich bin der Beschützer dieser Stadt, der Weise, der Hüter der blauen Flamme.«

»Ja, das seid Ihr«, sagte Tahâma leise, »aber nur solange es den schwarzen Lord gibt und Ihr die Bürger der Stadt vor ihm und seinen Geistern schützen müsst. Was würde mit Euch geschehen, wenn sie frei wären von den dunklen Schatten? Würden Sie Euch noch dienen und Euch all ihre Schätze bringen?« Sie machte eine ausladende Bewegung, die alles Gold und Geschmeide zu umfassen schien. »Das ist also der Grund.« Die Enttäuschung war so tief, dass ihr fast die Stimme versagte. »Machthunger und Gier nach Gold treiben Euch an. O ja, Ihr habt Recht, Euer Sohn war von anderem Schlag, denn er besaß Ehre und war bereit, für sein Volk zu leben und zu sterben.«

Sie zog sich langsam ein paar Schritte zurück, ohne ihn aus

250

den Augen zu lassen. »Ihr sagt, ich sei fast noch ein Kind, aber Ihr irrt. Soeben habt Ihr mir die Augen geöffnet. Was sagtet Ihr bei unserer letzten Begegnung? Ich sei Eures Blutes und hätte die Begabung. Jetzt endlich begreife ich den Sinn dieser Worte. Darum hat der Stein mir in manch schlimmer Stunde zur Seite gestanden! Nun werde ich lernen, seine Macht zu nutzen, um mein Volk vor dem Bösen dieses Landes zu beschützen. Ich werde nicht ruhen, bis ich die Burg des Lords gefunden habe. Und dann werde ich ihn vernichten!«

»Dann wirst du auch Nazagur vernichten!«, schrie Centhân und sprang auf. Er griff nach seinem Stab und reckte ihn ihr entgegen. »Nein«, sagte er drohend, »du wirst niemandem schaden, und du wirst auch nirgendwo hingehen. Du wirst in den Tiefen meiner Feste bleiben, bis ans Ende aller Tage. Gib mir den Kristall! Er ist kein Spielzeug.«

»Niemals!« Tahâma wich noch weiter vor ihm zurück, den blauen Stein mit beiden Händen fest an sich gedrückt. Sie sang und beschwor die Kräfte des Steines. Er regte sich. Sie spürte eine Hitze, die ihr beinahe die Haut versengte. Er erwachte. Eine kleine rote Flamme spiegelte sich in den Kristallflächen. Wenn sie beide Steine hätte, dachte sie auf einmal, könnte sie vielleicht gegen den Lord bestehen.

»Gebt mir die zweite Hälfte von Krísodul, dann werde ich gehen und Euch nicht wieder behelligen, Großvater.«

Er lachte, doch Unsicherheit schwang in seiner Stimme. »Du bist verrückt, Mädchen. Du wirst in einem Flammensturm verglühen, wenn ich es befehle.«

Der Stein in ihrer Hand vibrierte. Ein tiefes Summen drang aus seiner Tiefe, nein, es kam aus ihr selbst. Sie öffnete den Mund und ließ die Töne entweichen. Was war es, das den Stein zum Leben erweckt hatte und ihn führte? Ihr blieb nichts zu tun, als ihre Hände fest um ihn zu legen, damit er

251

nicht zu Boden fiel, und sich dem scharfen Rhythmus zu ergeben, der aus ihr erklang. Flammen züngelten aus dem Kristall hervor, rote und blaue. Sie stoben hoch bis zur Decke, wanden sich in einem zuckenden Tanz umeinander und verschmolzen dann zu dunklem Violett.

»Gib ihn her!«, schrie der Alte mit verzerrten Zügen und richtete seinen Stab auf Tahâma.

Nun begann auch er Töne auszustoßen. Grell und schmerzhaft hallten sie ihr in den Ohren. Weißblau schoss der Strahl hervor, doch er prallte gegen die violette Flammenwand, die unvermittelt aufloderte, und zerstob in tausend Funken. Centhân stieß einen Schmerzensschrei aus. Noch einmal reckte er den Stein vor, um Tahâma zu vernichten. Aber auch dieses Mal schützte sie die Macht der zweiten Hälfte. Wieder verbanden sich die beiden Strahlen. Sie rangen miteinander und wanden sich, doch sie konnten einander nicht besiegen. Der Stab in Centhâns Hand glühte für einen Augenblick auf und zerbarst in einer Explosion, die den Boden erzittern ließ. Feine Asche rieselte herab, der blaue Stein fiel zu Boden, rollte ein Stück auf Tahâma zu und blieb dann unruhig flackernd liegen.

Mit zwei schnellen Schritten hatte Tahâma ihn erreicht, bückte sich und ließ ihn in ihre Tasche gleiten. Der alte Mann schrie auf, aber sie beachtete ihn nicht mehr. Sie steckte auch den zweiten Stein ein, eilte zur Tür, riss sie auf und rannte die Galerie entlang bis zur Treppe.

Tahâma hatte die ersten Stufen schon erreicht, als Centhân im Türrahmen erschien und nach den Wachen rief. Mit Hellebarden und kurzen Säbeln bewaffnet, kamen sie von allen Seiten. »Du meinst, du hast mich besiegt?«, schrie der alte Mann ihr nach. »Du irrst dich. Glaubst du wirklich, meine Macht wäre an diesen Stein gebunden?«

Tahâma hörte nicht auf ihn. Sie lief, so schnell sie konnte. Sie hörte die Melodie in sich klingen und konzentrierte sich darauf, das Tor vor ihren Verfolgern zu erreichen. So schnell war sie noch nie gelaufen, und dennoch blieb ihr Atem ruhig. Die Wachen hinter ihr fielen bald schon zurück. Die Gassen waren dunkel und leer. Sie war so in Eile, dass es ihr erst nicht auffiel. Aus den Augenwinkeln nahm sie die Gruppen von Wächtern wahr, die sich auf den Mauern zusammengeschart hatten und aufgeregt miteinander sprachen. Ängstliche Rufe drangen an ihr Ohr. Sie gelangte an das Stadttor, aber niemand versuchte sie aufzuhalten. Die schweren Flügel schwangen auf, und Tahâma lief in die Nacht hinaus. Hastig warf sie einen Blick zurück, niemand folgte ihr. Die Wächter liefen zum Palast. Finster lag die Stadt da, das blaue Leuchten war erloschen.

Für einen Moment hielt Tahâma inne. Sie hatte die Stadt ihres Schutzes beraubt. Wie viele Männer und Frauen würden nun unter dem Atem des Schattenlords ihr Leben lassen müssen? Zweifel nagten an ihr. Tat sie das Richtige? Hatte sie eine Chance, dem Spuk ein Ende zu setzen, oder würde sie alles noch schlimmer machen? Sie fühlte die beiden Steine in ihrer Tasche und dachte an die Worte ihres Vaters:

»Du bist stark im Willen und voll Zuversicht im Herzen. Du bist begabt, die Vorsehung hat dich auserwählt. Glaube an dich, so wie ich es tue. Verwende Krísodul klug und erinnere dich stets an die Melodien, die ich dich gelehrt habe. In Melodie, Harmonie und Rhythmus liegt die Kraft, das darfst du nie vergessen. Der Stein wird dir helfen, deinen Weg zu finden.«

Mit freudigem Wiehern galoppierte die Stute heran. Wurgluck hing auf ihrem Hals und krallte sich in der Mähne fest. Als das Pferd vor Tahâma anhielt, sah sie, wie der Erdgnom zitterte, doch seine Augen blitzten voll Stolz.

»Komm, steig auf«, rief er, »wir haben keine Zeit zu verlieren.«

Tahâma zögerte und sah noch einmal zur Stadt zurück.

»Nun mach schon!«, drängte Wurgluck.

Da öffneten sich die Tore, und mehrere Dutzend Geharnischte quollen hervor. Tahâma schwang sich auf den Rücken der Stute, riss sie herum und jagte die Straße entlang auf die Brücke zu. Die Wächter schrien ihr zornig hinterher. Viel zu lange brauchten sie, um ihre Pferde aus den Ställen zu holen. Als die ersten Reiter unter dem Tor erschienen, hatten die Flüchtenden die Brücke längst passiert und waren in der Dunkelheit verschwunden.

Tahâma saß unter der Eiche auf Aylanas Hügel und sah in die untergehende Sonne. Obwohl die Strahlen ihre Haut wärmten und ihre Tunika zu glühen schien, war ihr Inneres in Kälte erstarrt. Nun, nachdem ihre Mission in Krizha zu Ende war und ihr Geist im Schutz der Hütte zur Ruhe kam, fand sie Zeit, sich der Trauer hinzugeben. »Tot, tot, tot«, hämmerte ihr Herz in immer gleichem Rhythmus. Wie viel Schmerz würde sie ertragen müssen, bis auch ihr Leben ein Ende fand?

Sie schloss die Augen und sah Céredas vor sich, von den roten Schwaden der Sonne vor ihren Lidern umwallt. Seine Haut schimmerte in hellem Ocker, sein langes schwarzes Haar wehte im Wind. Sie sah die rot-schwarz gestreifte Schlangenhaut, die er sich um die Stirn gewunden hatte, und das Lederband mit den Zähnen des erlegten Manticores um seinen Hals. Die Schatten der untergehenden Sonne ließen sein Gesicht noch kantiger erscheinen. Warm blickten seine Augen sie an. Ihr war, als könne sie Céredas' Atem auf ihrer Wange spüren, und seine Stimme hüllte sie ein. Von nun an würde er nur noch Erinnerung sein, die mit jeder Nacht etwas mehr verblasste, bis sie ihn eines Tages nicht mehr sehen konnte. Der Schmerz würde irgendwann nachlassen, um den Preis des Vergessens. War das nicht schrecklicher, als die Pein und die Leere zu ertragen?

Eine knochige Hand strich über die ihre. Tahâma zuckte zusammen und öffnete die Lider. Sie sah in Wurglucks moosgrüne Augen. »Du kannst mir keinen Trost schenken«, sagte sie rau.

Der Erdgnom nickte. »Ja, da hast du Recht. Auch ich kann es kaum fassen, dass wir unseren Freund auf diese Weise verloren haben.« Er seufzte und fügte kaum hörbar hinzu: »Ich hatte es befürchtet, lange schon, aber man betrügt sich mit falschen Hoffnungen.«

»Und nun ist er tot.« Tahâma lauschte den Worten nach, als könne sie kaum fassen, sie selbst laut ausgesprochen zu haben.

»In den Händen des Schattenlords«, korrigierte Wurgluck, »aber tot?« Er zögerte. »Ich weiß nicht.«

Tahâma runzelte die Stirn. »Es ist grausam, falsche Hoffnung zu wecken, wenn es längst Gewissheit gibt.«

Wurgluck schüttelte den Kopf. »Ich sehe in diesem Gedanken keine Hoffnung. Er ist einer von ihnen. Nun ist er heimgekehrt.«

Tahâma sah ihn verwirrt an. »Aber ja, sie haben ihn getötet, damit der Lord seinem Heer einen Unhold mehr zuführen kann.«

»Nein, ich denke nicht, dass es so gewesen ist«, widersprach der Erdgnom. »Das Böse kreiste in seinen Adern, seit der Werwolf ihn gebissen hat. Ich habe versucht es aufzuhalten, mit all meinem Wissen, aber ich muss nun einsehen, dass es mir nicht gelungen ist. Das Gift hat immer mehr von ihm Besitz ergriffen. Nachts war es mächtiger als am Tag. Hast du nicht bemerkt, wie die Mächte in ihm kämpften? Nun, in der Nacht des roten Mondes, hat die dunkle Seite seiner Seele gesiegt.«

Das Mädchen sprang auf und stampfte mit dem Fuß auf. »Wie kannst du es wagen, ihn des Verrats zu bezichtigen und sein Andenken zu beschmutzen? Durch sein selbstloses Opfer hat er mein Leben gerettet!«

Der Erdgnom zuckte mit den Schultern. »Möglich ist es«, sagte er, aber er klang nicht überzeugt.

Tahâma wandte sich ab und trat zu Aylana in die Hütte. Dankend nahm sie einen Becher Met entgegen und trank das wärmende Gebräu in kleinen Schlucken.

»Was wirst du nun tun?«, fragte Aylana.

»Weißt du, wo Tarî-Grôth liegt?«, erwiderte Tahâma.

Aylana schüttelte den Kopf. »Willst du dich wirklich in die Schlangengrube wagen?«

»Ich habe meinem Großvater gegenüber keine leeren Drohungen ausgestoßen. Ich werde nach Tarî-Grôth gehen und mich dem Kampf stellen. Wer weiß, vielleicht werde ich siegen, dann ist Nazagur und mit ihm auch mein ganzes Volk befreit. Und wenn ich versage, dann teile ich Céredas' Schicksal«, fügte sie trotzig hinzu.

Aylana legte den Kopf schief und lauschte dem Klang ihrer Worte. »Dir ist sicher bewusst, dass deine Chancen auf Erfolg verschwindend gering sind, aber ich will nicht versuchen dich aufzuhalten. Jeder muss seinen Weg gehen, auch wenn er direkt in die Hölle führt.« Sie deutete auf ihren Leib. »Ich führe meine Hölle nun stets mit mir, du wirst deine vielleicht in Tarî-Grôth finden.« Sie umarmte das Mädchen. »Ich wünsche dir Kraft, ein unerschrockenes Herz und einen klaren

Geist. Helfen kann ich dir bei deinem Kampf nicht, aber zwei Ratschläge will ich dir geben: Beginne deine Suche bei Meister Ýven, er kann dir vielleicht den Weg weisen. Und vertraue deinen Augen nicht zu sehr. Der Lord ist ein Meister der Illusion, und auch das Herz kann einen trügen und so ins Unglück reißen. Darum prüfe stets alle deine Sinne.«

Die beiden Frauen umarmten sich.

»Ich danke dir, meine Schwester. Was wird mit dir und deinem Kind geschehen, wenn ich Erfolg habe?«, fragte Tahâma besorgt.

Aylana hob die Schultern. »Wer kann das schon sagen? Lass diesen Gedanken deine Entschlossenheit nicht schwächen. Du wirst all deine Stärke brauchen, wenn du vor *ihm* bestehen willst. Wird Wurgluck mit dir gehen?«

»Natürlich wird Wurgluck mit ihr gehen!«, erklang die Stimme des Gnoms von der Tür her. »Meint ihr, ich habe meine gemütliche Höhle im Silberwald und meine Töchter und Schwiegersöhne verlassen, um mich hier nun zitternd zu verstecken, während sich Tahâma sehenden Auges in den Wolfsbau begibt?« Er griff nach seinem Bündel und sah erwartungsvoll zu dem Mädchen hoch. »Gehen wir?«

Verblüfft blickte ihn Tahâma an. Dann ließ sie sich auf die Knie fallen und umarmte den Gnom.

»He, willst du mir die Knochen brechen?«, keifte er, aber sie sah die Rührung in seinen Augen.

Eine Nacht blieben sie noch bei Aylana. Tahâma erwog, einen Stab zu schnitzen, an dessen Spitze sie die zwei blauen Kristalle befestigen konnten. Als sie die beiden Steine jedoch aneinander hielt, sprühten sie plötzlich helle Funken. Das Mädchen wich zurück. Da lagen die Steine, zwei der spiegelnden Flächen aneinander gedrückt. Blauer Nebel stieg auf, als die Hälften zu einem einzigen Kristall zu verschmelzen begannen. Dann erlosch Krísodul. Zaghaft näherte sich Tahâma wieder und streckte die Hand aus. Der Stein war kühl und glatt. Kaum hatte sie ihn jedoch berührt, begann Krísodul im Rhythmus ihres Herzschlags zu pulsieren. Wärme und Mut strömten in ihr Herz. Sie war bereit, die Nachfolge ihres Vaters anzutreten.

KAPITEL 13
Crachna, die Spinnenfrau

Sobald der Tag erwachte, brachen sie auf. »Mein Herz und meine Zuversicht werden euch begleiten«, sagte Aylana zum Abschied. Sie half dem Gnom auf den Rücken der Stute, wo er wieder vor Tahâma Platz nahm. Den Hengst ließen sie bei Aylana zurück. Er wieherte und zerrte an seinem Strick, bis sie seinen Blicken entschwunden waren.

Den Steinkreis erreichten sie kurz nach Mittag, doch Meister Ýven war nicht zu Hause. Voller Ungeduld warteten Tahâma und der Erdgnom, bis er bei Einbruch der Dunkelheit zurückkehrte.

Der Forscher schien nicht überrascht, die beiden in seiner Hütte vorzufinden. »Und wieder führt Euch Euer Weg in den Schutz meiner Steine. War Eure Mission erfolgreich? Wo ist der Jäger von den schwarzen Felsen?«

Wurgluck berichtete in knappen Worten, was vorgefallen war.

»Bitte, Meister Ýven«, mischte sich Tahâma ein, »könnt Ihr mir sagen, wie ich die Feste des Lords finden kann?«

Die Echse ließ ihre gespaltene Zunge sehen und leckte sich über das Kinn. »Ihr wollt nach Tarî-Grôth? Ein gefährlicher Weg, den Ihr Euch da vorgenommen habt!«

Wurgluck nickte. »Und deshalb bitten wir Euch, erzählt uns

alles, was Ihr über den Lord und seine Schergen wisst. Mich würde zum Beispiel interessieren, wie er seine Opfer tötet. Die Leichen, die wir fanden, wiesen keine Wunden auf und sahen seltsam mumienhaft aus.«

Meister Ývens Pupillen zogen sich zu schmalen Schlitzen zusammen. »Er vernichtet das Glück und die Hoffnung, zerstört jedes gute Gefühl, bis nur noch Angst und Horror zurückbleiben. Panik und Todesangst nähren ihn und geben ihm Kraft. Er saugt sie in sich auf, bis das Opfer leer ist. Ohne Gefühle ist es nur noch eine leere Hülle. Es stirbt, verweht im ersten Sonnenlicht und wird vergessen.«

»Sie ängstigen sich zu Tode«, murmelte Tahâma. Ein eisiger Schauder überlief sie.

»Manchmal kommt mir der schreckliche Gedanke, dass die Männer und Frauen in Nazagur nur leben, um ihn und seine Brut zu nähren«, murmelte der Forscher und schüttelte den Kopf. »Eine Nacht nur, dann sind sie für immer vergessen.«

»Ich bleibe bei meinem Plan«, sagte Tahâma. »Wenn Ihr den Weg kennt, dann sagt ihn uns bitte.«

»Niemand sucht nach Tarî-Grôth! Selbst meine Wissbegierde reicht nicht aus, mich an einen solchen Ort zu treiben.«

»Gibt es denn kein Wesen in ganz Nazagur, das uns weiterhelfen kann?«, begehrte Tahâma auf.

Meister Ýven wiegte den Kopf hin und her. »Crachna, die Spinnenfrau, könnt Ihr fragen«, sagte er langsam. »Ihre Augen sehen alles, und in ihren Augen kann man alles sehen.«

Tahâma war es müde, über seine rätselhaften Aussagen nachzudenken. »Und wo finden wir diese Spinnenfrau mit den sehenden Augen?«

»Auf dem Berge Krineb haust sie in einer tiefen Höhle.

260

Aber noch einen Rat will ich Euch geben. Richtet niemals Fragen an Crachna, wenn sie hungrig ist. Nehmt Fleisch mit für ihre Gier, denn sonst werdet Ihr statt Antworten den Tod in ihren Klauen finden.«

»Eine Spinne, die entweder antwortet oder uns verspeist? Was wird noch alles kommen?«, murmelte der Erdgnom.

Meister Ýven hatte die Worte gehört und sah ihn ernst an. »Crachna ist kein großer Schrecken gegen das, was Euch auf Tarî-Grôth erwartet. Wenn sie Euch bereits ängstigt, kehrt lieber um!«

Vier Tage waren sie nun schon unterwegs. Durch Wälder und über Wiesen waren sie geritten, Dörfer mit verängstigten Bauern hatten sie passiert. Allmählich wurde das Land karger. Immer spärlicher spross Grün zwischen den zerklüfteten Felsen. Die Berge ragten schroff vor ihnen auf, und es schien kein Weg hinaufzuführen, zumindest kein für Pferde gangbarer Pfad.

Tahâma lenkte die Stute nach Westen und ritt am Fuß einer senkrecht aufragenden Wand entlang. Die Felsen, die bis dahin in hellem Grau getönt waren, wurden nun dunkler. Ein blutiges Rot mischte sich mit stumpfem Schwarz. Misslaunig ließ der Erdgnom seinen Blick nach oben wandern. Eine düstere Wolke hing über dem höchsten Gipfel und verhüllte seine Spitze. Rote Blitze zuckten, aber kein Donnergrollen war zu hören. Es war seltsam stickig, als hätte die Luft sich hier unten schon lange nicht mehr bewegt.

»Es würde mich nicht wundern, wenn er direkt dort oben in diesem Inferno seinen Unterschlupf hätte«, murmelte Wurgluck.

Tahâma zuckte mit den Schultern. »Vielleicht hast du Recht. Ich meine jedoch, wir sollten Meister Ývens Vorschlag folgen und Crachna um Auskunft bitten.«

»Ich habe nicht vergessen, dass wir auf der Suche nach einer scheußlichen Spinnenfrau sind, die uns entweder Auskünfte gibt oder uns zum Nachtmahl verspeist«, entgegnete der Gnom und seufzte.

Tahâma nickte bedrückt. »Und leider können wir nicht den Rat des Meisters befolgen, sie mit frischem Fleisch zu besänftigen. Wie sollte ich auch ein Tier erjagen? Außerdem habe ich seit vielen Stunden nicht einmal mehr die Spur eines Hasen oder Rehs entdeckt.«

Sie verstummten beide wieder, und eine Weile war nur das Klappern der Hufe zu hören, die sich im Schritt über den felsigen Boden mühten. Die Luft wurde immer stickiger. Sie passierten modernde Tümpel, aus denen übel riechende Dämpfe aufstiegen. Der Boden selbst schien giftigen Rauch auszuatmen. Nun reckten sich auch zu ihrer linken Seite immer höhere Felsen auf, der Grund verengte sich, bis nur noch eine schmale Schlucht übrig blieb. Der graue Himmel wurde schließlich zu einem fernen Band, das den Grund nicht mehr zu erhellen vermochte.

Plötzlich wieherte die Stute und scheute zurück. Ein riesiges Netz, aus schimmernden Fäden kunstvoll gewebt, versperrte ihren Weg. Tahâmas Herz klopfte schneller. Sie glitt vom Pferd und trat näher an das Netz heran. Die Fäden waren nicht sehr dick, aber sie zweifelte, ob sie imstande wäre, sie zu zerreißen.

»Crachna«, rief sie. Die Felswände nahmen ihre Stimme auf und warfen in flinkem Spiel den Schall einander zu. Es dauerte eine ganze Weile, bis er in der Ferne verhallte.

»Wir bevorzugen die Anrede *Dame* Crachna«, erklang eine

262

hohe Stimme neben ihr. Tahâma fuhr herum. Eine Gestalt löste sich aus einer schmalen Höhle, und sie nahm die Konturen einer hochgewachsenen, schlanken Frau wahr, die langsam auf sie zutrat.

Die Spinnenfrau schien ein seltsames, eng anliegendes Gewand zu tragen. Als sie näher kam, erkannte Tahâma, dass ihr Körper über und über mit feinen, schwarzen Härchen bedeckt war. Selbst ihr hageres Gesicht überzog ein feiner Flaum. Ihre Augen waren seltsam farblos und im Verhältnis viel zu groß. Und sie waren leer! Keine Pupillen bewegten sich in ihnen. Verzerrt spiegelte sich das Mädchen in den Augen der Frau.

»Ihr seid die Dame Crachna«, fragte Tahâma, »die Spinnenfrau?«

Ihr Gegenüber stieß ein helles Fauchen aus. »Ja, so nennen sie uns.«

Es klang wütend, daher fügte Tahâma rasch hinzu: »Crachna, die Sehende?«

Nun hörte es sich eher wie ein Kichern an. »O ja, wir sehen viel, und viel ist in unseren Augen zu sehen. Dinge so nah und Dinge so fern, Dinge von gestern und Dinge von morgen.« Wieder kicherte sie. »Und manches Mal wagen sie sogar einen Blick in die Menschenwelt.« Die spiegelnden Augen waren unverwandt auf Tahâma gerichtet. »Welche Fragen soll die Dame Crachna dir beantworten?« Sie wandte sich ein Stück zur Seite, und ihre Augen schienen nun Wurgluck zu erfassen. »Für diesen kleinen vertrockneten Kerl können wir dir nur einen kurzen Blick gestatten, dein Pferd jedoch würde uns recht großzügig stimmen.«

Die Stute schnaubte ängstlich und wich ein Stück zurück.

»Weder der Erdgnom noch mein Pferd sind zu Eurem Verzehr bestimmt, und auch mich selbst braucht Ihr nicht auf

263

diese Weise zu mustern«, sagte Tahâma. »Wir konnten Euch kein frisches Fleisch besorgen. Das tut mir Leid. Dennoch bitten wir Euch um eine Auskunft.«

Das Zischen der Spinnenfrau klang nun wieder unwillig. »Warum sollten wir dir ohne Gegenleistung einen Blick gewähren?«, fragte sie und trat einen Schritt weiter aus den Schatten heraus.

Entsetzt sah Tahâma die scharfen Klauen an ihren Händen und Füßen. Crachna hob die dünne schwarze Oberlippe und entblößte zwei spitze Fangzähne. Ob sie Gift enthielten? Zweifellos, wenn sie sogar ein Pferd damit töten konnte. Sie kam Tahâma immer näher. Wurgluck stieß einen unterdrückten Schrei aus, doch das Mädchen war auf der Hut. Sie riss den Stab mit dem blauen Kristall hervor und richtete ihn auf Crachnas Gesicht. »Kommt nicht näher!«

Crachna blieb stehen. Ein tiefes Lachen stieg aus ihrem Leib empor und floss über ihre Lippen. »Sieh da, sieh da, die Hälften sind wieder vereint. Wir haben Krísodul lange nicht gesehen. Glaube nicht, dass du uns mit ihm blenden kannst. Diese Augen kennen keinen Schmerz.«

Tahâma ließ den Stab sinken. »Dame Crachna, wir wollen Euch weder blenden noch Euch Schmerz zufügen, aber wir sind auch nicht bereit, uns von Euch verspeisen zu lassen. Wir bitten Euch um Hilfe. Zeigt uns den Weg nach Tarî-Grôth.« Sie öffnete ihr Bündel und legte die Reste ihres Proviants vor ihr auf den Boden.

Crachna senkte nicht einmal den Blick. Ihre kleine Nase rümpfte sich. »Wir bevorzugen frisches Fleisch!«, sagte sie schrill, schnellte mit zwei großen Sätzen zur Seite und ergriff mit ihren Händen die Fäden des Netzes. Mit flinken Bewegungen zog sie sich hoch. Voller Grauen sah das Mädchen, wie aus ihren Seiten zwei weitere schwarze, haarige Beine sprossen. Der Leib verdickte sich und wurde kürzer. Dann entschwand sie.

Tahâma ließ ihren Blick die glatten Wände hinaufwandern, aber sie konnte die Spinnenfrau nirgends mehr entdecken. »Was machen wir jetzt?« Sie fühlte sich mutlos und verzweifelt. »Wie sollen wir den Weg jemals finden?«

»Als Erstes wäre es vernünftig, diese Schlucht hinter uns zu lassen«, antwortete Wurgluck. »Ich hätte kein gutes Gefühl dabei, zwischen diesen Wänden die Nacht zu verbringen.«

Langsam gingen sie über den Felsboden zurück. Tahâma führte die Stute am Zügel. »Warum hat sie uns nicht gefressen?«, fragte sie nach einer Weile und schüttelte verwirrt den Kopf. »Das verstehe ich nicht.«

»Sie hat keine Eile, ihr saftiges Nachtmahl kann ihr nicht entkommen. Sieh nur!« Der Erdgnom blieb stehen und deutete nach vorn, wo einige Schritte entfernt nun ein zweites Netz ihren Weg versperrte. Hoch in der Wand, in einer Felsspalte verborgen, konnten sie Crachna kichern hören. Ratlos starrte der Erdgnom die vor ihm verknüpften Fäden an, die so dicht gesponnen waren, dass nicht einmal er hindurchschlüpfen konnte.

Tahâma trat neben ihn und betrachtete das Netz. »So leicht lassen wir uns nicht verspeisen!« Sie zog Krísodul heraus und ließ die blaue Flamme durch die Spinnweben gleiten. Blutrote Funken sprühten, als die klebrigen Fäden aufflammten und verglühten.

Crachna schrie vor Wut, aber die Freunde setzten ihren Weg fort, ohne sie zu beachten.

»Es muss doch noch etwas anderes geben außer frischem Fleisch, das sie interessiert«, sagte Tahâma zum wiederholten Mal. Ruhelos ging sie vor dem kleinen Feuer auf und ab. Die Stute hatten sie innerhalb des Lichtscheins angebunden.

Weder sie noch der Erdgnom wollten in dieser Nacht Schlaf finden. Die beiden Monde schienen hell vom Himmel und beleuchteten die karge Felslandschaft.

»Mir fällt nichts ein«, sagte Wurgluck, der mit untergeschlagenen Beinen am Feuer saß. »Wenn wir nur Meister Ýven gefragt hätten!«

Schweigend grübelten sie vor sich hin, konnten jedoch keine Antwort finden. Als die Sonne aufging, wussten sie noch immer nicht, wie es weitergehen sollte. Sollten sie vielleicht ziellos durch das Land irren, in der Hoffnung, irgendwann auf die Burg des Lords zu stoßen?

Plötzlich hob Tahâma lauschend den Kopf. »Hörst du das?«, wisperte sie dem Erdgnom zu.

Wurgluck nickte und erhob sich langsam. »Crachna«, flüsterte er.

Ja, es war die helle Stimme der Spinnenfrau. Redete sie mit sich selbst, oder hatte es noch einen Ratsuchenden in diese einsame Gegend verschlagen? Hatte sie sich gar ein ahnungsloses Opfer gegriffen? Tahâma warf ihr Bündel über die Schulter und eilte, hinter Steinblöcken Deckung suchend, auf die Stimme zu. Wurgluck folgte ihr. Crachnas Stimme wurde deutlicher, und bald konnten sie die Worte verstehen, die sie in schrillem Klagen ausstieß.

»Kein klares Wasser mehr weit und breit. Trüb sind sie, und mit jedem Tag verlischt mehr vom Glanz des Spiegels, doch wir können kein reines Wasser finden, um sie zu erfrischen. Wehe uns, die Zeit der sehenden Augen geht zu Ende. Wehe, wehe, einmal erloschen, werden sie nie wieder erstrahlen.

Verflucht seien der Lord und seine Feste. Wie ein Geschwür breiten sich Tod und Verderben um sie aus. Kein lebender Baum, kein Grün, nur Öde und vergiftetes Wasser um sie her!«

Beherzt trat Tahâma hinter dem Felsblock vor. Crachna, nun wieder in ihrem schlanken Frauenkörper, kauerte vor einem fast ausgetrockneten Tümpel. Das Wasser roch modrig. Schwarze Schlieren kreisten auf der Oberfläche. Nur undeutlich spiegelte sich darin die Gestalt der Spinnenfrau.

»Was willst du? Dich an meinem Unglück weiden?«, fauchte Crachna und erhob sich. »Glaube ja nicht, wir könnten dir nicht mehr gefährlich werden. Wir werden dich aussaugen!«, fauchte sie und kam langsam näher.

Tahâma zeigte keine Furcht. Sie griff in ihren Beutel und holte eine kleine Flasche heraus. »Wisst Ihr, was das ist, Dame Crachna?«, fragte sie ruhig. »Ich könnte Eure Augen heilen. Aber wenn Ihr es vorzieht, mich auszusaugen und dafür Euren Blick für immer zu verlieren ...«

Crachna hielt inne. »Was hältst du da in deinen Händen?«

Tahâma sah, dass die gläsernen Augen heute neblig beschlagen waren. »Reines Kristallwasser aus den Nanuckbergen. Ein Schluck löscht den Durst eines Tages, ein Tropfen reinigt eine schwärende Wunde. Wenn man die Flasche nie mehr als bis zur Hälfte leert, bildet es sich über Nacht wieder neu. Wenn Ihr bereit seid, alle meine Fragen zu beantworten, ist es Euer.«

»Was sollte uns hindern, die Flasche zu nehmen und dich dennoch auszusaugen?«, fragte sie.

Tahâma reichte Wurgluck das Fläschchen. »Wenn Ihr mir etwas antut, wird der Erdgnom die Phiole an diesem Felsen zerschellen lassen.«

Crachna hielt inne. »Nun gut«, sagte sie langsam. »Es ist ein

267

faires Geschäft. Ich werde deine Fragen beantworten und dich in meine Spiegel sehen lassen, aber zuerst muss ich meine Augen baden. Sie sind ermüdet und können nichts erkennen. Wenn du etwas erfahren willst, musst du sie als Erstes mit Kristallwasser benetzen.«

Das Mädchen nickte und ignorierte Wurglucks warnendes Flüstern.

»Sie ist falsch!«, zischte er. »Sieh dich vor!«

»Gut«, sagte Tahâma laut. »Es würde Euch ohnehin nicht helfen, wenn Ihr mich zu betrügen suchtet.«

Crachna runzelte die Stirn. »Und warum nicht?«

»Weil ich den Kristall aus dem Wasser genommen habe, der es immer wieder erfrischt und die Flasche über Nacht wieder voll werden lässt. Gebt Euch keine Mühe! Weder ich noch der Gnom haben ihn bei uns, und auch in dem Bündel, das unser Pferd auf dem Rücken trägt, würdet Ihr ihn nicht finden.«

Wurgluck warf Tahâma einen überraschten Blick zu, sagte aber nichts.

Crachna stand einige Augenblicke wie erstarrt da, dann öffneten sich ihre Lippen, und ein gurgelndes Lachen erklang. »Du bist gerissen und schlau und willst dein Ziel um jeden Preis erreichen. Das gefällt mir. Folge mir zu meiner Behausung. Du musst dich nicht fürchten. Ich schwöre dir, dich nicht anzurühren und dir bei deiner Suche mit allen meinen Kräften zu helfen.«

»Ich fürchte mich nicht«, sagte Tahâma kühl. Sie nahm Wurgluck das Fläschchen wieder ab und träufelte je einen Tropfen in die getrübten Augen. Sie waren starr und ohne Wimpern oder Lider, kleine runde Spiegel, die sich nun wieder aufklarten.

»Oh, welche Kraft durchfließt unseren Körper, welch Glanz

268

erfüllt die Welt!«, rief die Spinnenfrau. »Komm schnell, folge uns!«

Tahâma reichte Wurgluck die Flasche zurück. »Warte beim Lager auf mich. Bevor der Tag zu Ende geht, bin ich zurück.«

»Hoffentlich«, murmelte der Erdgnom.

Neugierig und von Spannung erfüllt, folgte Tahâma der Spinnenfrau durch die Schlucht. Obwohl Crachna sich offenkundig zügelte, war sie so flink, dass das Mädchen große Mühe hatte, über Felsen und Spalten hinweg mit ihr Schritt zu halten. Plötzlich blieb sie stehen und hob eine Hand. Tahâma brauchte eine Weile, ehe sie sah, worauf sie deutete: Unter einer hervorragenden Felsplatte öffnete sich in der Wand eine Höhlung.

Es war nicht leicht, über die Felstrümmer bis dort hinaufzuklettern, doch schließlich erreichte Tahâma die Plattform, auf der Crachna schon ungeduldig wartete. Sie ließ ihren Kristall glimmen und folgte der Spinnenfrau in die Höhle. Ein Gewirr von Gängen durchzog den Berg. Mal niedrig und stickig, dann wieder hoch und weit. Sie durchquerten eine Felsenhalle, deren hohe Decke sich ihrem Lichtschein entzog. Durch einen Torbogen erreichten sie eine weitere Höhle mit kuppelartigem Gewölbe. Sie maß etwa zehn Schritte von einer Wand zur anderen. In der Mitte war ein rundes Lager von gläsernen schwarzen Steinen eingefasst. Lagen dort grüne Samtkissen, oder war es ein flaumiges Moos, das hier unten in der Höhle wuchs?

Die Spinnenfrau blieb neben dem Lager stehen und wandte sich zu Tahâma um. »Lösche deinen Kristall«, forderte Crachna sie auf.

Der Schein erstarb, aber zu Tahâmas Überraschung wurde es nicht finster. Ein gelblicher Lichtstrahl fiel durch eine Öffnung in der Decke und auf das grüne Lager.

»Setz dich zu uns«, befahl Crachna. Tahâma zögerte einen Moment, ließ sich dann aber mit gekreuzten Beinen der Spinnenfrau gegenüber auf dem Mooslager nieder. »Nun, was begehrst du zu wissen?«, fragte diese.

»Ich suche Tarî-Grôth, die Feste des Schattenlords.«

Crachna kicherte. »Oh, das kommt selten vor! Ist sonst nicht jeder froh, sie niemals zu Gesicht zu bekommen?«

»Das weiß ich auch«, erwiderte Tahâma, »dennoch werde ich dorthin gehen, wenn Ihr mir sagt, welche Richtung ich einschlagen muss.«

»Es gibt viele Wege zu dem einen Ort, verschlungene und gerade, lange und kurze. Dunkel ist der Pfad, der dich zu *ihm* bringen wird«, murmelte sie. Ihre Stimme klang nun viel tiefer.

Plötzlich bemerkte Tahâma, dass nicht mehr sie selbst sich in den starren, gläsernen Augen spiegelte. Sie sah eine Schlucht und einen düsteren Gang, der sich durch die Tiefen eines Berges wand. Er führte zu einem See, der in hellem Grün leuchtete. Der Weg teilte sich, führte zu beiden Seiten des Sees an seinen Ufern entlang und vereinte sich auf der anderen Seite wieder. Was war es, das dort schimmerte und glänzte? Sie konnte es nicht genau erkennen. Aber als sie ein Stück näher rückte, erlosch das Bild, und sie sah nur wieder sich selbst in den gläsernen Augen.

»Kennst du nun deinen Weg?«, fragte die Spinnenfrau.

Tahâma hob die Hände. »Manches konnte ich erkennen, aber wo beginnt der Pfad? Wie kann ich die Schlucht entdecken, und was war das hinter dem See?«

»Wie viele, die mit ihren Augen sehen können, sind dennoch blind«, seufzte Crachna. »Siehst du dir die Welt nicht an, durch die du wanderst?«

In ihrem Geist ließ Tahâma die Bilder noch einmal vorüberziehen. Sie stutzte. »Es ist diese Schlucht!«, rief sie erstaunt aus. »Der Zugang liegt hier!«

»So ist es«, bestätigte Crachna. »Er wird von uns bewacht, und unsere Netze lassen niemanden hindurch.«

»Warum?«, fragte das Mädchen. »Seid Ihr dem Schattenlord verpflichtet?«

Crachna lachte. »Krol von Tarî-Grôth? Ich habe diese Schlucht schon bewacht, lang bevor es einen Schattenlord gab, ganze Zeitalter bevor diese Unholde die Lande durchstreiften. Damals gab es keine Nächte des Schreckens, nun aber wird es mit jedem Jahr schlimmer, nein, mit jeder Nacht, in der ein neues, untotes Wesen von ihm erschaffen wird. Bald wird es kein Phantásien mehr geben, wie wir es seit Anbeginn der Zeiten kennen. Die freien Länder verschwinden im Nichts, und die freien Wesen Nazagurs werden vom dunklen Lord verschlungen. Selbst wir wissen noch nicht zu sagen, wie er sich in seinem letzten Kampf schlagen wird. Angst wird er dem Nichts nicht einjagen können. Aber bis es so weit ist, wird alles Schöne und Gute längst aus den Landen verschwunden sein.«

»Aber warum?«, fragte Tahâma leise. »Was gibt ihm diese Stärke, das Schöne und Gute zu vernichten?«

Crachna rückte ein Stück näher und senkte ihre Stimme. »Willst du einen Blick in die Menschenwelt werfen? Dort wirst du den Schlüssel finden.«

»In der Menschenwelt?« Das Mädchen keuchte.

Schon begannen Crachnas Augen wieder zu flimmern. Eine Flut von Bildern stürzte auf Tahâma ein, so dass ihr schwindelig wurde. Was hatte das alles zu bedeuten? Wie gebannt starrte sie in die gläsernen Augen, doch ihr Geist war nicht bereit zu begreifen, was sie sah. Endlich verloschen die zuckenden Bilder.

Tahâma sah noch eine Weile schweigend vor sich hin, unfähig, sich auch nur zu bewegen. »War die Menschenwelt schon immer so?«, fragte sie schließlich mit brüchiger Stimme.

Die Spinnenfrau schüttelte den Kopf. »Nein, früher glich sie ein wenig manchen Landschaften, wie man sie auch in Phantásien findet.«

»Sage mir, was hat die Menschenwelt mit uns zu tun? Ich will Nazagur vom Schattenlord befreien.«

Crachnas hohes, freudloses Gelächter hallte von den Wänden wider. »Die Menschen tragen den Schlüssel«, wiederholte sie. »Wer weiß, vielleicht wirst du die Antwort eines Tages finden. Geh jetzt, mach dich auf den Weg. Ich werde dich beobachten. Nichts kann mir entgehen, und so werde ich Zeuge deines Untergangs sein, kleines Blauschopfmädchen.«

Tahâma erhob sich. »Ihr meint also, ich hätte keine Chance, den Schattenlord zu besiegen?«

Wieder kicherte die Spinnenfrau. »Das habe ich nicht gesagt. Meine Augen sehen viel. Sie zeigen, wie es wird und wie es werden könnte. Die Zukunft ist nicht vorherbestimmt. Geh jetzt und mach dich mit deinem kleinen Freund auf den Weg durch meine Schlucht. Ich bin müde und muss jetzt ruhen. Morgen werde ich euch verfluchen, dass ihr mir all meine Netze zerstört habt.«

Ihre Augen trübten sich ein, sie sank zurück auf das Mooslager und rührte sich nicht mehr. Offensichtlich war sie eingeschlafen. Tahâma sah sie noch einige Augenblicke an, dann machte sie sich auf den Rückweg. Sie ließ ihren Kristall leuchten und trat auf den Torbogen zu, durch den sie das Gemach betreten hatten. Das Mädchen durchquerte die große Halle, bog in einen Gang ein und folgte ihm leicht bergab. Bald schon kam sie an eine Weggabelung. Auf welchem Pfad war sie Crachna gefolgt? Sie entschied sich für den einen, kehrte aber gleich wieder um und versuchte den anderen. Beide kamen ihr fremd vor. Hatte sie gar einen falschen Ausgang aus der großen Halle gewählt? Sie machte kehrt und ging zur Halle zurück. Ja, dort waren noch weitere Gänge, die ins Finstere des Berges führten. Zaghaft versuchte sie einen von ihnen, aber auch er schien ihr fremd. Wieder kehrte sie um. Sollte sie Crachna wecken und um Hilfe bitten? Die Spinnenfrau würde sicher nicht erfreut sein, aus ihrem Schlaf gerissen zu werden. Aber sollte sie riskieren, sich hier in diesem Höhlenlabyrinth zu verlaufen? Nein!

So durchquerte sie erneut die Halle. Doch auf der anderen Seite traf sie nur auf festen Stein. Sie leuchtete nach rechts und nach links, konnte den Durchgang zu Crachnas Gemach aber nicht entdecken. Unruhe stieg in ihr auf. Sie folgte der Wand der großen Höhle, doch auch nachdem sie einmal im Kreis gegangen war, konnte sie den Torbogen nicht entdecken. Wie war das möglich? War der Durchgang nicht mehrere Schritte breit und ebenso hoch gewesen? Wie konnte sie ihn dann übersehen? Noch einmal schritt Tahâma die Halle ab. Das Gemach, in dem die Spinnenfrau ruhte, blieb verschwunden. Zaghaft versuchte sie immer wieder den einen oder anderen Gang, doch jedes Mal machte sie schon nach wenigen Schritten kehrt. Wenn sie einem dieser Gänge folgte, würde sie sich hoffnungslos verlaufen.

»Crachna!«, rief sie laut und lauschte dem Echo, das von den Wänden widerhallte. »Dame Crachna, helft mir, meinen Rückweg zu finden!«

Die Worte verklangen. Die Stille kehrte zurück, aber die Spinnenfrau ließ sich nicht blicken. Wieder rief Tahâma. Nichts. Was sollte sie jetzt tun? Ihr blieb nichts anderes übrig, als hier in der großen Höhle zu warten. Irgendwann würde

Crachna bestimmt wieder auftauchen. Tahâma ließ sich auf den Boden sinken und lehnte sich gegen die Wand. Wie lange würde die Spinnenfrau schlafen, fragte sie sich bang. Sie sang eine leise Melodie. Die Töne gaben ihr Trost. Sie schienen die Zeit zurückzubringen, als alles noch seine Ordnung gehabt hatte und der Vater noch an ihrer Seite war, um ihr Rat zu geben.

Die Stunden schlichen dahin. Längst hatte sie aufgehört zu singen. In der Höhle war es nun so still, dass sie das Gefühl bekam, taub geworden zu sein. Der Kristall in ihrem Schoß war erloschen. Bald wusste sie nicht mehr, ob es noch Tag war oder schon wieder Nacht. Sie fühlte Durst und Hunger. Tiefe Müdigkeit begann sie zu quälen. Tahâma schloss die Augen. So saß sie an den rauen Stein gelehnt und lauschte ihren Atemzügen und dem eigenen Herzschlag.

Was war das für ein Laut? Träge tröpfelte der Gedanke durch ihren Geist. Ein Geräusch? Tahâma fuhr hoch und riss die Augen auf. Ein paar Töne ließen den Kristall hell aufflammen und verjagten die Schatten.

»Crachna? Seid Ihr das?«

Rasch sah sie sich um, doch nichts regte sich um sie. Sie lauschte angestrengt. Ein feines Knirschen schwebte an ihr Ohr. Es kam aus dem Gang zu ihrer Linken! Den Stab mit beiden Händen umklammernd, trat sie vorsichtig an die Öffnung heran, sprang vor und sandte einen gleißenden Strahl in die Dunkelheit.

»Nein, meine Augen!«, jammerte eine ihr vertraute Stimme. »Ich bin blind, für immer blind«, heulte die kleine, knorrige Gestalt, die sich nun auf dem Boden zusammenkauerte und ihre Augen mit den Händen bedeckte. Mit ein paar schnellen Schritten war Tahâma bei ihr und kniete sich neben ihr auf den Boden.

»Wurgluck! Aber wie kommst du denn hierher?«

»Na, wie wohl? Auf meinen Beinen«, schnaubte der Erdgnom und lugte vorsichtig zwischen den Fingern hindurch.

»Ja, aber wie hast du mich gefunden?«

Wurgluck blinzelte, dann stieß er einen Seufzer der Erleichterung aus. Offensichtlich hatte sein Augenlicht keinen Schaden davongetragen. Verschmitzt lächelte er das Mädchen an. »Meine Nase hat mich hergeführt«, sagte er und tippte sich mit dem Zeigefinger an das knollige Etwas in seinem Gesicht. »Erst sagte sie mir, dass du in Schwierigkeiten bist, und dann führte sie mich auf deine Spur.«

»Du kannst Spuren riechen?«, fragte Tahâma erstaunt.

»Aber ja«, erwiderte der Erdgnom, so als sei das selbstverständlich. »Innerhalb weniger Stunden ist es kein Problem, auf Waldboden nicht einmal, wenn ein ganzer Tag vergangen ist. Hier in dieser Höhle wurde es allerdings langsam schwierig«, gab er zu. »Vor allem, da es hier überall nach Spinne stinkt!« Angeekelt zog er die Nase kraus.

»Gut«, sagte das Mädchen, »dann sage deiner Nase, sie soll uns schnell hier hinausführen. Ich traue Crachna nicht. Wer weiß, woran sie sich noch erinnert, wenn sie ihren Schlaf beendet hat.«

»Bevor wir hier verschwinden, musst du noch dein Versprechen einlösen.« Der Gnom zog die wertvolle Phiole aus dem Rucksack und reichte sie Tahâma. »Warum hast du uns nie gesagt, dass sich das Kristallwasser in der Flasche von selbst erneuert?«, fragte er. »Wozu haben wir es aufgehoben und stets nach Quellen und Bächen gesucht?«

»Ich habe es euch nicht gesagt, weil es nicht wahr ist«, antwortete Tahâma leise.

Wurgluck verschluckte sich, lief rot an und hustete minutenlang, ehe er wieder etwas sagen konnte. »Du hast Crachna belogen?«

»Ja und nein«, antwortete sie. »Ist die Flasche einmal geleert, kann sie sich nicht von selbst wieder füllen. Aber Crachna wird den Rest nicht brauchen. Das Kristallwasser hat ihre Augen für immer geklärt. Ich wollte es ihr nur nicht sagen, damit sie sich an unsere Abmachung hält.«

Der Gnom schüttelte den Kopf. »Du erstaunst mich immer wieder.«

»Ich möchte niemanden belügen«, verteidigte sich Tahâma, »aber es gibt ein höheres Ziel, das ich unter allen Umständen erreichen muss. Es ist nicht immer leicht, sich zu entscheiden.«

Wurgluck zuckte mit den Schultern. »Wenn Crachna sie nicht mehr braucht, dann können wir die Flasche auch wieder mitnehmen«, sagte der Erdgnom und streckte die Hand danach aus.

Tahâma schüttelte den Kopf. »Ich will sie nicht gänzlich gegen uns aufbringen. Wer weiß, ob uns unser Weg nicht noch einmal durch ihre Schlucht führt.« Sie stellte die Flasche auf einen Felsvorsprung.

Wurgluck brummte unwillig. »Ich nehme an, unser Weg wird sowieso zu Ende sein, wenn wir die Burg des Lords gefunden haben. Aber vermutlich macht es keinen Unterschied, ob wir ein wenig Kristallwasser bei uns haben oder nicht, wenn wir vor ihm stehen und in seine grausamen Augen blicken.«

Sie machten sich auf den Weg. Immer wieder kamen sie zu Kreuzungen oder Abzweigungen, doch Wurgluck trippelte voran, ohne auch nur einmal zu zögern. Endlich schimmerte ihnen fahles Grau entgegen. Der Tag neigte sich. Rasch kletterten die beiden auf den Felsgrund hinunter, wo die Stute

276

mit dem Gepäck auf sie wartete. Sie schnaubte nervös und legte immer wieder die Ohren an.

Tahâma tätschelte sanft ihre Nüstern und griff nach den Zügeln. »Mir gefällt es hier auch nicht besonders. Komm, sehen wir zu, dass wir diese Schlucht hinter uns lassen!«

KAPITEL 14
Der Schattenlord

Sie folgten der enger werdenden Schlucht. Der Himmel schien von ihnen wegzurücken, und die Felsen traten immer wieder so nah zusammen, dass das Pferd kaum hindurchkam. Rasch wurde es dunkel, nur das bleiche Licht des Kristalls wies ihnen den Weg. Ab und zu versperrten dicht gewebte Netze den Durchgang, aber Krísodul schmolz die Fäden weg. Die ganze Nacht folgten sie ihrem Weg. Jeder Schritt wurde ihnen schwerer. Nicht allein die Müdigkeit ließ sie zaudern; etwas Drückendes, Böses schien die Luft zu beschweren.

»Hat diese Schlucht denn gar kein Ende«, maulte der Erdgnom, als der herannahende Tag den winzigen Streifen Himmel über ihren Köpfen färbte, doch der Spalt schlängelte sich weiter und weiter ins Gebirge hinein.

Die Freunde rasteten für eine Stunde und tranken ein wenig aus ihren Wasserschläuchen, dann drängte Tahâma schon wieder zum Aufbruch. Die Schlucht schlug nun einen weiten Bogen nach Norden, die Felsen schoben sich noch enger zusammen und vereinten sich zu einer glatten Wand. Am Fuß jedoch öffnete sich eine schmale Höhle, aus der ein Rinnsal floss, das bald schon im Grund der Schlucht versickerte. Das Wasser schien gut zu sein, daher füllten sie ihre Schläuche, ehe sie die Höhle betraten.

Tahâma zog die Stute hinter sich in die Felsspalte. Forsch schritt sie voran, obwohl sie fürchtete, schon bald in die Irre zu gehen. Zu rasch waren die Bilder in den Augen Crachnas vorbeigehuscht, als dass sie hoffen durfte, sich den Weg genau gemerkt zu haben. Zuerst zog sich der Gang, eben und breit, langsam ansteigend in den Berg hinein, aber schon bald gabelte er sich.

Unschlüssig blieb Tahâma stehen. »Ich weiß, dass wir an einen grünen See gelangen müssen, aber den Weg zu ihm kenne ich nicht«, sagte sie und sah ratlos in jeden der drei Gänge.

»Vielleicht rinnt ja dieser Bachlauf von dem See herab«, gab der Erdgnom zu bedenken.

Tahâmas Züge entspannten sich. »Natürlich, du hast Recht. Dass ich das nicht selbst gesehen habe.« Sie lächelte ihn an. »Ach, Wurgluck, ohne dich wäre ich schon längst gescheitert. Und wie einsam wären meine Tage ohne einen Freund an meiner Seite.« Ihre Lippen zitterten. »Ich vermisse ihn so sehr. Es ist eine Verletzung, tiefer als eine blutende Wunde reichen kann, und ein Schmerz, der meine Sinne betäubt.«

Wurgluck tätschelte ihre Hände. »Ja, ich weiß, mein Kind.«

Sie wählten den mittleren Gang, an dessen Seite ihnen das klare Wasser entgegenlief. Das Klappern der Hufe erfüllte wieder die Höhle und übertönte die Worte des Erdgnoms:

»Und wenn ich mich nicht täusche, dann steht dir noch viel ärgerer Schmerz bevor. Ich fürchte um deine Seele.«

Tahâma stapfte weiter, Wurgluck folgte in einigem Abstand. Viele Stunden waren sie unterwegs. Ab und zu legten sie eine kurze Rast ein, aber trotz Wurglucks Rat, ihre Kräfte aufzusparen, fand Tahâma keinen Schlaf mehr. Etwas, das sich ihrem Willen entzog, trieb sie an.

Zwei Tage lang folgten sie dem Bachlauf, der an ihrer Seite

plätscherte, dann plötzlich wichen die Wände zurück. Über ihnen wölbte sich ein blauer Himmel, und vor ihnen lag der grüne See in einem rundum geschlossenen Talkessel. Die Felswände ragten viele hundert Schritte senkrecht in die Höhe und waren so glatt, dass nicht einmal Moos an ihnen Halt finden konnte. Sie sahen aus wie schwarzes Glas, in dem sich der Himmel und das Wasser spiegelten.

Ein überwältigender Anblick! Staunend blieben Wurgluck und Tahâma stehen. Der Pfad teilte sich vor ihnen und führte zu beiden Seiten um den See herum. Wenn die Augen der Spinnenfrau Tahâma nicht irregeführt hatten, dann musste am gegenüberliegenden Ufer das Tor nach Tarî-Grôth sein. Mit klopfenden Herzen machten sie sich auf, das Wasser zu umrunden.

»Wir sind am Ziel«, flüsterte Tahâma wenig später, als sie die andere Seeseite erreicht hatten. Sie standen vor einem großen, goldenen Bogen, der sich als fein gearbeitetes Relief von der Felswand abhob. Es war keine Tür, deren Flügel man öffnen konnte, der Bogen enthielt einen silbernen Spiegel. Tahâma konnte sich selbst, den Gnom und ihre Stute im Glas erkennen, allerdings undeutlicher als in einem gewöhnlichen Spiegel. Wallender Nebel in der Scheibe trübte seinen Glanz. Vorsichtig berührte sie die Fläche und befühlte das kalte Glas. Mussten sie den Spiegel zerstören, um durch das Tor hindurchgehen zu können?

»Sieh, dort sind Buchstaben«, sagte Wurgluck und deutete auf die leicht erhabenen Zeichen, die den Bogen schmückten. »Es sind Wörter in Hochphantásisch.«

Tahâma trat ein Stück zurück und ließ ihren Kristall aufleuchten. In seinem Licht waren die Zeichen leicht zu lesen:

»Wenn der Tag zur Nacht wird und die Nebel fließen, tritt ein, Fremder, doch wisse, es gibt kein Zurück!«

Noch einmal tastete Tahâma über das Glas, aber es gab nicht nach. »Wir müssen bis zum Abend warten«, sagte sie. Der Erdgnom nickte. Sie setzten sich auf die Erde, keinen Schritt von der Spiegelfläche entfernt, aßen ihre letzten Vorräte, tranken reichlich von dem frisch geschöpften Wasser und warteten. Keinen Moment ließen sie den Spiegel aus den Augen und verfolgten, wie sich die Farben in der Scheibe mit dem Lauf der Sonne änderten. Tahâmas Gewand wechselte von Hellblau über Türkis zu Saphir und verblasste mit dem späten Nachmittag zu Flieder. Nicht nur ihre Tunika, das ganze Spiegelbild schien zum Abend hin blasser zu werden. Der Nebel hinter dem Glas verdichtete sich, dann aber riss er für einen Moment lang auf, und sie erhaschten einen Blick auf kahle Bäume und einen schlammigen Weg. Rasch sprang Tahâma auf und tastete nach dem Spiegel, doch ihre Hände stießen wieder auf hartes Glas.

»Es ist noch zu früh«, murmelte Wurgluck. Auch er beobachtete den Spiegel genau.

Der rechte Augenblick war gekommen, als der letzte Funke der Sonne hinter dem Horizont verschwand. Der Himmel flammte rötlich auf, und plötzlich stieß Wurgluck einen Schrei aus. Auch Tahâma hatte es gesehen. Sofort waren die beiden Freunde auf den Beinen. Das Mädchen griff nach den Zügeln der Stute. Ein zweiter Nebelfetzen löste sich aus dem Bild und schwebte auf den See hinaus. Ein kühler Luftzug streifte ihre Gesichter. Beherzt schritt Tahâma auf das Tor zu und trat durch den Spiegel. Wurgluck folgte ihr.

Sie standen in einem nebelverhangenen Wald auf dem erdigen Weg, den sie vorhin schon für einen Augenblick gesehen hatten, das Spiegeltor jedoch war verschwunden. Die Bäume reckten ihre kahlen Zweige wie knochige Finger in den Himmel. Totes Moos hing in langen Flechten herab und schwankte im Hauch des Windes. Rechts führte der Weg zu einer kleinen, halb verfallenen Hütte, links stieg er an und entschwand im Gewirr der bemoosten Bäume ihren Blicken. Das letzte Licht des Tages verabschiedete sich und ließ sich von der Nacht nach Westen treiben.

»Sollen wir die Nacht hier verbringen? Die Hütte bietet uns ein wenig Schutz«, schlug Wurgluck vor.

Tahâma schüttelte energisch den Kopf. »Nein! Wir werden die Feste des Schattenlords noch heute Nacht aufsuchen. Jede Stunde, die er noch länger Leid und Tod bringt, ist eine Stunde zu viel.«

Seufzend nickte der Gnom. »Na gut, dann stürzen wir uns also in die Wolfsgrube!«

Er ließ sich auf die Stute heben, Tahâma stieg hinter ihm auf und trieb das Pferd den Waldpfad entlang. Die Stunden verstrichen, noch immer hüllte dichter Nebel sie ein, so dass sie nicht einmal bis zu den Wipfeln hinaufsehen konnten. Schweigend standen die Bäume zu beiden Seiten. Nicht ein Windhauch ließ die verdorrten Nadeln rascheln. Es schien auch kein Tier in dieser Nacht unterwegs zu sein. Nur der Nebel wallte um sie auf und brachte den Geruch von Moder und Tod mit sich. Sanft tätschelte Tahâma den Hals der Stute. Sie spürte, dass das Tier nur widerstrebend weiterlief.

Endlich ließen sie die Bäume und mit ihnen den Nebel zurück. Tahâma zügelte das Pferd. »Tarî-Grôth!«, rief sie mit gedämpfter Stimme aus.

Der Pfad vor ihnen stieg nun steil an und wand sich an einem felsigen Hügel empor. Das Gras an seinen Hängen war verdorrt, die Skelette einiger Bäume reckten ihre Geisterfinger dem Nachthimmel entgegen. Dreimal überquerte der Weg in engen Serpentinen den Abhang und endete schließlich vor einem von zwei Rundtürmen bewachten Tor. Ein Fallgitter verwehrte den Zugang zur Feste. Zu beiden Seiten der Wachtürme zogen sich mächtige Mauern um den Hügel. Wie Augen starrten schmale Fensterschlitze über das Land. Hinter der Ringmauer erhoben sich die Dächer einiger Gebäude und in der Mitte ein uralter, trutziger Bergfried. Die beiden Monde tauchten die Festung in ein unheimliches Licht. Nichts regte sich dort oben.

»Wir haben keinerlei Deckung, wenn wir da hinaufreiten«, sagte der Erdgnom mit sorgenvoller Miene.

»Ich sehe keinen anderen Weg«, entgegnete Tahâma, »also müssen wir den nehmen, der sich uns bietet.«

»Aber wem hilft es, wenn wir seinen Mumien und Ghulen in die Arme laufen und was er sonst noch an Scheußlichkeiten um sich versammelt hat?«, widersprach Wurgluck und sah zum Himmel hinauf. »Es ist bald Mitternacht!«

»Gut so! Es wird Zeit, dass Krísodul seine Macht mit der des Lords messen kann.«

Wurgluck wollte noch etwas erwidern, als er oben auf dem Hügel eine Bewegung wahrnahm. »Zurück!«, rief er leise. »Schnell!«

Auch die Stute hatte die Schatten anscheinend bemerkt und drängte sich zwischen herabhängende Flechten. Ihre Flanken zitterten, aber sie gab keinen Laut von sich. Das Fallgitter hob sich. Gebannt sahen die Freunde auf das Burgtor, durch das sich nun eine Flut grauenhafter Wesen ergoss. Ghule und Mumien und ihre grünpelzigen Raubtiere, Wölfe und andere reißende Bestien, doch auch seltsam kriechende Wesen und drei geflügelte Echsen, die sich mit grässlichen Schreien in den Himmel schraubten. In einem dichten Knäuel wälzte sich die Schar den Hügel hinunter.

Plötzlich fühlte Tahâma wieder die Kälte in ihren Eingeweiden. »Er kommt«, flüsterte sie.

Da trat der Schattenlord unter dem Fallgitter hervor, die beiden schwarzen Wölfe an seiner Seite. Er sah sich um, und seine roten Augen schienen sich den Pfad hinabzutasten. Sein Blick folgte nicht seiner Dienerschar, die nun auf einem schmalen Pfad nach Westen strebte, sondern blieb an dem Weg hängen, der zwischen den moosbehangenen Bäumen hervortrat.

»Er kann uns unmöglich sehen«, flüsterte Wurgluck und knetete nervös seine Hände.

»Sehen vielleicht nicht, aber spüren. So wie auch ich ihn fühlen kann«, wisperte Tahâma.

Noch einige Augenblicke ruhten die roten Augen auf dem Baumskelett, hinter dessen Stamm sich die Freunde verbargen, dann warf der Lord den Kopf in den Nacken und stieß ein lautes Heulen aus, das vielstimmig von seiner Schar beantwortet wurde. Er fiel nach vorn auf seine Hände und begann sich zu verwandeln. Einen Moment später jagte der riesenhafte rote Wolf den Hügel herunter, seine Begleiter an seinen Fersen.

Eine Weile warteten die Freunde stumm. Sie wagten nicht sich zu regen. Endlich wisperte Wurgluck: »Was machen wir jetzt?«

Tahâma schüttelte sich. Ihr war, als wache sie aus einer tiefen Betäubung auf. »Nun ist die Gelegenheit verpasst«, sagte sie zornig. »Er ist fort, und ich habe es versäumt, mich ihm entgegenzustellen.«

»Der kommt wieder«, sagte Wurgluck, »schneller, als uns lieb sein kann. Ich finde, wir sollten die Gelegenheit nutzen, uns in seiner Festung umzusehen. Falls wir uns Zutritt verschaffen können.« Er deutete auf das Fallgitter, das sich hinter dem Lord wieder geschlossen hatte.

Tahâma stimmte ihm zu und schlug ihre Fersen in die

Flanken der Stute. Sie trieb das Tier so schnell wie nur möglich den kahlen Abhang hinauf. Wie starre Augen schienen die schwarzen Fensterhöhlen sie anzusehen. Endlich erreichten sie das Tor. Tahâma zügelte das Pferd und ließ sich von seinem Rücken gleiten. Dann half sie Wurgluck auf den Boden. Zu ihrer Überraschung war das Fallgitter halb geöffnet und schwebte mit seinen spitzen Eisenspießen einige Fuß über ihren Köpfen.

»Das gefällt mir nicht«, murrte der Gnom. »Ich kann die Falle geradezu riechen.«

Tahâma spähte in den dunklen Hof, der sich hinter der mehrere Schritt mächtigen Mauer des Torbogens öffnete. Sie wagte nicht, das Licht des Kristalls zu entfachen. Irgendwo in der Feste schlichen sicher Wächter umher.

»Was hältst du von den steinernen Wölfen?«, fragte der Gnom leise. Er deutete auf zwei übergroße Statuen, die zu beiden Seiten des Tores halb aufgerichtet an den Wänden standen, die leeren Augen auf die Mitte des Torwegs gerichtet, die langen Reißzähne entblößt.

»Wenn nicht diese Augen wären, würde ich sagen: Es sind nur Figuren«, gab Tahâma zurück. »So aber fürchte ich, wir haben es mit Wächtern zu tun, die nicht ermüden und niemals schlafen. Trotzdem müssen wir es wagen! Nimm die Zügel und geh rasch mit mir unter dem Fallgitter hindurch. Danach aber bleibe ein paar Schritte zurück. Mach dich bereit!«

Der Erdgnom nickte. Seine dürren Finger umkrampften den Riemen des Pferdegeschirrs.

Tahâma umfasste den Stab mit dem blauen Kristall. »Los jetzt!«

Mit drei schnellen Schritten hatten sie das Fallgitter passiert. Dahinter blieben Wurgluck und das Pferd stehen, während Tahâma entschlossen weiterrannte. Erst schien es, als würde nichts geschehen, dann aber, als sie ihren Fuß auf die Pflastersteine zwischen den steinernen Wölfen setzte, glühten die Augen in den leeren Höhlen rot auf. Fingerlange Krallen schossen aus den steinernen Pfoten, die Reißzähne schimmerten, die Köpfe neigten sich, die Klauen der Vorderbeine fielen herab.

»Tahâma!«, schrie der Erdgnom, doch das Mädchen hatte den Stab schon erhoben.

»Blaue Flamme von Krísodul«, sang sie. Zwei Blitze schossen nach beiden Seiten und trafen die erwachten Steinwächter in ihre Augen.

Für einen Moment erstarrten die Wölfe, kleine Risse bildeten sich und schossen dann, sich immer weiter verzweigend, über ihre Körper. Mit einem Knall zersprangen die gewaltigen Standbilder. Scharfkantige Steine wurden wie Geschosse nach allen Richtungen geschleudert, Felsbrocken regneten herab. Aber wie durch ein Wunder blieb Tahâma unverletzt. Eine Staubschicht rieselte auf Wurgluck und die Stute nieder, Tahâmas Haar und Gewand jedoch blieben rein wie immer.

»Schnell weiter!«, drängte sie. »Nun wird wohl jeder in der Feste mitbekommen haben, dass ungebetene Gäste eingedrungen sind.«

Sie hastete nach rechts und verschwand im Schatten einiger niedriger Gebäude. Wurgluck folgte. In einem engen Durchgang verborgen warteten sie atemlos. Nichts regte sich, keine schrecklichen Wesen stürmten aus dem Tor des wuchtigen Gebäudes, um die Eindringlinge zu vernichten.

»Also, entweder gibt es keine weiteren Wächter auf der Burg, oder sie warten, bis wir freiwillig in ihre Arme laufen«, flüsterte Wurgluck. »Das gefällt mir nicht. Lieber wäre es mir, sie würden sich uns offen stellen.«

»Vielleicht sind wirklich keine weiteren Wächter da«, überlegte Tahâma. »Vor wem sollte sich der Lord fürchten? Wer aus Nazagur würde es wagen, hierher zu kommen?«

»Hoffentlich hast du Recht.«

Sie untersuchten die Gebäude, die sich auf dieser Seite an die Mauer duckten. Die meisten waren halb verfallen. Früher hatten sie wohl als Küche oder Gesindekammer, als Stall oder Schober gedient, aber heute waren sie leer. Die Unholde des Lords brauchten keine gekochten Speisen und ihre Reittiere keine Futterkrippen mit Heu und Stroh.

Tahâma band die Stute im hintersten Eck einer alten Scheune an, dann machten sie sich daran, das Haupthaus und den Bergfried zu umrunden. Das Wohngebäude bestand aus einem sehr alten Teil, der wohl aus der Zeit des Bergfrieds stammte, und einem in neuerer Zeit angebauten Westflügel. Eine breite Treppe führte zum inneren Burgtor, einer alten, zweiflügeligen Eichentür, die mit Eisen beschlagen war. Bei ihrem Rundgang fanden sie jedoch noch einen zweiten Zugang: eine schmale Pforte an der Rückseite des Westflügels. Zu ihrer Überraschung war sie nicht verschlossen, und so betraten Tahâma und Wurgluck das Herz von Tarî-Grôth.

Sie gelangten in einen engen, finsteren Gang. Tahâma ließ den Kristall schwach glimmen, so dass sie den Weg einige Schritte weit erkennen konnten. Rechts und links gingen schmale Türen ab, die Kammern dahinter waren leer. Sicher waren sie einst von den Dienstboten früherer Grafen bewohnt worden. Bald bog der Gang nach links ab und brachte sie zu einer einfachen, steinernen Halle. Eine stattliche Treppe führte nach oben, eine schmalere wand sich in den Keller

288

hinunter, ein Torbogen, der die dicken Wände des alten Haupthauses durchschlug, führte in den ältesten Wohntrakt hinüber. Vorsichtig setzten Tahâma und Wurgluck ihren Rundgang fort. Sie schritten durch den Mauerbogen und durchquerten die einst prächtige Eingangshalle. Jetzt waren die Gemälde an den Wänden vom Alter dunkel geworden, die Gobelins verblasst, die Teppiche auf dem Boden verschlissen. Eiserne Halter zierten die Säulen, aber es steckten keine Kerzen darin. Stattdessen hatten viele Generationen von Spinnen sie dazu genutzt, ihre Netze zwischen den Streben zu weben.

Sie verließen die Halle durch eine zweiflügelige Tür und betraten den alten Speisesaal. Staubige Teller und Kelche zierten die lange Tafel, die einst weißen Damasttischtücher waren im Laufe der Zeit grau geworden, die Polster der Stühle verblasst, ihr Stoff vom Alter brüchig geworden. In einigen Wandnischen standen Rüstungen mit rostigen Schwertern in den eisernen Handschuhen. Die beiden Ausbuchtungen nach Norden wurden von bogenförmigen Fenstern durchbrochen. Darunter standen in der rechten Nische eine mächtige Eisentruhe, in der linken ein kleiner Tisch mit einer Polsterbank.

Wurgluck trat heran und betrachtete den feinen Porzellanteller und einen goldverzierten Weinkelch. Ein Rest roter Flüssigkeit war am Grund des Glases zu sehen, auf dem Teller lagen einige Krümel, doch kein Körnchen Staub. »Seltsam«, brummelte er und sah sich nach Tahâma um. Aber das Mädchen war schon wieder an der Tür und winkte ihm, ihr zu folgen.

Eine breite Treppe führte in den oberen Stock. Ein Gemach mit einem prächtigen Himmelbett zog Tahâma an, dennoch fiel es ihr schwer, die Schwelle zu überschreiten und sich dem

Bett zu nähern. Die schweren roten Samtvorhänge waren von Motten zerfressen, die Brokatdecke und die Kissen verschlissen. Alles schien alt und verlassen, und dennoch spürte Tahâma eine seltsame Unruhe, als ob fremde Augen sie beobachteten.

»Sieh mal«, flüsterte der Gnom, »die Fenster sind vermauert. Der Lord liebt das Sonnenlicht nicht besonders.«

Tahâma zwang sich, an das Bett heranzutreten. Sie streckte ihre Hände aus, ohne Decke und Kissen zu berühren, und schloss die Augen. »Ja, hier ruht er bei Tag«, sagte sie mit zitternder Stimme. »Ich kann ihn immer noch spüren.«

»Vielleicht erklärt das, warum man sich hier so beobachtet fühlt«, murmelte Wurgluck. Trotzdem huschten seine grünen Augen weiterhin verstohlen umher.

Eine in der Wand verborgene Tür, die sie erst auf den zweiten Blick bemerkten, führte in die benachbarte Kammer. Dort fanden sie ein schmales Bett mit Kissen und zerwühlten Laken, eine Kommode mit einer Wasserschüssel und einem Krug. Der Krug war gefüllt. Neben dem Bett lag ein Leinenhemd auf einem Hocker. Zwei Schlupfschuhe standen auf dem Boden. Wurgluck sah Tahâma scharf an. Sie aber wandte sich schweigend ab und verließ die Kammer.

Kaum hatten sie diese Gemächer hinter sich gelassen, verflog das bedrückende Gefühl. Sie warfen noch einen Blick in zwei andere Räume, die anscheinend seit langer Zeit niemand mehr betreten hatte.

»Was machen wir nun? Willst du auf seine Rückkehr warten?«, fragte der Erdgnom, als sie die Treppe wieder hinabstiegen.

»Zuerst sehen wir uns die Verliese und Kerker an«, sagte Tahâma. Sie ignorierte das kalte Schaudern, das ihr den Rücken emporkroch, umklammerte den Stab und stieg Stufe für Stufe hinab. Mit jeder Windung fiel es ihr schwerer weiterzugehen. »Kannst du es auch fühlen?«, fragte sie nach einer Weile und blieb schwer atmend stehen.

»Was?«

Sie suchte nach Worten. »Das Leid«, stieß sie schließlich hervor.

Wurgluck schüttelte den Kopf. Er griff nach Tahâmas Hand. Langsam gingen sie weiter hinab, bis die Treppe in einem großen leeren Raum endete. Von hier gingen mehrere Türen ab, aber es war die große in der Mitte, die Tahâma anzog und gleichzeitig abstieß. Sie musste diese Tür öffnen, obwohl sie sich vor dem fürchtete, was dahinter auf sie wartete. Langsam, als blase ihr ein scharfer Wind entgegen, tastete sie sich Schritt für Schritt auf die Tür zu. Ihre Hand reckte sich nach vorn, um die Klinke zu berühren, dann aber fuhr Tahâma herum und sah zur Treppe zurück. Sie fühlte die sich nähernden Schritte mehr, als dass sie sie hörte.

»Es kommt jemand«, flüsterte sie und hob den Stab.

Der Lichtschein erfasste die letzte Biegung. Noch waren die Stufen leer, dann jedoch trat eine Gestalt ins blaue Licht und blieb bewegungslos stehen. Der Kristallstab fiel klappernd zu Boden. Tahâma griff sich an den Hals, als ob sie keine Luft mehr bekäme. Sie wankte und fiel auf die Knie. Tränen stürzten aus ihren Augen und rannen über ihre Wangen. Wurgluck dagegen stand steif neben ihr und sah den Mann an, der ihnen wie ein Geist erschienen war.

Dieser hatte sich anscheinend schneller wieder gefasst als Tahâma. Leichtfüßig lief er die letzten Stufen herab, durchquerte den Raum und sank vor ihr auf die Knie. Sanft legte er seine Hände auf ihre Arme. »Meine Liebe, mein Leben, ich wusste, dass du eines Tages kommen würdest.«

Die Arme unter seinen Händen bebten. Der ganze Leib

wurde geschüttelt. Durch einen Tränenschleier sah sie ihn an. »Céredas«, flüsterte sie. »Wie ist das möglich? Was hat er dir angetan?«

»Ich bin noch der, den du zu lieben gelernt hast«, antwortete er sanft, erhob sich und zog sie an seine Brust. Zärtlich küsste er ihre Lippen.

»O Céredas, ich dachte du wärst tot. Ich habe um deine Seele geweint. In meinem Herzen war es dunkel.« Sie schmiegte sich an ihn. Ihre Finger krallten sich in sein Lederhemd, so sehr fürchtete sie, er könne sich plötzlich als Trugbild entpuppen.

»Es tut mir Leid, mein Liebes. Ich wollte dir niemals Schmerz zufügen.«

Wurgluck griff nach Tahâmas Arm. »Du darfst ihm nicht trauen!«, sagte er eindringlich. »Das Gift des Werwolfs fließt in seinen Adern und verwirrt seinen Verstand. Er steht nicht mehr auf unserer Seite. Er ist jetzt ein Diener des Schattenlords!«

»Du hast Recht und doch auch nicht«, antwortete Céredas. »Es ist wahr, dass das Gift noch immer in meinem Körper ist. Deshalb hat der Schrecken des Lords mich nicht getötet, und auch seine Diener legen nicht Hand an mich. Aber er täuscht sich, wenn er denkt, dass ich sein willenloser Sklave sei. Ich bin ein Jäger aus dem schwarzen Felsengebirge, mein Wille ist fest, mein Geist unbeugsam. Ich bin noch immer der, den du zu lieben gelernt hast«, sagte er noch einmal und sah das Mädchen eindringlich an.

Tahâma legte ihre Wange an seine Brust und ließ sich von seinen Armen umschließen, Wurgluck jedoch schien nicht überzeugt. Die steile Falte zwischen seinen Augenbrauen blieb. Céredas bückte sich, um den Stab aufzuheben. Der Kristall zuckte unruhig in blutigem Rot. Schnell legte er das

Ende des Stabes in Tahâmas Hand und schloss ihre Finger um das Holz.

»Ich vertraue dir«, sagte sie und sah in seine dunklen Augen. Der Erdgnom schnaubte unwillig, aber sie beachtete ihn nicht. »Wir sind gekommen, um den Lord zu vernichten«, fuhr sie fort. »Nazagur mit all seinen Bewohnern soll von den Schatten des Grauens befreit werden.«

»Eine große Aufgabe«, antwortete der Jäger. »Wirst du die Kraft haben, ihm standzuhalten? Ich fürchte um dich!«

»Ich weiß es nicht, aber ich bin bereit, mein Leben zu geben, wenn ich ihn dadurch vernichten kann.«

Céredas griff nach ihren Händen. »Große Worte, die aus einem tapferen Herzen kommen!« Seine Stimme klang belegt.

»Dumme Worte, die aus einem geblendeten Geist kommen«, hielt der Erdgnom dagegen.

Céredas warf ihm einen zornigen Blick zu. »Halte deinen Mund, vertrockneter Zwerg«, fauchte er. »Niemand hat dich gebeten, mit uns zu ziehen. Versuche nun nicht Zwietracht zwischen uns zu säen!«

Beleidigt klappte Wurgluck den Mund zu, sein Blick jedoch blieb wachsam und argwöhnisch.

Céredas wandte sich wieder an Tahâma. Lächelnd strich er ihr über die Wange. Ihre Miene war nun wieder ernst und entschlossen.

»Weißt du um das Geheimnis des Schattenlords? Ich habe so viel Verwirrendes von Meister Ýven und von Crachna, der Spinnenfrau, gehört, das mir Rätsel aufgibt. Wer ist er und wie nährt er seine Macht?«

Céredas griff nach ihrer Hand. »Komm mit«, sagte er sanft, »ich werde es dir zeigen.«

Er zog sie zur mittleren Tür und öffnete sie. Die beiden kamen in einen großen runden Raum mit gewölbter Decke. Es

293

schien, als könne man durch sie hindurch bis in den Sternenhimmel hinaufsehen, aber dann bemerkte Tahâma, dass die
funkelnden Lichtpunkte nur Illusion waren. Sogar die nicht
mehr volle Scheibe des Rubus und der zunehmende Arawin
waren da und wanderten langsam über das Gewölbe.

Céredas führte Tahâma in die Mitte der unterirdischen
Halle. »Pass auf!«, warnte er sie, als sie an ein rundes Loch im
Boden herantraten. Es sah aus wie ein Brunnenschacht, nur
viel größer, denn es maß mindestens zehn Schritte bis zur
anderen Seite hinüber.

Tahâma sah hinab in die Schwärze. Der Grund war nicht
zu erkennen, und doch war es ihr, als bewege sich dort unten
etwas. »Was ist das?«, fragte sie verwirrt. Tiefe Verzweiflung
stürzte auf sie ein und schmerzte sie.

»Beuge dich hinab und sieh genau hin«, sagte der Jäger.

Wurgluck stöhnte gequält. Auch er war an den Schacht
herangetreten, so als ziehe etwas dort unten ihn unwider-
stehlich an.

Tahâma ließ sich auf die Knie sinken und beugte sich
nach vorn. Geisterhafte Wesen waberten durch die Schwärze,
leises Seufzen drang an ihr Ohr. Nun konnte sie dünne Gestalten erahnen, schmerzlich verzerrte Gesichter, Hände, Hilfe suchend emporgereckt. Sie fuhr zurück. Auf Händen und
Knien rutschte sie rückwärts über den steinernen Boden. »Das
ist nicht möglich«, keuchte sie.

»Ihre Seelen, all die geknechteten Seelen!«, raunte ihr Céredas zu. Aufrecht stand er am Abgrund und sah hinunter. »All
die Männer, Frauen und Kinder, die er und seine Diener getötet haben. Statt in die höheren Sphären zu gelangen und
von dort als neues Leben nach Phantásien zurückzukehren,
sind sie hier gefangen. Sie geben ihm die Kraft, seine Untoten
zu erwecken und seine Geschöpfe des Grauens zu formen.«

Zusammengekauert saß Tahâma da. Tränen rannen über ihre Wangen. »Was für eine unfassbare Qual!«, stieß sie hervor.

Céredas trat zu ihr und zog sie hoch. »Die Nacht ist fast schon vergangen. Bald wird der Herr von Tarî-Grôth zurückkehren. Wir müssen ein Versteck für dich finden, in dem du warten kannst, bis die Gelegenheit günstig ist, dich dem Lord zu stellen.«

Eilig durchquerten sie die große Halle. Tahâma vermied es, zu dem Schacht der verlorenen Seelen zurückzusehen, aber die Verzweiflung der Toten folgte ihr.

Sie hatten das Tor der Halle schon erreicht, als Tahâma unvermittelt stehen blieb. »Wo ist Wurgluck geblieben? Eben war er noch da!«

Céredas fluchte. »Er hat sich aus dem Staub gemacht, der Feigling. Das sieht ihm ähnlich.«

»Nein«, widersprach Tahâma. »Er ist ein mutiger und treuer Freund, der stets an meiner Seite war, egal welche Gefahren unseren Weg kreuzten. Wie kannst du ihm nur so etwas unterstellen?«

Der Jäger hob die Hände. »Ich wollte nicht schlecht von ihm reden, verzeih. Es waren wohl seine Neugier und sein Entdeckergeist, die ihn forttrieben. Komm jetzt, ich führe dich in eine Kammer, wo dich niemand entdecken wird. Dann mache ich mich auf die Suche nach unserem eigensinnigen Erdgnom.«

Tahâma zögerte noch immer. Sie griff nach Céredas' Händen. »Du wirst ihn unversehrt zu mir bringen, nicht wahr?«

»Aber ja, mein Liebes, fürchte dich nicht.« Damit führte Céredas sie energisch weiter, und sie ließ es geschehen. Fühlte sie nicht die Liebe in ihrem Innern glühen? Musste sie ihm nicht vertrauen? Und doch nagten die Zweifel an ihr, die Wurgluck gesät hatte.

Céredas geleitete Tahâma die Treppe hinauf und schob sie durch den Torbogen, der sie in den Westflügel führte. Zwei weitere Treppen gingen sie hinauf und einen langen Gang entlang. Er war voller Staub, der unter ihren Schritten in feinen Wölkchen aufwirbelte. Ganz am Ende öffnete der Jäger eine Tür und ließ Tahâma eintreten. Die Kammer war klein. Ein winziges Fenster blickte zum Hof hinaus. Sie konnte den Weg vom Tor her, den Brunnen und die Eingangstreppe erkennen. Im Osten begann der Nachthimmel schon zu verblassen. Bald würden die unheimlichen Bewohner der Feste zurückkehren.

»Ich besorge dir etwas zu essen«, sagte Céredas. »Ruh dich aus und sammle deine Kräfte. Du brauchst nicht zu fürchten, hier überrascht zu werden.« Er legte die Arme um sie und zog sie noch einmal an sich.

Dann ging er hinaus, und Tahâma hörte, wie der Schlüssel im Schloss knirschte und dann abgezogen wurde. »Was machst du da?«, rief sie und rüttelte an der Klinke. »Warum schließt du mich ein?«

»Es ist nur zu deiner Sicherheit«, klang seine Stimme dumpf durch das Holz. »Ich komme bald wieder.«

Seine Schritte entfernten sich. Seufzend ließ sich Tahâma auf das Bett sinken. Eine Staubwolke stieg auf. Hustend sah sie sich in der Kammer um. Eine Truhe stand an der Wand und ein Hocker unter dem Fenster. Sie versuchte ihre Unruhe zu ignorieren, legte sich auf das Bett und schloss die Augen. Aber ihr Herz klopfte noch immer rasch, und die Bilder dieser Nacht tanzten einen unheimlichen Reigen hinter ihren Lidern. Nein, sie würde hier, eingesperrt in dieser Kammer, keine Ruhe finden. Dennoch blieb sie liegen. Was würde es nützen, wie ein gefangenes Tier auf und ab zu gehen?

Sie tastete nach dem Stab in ihrer Schärpe. Leise summte sie eine Weise vor sich hin, die der Vater abends oft gesungen hatte. Sie fühlte den Kristall unter ihren Fingern warm pulsieren. Krísodul würde ihr helfen. In ihm steckte mächtige Magie, und jetzt, da die beiden Hälften wieder vereint waren, würde sich ihm kaum ein Wesen Phantásiens widersetzen können. Aber hatte sie auch genügend Kraft, diese Macht zu beherrschen? Zweifel nagten. Die Minuten flossen zäh dahin.

Kaum hatten Céredas und Tahâma die unterirdische Halle verlassen, kam Wurgluck aus der Nische hervor, in der er sich versteckt hatte. »Mich bekommst du nicht so leicht, Jäger«, brummte er.

Sorgsam darauf bedacht, dem Brunnenschacht nicht zu nahe zu kommen, ging er zur Tür hinüber und lauschte, bis die Schritte auf der Treppe verklangen. Dann stellte er sich auf die Zehenspitzen und öffnete die Tür. Wohin sollte er gehen? Wo sich verstecken? Als Erstes musste er feststellen, wohin Céredas das Mädchen brachte. Flink lief er die Treppen hinauf und lugte um die Ecke, um zu sehen, in welchem Zimmer sie verschwanden. Verflucht!, dachte er, Céredas kehrte allein in den Gang zurück, schloss Tahâma ein und nahm den Schlüssel mit. Wie konnte sie noch immer an die guten Absichten des Jägers glauben?

Wurgluck versteckte sich abermals, bis der Jäger im Hof unten verschwunden war, dann machte er sich auf den Weg ins Gemach des Lords. Neugierig sah er sich um. Konnte man sich hier irgendwo verbergen? Sein Blick schweifte über das

Himmelbett. Prüfend rieb er den Vorhangstoff zwischen den Fingern. Er wirkte zwar auch schon einigermaßen zerschlissen, aber mit etwas Glück würde er das Gewicht eines Erdgnoms tragen.

»Schon wieder klettern.« Wurgluck seufzte. Seine mageren Finger krallten sich in den Vorhang. Langsam zog sich der Gnom höher, bis er den Baldachin erreichte. Dort kroch er zwischen die üppigen Falten, wirbelte eine Staubwolke auf und musste niesen. Warum lasse ich mich auf solch eine Wahnsinnstat ein, fragte er sich und zog sich den Stoff über den Kopf, bis er vollständig verborgen war. Reglos lag der Gnom da und versuchte das Kitzeln in seiner Nase zu ignorieren.

Tahâma begann innerlich zu frieren, noch bevor sie die Laute hörte, die sich der Burg näherten. Die Wesen des Schattenlords kehrten zurück! Sofort war sie auf den Beinen, packte den Stab und eilte zum Fenster. Noch lag der Hof still im grauen Morgenlicht. Doch die Stimmen kamen näher, und dann ertönten Schreie. Rufe mischten sich in das Heulen und Brüllen.

Die steinernen Wächter!, durchfuhr es Tahâma. Wie dumm von ihr zu vergessen, dass sie die zerstörten Standbilder bemerken mussten. War sie trotzdem sicher in dem Quartier, das Céredas für sie ausgesucht hatte? Würden die Sklaven des Lords nun nicht jeden Winkel der Feste nach dem Eindringling durchsuchen, der es gewagt hatte, die magische Schranke zu durchbrechen? Der Lärm verebbte und machte einer unheimlichen Stille Platz. Tahâma lugte aus dem Fenster und beobachtete, wie die nächtlichen Gestalten auf den Hof fluteten, ihnen voran der Schattenlord in der Gestalt eines riesigen Mannes, seine beiden Wölfe dicht auf den Fersen. Auf der untersten Stufe vor der Tür zur großen Halle blieb er stehen und wandte den Kopf.

Das Mädchen fuhr zurück. Hatte er sie gewittert? Sie musste aus dieser Kammer hinaus! Was hatte sich der Jäger nur dabei gedacht, sie einzuschließen? Hier war sie wie eine Maus in der Falle, die darauf warten musste, dass der Rachen der Katze sich vor ihr öffnete.

Erst als Tahâma das Knarren der Tür zur großen Halle vernahm, wagte sie wieder hinauszusehen. Der Lord und die Wölfe waren verschwunden. Seine untoten Diener drängten hinter ihm in den Saal, während die verschiedenen anderen Wesen und ein Rudel Wölfe draußen im Hof blieben.

Die schon gewohnte Kälte kündigte das Kommen des Schattenlords an. Wurgluck kratzte sich noch einmal schnell die Nase, bevor sich die Türflügel öffneten und der Lord mit den beiden Wölfen an seiner Seite das Gemach betrat. Mit angehaltenem Atem spähte der Erdgnom durch ein Loch im rostroten Samt.

Krol von Tarî-Grôth ließ seinen Umhang von der Schulter zu Boden gleiten. Er warf sich in den einst prachtvollen Sessel von grünem Brokat, der zwar verschlissen, aber noch immer bequem schien. Sein Körper war von einem schwarzen Gewand verhüllt, die Beine steckten in hohen Stiefeln. »Kranon«, sagte er leise und streckte seine weiße Klauenhand aus.

Einer der Wölfe kam zu seinem Sessel und setzte sich auf die Hinterläufe. Die Hand grub sich in das Nackenfell. Der andere Wolf ließ den Blick durchs Zimmer wandern und sprang dann mit einem Satz aufs Bett. Er schloss die Augen und legte die Schnauze auf seine Vorderläufe.

»Wieder ist eine Nacht vorbei, und die Sonne treibt mich in mein dunkles Gemach. Wieder habe ich den Tod gebracht und mich an der Angst gestärkt.« Die Krallen fuhren durch das Fell des Wolfes. »Eine Nacht wie jede andere zuvor, wie jede weitere sein muss. Wird es sich irgendwann ändern? Wird irgendwann etwas geschehen, das diesen Kreislauf unterbricht? Wenn ich nur begreifen könnte, was meine Schöpfer mit mir vorhaben. Verbirgt sich ein Sinn hinter dem ewig Gleichen? Nacht für Nacht bin ich gezwungen, Angst und Schrecken, Panik und Tod zu bringen. Gibt es ein Warum? Ein Wofür?«

Wurgluck zwinkerte überrascht. Was sollte er davon halten? Der mächtige Lord nur ein Sklave, der seinen Schöpfern gehorchen musste?

Tahâma lauschte. Waren da nicht leise Schritte vor der Tür? Sie griff nach ihrem Stab. Der Schlüssel kratzte, als er in das Schloss geschoben wurde. Knirschend drehte er sich zweimal, die Klinke senkte sich. Tahâma hob den Kristall.

»Komm schnell«, flüsterte Céredas' Stimme durch den Türspalt.

Sie warf ihr Bündel über die Schulter und huschte in den Gang hinaus.

»Sei still«, wisperte Céredas. Die Anspannung war ihm ins Gesicht geschrieben.

»Hast du Wurgluck gefunden?«, fragte sie leise, während sie neben ihm den Gang entlangschlich.

Céredas schüttelte den Kopf. »Leider noch nicht. Wir suchen ihn später. Zuerst bringe ich dich zum Schattenlord. Er ist allein in seinem Gemach. Die Gelegenheit ist günstig!«

Mit klopfendem Herzen folgte Tahâma dem Jäger, der sie durch leere Gänge und Kammern führte, bis sie vor der Tür standen, die in das Gemach des dunklen Lords führte. Céredas klopfte, dann drückte er die Klinke und stieß die beiden Türflügel weit auf.

KAPITEL 15
Die Macht der Musik

Der Schattenlord saß im Sessel, die Beine weit von sich gestreckt, eine Hand auf dem Fell des Wolfes ruhend. Mit dem Mut der Verzweifelten trat Tahâma auf ihn zu und sah ihn an. Sie fühlte Céredas an ihrer Seite. Der Zeitpunkt war gekommen, Nazagur zu befreien. Ihre ganze Kraft war darauf gerichtet, den grausamen Lord zu vernichten. Sie hob ihren Stab und stieß scharfe Laute aus, die in ihren eigenen Ohren schmerzten. Schon spürte sie, wie das blaue Feuer sich sammelte, um gleich darauf mit seiner ganzen zerstörerischen Kraft hervorzubrechen.

Tahâma sah den Schatten einer Bewegung in ihren Augenwinkeln, aber bevor sie darüber nachdenken konnte, was das zu bedeuten hatte, traf ein kräftiger Faustschlag ihr Handgelenk. Mit einem Schmerzensschrei ließ sie den Stab fallen, und er flog in weitem Bogen davon, prallte gegen einen Wandteppich und blieb am Fuß der Bettes liegen. Für einen Augenblick war Tahâma wie gelähmt. Fassungslos sah sie den Jäger an ihrer Seite an, der nun einige Schritte vortrat.

Céredas beugte den Nacken und fiel auf die Knie. »Gebieter, hier bringe ich die Hüterin der blauen Flamme, wie Ihr es befohlen habt.«

Der Schattenlord beachtete den Jäger nicht, sondern sah

unverwandt Tahâma an, die tonlos den Mund öffnete und wieder schloss. Selbst im Sitzen überragte er sie. Sein Gesicht war hager, die Haut von stumpfem Grau, die schmalen Lippen schwärzlich verfärbt. Das silberweiße Haar wallte um sein Haupt, als spiele der Wind in ihm, obwohl sich in dem Schlafgemach kein Lufthauch regte. Sie sah auf seine Klauenhand hinab, an der ein großer Rubinring schimmerte. Noch immer spielten die Finger mit dem Fell des Wolfes, der seine gelben Augen ebenfalls auf das Mädchen gerichtet hatte.

»Komm her«, befahl der Lord leise.

Tahâma fühlte, wie ihre Beine danach drängten, ihm zu gehorchen, aber ihr Wille war stärker. Sie kniff die Augenbrauen zusammen und rührte sich nicht.

Der Lord öffnete den Mund und ließ seine spitzen Zähne sehen. Er lachte, erst lautlos, dann mit kalter, freudloser Stimme. Langsam erhob er sich, das schwarze Gewand bauschte sich auf. Er glitt heran und umrundete das Mädchen. Sein Blick durchbohrte sie, aber sie wankte nicht. »Du bist anders als der Rest deines Volkes. Stolz, stark und unbeugsam. Ich spüre deinen Widerstand, deine Weigerung, dich der Verzweiflung hinzugeben. Vielleicht wird diese Nacht sich von den anderen unterscheiden. Wer hätte das gedacht?«

Er hob eine Hand und fuhr mit den verknöcherten Fingern durch ihr Haar. Die Kälte durchbohrte sie wie ein Schwertstoß, aber kein Laut kam über ihre Lippen.

Der Lord wandte sich ab und ging zum Bett zurück. »Komm zu mir«, sagte er, ohne die Stimme zu heben.

Tahâma stand noch immer reglos da. In ihr kämpfte das Feuer ihres Zorns mit seiner eisigen Kälte. Sie öffnete den Mund, um ihm ihre Verachtung entgegenzuschleudern. Da zog eine Bewegung oben auf den schweren Vorhängen des

304

Betthimmels ihre Aufmerksamkeit auf sich. Bevor sie begriff, was das zu bedeuten hatte, rauschte eine kleine, braune Gestalt an dem Samtvorhang herab, stürzte sich auf den Kristallstab und lief auf Tahâma zu. Sie streckte ihre Arme aus, aber einer der Wölfe war schneller. Mit einem gewaltigen Satz sprang er zwischen Wurgluck und das Blauschopfmädchen.

»Wirf ihn!«, schrie sie, erstaunt, so plötzlich ihre Stimme wiedergefunden zu haben. Ihre Hände reckten sich nach vorn, aber der Stab war für den Erdgnom zu schwer. Er wirbelte hoch und landete im aufgerissenen Rachen des Wolfes. Mit einem Schnappen schlug das Schicksal zu. Der Wolf lief zu seinem Herrn und reichte ihm den Stab, während der andere Wolf Wurgluck beim Kragen packte und ebenfalls zum Schattenlord schleppte.

Der Gnom strampelte und wehrte sich, aber was konnte er gegen dieses Untier ausrichten? Tahâma wollte ihm helfen, doch da stellte sich ihr Céredas mit gezücktem Dolch in den Weg.

Die Klauenhand des Schattenlords schoss nach vorn und packte den Gnom am Genick. »Was ist das für eine Laus in meinem Bett?«, fragte er voll Verachtung. Er hob den Arm und schleuderte den Erdgnom gegen die Wand. Tahâma schrie auf. Mit einem knirschenden Geräusch schlug Wurgluck gegen die Mauer und blieb mit dem Gesicht nach unten wie ein Bündel Lumpen auf dem Boden liegen.

Nicht einmal die Wölfe interessierten sich für den zerschlagenen kleinen Körper. Tränen rannen über Tahâmas Gesicht. Sie konnte nicht einmal zu ihm gehen und um ihn trauern.

Der Schattenlord ließ sich in die Kissen des riesigen Himmelbetts sinken. Er stützte den Ellbogen auf und legte den Kopf in seine tote Hand. »Bring sie mir!«, befahl er Céredas.

»Ich will mich an ihrer Verzweiflung laben, bevor ich mich hier zur Ruhe legen und erstarren werde, bis die Nacht sich wieder herabsenkt und die Jagd neuerlich beginnt. Gib mir deine Gefährtin, auf dass heute noch eine Seele in den Schacht hinabsteige und einen neuen Schatten der Nacht zum Leben erwecke.«

Céredas griff nach Tahâmas Arm. Der Glanz in seinen Augen war erloschen. Er schien sie nicht mehr zu erkennen. Wie sollte sie sich gegen den starken Jäger wehren? Verfolgten nicht auch die beiden Wölfe jede ihrer Bewegungen mit ihrem Blick? Der Lord hatte mit einem Fingerschnippen ihren Freund Wurgluck getötet, er hatte ihr Céredas geraubt und Krísodul genommen. Wozu noch Widerstand leisten? Es gab kein Glück mehr in dieser Welt, keine Freude, keine Hoffnung. Die Macht seines Blickes zog sie an, der Arm des Jägers legte sich um ihre Schulter. War es denn so schlimm, seinem Befehl zu folgen?

Sie schüttelte Céredas' Hand ab und ging zum Bett hinüber. Der Jäger blieb stehen, seinen trüben Blick auf sie gerichtet. Kein Muskel zuckte in seinem Gesicht, als die weißen Krallenfinger Tahâmas seidig-blaue Tunika umspannten und das Mädchen heranzogen.

»Spürst du die kalte Angst durch deine Adern kriechen?«, hauchte der Lord ihr ins Ohr. »Sie erfrischt mich. Dich aber wird sie peinigen und lähmen, bis dein Herz schließlich stillsteht.«

Dieser Schmerz! Tahâma wand sich, aber sie konnte sich seiner Macht nicht entziehen. Ihre Kraft schwand, ihr Lebenswille verglühte. Sterben, ja, das würde ihr Erlösung bringen.

»Nein«, zischte eine kalte Stimme in ihrem Kopf. »Du wirst niemals frei sein. Dein Körper verweht, deine Geschichte wird vergessen, deine Seele jedoch bleibt in ewiger Sklaverei sein Eigentum.«

Etwas in ihr regte sich. Es war nicht ihr Geist und auch nicht ihr Wille. Tief in ihr bildeten sich Töne, fügten sich zu einer Melodie und drängten dann in raschem Rhythmus zu ihren Lippen.

Der Lord fuhr zurück und presste sich die Hände auf die Ohren. »Hör auf damit!«, schrie er.

Verwirrt brach das Mädchen ab. Seine Krallenhand umschloss ihren Arm und zog blutige Spuren über die weiße Haut, als er sie grob vom Bett zerrte. In der einen Hand den Stab mit dem Kristall, an der anderen das widerstrebende Blauschopfmädchen, eilte er aus seinem Gemach und die Treppe hinab. Céredas folgte ihm.

Tahâmas Gedanken rasten. Was war geschehen? Hatte ihr Lied den Lord aufgehalten, obwohl Krísodul ihren Händen längst entglitten war? Die Worte ihres Großvaters kamen ihr in den Sinn: »Glaubst du wirklich, meine Macht ist an den Stein gebunden?« War es möglich, dass auch die Musik allein etwas bewirken konnte? Vielleicht würde sie es schaffen, den Lord so zu verwirren, dass sie sich Krísodul greifen konnte ...

Sie erreichten die letzten Stufen der Treppe. Krol von Tarî-Grôth zerrte Tahâma in die unterirdische Halle. Schritt für Schritt schob er sie auf den Schacht zu. Wollte er sie dort hineinwerfen? Sie fühlte, wie ihre Kräfte schwanden. Die kalte Angst umschloss sie wieder und drang in sie ein. Da holte Tahâma tief Luft und stieß ein paar schrille Töne aus. Der Lord zuckte zusammen. Der Griff an ihrem Arm lockerte sich. Mit einem Ruck riss sie sich los. Sie umfasste den Stab und entwand ihn seiner Hand. Sie sang weiter, immer weiter, während der Stab aufblitzte und die Halle in gleißendes Licht tauchte.

Der Schattenlord presste sich die Hände an die Ohren und wankte zurück. Ein Flammenstrahl schoss aus dem Stein und hüllte ihn ein. »Céredas!«, schrie er. »Nimm ihr den Stab ab!«

Der Jäger schnellte nach vorn und stellte sich zwischen den Lord und das Mädchen. Die Flammen brachen in sich zusammen.

»Bring den Stab zu mir!«, befahl der Schattenlord mit zitternder Stimme. Langsam ging Céredas auf Tahâma zu, die vor ihm zurückwich. »Töte mich«, flehte er, »ich kann mich seinem Befehl nicht widersetzen.« Er keuchte und zitterte am ganzen Leib, doch er kam mit ausgestreckter Hand Schritt für Schritt näher. »Er ist erst dann besiegt, wenn die Seelen befreit sind! Du hast die Macht dazu!«

»Nein!«, schrie Tahâma und wich zurück. »Ich kann dich nicht töten. Bitte bleib stehen, komm nicht näher!«

Céredas rückte weiter vor. Schon spürte Tahâma die Wand in ihrem Rücken. »Bitte«, flüsterte sie und sah ihn flehend an. »Wenn er besiegt ist, dann wird alles wieder gut. Wir werden ein Mittel finden, um deinen Körper vom Gift des Werwolfs zu befreien.« Die Verzweiflung wollte ihr Herz sprengen, aber er kam immer näher. Nun stand er vor ihr und wand den Stab aus ihren Händen.

Der Schattenlord stieß ein triumphierendes Lachen aus und streckte seine Klauenhand vor. »Bring mir den Stab, mach schon!«

Wankend kehrte Céredas um und tappte steifbeinig durch die Halle. Nun erreichte er den Rand des Brunnenschachtes. Nur noch wenige Schritte, dann würde der Lord den Stab in Händen halten. Wer konnte sagen, was für grausame Taten er mit ihm ausführen konnte?

Der Jäger blieb stehen und wandte sich noch einmal zu Tahâma um. »Du bist zu Großem bestimmt«, stieß er hervor.

308

Sein Atem rasselte. »Für mich aber ist es zu spät. Ich kann das Gift in mir nicht besiegen. Tahâma, glaube an die Kraft in dir!«

Der Schattenlord kreischte voller Wut, der Herzschlag des Mädchens setzte für einen Augenblick aus. Noch ein letzter Blick aus seinen braunen Augen, dann sprang Céredas, den Kristallstab in der Hand, in den Brunnenschacht hinab. Der Lord verstummte. Einige Augenblicke war nichts zu hören, dann schlug der Körper des Jägers auf den felsigen Grund tief unter der Festung Tarî-Grôth auf. Es war Tahâma, als könne sie spüren, wie seine Knochen barsten und der Körper zerschmetterte. Sie fühlte, wie das Leben aus ihm entwich. Tahâma fiel auf die Knie und schrie, dass ihr Schmerz in dem Verlies und den unterirdischen Gängen widerhallte.

Der Schattenlord richtete sich auf. Er schien zu wachsen. »Ja, lass mich deine Verzweiflung fühlen!«, rief er.

Ihre Beine wollten sie nicht mehr tragen. Sie fühlte sich finster und leer. Erschöpft sank sie auf dem Boden zusammen. Nun hatte sie endgültig verloren. Was hätte aus ihrer zart aufkeimenden Liebe für eine kräftige Pflanze werden können. Aber nun war er tot, und sie würde die Hoffnung, die er in sie gesetzt hatte, enttäuschen. Mit einem zufriedenen Lächeln kam der Schattenlord langsam näher.

Eine zarte Melodie kam Tahâma in den Sinn. Das Lied erzählte von Liebe und Schönheit, Mut und Treue, von zärtlicher Berührung. Die Harmonien schwangen tröstlich in ihrem Herzen. Sie öffnete den Mund. Ganz leise erhob sich ihre Stimme, weich und voller Sehnsucht. Es war ihr, als wichen die Wände zurück, als könne sie in den freien Himmel sehen.

Der Schattenlord blieb stehen und griff sich an die Brust. Überraschung huschte über sein Gesicht, dann tiefe Pein. »Hör auf«, krächzte er, machte noch einen Schritt nach vorn und fiel auf die Knie. Er krümmte sich, seine Glieder zuckten. »Du wirst mich vernichten!«, kreischte er. Wurde sein Gewand blasser? Verwischten sich die Konturen seines Gesichts? Er starrte auf seine Hände, die sich in trüben Nebel verwandelten.

Tahâma sang weiter, sie erhob sich und streckte die Arme aus. Die ganze Halle war von ihrer Stimme erfüllt. Sie sang für den Jäger, dem sie ihre Liebe geschenkt hatte, für den Gnom, der für ihre Freundschaft in den Tod gegangen war, für ihren Vater und ihr Volk, das nach einer neuen, friedlichen Heimat suchte. Schmerz und Leid verflogen. Das war die Kraft in ihr! Die Begabung, von der Vater gesprochen hatte. In ihr waren Harmonie, Melodie und Rhythmus vereint, die Macht der Musik, die das Glück beschwören konnte. Der Stein war nur ein Werkzeug in ihren Händen gewesen, ohne Bedeutung.

»Du meinst, es ist vorbei, wenn du mich besiegt hast? Du irrst dich. Meine Geschichte ist zu Ende, aber es werden andere Schatten kommen.« Noch einmal schrie er voller Schmerz auf, dann war der Lord verschwunden. Sein gebleichtes Gewand fiel leer zu Boden.

Plötzlich begann der Boden zu zittern. Alles vibrierte, selbst die Wände. Zuerst konnte Tahâma den Schein nur ahnen, der dort aus der Tiefe drang, dann jedoch schossen die blauen Flammen empor. Noch einmal war es ihr gelungen, das magische Feuer zu rufen. Das Licht wurde immer heller, gleißend, dass es in den Augen schmerzte. Es brach durch die Decke, bahnte sich einen Weg durch Fels und Stein, bis sich der klare Morgenhimmel über ihnen wölbte. Kein Fels polterte herab. Steine und Mörtel verdampften einfach zu feinem Staub und wurden mitgerissen. Und dann sah Tahâma die Seelen. Von ihrem Lied aus der Knechtschaft befreit und von den blauen Flammen getragen, strömten sie dem Himmel entgegen. Löste sich da nicht eine neblige Gestalt und schwebte auf sie zu? Ein Gefühl der Wärme und des Glücks streifte ihr Herz, dann folgte der schimmernde Hauch den anderen nach, um in die höheren Sphären aufzusteigen, dorthin, wo das Leben in Phantásien beginnt und endet.

Als das Licht schon längst erloschen und die Flamme mit den Erlösten im gläsernen Morgen verschwunden war, stand Tahâma noch immer da und sah durch die geborstene Decke in den Himmel, der sich nach und nach blau färbte, erst hell, dann immer dunkler wie die von den Klauen des Lords zerfetzte Tunika um ihren Leib. Still war es nun hier unten in den Verliesen von Tarî-Grôth.

Endlich senkte Tahâma den Blick. Zögernd lenkte sie ihre Schritte zu dem tiefen Schacht. Sie blieb am Rand stehen und sah hinunter in die undurchdringliche Schwärze. »Mögest du in einem edlen Wesen Phantásiens wiedergeboren werden. Du brauchst nichts zu bereuen, und ich brauche dir nichts zu verzeihen.«

Sie wandte sich ab und ging dorthin, wo sie den Lord zum letzten Mal gesehen hatte. Sein gebleichtes Gewand lag auf den Steinplatten. Ihre Schritte wirbelten schwarzen Staub auf. Tahâma bückte sich, nahm eine Hand voll Asche und ließ sie durch die Finger rieseln. Sie schien für einen Moment in der Luft zu schweben, dann fuhr ein Windhauch aus dem Schacht und erfasste den Staub, der hoch in die Luft wirbelte. Es war Tahâma, als füge sich die Asche noch einmal zu einem durchscheinenden Körper zusammen, dann verwehte der Wind die Konturen.

Tahâma verließ das Gewölbe. Der Teil der Burg, in dem sich die Treppe emporwand, stand zum Glück noch, sodass sie bald die Eingangshalle erreichte, in der nun ein großes, rundes Loch klaffte.

Wurgluck, mein treuer Freund, dachte sie. Seinen toten Körper konnte sie nicht einfach hier zurücklassen. So stieg sie in den oberen Stock hinauf. Auch das Gemach des Schattenlords war halb zerstört, der Gnom jedoch lag noch immer am Fuß der Wand. Rasch sah sich Tahâma um, aber von den Wölfen war nichts zu sehen oder zu hören. Sicher waren sie in die Wälder geflohen, nachdem ihr Herr gestürzt worden war.

Tahâma kniete nieder und nahm den kleinen Körper in ihre Arme. Plötzlich begann sie zu zittern. Konnte das wahr sein? Er war noch warm. Wie viel Zeit war vergangen, seit der Lord ihn gegen die Wand geschmettert hatte? Sie legte ihre Hand auf seinen Leib, und es schien ihr, als ob sich sein Brustkorb kaum merklich hob und senkte. Tahâma drückte Wurgluck behutsam an sich, wiegte ihn in ihren Armen und flüsterte ihm sanfte Worte ins Ohr, doch seine Lider blieben fest geschlossen. »Ich werde dich zu den Lebenden zurückholen«, flüsterte sie und erhob sich.

Wurgluck auf ihren Armen, lief sie die Stufen hinunter und durchquerte die Halle, ohne sich noch einmal umzusehen. Auch draußen im Hof war von den Wesen des Lords nichts mehr zu sehen. Waren sie ihrem Herrn gefolgt und verweht?

Die Stute begrüßte sie mit einem freudigen Wiehern. Tahâma schob den reglosen Erdgnom auf ihren Rücken und zog sich dann selbst hinauf. Sie musste das Pferd nicht antreiben. Eilig strebte es dem Burgtor zu, passierte die zerbrochenen Wächter und jagte den Hügel hinunter. Unten am Waldrand angekommen, hielt Tahâma inne und sah zurück. Düster hob sich die trutzige Feste gegen den Himmel ab. Das Mädchen glitt vom Pferd und legte den Erdgnom auf ein weiches Polster aus abgestorbenen Moosen.

Wie konnte sie ihren Freund retten? Würde ein Lied ihn aus seiner tiefen Ohnmacht erwecken? Tahâma schloss die Augen und wartete. Sie musste die Töne kommen, den Harmonien freien Lauf lassen. Leise begann sie zu summen, ohne zu wissen, wie die Melodie weitergehen würde. Ihre Stimme war klar und schwoll mit den mächtigen Klängen an. Es war ihr, als vereinten sich alle Lieder und Harmonien, die die Tashan Gonar über Jahrtausende gesammelt hatten, zu einem einzigen Choral. Alles, was gebannt war, versteckt oder fast vergessen, strömte zusammen und drängte ans Licht.

Der Boden begann zu zittern. Der ganze Berg bebte, die Mauern der Burg wankten, und dann, mit einem leisen Seufzer, brachen sie einfach in sich zusammen. Eine Staubwolke stieg in den Himmel auf. Als der Wind sie verwehte, blieb nur ein Hügel aus grauem Stein zurück. Aber was war das? Täuschten sie ihre Augen? Der braune Hügel begann sich mit frischem Grün zu überziehen, aus den eben noch toten Ästen der Bäume schoben sich Blätter hervor.

Tahâma sang weiter. Eine Schar Vögel mit buntem Gefieder flatterte zwitschernd über sie hinweg. Sie drehte sich um. Auch der Wald hinter ihr begann sich zu verändern. Farne wuchsen aus dem Boden, Blumen schmückten die sonnigen Lichtungen. Die Flechten fielen ab, als frische Nadeln aus den Zweigen drangen. Das schlammige Bachbett, das sich am Waldrand entlangzog, füllte sich mit klarem Wasser. Zart perlten noch einige Töne von ihren Lippen und schwebten in den Sonnentag. Dann war es still. Tahâma kniete neben Wurgluck nieder. Gerade als sie ihre Hand auf seine Brust legte, schlug der Gnom die Augen auf.

»Wundervoll.« Er seufzte und setzte sich auf. »Du hast es geschafft!«

Tahâma umarmte ihn. »Komm, lass uns zurückreiten.«

Durch den frischgrünen Wald, der erfüllt war vom Gesang der Vögel, ritten sie bis zu der verfallenen Hütte. Obwohl es noch heller Tag war, stand das Tor offen. Sie traten in den Felskessel, umrundeten den See und folgten dann dem Höhlengang, der sie zurück zu Crachnas Schlucht brachte. Die Spinnenfrau war nirgends zu sehen, ihre Netze hingen, in der Mitte zerschnitten, zu beiden Seiten der Felsen schlaff herab.

Tahâma führte die Stute aus der Schlucht heraus und blieb dann unvermittelt stehen.

»Was ist?«, fragte Wurgluck und drängte sich an ihr vorbei. Eine Weile stand er sprachlos neben ihr, dann flüsterte er: »Unglaublich!«

Wie die Landschaft sich verändert hatte! Keine bedrohliche Wolke hing mehr über den Berggipfeln, deren verschneite Hänge nun im Sonnenlicht blitzten. Ein klarer Bach rann die Bergflanke herab und fiel weiß schäumend in ein felsiges Becken. Schilf säumte den kleinen See, Libellen schwirrten über dem Wasser. Eine jauchzende Stimme klang zu ihnen herüber.

»Crachna?« Tahâma ging zum Ufer hinüber.

Durch das seichte Wasser watend kam die Spinnenfrau auf sie zu. »Da bist du ja wieder, Hüterin der blauen Flamme, Bezwingerin der Schatten. Was willst du von uns?«

»Wie ich sehe, sind deine Augen noch immer klar«, sagte Tahâma.

Crachna nickte. »Komm näher, setz dich und sieh hinein. Vielleicht wirst du Antworten auf deine Fragen finden.«

Tahâma sah in die Spinnenaugen. »Aber das ist ja mein Großvater«, rief sie überrascht aus, als sich das erste Bild zeigte. Der Erdgnom trat neugierig näher. »Ich verstehe nicht, was er da tut«, sagte Tahâma und schüttelte den Kopf.

Der Weise von Krizha sang und spielte auf einer kleinen Leier. Immer wieder kam einer seiner Diener, verbeugte sich und eilte dann wieder davon. Das Gesicht des Großvaters wurde kleiner, sie konnte nun seinen Diwan erkennen und einen Teil seines Gemachs.

»Er packt«, murmelte der Gnom, »oder besser gesagt, er lässt packen.«

Vor dem Palast standen drei große Wagen, jeweils mit sechs Pferden davor. Der Strom der Diener, die sorgsam verschnürte Pakete darin verstauten, wollte nicht enden. Nun trat Centhân an das erste Fahrzeug heran und sang dem Mann neben dem Kutschbock ein paar Worte ins Ohr. Tahâma sah ihn nicken. Er lächelte verzückt. Ein anderer Bediensteter brachte eine prächtig gesattelte Stute und half seinem Herrn in den Sattel.

»Er verlässt Nazagur«, rief Tahâma aus.

Der Erdgnom nickte. »Mit seinem treu ergebenen Gefolge und nicht gerade mit leeren Händen.«

»Sie werden ihn nicht einfach mit all den Schätzen gehen lassen!«

Wurgluck grunzte. »Sie haben keine andere Wahl, solange sie unter dem Bann seines Liedes stehen.«

Crachna kicherte. »Schlau, ja, sehr schlau, der Herr Erdgnom. Du hast inzwischen sicher auch erraten, warum die Tashan Gonar ihn davongejagt haben – solange sie es noch konnten.«

Das Mädchen antwortete an seiner statt. »Er war der Erste, in dem sich alle drei Talente vereinten, doch statt zum Wohl seines Volkes setzte er sie ein, um Macht auszuüben und die Tashan Gonar zu beherrschen. Darum musste er gehen.«

Die Spinne nickte. »Die Macht ist ein seltsames Ding. Wer einmal davon gekostet hat, den verlangt es nach mehr. Hüte dich, mein Kind!«

Das Bild verblasste. Ein Nebelschweif verdichtete sich und nahm die Konturen des Schattenlords an. Seine roten Augen trafen Tahâmas Blick. War es Qual, die sie darin las? Ein stürmischer Wind zerrte an seinem Gewand und seinen Haaren. Der Körper begann zu zerfließen und löste sich auf.

»Was war er und warum? Ist es nun vorbei?«, fragte Tahâma leise. »Er selbst schien unter seinem ewig währenden Schrecken zu leiden.«

»Er sprach von seinen Schöpfern«, fügte Wurgluck hinzu.

»Den Menschen, ja«, erklärte die Spinnenfrau. »Sie haben ihn aus Alpträumen geformt. Sie werden nicht müde, sich Geschichten von Angst und Schmerz auszudenken.«

Gestalten huschten über ihre Spiegelaugen. Schweigend sahen Tahâma und Wurgluck den rasch wechselnden Bildern zu. Als die Farben verschwammen, ließ das Mädchen den Kopf sinken.

»Dann werden die Schatten wiederkommen, wie er es vorausgesagt hat. Können wir gar nichts dagegen tun?«, begehrte sie auf.

Wieder wirbelten in den Spinnenaugen farbige Spiralen, die sich langsam zu einem Bild zusammenfügten. Tahâma sah einen hohen, verschneiten Berg, dessen Gipfel abgeflacht war und eine weite Ebene bildete. In seiner Mitte erhob sich ein schmaler, hoher Gipfel aus blauen Spitzen. Drei dieser Zacken hielten ein riesiges Ei. Neben und hinter dem Ei ragten weitere blaue Pfeiler auf. Es sah aus, als liege das Ei in blauem Feuer, das plötzlich zu Eis erstarrt war. Ein kalter Wind blies weiße Flocken vor sich her. Das Ei kam rasch näher. Nun erkannte Tahâma eine Öffnung, und bevor sie

Crachna fragen konnte, was das zu bedeuten habe, fand sie sich schon im Innern des Eis wieder. Sie sah einen alten Mann, der in einem Buch schrieb. Noch ehe sie Gelegenheit hatte, den Mann mit seinem zerfurchten Gesicht genauer zu betrachten, fixierten die Augen der Spinnenfrau das Buch, in dem er gerade schrieb. Die Schrift leuchtete bläulich. Tahâma rückte noch ein Stück näher, um die Worte entziffern zu können. Ihre Augen huschten über die letzten Sätze. Tahâma stieß einen überraschten Schrei aus.

EPILOG

Der Alte vom Wandernden Berg schließt das Kapitel

»Tahâma stieß einen überraschten Schrei aus«, erschien in blaugrüner Schrift auf dem weißen Papier. Der Alte sah sich nicht um, kein Muskel in seinem verwitterten Gesicht zuckte. Er schrieb immer weiter, stetig und gleichmäßig.

Erstarrt stand Tahâma da und sah auf die Seiten des Buches herab, das sich nun mit ihren verworrenen Gedanken füllte.

»Crachna, was soll das bedeuten?«, floss aus der Spitze des Stifts, noch ehe die Worte Tahâmas Lippen verlassen hatten.

»Es ist die Unendliche Geschichte«, sagte die Spinnenfrau leise und voller Ehrfurcht. »Das Buch ist Phantásien. Was geschieht, wird in ihm aufgeschrieben, und was geschrieben steht, geschieht auch. Das Buch ist hier, und es ist auch in der Menschenwelt. Es besteht in vielen Sprachen und unzähligen Varianten, aber sie alle sind unser Leben, unsere Welt. Die Phantasien der Menschen sind im Buch der Bücher zum Leben erwacht, und nicht nur in ihm – deshalb nannte der Schattenlord die Menschen seine Schöpfer. Umgekehrt aber können auch das Buch der Bücher und jede andere Geschichte ihre Phantasien neu beflügeln.«

Verwirrt schüttelte Tahâma den Kopf.

»Du hast gefragt, ob du gar nichts tun kannst«, sagte Crachna, »dabei hast du längst etwas getan.«

»Aber wie? Und was?«

Crachna hob die Hand und sprach dann weiter. »Dein ganzes Leben, deine Musik und deine Leidenschaft, all das ist im Buch der Bücher verzeichnet. Du wirst Menschen finden, die sich mit dir auf den Weg machen, die mit dir hoffen und bangen und mit dir und deiner Musik den Lord der Finsternis besiegen, wieder und wieder.«

Das Bild des alten Mannes, der die Seiten füllte, verblasste.

Tahâma wandte ihren Blick ab und griff nach Crachnas kalter Hand. »Ich danke dir von Herzen. Lass es mich wissen, wenn ich etwas für dich tun kann.«

Sie und Wurgluck erhoben sich, und Tahâmas Finger schlossen sich um die dürre Hand des Erdgnoms. Auf dem Rücken ihrer Stute machten sie sich auf den Rückweg, durch die blühende Steppe nach Süden.

Der Stift glitt lautlos über das glatte Papier, bis der letzte Buchstabe geschrieben und ein Punkt dahinter gesetzt war. Nun hielt der Alte doch für einen Atemzug inne. Sein Blick glitt über das gefüllte Blatt, dann schlug er die Seite um. Draußen heulte der Sturmwind und hüllte das Ei auf dem wandernden Berg in einen Flockenwirbel, aber weder Kälte noch die Stimmen des Windes drangen durch seine schützende Hülle, in der, im Halbdunkel verborgen, der alte Mann Buchstaben zu Worten formte, die sich zu Sätzen zusammenschlossen, um eine neue Geschichte Phantásiens zu erzählen.

sera licet tamen olim illos sua per

sera licet tamen olim il

sem licet tamen olim ess

sera licet tamen olim

sensita tamen olim ess

sera licet tamen olim ell

sen licet tamen olim